GABRIEL GARCÍA MÁRQUEZ

Scandalul secolului

Texte apărute în presă între anii 1950 şi 1984

Prolog de Jon Lee Anderson
Nota editorului de Cristóbal Pera

Traducere din limba spaniolă de

TUDORA ŞANDRU MEHEDINŢI

RAO

GABRIEL GARCÍA MÁRQUEZ

El escándalo del siglo. Textos en prensa y revistas (1950-1984)

2020

ISBN 978-606-006-361-2

RAO Distribuție
Str. Bârgăului nr. 9-11, sector 1, București, România
www.raobooks.com
www.rao.ro

Descrierea CIP a Bibliotecii Naționale a României
GARCÍA MÁRQUEZ, GABRIEL
Scandalul secolului : texte apărute în presă : (1950-1984) / Gabriel García Márquez ; trad. din lb. spaniolă: Tudora Șandru Mehedinți. - București : RAO Distribuție, 2020
ISBN 978-606-006-361-2

I. Șandru-Mehedinți, Tudora (trad.)

821.134.2

070

CUPRINS

PROLOG

Lumea îl consideră pe Gabriel García Márquez drept un romancier extraordinar: îndrăgitul plăsmuitor al colonelului Aureliano Buendía și al fabulosului Macondo, al iubirii legendare dintre Fermina Daza și Florentino Ariza, al morții lui Santiago Nasar și al colosalului dictator solitar din *Toamna patriarhului*. Pentru toate acestea i s-a conferit în viață recunoașterea cea mai înaltă pentru un literat, Premiul Nobel, și întreaga America Hispanică s-a bucurat văzându-l pe „unul dintre cei șaisprezece copii ai telegrafistului din Aracataca“ la ceremonia de decernare, în fața regilor Suediei.

Gabo (numele afectuos sub care a ajuns celebru în toată lumea hispanică) este cunoscut și ca prieten și confident al lui Fidel Castro, al lui Bill Clinton, precum și al lui Cortázar, al lui Fuentes și al altor colegi din așa-numitul *boom*, pe lângă faptul că este soțul lui Mercedes Barcha și tatăl a doi fii, Gonzalo și Rodrigo.

La moartea lui, survenită în 2014, la optzeci și șapte de ani, toată lumea a asistat la funeralii, care au avut loc în frumosul Palacio de Bellas Artes, din capitala țării lui de reședință, Mexic. Când Juan Manuel Santos, președintele de atunci al Columbiei, țara sa natală, a declarat că este cel mai bun columbian din toate timpurile, nu s-a îndoit nimeni.

Dar, pe lângă toate acestea, Gabo a fost jurnalist; într-un anume fel, jurnalismul a fost prima lui dragoste și, ca toate primele iubiri, cea mai trainică. Această profesie i-a adus cea dintâi retribuție ca scriitor, lucru de care el și-a amintit întotdeauna; admirația lui pentru jurnalism a mers până acolo încât a declarat odată, cu generozitatea care îl caracteriza, că este „cea mai frumoasă profesie din lume".

Această hiperbolă a fost inspirată de un sentiment de respect și de afecțiune pentru o profesie pe care și-a însușit-o în același timp cu cei dintâi pași ca scriitor. În 1947, în primul său an la Universitatea Națională din Bogotá, Gabo și-a văzut publicate primele povestiri scurte în ziarul *El Espectador*. Voia să fie scriitor, dar intrase la Facultatea de Drept pentru a-i face pe plac tatălui său.

Violența politică a izbucnit brusc în viața lui Gabo, în aprilie 1948, când asasinarea charismaticului lider liberal Jorge Eliécer Gaitán a provocat mai multe zile de revoltă populară. În timpul rebeliunii, care a rămas în amintirea oamenilor drept „lovitura din Bogotá", căminul de studenți al lui Gabo a fost incendiat, iar universitatea a rămas închisă *sine die*. Acesta a fost începutul unui război civil – denumit „Violența" – între liberali și conservatori, care a durat un deceniu și a costat viața a circa două sute de mii de persoane.

Columbia nu va mai fi niciodată aceeași, și nici viața lui Gabo. Pentru a-și putea continua studiile, s-a mutat la Cartagena de Indias, s-a înscris la universitate și a început să colaboreze, în mai 1948, la noul ziar local,

El Universal. După puțin timp, a renunțat la studii pentru a se dedica întru totul scrisului. A încercat să-și câștige traiul cu articole pentru *El Heraldo* din Barranquilla, oraș în care s-a stabilit în 1950. Acești ani de formare au fost fericiți: înconjurat de alți tineri creatori – scriitori, artiști, boemi – care au ajuns să-i fie prieteni la cataramă și au alcătuit așa-numitul „Grup de la Barranquilla“. În această perioadă, Gabo locuia într-un hotel de tranzit, semna o coloană cu pseudonimul Septimus și și-a terminat primul roman, *Vijelia.*

Această antologie, pe cât de bine-venită, pe atât de necesară, pune în evidență moștenirea jurnalistului Gabriel García Márquez printr-o selecție din articolele pe care le-a publicat. Începe cu tânărul și boemul Gabo din perioada petrecută pe coasta Columbiei, când abia face primii pași ca scriitor, și continuă vreme de patruzeci de ani până la jumătatea anilor optzeci, când ajunsese un autor matur și consacrat. Antologia ne dezvăluie un jurnalist cu un stil alert în perioada sa inițială, glumeț și dezinvolt, care cu greu se distinge de cel al operelor de ficțiune. În „Subiect pentru un subiect“, de pildă, scrie despre dificultatea de a găsi un subiect potrivit pentru a începe o notă. „Sunt unii care transformă lipsa unui subiect în subiectul propriu-zis pentru o notă jurnalistică“, afirmă el, și apoi, după ce prezintă un evantai de teme pitorești care apar în ziare – că fata dictatorului Franco se mărită și mirele se numește „Ginerisimul“[1], că niște băieți „iau foc jucându-se cu farfurii zburătoare“ –, arată clar că este posibil să scrii un articol amuzant despre

[1] Joc de cuvinte, creație ironică a autorului prin aplicarea sufixului superlativ -ísimo cuvântului *yerno* (ginere), prin aluzie la titlul de *Generalísimo* acordat lui Franco. (n.tr.).

nimic în particular. În „O greşeală explicabilă“, Gabo relatează cum un bărbat beat criţă s-a sinucis aruncându-se pe fereastra hotelului când a văzut cum cad din cer peşti morţi. După acest deznodământ, în finalul povestirii tonul adoptat de Gabo capătă o nuanţă de gotic negru, de felul celui al lui Edgar Allan Poe, dovedindu-se astfel un jurnalist motivat mai ales de dorinţa de „a scrie o poveste bine povestită“, cum obişnuia el să spună, în limbajul lui de pe coastă: „Cali. Aprilie 18. Astăzi, locuitorii din capitala departamentului Valle del Cauca au avut parte de o surpriză extraordinară văzând pe străzile din centrul oraşului sute de peştişori argintii, lungi cam de două degete, împrăştiaţi pretutindeni“.

În 1954, Gabo s-a întors la Bogotá pentru a lucra la *El Espectador*, acelaşi ziar care îi publicase primele povestiri scurte. La început a făcut critică de film şi s-a dedicat reportajului ca trimis special, dar a publicat şi note care îl interesau personal – unele prezentate în acest volum –, cronici despre legende populare de pe coastă sau reflecţii pe marginea unor întâmplări care îl intrigau: astfel, în „Literaturism“, relatează o crimă înfiorătoare săvârşită în Antioquia. Pe un ton de dojană, îndulcit de umorul lui negru caracteristic, Gabo precizează: „Ştirea n-a meritat – la schimbarea actuală a ponderii jurnalistice – mai mult de două coloane în pagina cu ştiri regionale. Este o crimă cu vărsare de sânge, ca oricare alta. Cu diferenţa că în vremurile astea n-are nimic extraordinar, căci ca ştire e prea obişnuită şi ca roman e prea atroce. S-ar cuveni să recomandăm puţină discreţie vieţii reale“. În alt articol, „Poştaşul sună de o mie de ori“, Gabo demonstrează din nou că este posibil să faci o ştire din nimic, cu o încântătoare cronică despre căsuța din Bogotá unde se strâng scrisorile care nu ajung niciodată la destinație.

În timpul șederii la Bogotá, consacrarea lui Gabo în calitate de cronicar de renume național nu s-a lăsat așteptată, datorită dramaticei sale cronici în serial, „Relatarea unui naufragiat“, publicată în 1955. Bazată pe interviurile cu Luis Alejandro Velasco, un marinar de pe vasul *ARC Caldas* al Marinei columbiene – și unicul supraviețuitor dintre cei opt care au căzut în mare, când vasul s-a scufundat pe neașteptate, întorcându-se de la Mobile, Alabama –, povestirea lui Gabo a fost un adevărat succes. Publicat în patrusprezece episoade, serialul a bătut recordul de vânzare al ziarului *El Espectador* și a stârnit, totodată, un mare scandal, deoarece contrazicea versiunea oficială a faptelor, conform căreia Marina dăduse vina pe o furtună îngrozitoare, când, în realitate, vasul se scufundase din cauza supraîncărcării cu marfă de contrabandă pe care ofițerii și membrii echipajului o urcaseră la bord.

Rezultatul a fost că, pentru a-l îndepărta pe Gabo de uraganul dezlănțuit, editorul l-a trimis în Europa. Era prima oară când Gabo pleca din Columbia. În cei doi ani și jumătate petrecuți în Europa, în calitate de corespondent itinerant al ziarului *El Espectador*, perindându-se prin Paris, Italia, Viena și chiar prin țările Europei de Est, de partea cealaltă a Cortinei de Fier, Gabo a scris o serie de cronici despre tot ceea ce i se părea demn de interes, de la o conferință politică la nivel înalt la Geneva până la presupusele certuri între două actrițe celebre ale cinematografiei italiene, sau la ceața din Londra. Proza lui era proaspătă și cronicile întotdeauna pătrunzătoare, pline de ironie; era un mare „bășcălios“, cum spun glumeții în Columbia, și cohorta de admiratori fideli câștigată în urma povestirii sale „Relatarea unui naufragiat" era dispusă să citească orice ar fi așternut pe hârtie condeiul lui.

Într-unul din textele scrise în Europa, „Sanctitatea Sa pleacă în vacanță", Gabo comentează cu lux de amănunte parcursul obișnuit al papei de la Vatican până la palatul lui de la Castelgandolfo, aflat în împrejurimile Romei. Construind scena ca un scenarist de film, Gabo a scris: „Papa a plecat în vacanță. Azi după-amiază, la cinci fix, s-a instalat într-un Mercedes particular, cu placa de înmatriculare SCV-7, și a ieșit pe poarta Sfântului Oficiu îndreptându-se spre palatul din Castelgandolfo, la douăzeci și opt de kilometri de Roma. Doi uriași din Garda Elvețiană l-au salutat la poartă. Unul din ei, cel mai înalt și mai robust, e un adolescent blond, cu nasul turtit ca al unui boxer, ca urmare a unui accident de trafic". Povestea e plină de suspans datorită artificiului de a adauga cronicii secțiuni interioare cu titluri proprii: unul despre căldura din ziua aceea, „35 de grade la umbră" și altul, „Accidentele de pe drum", în care explică întârzierea de zece minute cu care Sanctitatea Sa a ajuns la palat din cauza unui camion rămas de-a curmezișul. Eventuala sosire a papei la palat este redată pe un ton ironic: „Nimeni nu și-a dat seama pe unde a intrat papa în palatul său de vacanță. A intrat prin partea de vest, printr-o grădină cu o alee străjuită de copaci centenari".

Când s-a întors în America Latină, la sfârșitul lui 1957, Gabo a fost angajat de Plinio Apuleyo Mendoza, un prieten columbian, să lucreze la *Momento*, o revistă din Caracas. Tot Mendoza îl însoțise în călătoria prin țările din Europa de Est. Sosirea lui a coincis cu o nouă etapă de convulsii politice: după puțin timp, în ianuarie 1958, a fost înlăturat de la putere dictatorul venezuelan

Marcos Pérez Jiménez. A fost pentru prima oară când o revoltă populară a dus la căderea unui dictator, într-o epocă în care America Latină era guvernată aproape exclusiv de dictatori. Ceea ce a trăit Gabo în cursul anului următor în atmosfera nesigură din Venezuela a însemnat pentru el o trezire politică.

A revenit pentru scurtă vreme la Barranquilla pentru a se căsători cu Mercedes Barcha, o fată frumoasă din Mompós de care se îndrăgostise cu câțiva ani în urmă, când petrecuse o vreme pe coastă. S-au întors împreună la Caracas. Când prietenul său Mendoza a plecat de la *Momento*, din pricina unei neînțelegeri cu patronul, Gabo s-a solidarizat cu el și și-a dat demisia. Ca ziarist *freelance*, a început să scrie articole pentru alte publicații. Două dintre ele, cuprinse în acest volum, „Caracas fără apă“ și „Numai douăsprezece ore pentru a-l salva“, au devenit clasice pentru stilul său jurnalistic caracteristic, în care narațiunea – reconstruire minuțioasă a dramelor din viața reală –, se desfășoară pe un ton de suspans uneori apropiat de cel al lui Hitchcock și cu o soluție ce se dezvăluie doar în final.

În ianuarie 1959, la două săptămâni după ce armata revoluționară a lui Fidel Castro l-a răsturnat pe dictatorul Fulgencio Batista și a preluat puterea în Cuba, Gabo și Mendoza au reușit să ajungă în insulă la bordul unui avion învechit, trimis la Caracas de bărboșii victorioși pentru a aduce ziariști. Atunci a început legătura lui cu revoluția cubaneză, legătură care a durat toată viața. Despre această primă experiență cubaneză a scris pagini memorabile în „Nu-mi vine în minte niciun titlu“.

În acest articol, Gabo a plasat recenta revoluție în contextul politic al momentului printr-un portret genial făcut poetului cubanez Nicolás Guillén, pe care îl cunoscuse la

Paris, pe vremea când locuiau amândoi în același hotel prăpădit din Cartierul Latin, cu câțiva ani înainte. „[...] chiar și pe frigul cel mai necruțător al iernii – a scris Gabo –, Nicolás Guillén păstra la Paris deprinderea foarte cubaneză de a se trezi (fără cocoș) la cântatul cocoșilor și a citi ziarele bându-și cafeaua, legănat de vântul din tufișurile de lângă morile de trestie-de-zahăr și de acordurile de chitară din zorii năvalnici din Camagüey. Apoi deschidea fereastra balconului, tot ca în Camagüey, și scula toată strada strigând veștile proaspete din America Latină traduse din franceză în graiul cubanez."

Situația continentului în acel moment era descrisă la perfecție în fotografia oficială de la conferința șefilor de stat care avusese loc cu un an în urmă în Panamá: „Abia dacă se zărea câte un civil șters în mijlocul unei explozii de uniforme și de medalii de război. Chiar și generalul Dwight Eisenhower, care la președinția Statelor Unite obișnuia să-și disimuleze mirosul de praf de pușcă al inimii cu costumele cele mai scumpe de pe Bond Street, își pusese pentru fotografia aceea istorică decorațiile de războinic în repaus. Și astfel, într-o dimineață, Nicolás Guillén și-a deschis fereastra și a strigat în gura mare o știre unică: „A căzut dictatorul!" A fost un șoc pe strada adormită, pentru că fiecare a crezut că dictatorul care căzuse era cel din țara lui. Argentinienii au crezut că era Juan Domingo Perón, paraguayenii au crezut că era Alfredo Stroessner, peruanii că era Manuel Odría, columbienii au crezut că era Gustavo Rojas Pinilla, nicaraguanii au crezut că era Anastasio Somoza, venezuelenii au crezut că era Marcos Pérez Jiménez, guatemalezii au crezut că era Castillo Armas, dominicanii au crezut că era Rafael Leónidas Trujillo și cubanezii au crezut că era Fulgencio Batista. În realitate, era Perón. Mai târziu, stând de vorbă despre acest subiect, Nicolás Guillén ne-a descris o panoramă dezolantă a situației din Cuba. „Singura soluție pe care o văd pentru viitor – a conchis – e un tânăr care se agită mult pe meleagurile mexicane." A făcut o pauză de clarvăzător oriental și a enunțat: „Se numește Fidel Castro".

Gabo a descris astfel momentul sosirii lui la Havana, în plină efervescență revoluționară: „Înainte de amiază, am aterizat în apropierea reședințelor babilonice ale celor mai bogați dintre bogații Havanei: pe aeroportul Campo Colombia, botezat mai târziu cu numele de Ciudad Libertad, fosta fortăreață a lui Batista unde, cu doar câteva zile înainte, își ridicase tabăra Camilo Cienfuegos alături de coloana sa de țărani naivi, descumpăniți. Prima impresie a fost mai curând una de comedie, pentru că au venit să ne întâmpline foștii ofițeri ai aviației militare care, în ultimul moment, trecuseră de partea revoluției și erau concentrați în cazărmi până când barba avea să le crească destul încât să pară niște revoluționari vechi".

Odată cu publicarea romanului *Un veac de singurătate* și cu spectaculosul său succes, anul 1968 a fost unul dintre cei mai importanți din viața lui Gabriel García Márquez. De atunci, el și familia lui s-au bucurat de stabilitate economică, iar el a fost elogiat pe plan internațional, cu totul pe merit, fiind considerat unul dintre marii romacieri contemporani. În următorii douăzeci de ani, Gabo a rămas pe culmile literaturii – în acest răstimp și-a publicat capodoperele, între care *Toamna patriarhului* și *Dragostea în vremea holerei* –, dar, paralel cu creația literară, și-a continuat activitatea de jurnalist, cu o orientare tot mai angajată sub aspect politic, chiar dacă această fațetă este mult mai puțin cunoscută de milioanele sale de cititori de dincolo de hotarele Americii Latine.

În deceniul anilor '70, în atmosfera de încordare crescândă din America Latină, provocată de triumful revoluției cubaneze și de violența politicii de adversitate dusă de Statele Unite, Gabo a intrat într-o etapă de jurnalism militant. Când, în 1973, președintele socialist chilian Salvador Allende a fost dat jos cu violență de generalul Augusto Pinochet, scriitorul a declarat că nu va mai publica nicio carte până la căderea regimului acestuia. Chiar dacă nu și-a ținut promisiunea, a început să-și exprime într-un mod tot mai clar simpatia pentru ideologiile de stânga.

Împreună cu câțiva jurnaliști columbieni prieteni, a dat un nou impuls revistei de stânga *Alternativa*, scriind articole și coloane de critică la adresa politicii nord-americane și în favoarea Cubei și a lui Fidel Castro, cu care începuse să lege o prietenie trainică. A scris o cronică substanțială lăudând istorica expediție militară cubaneză în Angola și alta, inclusă în acest volum, intitulată „Lovitura sandinistă. Cronica asaltului «Casei Porcilor»", în care tratează în chip de epopee eroică sechestrarea masivă a parlamentarilor nicaraguani de către un grup de gherilă sandinist.

În cronica sa „Cubanezii se confuntă cu blocada", inclusă în această antologie, Gabo și-a folosit măiestria narativă pentru a-și face cititorii să înțeleagă implicațiile faimosului „embargo" – „blocadă" pentru cubanezi – pe care Statele Unite l-a impus Cubei începând din 1961. „În seara aceea, prima a embargoului – a scris el –, erau în Cuba circa 482 560 de automobile, 343 300 de frigidere, 549 700 de aparate de radio, 303 500 de televizoare, 352 900 de fiare de călcat electrice, 286 400 de ventilatoare, 41 800 de mașini de spălat, 3 510 000 de ceasuri de mână, 63 de locomotive și 12 vase comerciale. Toate acestea, în afară de ceasurile de mână care erau elvețiene, erau fabricate în Statele Unite. Se pare că a fost nevoie de ceva timp până când cubanezii să-și dea seama ce anume însemnau în viața lor acele cifre fatale. Din punctul de vedere al producției, Cuba s-a pomenit dintr-odată pusă în fața faptului că nu era o țară diferită, ci o peninsulă comercială a Statelor Unite."

Din cauza unor astfel de texte, Gabo a fost foarte criticat de presa de dreapta din Statele Unite și din America Latină, și unii au ajuns chiar să-l eticheteze drept propagandist al regimului cubanez, sau drept un prost care îi era folositor lui Fidel Castro. Gabo a continuat să sprijine cauzele în care credea, îndeplinind pe deasupra și o funcție diplomatică: s-a implicat personal în eforturile de stabilire a unui dialog între Statele Unite și Cuba, ca și între liderii gherilelor columbiene și guvernele care s-au succedat în țara sa.

Dar opera lui Gabo era mai presus și decât ideile politice. În 1987, la aflarea știrii năucitoare a asasinării, din ordinul lui Pablo Escobar, a lui Guillermo Cano, prietenul său și directorul ziarului *El Espectador* vreme de câteva decenii, Gabo i-a dedicat acest emoționant elogiu: „Timp de aproape patruzeci de ani, la orice oră și de oriunde, ori de câte ori se întâmpla ceva în Columbia, reacția mea imediată era să-l sun pe Guillermo Cano ca să-mi spună vestea cu exactitate. Întotdeauna, fără nicio excepție, răspundea la telefon aceeași voce: «Salut, Gabo, care-i treaba?» Anul trecut, într-o zi nefastă de decembrie, María Jimena Duzán mi-a trimis la Havana un mesaj cu rugămintea să scriu ceva special pentru centenarul ziarului *El Espectador.* Chiar în seara aceea, la mine acasă, la o petrecere între prieteni, președintele Fidel Castro îmi povestea ceva captivant, când am auzit, aproape în șoaptă, vocea tremurătoare a lui Mercedes: «L-au omorât pe Guillermo Cano». Se întâmplase cu cincisprezece minute înainte și cineva se repezise la telefon să ne dea vestea. Abia dacă am putut aștepta, cu ochii încețoșați, finalul frazei lui Fidel Castro. Atunci, sub imperiul șocului, tot ce am simțit a fost veșnicul impuls instinctiv: să-i telefonez lui Guillermo Cano ca să-mi povestească știrea în întregime și ca să împărtășim împreună furia și durerea morții sale".

Spre sfârșitul anilor nouăzeci, Gabo, căruia i se descoperise un cancer limfatic (deși avea să-și revină mai târziu din boală), a început să se simtă tot mai slăbit, lucru care a continuat în ultimii săi cincisprezece ani de viață.

În 1996, înainte de apariția primelor probleme de sănătate, a publicat cartea *Știri despre o răpire*, una dintre puținele sale lucrări jurnalistice de anvergură, care s-a bucurat de o amplă recunoaștere la nivel internațional. Descrie aici calvarul înfiorător al unui grup de columbieni, majoritatea ziariști, luați ostatici de Pablo Escobar în intenția lui de a convinge guvernul columbian să renunțe la acordul de extrădare a traficanților de droguri care fusese încheiat cu Statele Unite.

În 1998, Gabo a folosit o parte din banii de la Premiul Nobel pentru a cumpăra revista *Cambio*, care îi aparținea unei prietene, pentru a o lansa cu o nouă echipă de reporteri și editori. În *Cambio* și-a publicat câteva dintre ultimele lucrări jurnalistice, cum ar fi un portret al cântăreței Shakira, din Barranquilla, și altul al liderului venezuelan Hugo Chávez. În cele din urmă, revista a fost nevoită să se închidă, dar cât a durat, Gabo s-a bucurat de această experiență, fericit să retrăiască din plin în ambianța „celei mai frumoase profesii din lume".

În aceeași perioadă, începând din 1995, Gabo a organizat ateliere în cadrul Fundației Gabriel García Márquez pentru Noul Jurnalism Iberoamerican, cu sediul la Cartagena de Indias, pe care o crease cu scopul de a face cunoscute noile tehnici jurnalistice și de a stimula afirmarea unei noi generații de ziariști latinoamericani. În 1999, m-a invitat să fiu unul dintre profesorii fundației, descriindu-mi viitoarea fraternitate emisferică de cronicari și reporteri ca pe „o organizație genială de prieteni", care nu numai că avea să ridice nivelul presei din America Latină, ci avea să contribuie și la întărirea democrațiilor sale.

În anii care s-au scurs de atunci, mii de ziariști au trecut prin atelierele fundației și au participat la premiile instituite de aceasta. Mulți dintre ei au atribuit succesul profesional de care aveau să se bucure „Fundației lui Gabo", cum i se spunea. Unii au fondat reviste și portaluri dedicate cronicii și jurnalismului de investigație; alții au scris cărți; mulți au câștigat premii importante. În mod cert, este un fapt genial fără precedent ca un autor emblematic din așa-numitul *boom* al prozei de ficțiune latinoamericane să lase, drept una dintre cele mai palpabile moșteniri ale sale, un nou *boom* latinoamerican: cel al cronicii. După moartea lui Gabriel García Márquez, o lege adoptată de Congresul Columbiei a dispus înființarea în îndrăgita sa Cartagena de Indias a unui „Centru Gabo", având caracter permanent, în colaborare cu fundația lui, pentru ca moștenirea sa jurnalistică, între altele, să fie recunoscută și împărtășită noilor generații.

JON LEE ANDERSON, 8 iulie 2018

NOTA EDITORULUI

Gabriel García Márquez a spus în repetate rânduri că jurnalismul este „cea mai frumoasă profesie din lume" și se considera mai întâi ziarist și apoi scriitor: „Mai presus de orice, sunt ziarist. Toată viața am fost ziarist. Cărțile mele sunt cărți de ziarist, chiar dacă nu prea se vede".

Această selecție de cincizeci de texte de Gabriel García Márquez publicate în ziare și reviste între anii 1950 și 1987, alese din monumentala sa *Operă jurnalistică* în cinci volume, îngrijită de Jacques Gilard, își propune să le ofere cititorilor prozei sale de ficțiune o mostră a activității sale din presă, rod al meseriei pe care a considerat-o drept fundament al operei sale. Cititorii prozei lui de ficțiune vor descoperi în multe dintre textele de față o voce narativă pe care o recunosc și modul în care s-a format aceasta de-a lungul activității jurnalistice.

Cine dorește să aprofundeze subiectul are la dispoziție opera lui Gilard, reeditată în Literatura Random House. În prologurile acesteia vor găsi o pasionantă și erudită explicație, bazată pe criteriul istoric și pe cel tematic, a textelor și a profesiei lui. Așa cum afirmă Gilard, „jurnalismul lui García Márquez a fost, în principal, o școală de stil și a constat în deprinderea unei retorici originale". În *Gabo jurnalist*, ediție nedestinată vânzării, publicată de Fundația pentru Noul Jurnalism Iberoamerican și de Conaculta[1] din Mexic, se prezintă o selecție diferită, realizată de importanți colegi jurnaliști, și o cronologie amănunțită a carierei lui.

Chiar dacă unele dintre primele sale povestiri preced notele din presă, jurnalismul a fost profesia care i-a permis tânărului García Márquez să abandoneze studiile de Drept, să înceapă să scrie la *El Universal*, din Cartagena, și la *El Heraldo*, din Barranquilla, și să plece în Europa în calitate de corespondent de presă al ziarului *El Espectador*, din Bogotá (pentru a-l îndepărta o vreme după scandalul provocat de primul său reportaj mare despre marinarul naufragiat). La întoarcere, grație prietenului și colegului ziarist Plinio Apuleyo Mendoza, și-a continuat activitatea jurnalistică în Venezuela, la reviste ca *Élite* sau *Momento*, până când s-a stabilit la New York în calitate de corespondent de presă al agenției cubaneze Prensa Latina. După câteva luni, pleacă în Mexic împreună cu soția lui, Mercedes Barcha, și fiul lor Rodrigo. Aici va abandona pentru un timp jurnalismul pentru a se dedica exclusiv romanului *Un veac de singurătate*, a cărui preistorie se regăsește și într-un text inclus în volumul de față, „Casa familiei Buendía". Deși activitatea de scriitor avea să-i ocupe cea mai mare parte a timpului, întotdeauna a revenit la pasiunea pentru jurnalism și a fondat șase ziare, printre care *Alternativa* și *Cambio*: „Nu vreau ca lumea să-și amintească de mine

[1] Consiliul Național pentru Cultură (n.tr.)

pentru *Un veac de singurătate* și nici pentru Premiul Nobel, ci pentru jurnalism".

Scandalul secolului preia titlul marelui reportaj central din această antologie, trimis de la Roma și publicat în treisprezece numere consecutive în *El Espectador*, din Bogotá, începând din luna septembrie 1955. În aceste două cuvinte sunt condensate titlul jurnalistic și exagerarea ce ține de literatură. Subtitlul însuși este o perlă cu semnătura autorului: „Moartă, Wilma Montesi străbate lumea".

Printre textele culese se află note de presă, editoriale, comentarii, cronici, reportaje, articole de opinie și portrete. Cititorul va găsi și câteva texte literare publicate paralel în presă ori în reviste de literatură.

Criteriul selecției a fost unul personal și încearcă să evite orice clasificare de tip academic, stilistic sau istoric. Ca lector și editor al lui García Márquez, am ales texte în care această tensiune narativă între jurnalism și literatură apare latent, unde limitele realității se extind prin nestăvilitul impuls narativ, oferindu-le cititorilor posibilitatea de a se desfăta încă o dată cu măiestria „povestitorului de istorii" care a fost García Márquez.

În același timp însă, García Márquez își plăsmuia opera de ficțiune, folosind mijloacele profesiei de jurnalist, cum a declarat într-un interviu: „Aceste cărți conțin o asemenea cantitate de investigații și confruntări de date, de rigurozitate istorică, de fidelitate față de cele relatate, încât, în fond, sunt mari reportaje romanțate sau fantastice, dar metoda de investigare și de mânuire a informației și a faptelor ține de jurnalist".

Cititorul va găsi aici texte de presă din tinerețe, în care naratorul în formare încearcă să descopere un procedeu care să-i permită să treacă linia spre literatură, cum sunt comentariul umoristic ce deschide antologia despre bărbierul președintelui, diverse fragmente timpurii de narațiuni unde apare familia Buendía sau Aracataca, cronici din Roma care relatează moartea unei tinere italiene în a cărei posibilă asasinare sunt implicate elitele politice și artistice din țară și unde abordează genul polițist și cel de cronică socială ce ne amintesc de *La Dolce Vita*, reportaje despre traficul de femei din Paris în America Latină, care se termină pe un ton interogativ, note reelaborate despre știri de presă din alte țări, reflecții asupra profesiei de scriitor, așa cum apar în multe din pasionantele articole scrise pentru „tribuna" din *El País*, în ultima și prolifica sa etapă din 1980, și zeci de narațiuni diverse ce ni-l redau pe acel García Márquez de care ne este tot timpul dor. Parafrazându-l pe Gilard, sunt texte ale „unui jurnalist columbian care cutreieră slobod prin lume".

Le datorez o deosebită gratitudine lui Carmen Balcells și lui Claudio López de Lamadrid, care au avut încredere în munca mea de editor pentru a duce la bun sfârșit acest proiect început încă de când lucram cu García Márquez la editarea memoriilor sale și îl vizitam adesea în locuința sa din El Pedregal[1], alcătuind împreună volumul *N-am venit să țin un discurs*. Lui Mercedes, Rodrigo și Gonzalo, ale căror sugestii și sfaturi m-au însoțit în acești ani în care am tot citit și răscitit textele din volum, le sunt veșnic recunoscător pentru imensa lor

[1] Pedregal de Ángel (Jardines del Pedregal), cartier rezidențial din Ciudad de México, ultima reședință a scriitorului (n.tr.)

generozitate. Moștenirea operei jurnalistice din care aici se prezintă o mostră este tot mai bogată grație Fundației Gabriel García Márquez pentru Noul Jurnalism Iberoamerican, condusă de Jaime Abello, prin atelierele unde s-au format și specializat sute de ziariști din întreaga lume, și care acordă în fiecare an premiul ce poartă numele scriitorului.

În sfârșit, gratitudinea mea cea mai profundă i-o datorez lui Gabo însuși, pentru încrederea pe care mi-a arătat-o în munca mea și, mai cu seamă, pentru prietenia lui.

CRISTÓBAL PERA

BĂRBIERUL PREZIDENȚIAL

În ediția unui ziar guvernamental a apărut acum câteva zile fotografia Excelenței Sale președintele republicii, dl. Mariano Ospina Pérez, la inaugurarea serviciului telefonic direct între Bogotá și Medellín. Șeful Executivului, serios, preocupat, apare în poză înconjurat de zece sau cincisprezece aparate telefonice, care par a fi cauza aerului său concentrat și atent. Cred că niciun obiect nu dă o impresie mai clară de om extrem de ocupat, dăruit pe de-a-ntregul rezolvării unor complicate probleme felurite, ca această turmă de telefoane (și, în paranteză fie spus, merit să fiu aplaudat pentru metafora răsuflată în stil suprarealist) care decorează fotografia prezidențială. După aspectul celui care le folosește, se pare că fiecare receptor se află în comunicare cu altul, dezbătând nenumăratele probleme de stat, și că domnul președinte se vede nevoit să-și petreacă ziua întreagă, cu cele douăsprezece ore ale sale, străduindu-se să le rezolve prin telefon de la mare distanță, din cabinetul său îndepărtat de prim demnitar. Totuși, în ciuda acestei senzații de om ocupat până peste cap, domnul Ospina Pérez continuă să fie, chiar și în fotografia de care mă ocup, un bărbat îmbrăcat corect, cu șuvițele de pe creștetul său nins pieptănate cu grijă, cu bărbia netedă proaspăt bărbierită, ca o mărturie a frecvenței cu care domnul președinte recurge la complicitatea intimă și eficace a bărbierului. De fapt, asta e întrebarea pe care mi-am pus-o uitându-mă la ultima poză a celui mai bine bărbierit demnitar din America: Cine e bărbierul palatului?

Domnul Ospina este un om prevăzător, abil, precaut, care pare să-i cunoască în profunzime pe toți cei care îl slujesc. Miniștrii săi sunt oameni în care are deplină încredere, și nu e cu putință să-ți imaginezi că aceștia ar păcătui împotriva prieteniei prezidențiale, nici cu fapta și nici cu gândul. Bucătarul palatului, dacă palatul are, într-adevăr, un bucătar, trebuie să fie un slujbaș cu o convingere ideologică de nestrămutat, care pregătește cu o grijă plină de rafinament felurile de bucate care, după doar câteva ceasuri, vor servi drept factor nutritiv de cea mai bună calitate pentru prima digestie a Republicii, care trebuie să fie o digestie bună și fără cusur. Pe deasupra, dat fiind că până și în bucătăria palatului pot pătrunde, clandestin, calomniile răuvoitoare ale opoziției, la masa președinților nu va lipsi un degustător cinstit. Dacă așa stau lucrurile cu miniștrii, cu bucătarul, cu liftierul, cum să fie oare cu bărbierul, singurul muritor cu drept de vot care își poate permite libertatea democratică de a mângâia bărbia președintelui cu oțelul ascuțit al briciului? Pe de altă parte, cine să fie acest domn influent căruia, în fiecare dimineață, domnul Ospina îi împărtășește preocupările de peste noapte, căruia îi povestește, cu o minuțiozitate atentă, urzeala coșmarurilor lui, și care este, la urma urmelor, un sfetnic eficient cum trebuie să fie orice bărbier destoinic?

Adesea, soarta unei republici depinde mai curând de un singur bărbier decât de toți demnitarii, tot așa cum, în majoritatea cazurilor – după cum spune poetul –, soarta geniilor depinde de moașă. Domnul Ospina o știe prea bine și poate că de aceea, înainte de a pleca să inaugureze serviciul telefonic direct între Bogotá și Medellín, primul demnitar, cu ochii închiși și picioarele întinse, s-a lăsat în voia plăcerii de a simți foarte aproape de artera jugulară contactul rece și ironic al briciului, în timp ce i se perindau prin minte, în rânduri strânse, toate problemele complicate pe care trebuia să le rezolve de-a lungul zilei. E posibil ca președintele să-și fi informat bărbierul că, în dimineața aceea, avea să inaugureze un serviciu telefonic perfect, spre mândria guvernării lui. „Pe cine să sun la Medellín?“, trebuie că se întreba, simțind cum îi urcă pe gât lama ascuțită. Și bărbierul, om discret, tată de familie, călător în ceasurile de odihnă, trebuie să fi păstrat o tăcere prudentă, dar semnificativă. Căci în realitate – s-o fi gândit el – dacă, în loc să fie ceea ce este, ar fi președinte, ar fi asistat la inaugurarea serviciului telefonic, ar fi luat receptorul și, vădit preocupat, ar fi spus pe un ton de funcționar eficient: „Faceți-mi legătura cu opinia publică“.

16 martie 1950, *El Heraldo*, Barranquilla

SUBIECT PENTRU UN SUBIECT

Sunt unii care transformă lipsa unui subiect în subiectul propriu-zis pentru o notă jurnalistică. Procedeul este absurd într-o lume ca a noastră, unde se petrec lucruri de inestimabil interes. Cel care are de gând să se apuce să scrie despre nimic nu trebuie decât să răsfoiască la întâmplare presa din ziua respectivă pentru ca problema inițială să devină cu desăvârșire alta: să afle ce subiect e de preferat din multele care se oferă. Vezi, bunăoară, prima pagină a unui ziar oarecare. „Doi copii s-au jucat cu farfurii zburătoare și au ars." Aprinde-ți o țigară. Privește, cu mare atenție, alfabetul întortocheat al mașinii de scris Underwood și începe cu litera cea mai atrăgătoare. Gândește-te – odată citită informația – la jalnica decădere de care au parte acum farfuriile zburătoare. Amintește-ți de mulțimea de note care s-au scris despre ele, de când au fost văzute pentru prima oară – cu aproape doi ani în urmă, pe meleagurile din Arkansas – și până astăzi, când au devenit o simplă, dar periculoasă jucărie pentru copii. Gândește-te la situația bietelor farfurii zburătoare care, întocmai ca fantomele, sunt tratate de omenire cu lipsă de respect, fără nicio considerație pentru calitatea lor de element interplanetar. Mai aprinde-ți o țigară și gândește-te, în sfârșit, că subiectul nu-i bun de nimic din exces de viteză.

Citește apoi știrile internaționale. „Brazilia nu va avea anul acesta excedent de cafea.“ Întreabă-te: „Cui poate să-i pese de treaba asta?“ Citește mai departe. „Problema țăranilor din Mares nu e doar un caz legal.“ „El Carare, o mare surpriză.“ Citește editorialele. În fiecare adjectiv se vede mâna unui cenzor implacabil. Totul, în realitate, e de un interes evident. Însă nu pare a fi un subiect potrivit. Ce-i de făcut? Lucrul cel mai logic: să te uiți la benzile desenate. Pancho nu poate ieși din casă. Tío Barbas asistă la un duel la care nu există decât un pistol încărcat, și cei doi trebuie să aleagă fiecare o armă. Clark Kent trebuie să lupte cu Superman și viceversa. Tarzan s-a făcut negustor de hârci. Avivato a furat, ca de obicei, o funie de pești. Penny asistă la o oră de filosofie.

Ce îngrozitor! Și acum, hai la pagina socială. Unul se căsătorește cu una tocmai când viața e atât de scumpă și clima atât de fierbinte. Fata generalului Franco se mărită cu un domn care nu va fi nimic alceva decât „ginerisimul“ dictatorului. Un ins care moare și șapte care se nasc. Mai aprinde-ți o țigară. Gândește-te că se termină ziarul și încă nu te-ai hotărât la un subiect. Amintește-ți de nevastă, de copiii care te așteaptă, morți de foame, și care vor fi mai departe morți de foame atât timp cât nu găsești un subiect potrivit. Ce chestie teribilă! Începem să devenim sentimentali. Nu! Mai sunt încă reclamele de filme. Ah, dar am vorbit ieri de filme! După asta, potopul!

Mai aprinde-ți o țigară și descoperi – cu groază – că era ultima din pachet. Și ultimul chibrit! Se lasă seara și ceasul se învârte, se învârte, în ritmul dansului orelor (Calibán). Și acum ce-ai de gând? Să arunci prosopul ca boxerii mediocri? Jurnalismul e profesia care seamănă cel mai mult cu boxul, cu avantajul că întotdeauna câștigă mașina și dezavantajul că nu e permis să arunci prosopul. Rămânem fără *girafă*[1]. Ce bine, mulți vor fi încântați de idee. Totuși, ai auzit odată o zicală care acum pare ridicolă și învechită de atâta uz și abuz: „Niciodată nu-i prea târziu pentru cel care începe cu dreptul". Adică greu e să începi. Să ne apucăm, așadar, fără țigări, fără chibrite, să căutăm un subiect. Să scriem fraza inițială: „Sunt unii care transformă lipsa unui subiect în însuși subiectul unei note jurnalistice". Procedeul e absurd... Dar e foarte simplu, la naiba! Nu-i așa?

11 aprilie 1950, *El Heraldo*, Barranquilla

[1] Nume dat coloanei pe care scriitorul, lucrând în redacția ziarului *El Heraldo*, trebuia s-o scrie mai multe zile pe săptămână, ales pentru că girafa este animalul care se bucură de cea mai amplă perspectivă, dar și prin referire la forma grafică a coloanei. (n.tr.)

O GREȘEALĂ EXPLICABILĂ

Era o zi de marți în Cali. Bărbatul, pentru care sfârșitul săptămânii fusese o perioadă furtunoasă fără timp – trei zile care nu i-au lăsat urme –, dăduse pe gât pahar după pahar, cu eleganță și obstinație, până luni la miezul nopții. Marți dimineața, când a deschis ochii și a simțit că o mare durere de cap îi ocupa pe de-a întregul camera, bărbatul a crezut că petrecuse doar cu o seară înainte și că acum, când se trezise, era duminică dimineața. Nu-și aducea aminte de nimic. Totuși, simțea o demnă remușcare pentru vreun păcat mortal pe care l-ar fi putut face, fără să-și dea seama exact care anume din cele șapte capitale corespundea acelei remușcări. Era o remușcare în sine. Doar remușcarea, fără condiții, furios de independentă și neclintit de anarhistă.

Tot ce știa cu precizie bărbatul era că se afla în Cali. Cel puțin – trebuie să se fi gândit – atâta vreme cât edificiul care se vedea în fața ferestrei lui era hotelul Alférez Real și cineva nu-i demonstra matematic că acesta fusese mutat în alt oraș în noaptea de sâmbătă, putea fi sigur că se afla în Cali. Când a deschis de-a binelea ochii, durerea de cap care umplea încăperea a venit lângă patul lui. Cineva l-a chemat pe nume, dar bărbatul nu s-a întors să vadă cine. A crezut doar că cineva, din camera vecină, striga o persoană care îi era cu totul necunoscută. Malul stâng al lacunei începea în seara de sâmbătă. Celălalt mal, în acest răsărit anost. Asta era tot. A încercat să se întrebe cine era el, în realitate. Și doar atunci când și-a amintit de numele său și-a dat seama că pe el îl strigau din camera de alături. Însă era prea ocupat cu remușcarea pentru a-și face griji din pricina unei chemări fără importanță.

Pe neașteptate, ceva mărunt și lucios ca oglinda a pătruns prin fereastră și s-a lovit de podea, la mică distanță de pat. Bărbatul trebuie să fi crezut că era o frunză adusă de vânt și a stat mai departe cu ochii-n tavanul care devenise mișcător, plutind învăluit în ceața durerii lui de cap. Dar ceva bătea ritmic în podea, lângă patul lui. Bărbatul s-a sculat în capul oaselor, s-a uitat dincolo de pernă și a văzut în mijlocul camerei un pește micuț. A zâmbit amuzat; și-a luat privirea de acolo și s-a întors spre perete. „Ce chestie! – i-a trecut prin cap. Un pește în camera mea, la etajul trei, și cu marea la mulți kilometri de Cali." Și a râs mai departe amuzat. Însă dintr-odată a sărit din pat. „Un pește! – a strigat. Un pește, un pește la mine în cameră!" Și s-a repezit gâfâind, exasperat, spre colțul camerei. Remușcarea i-a venit în întâmpinare. Întotdeauna își bătuse joc de scorpionii cu umbrelă, de elefanții roz. Dar acum nu încăpea nici cea mai mică îndoială. Ceea ce sărea, se zbătea, lucind ca oglinda în mijlocul camerei lui, era un pește!

Bărbatul închise ochii, scrâșni din dinți și măsură distanța. Apoi a fost vertijul, neantul nesfârșit al străzii. Se aruncase pe fereastră.

A doua zi, când bărbatul a deschis ochii, se găsea într-o cameră de spital. Își amintea totul, dar acum se simțea bine. Nici măcar nu-l durea ceea ce se afla sub bandaje. Avea la îndemână un ziar din ziua aceea. Bărbatul voia să facă oricum ceva. A luat ziarul și a citit:

> Cali. Aprilie 18. Azi-dimineață, un necunoscut s-a aruncat pe fereastra apartamentului său situat la etajul trei al unei clădiri din oraș. Se pare că hotărârea lui s-a datorat excitării nervoase produse de alcool. Rănitul se află la spital și se pare că starea lui nu este gravă.

Bărbatul s-a recunoscut în această știre, însă acum se simțea prea liniștit, prea senin, ca să se preocupe de coșmarul de ieri. Întoarse pagina și citi mai departe știrile despre orașul său. A dat de alta. Și bărbatul, simțind iar durerea de cap care dădea târcoale patului, a citit următoarea informație:

> Cali. Aprilie 18. Locuitorii din capitala departamentului Valle del Cauca s-au pomenit astăzi cu o surpriză extraordinară văzând pe străzile din centrul orașului sute de peștișori argintii, lungi cam de două degete, împrăștiați pretutindeni.

20 aprilie 1950, *El Heraldo*, Barranquilla

ASASINUL INIMILOR SOLITARE

Când Raymond Fernández și Martha Beck s-au cunoscut la New York, cu câțiva ani în urmă, s-a înfiripat pe furiș o idilă din acelea ale căror locuri propice sunt micile hoteluri de mâna a doua, printre sărutări prelungi și coșmaruri cu două pistoale din care doar unul e încărcat; Martha și Raymond – două nume magnifice pentru viitorul roman al lui don Arturo Suárez – trebuie să fi ajuns la stadiul de puritate spirituală în care i-a surprins poliția, printr-o cercetare scrupuloasă a sentimentelor reciproce, descoperind pasiunile comune din timpul liber și calitățile comune. Viața nu era îndurătoare cu ei. Era ca un câine înlănțuit pe coridorul clădirii unde locuiau, care ziua le arăta fulgerător colții feroce, hămesiți, iar peste noapte urla, tulburându-le somnul și amenința, ceas după ceas, să rupă lanțul. Asta era viața pentru Martha și Raymond, doi îndrăgostiți care, pe vremea când erau logodiți, poate că nu rupeau petale de nostalgice margarete precum protagoniștii romanelor sentimentale, ci descărcau o mitralieră pe zidurile casei repetând clasicul refren: „Mă iubește, nu mă iubește...“. Mai târziu, când s-au dus să locuiască în micul apartament unde se afla câinele legat, au descoperit cum să toarne puțin combustibil digestiv acestei iubiri care, dacă n-ar fi existat această soluție providențială, s-ar fi răcit până la urmă din lipsa unui strop de supă fierbinte în inimă. Raymond și Martha au descoperit latura vulnerabilă a unei văduve, doamna Janet Flay, care făcea parte dintr-unul din acele melancolice cluburi numite poetic ale inimilor solitare. Doamna Flay părea să aibă ceea ce Marthei și lui Raymond le lipsea pentru a învinge câinele, în schimb, părea că ei îi lipsește ceea ce lor le prisosea în nopțile în care împărțeau patul și spaimele.

Povestea trebuie să fi devenit serioasă când Raymond a luat legătura cu văduva și i-a propus schimbul. Ea avea să contribuie cu bani, iar el cu măcar una din nenumăratele fibre îndrăgostite care i se întăreau încetul cu încetul în suflet, în lipsa unui strop de căldură. Planul a fost pus la punct perfect – cel puțin așa i se părea lui Raymond – și s-a desfășurat lent, punând în mișcare nenumăratele sale piese secrete, până în ziua în care ceva a dat greș, oprind perfectul mecanism imaginat, și Raymond, și Martha, fără ca ei înșiși să știe cum au ajuns la închisoare cu dragostea lor ca două pistoale, din care unul singur e încărcat, cu câinele și tot restul.

Această poveste sentimentală s-ar fi terminat aici dacă Martha cea devotată n-ar fi ajuns să sufere de boala contagioasă a inimilor solitare și să înceapă să cocheteze cu paznicul închisorii Sing Sing. William Ritcher, avocatul lui Raymond, a reușit să-l convingă pe judecătorul federal Sylvester Ryan să emită o decizie *habeas corpus* ordonând transferul deținutului la New York, având în vedere că sentimentele neașteptate pe care

Martha le manifesta față de temnicerul ei l-au supus pe arestat la o „tortură mentală“ care nu figura în sentință. Dar transferul – după cum spunea telegrama – nu a reușit să aline suferința lui Raymond. A fost văzut plimbându-se prin celulă, vorbind singur, torturat de amintirile din acele nopți din micul hotel de mâna a doua, care acum i se păreau fericite, în ciuda câinelui și a șobolanilor care își disputau o pagină editorială sub patul îndrăgostiților. „Asasinul inimilor solitare“, cum i se spune acum, a devenit unul dintre membrii acestui club, în închisoarea din New York, și a cerut să i se aplice terapia eficientă pentru durerea lui. O terapie de mare voltaj, care, fără îndoială, îl va transforma pe Raymond cel plângăcios de astăzi într-un alt Raymond euforic, când funcționarii închisorii vor pune în funcțiune mecanismul eficace al scaunului electric.

27 septembrie 1950, *El Heraldo*, Barranquilla

MOARTEA NU ESTE O DOAMNĂ PUNCTUALĂ

Citind o știre care provine din Middlesbrough, Kentucky, mi-am amintit de frumoasa parabolă a sclavului care a fugit la Samara pentru că s-a întâlnit cu moartea în târg și ea i-a făcut un gest pe care sclavul l-a considerat drept „un semn de amenințare". După doar câteva ore, stăpânul sclavului, care pare-se era prieten la cataramă cu moartea, s-a întâlnit cu ea și a întrebat-o: „De ce ai făcut un gest de amenințare, ieri dimineață, când l-ai văzut pe sclavul meu?" Iar moartea i-a răspuns: „N-a fost un gest de amenințare, ci de surpriză. M-a surprins să-l văd acolo, fiindcă în seara asta avea întâlnire cu mine la Samara".

Această parabolă este, într-un anume fel, opusul a ceea ce i s-a întâmplat acum două zile în Middlesbrought, Kentucky, unui bărbat care avea în ziua aceea întâlnire cu moartea și, din motive care n-au putut fi încă stabilite, nu omul, ci moartea n-a venit la întâlnire. Pentru că James Longworth, un locuitor de la munte de șaizeci și nouă de ani, s-a sculat în ziua aceea mai devreme ca oricând, s-a îmbăiat și s-a pregătit parcă de călătorie.

Apoi s-a întins în pat, a închis ochii și a înșirat toate rugăciunile pe care le știa, pe când afară, îngrămădiți pe la ferestre, peste două sute de oameni așteptau vestea sosirii vaporului nevăzut care avea să-l ducă pentru totdeauna.

Așteptarea începuse cu trei ani în urmă, într-o dimineață în care munteanul și-a povestit visele dimineața, la micul dejun, spunând că în unul îi apăruse moartea și-i promisese că va veni după el la ora 8 și 20 de minute în ziua de 28 iunie 1952. Vestea s-a răspândit în sat, și apoi în district, și apoi în tot statul Kentucky. Mai curând sau mai târziu, toți locuitorii aveau să moară. Dar moartea lui James Longworth a fost, din acea zi, diferită de aceea a vecinilor, pentru că el era de acum un muritor întrupat într-un om care ar fi putut să facă orice, chiar și să-și impună o dietă pe bază de sublimat corosiv, cu siguranța că acel cuvânt de onoare al morții, dat cu atâta solemnitate, n-avea să fie încălcat după o asemenea înștiințare precisă și peremptorie. Din ziua aceea, James Longworth începuse să fie cunoscut, și pe străzi, și în districtul Middlesbrough, și în statul Kentucky, pur și simplu, drept „omul care va muri".

Astfel încât când s-au trezit, acum două zile, toți locuitorii districtului și-au amintit că e 28 iunie și că peste două ore moartea va veni să se țină de cuvânt la întâlnirea cu James Longworth. Acea dimineață, care ar fi trebuit să fie una de doliu, a fost oarecum o dimineață de sărbătoare, în care cetățenii curioși au întârziat la lucru pentru a merge o bună bucată de drum ca să fie de față la moartea unui om. În realitate, e puțin probabil ca lumea să se fi gândit că moartea lui James Longworth avea să fie diferită. Însă, în orice caz, aici era vorba de ceva ce noi, muritorii, am fost dornici să aflăm de la începutul lumii: loialitatea morții în a-și respecta cuvântul de onoare. Și, spre a verifica aceasta, au venit bărbați, femei și copii, pe când James Longworth își lua rămas-bun de la ei din pat, de parc-ar fi făcut-o de pe scara acelui vehicul nevăzut care, cu trei ani înainte, îi permisese să cunoască una dintre nenumăratele milioane de căsuțe ale itinerarului său nesfârșit.

Deodată, cu inima cât un purice, spectatorii au văzut că era fix opt și douăzeci de minute și că moartea nu sosea încă. A fost un fel de dezolare mândră, de speranță neîmplinită în cele două sute de capete care se înghesuiau la ferestre. Dar minutul a trecut. Și a mai trecut unul, dar nu s-a întâmplat nimic. Atunci, James Longworth, descumpănit, s-a așezat pe pat și a spus: „O să fiu dezamăgit dacă nu mor imediat". Și e posibil ca, la ora asta, cele două sute de persoane care s-au trezit în zori și au mers o bună bucată de drum, gâfâind, în dimineața acelei veri fierbinți, să stea acum în mijlocul pieții chemând moartea. Nu pentru a se lăsa luați de ea, ci pentru a o linșa.

1 iulie 1952, *El Heraldo*, Barranquilla

STRANIA IDOLATRIE DIN LA SIERPE

EXTRAVAGANTA VENERARE A LUI JESUSITO. UN SINDICAT DE IDOLI. SFÂNTA SCÂNDURĂ ȘI SFÂNTUL RINICHI. PACHA PÉREZ

Idolatria a căpătat în La Sierpe un extraordinar prestigiu de mult, din ziua când o femeie a crezut că descoperă puteri supranaturale la o scândură de cedru. Femeia căra o ladă de săpun, când una dintre scânduri s-a desprins și toată strădania ei de a o pune la loc a fost zadarnică; s-au îndoit cuiele chiar și în locurile mai slabe ale lemnului. În cele din urmă, femeia a cercetat în amănunțime scândura și a descoperit în rugozitățile ei, după cum a spus, imaginea Fecioarei. Consacrarea a fost instantanee și sfințirea directă, fără metafore și fără vorbe de prisos: Sfânta Scândură, o scândură din lemn de cedru, care face minuni și este plimbată la procesiunile de rugăciune când iarna amenință recoltele.

Găsirea ei a dat naștere unui extravagant și numeros pomelnic de obiecte sfințite, în care se includ copite și coarne de vită, venerate de cei care speră să alunge ciuma departe de animalele lor; dovleci care-i feresc pe drumeți de primejdiile fiarelor sălbatice; bucăți de metal sau ustensile casnice care aduc fetelor logodnicii potriviți și, printre multe altele, Sfântul Rinichi, canonizat de un măcelar care a crezut că descoperă într-un rinichi de vită o asemănare uluitoare cu figura lui Iisus cu cununa de spini pe cap, și căruia i se roagă cei care suferă de afecțiuni ale organelor interne.

Jesusito

Elementul indispensabil la toate sărbătorile care se țin în fiecare an în cătunele învecinate cu La Sierpe este un mic altar care se instalează într-un colț al pieții. Bărbați și femei se adună în acest loc pentru a depozita ofrande și a solicita minuni. Este o firidă făcută din frunze de palmier, în mijlocul căreia, pe o cutiuță căptușită cu hârtie în culori strălucitoare, se află idolul cel mai popular și cel care are cea mai mare clientelă în regiune: un omuleț negru, cioplit dintr-o bucată de lemn, înalt de două degete, așezat pe un miel de aur. Are un nume simplu și familiar: Jesusito, și este invocat de locuitorii din La Sierpe în orice situație urgentă, cu promisiunea solemnă de a depune la picioarele sale un obiect din aur care să amintească de minunea săvârșită aici. Și, astfel, pe altarul lui Jesusito există astăzi o grămadă de figurine aurite care valorează o avere: ochi de aur donați de un orb care și-a recăpătat vederea; picioare de aur ale unuia care a fost paralitic și a ajuns să meargă din nou; tigrii de aur depuși de drumeții care au scăpat de pericolul fiarelor și nenumărați copii de aur, de diferite mărimi și forme, pentru că omulețului negru călare pe un inel i se adresează cu precădere femeile din La Sierpe care stau să nască.

Jesusito este un sfânt străvechi, de origine necunoscută. S-a transmis din generație în generație și a fost, preț de mulți ani, sursa de subzistență a diferiților lui proprietari. Jesusito se supune legii cererii și ofertei. Este un obiect râvnit, care poate fi înstrăinat prin negocieri cinstite, și care răspunde așa cum se cuvine sacrificiilor celor care îl cumpără. Prin tradiție, proprietarul lui Jesusito este și proprietarul ofrandelor și al figurinelor de aur, dar nu și al animalelor care îi sunt dăruite idolului pentru a-și îmbogăți patrimoniul personal. Ultima dată când a fost vândut, acum trei ani, a fost cumpărat de un crescător de vite cu o intuiție comercială excelentă, care a hotărât să-și schimbe îndeletnicirea, și-a vândut vitele și pământurile și s-a apucat să colinde satele ducând de la o sărbătoare la alta prospera lui afacere cu minuni.

Noaptea în care Jesusito a fost furat

Acum opt ani, Jesusito a fost furat. Era prima oară că se întâmpla una ca asta și cu siguranță avea să fie ultima, pentru că pe făptaș îl cunosc și îl compătimesc toți cei care de atunci încoace au ajuns dincolo de mlaștinile din La Guaripa. Întâmplarea a avut loc pe 20 ianuarie 1946, în La Ventura, pe când se sărbătorea noaptea numită *Dulcele Nume.* În zorii zilei, când entuziasmul a început să scadă, un călăreț furios a năvălit în piața satului, a răsturnat masa la care se aflau muzicanții, iscând un zgomot asurzitor de vase sparte, printre ghirlande împrăștiate și dansatori răvășiți. A fost o furtună de un minut. Dar când a contenit, Jesusito dispăruse de pe altarul său. În zadar l-au căutat printre obiectele trântite pe jos, printre alimentele vărsate. În zadar au desfăcut firida, au scuturat tot ce era înăuntru și i-au perchiziționat cu mare grijă pe localnicii din La Ventura, care rămăseseră fără grai. Jesusito dispăruse și asta nu era numai un motiv de neliniște generală, ci și o dovadă că idolul era nemulțumit de rugămințile *Dulcelui Nume.*

Trei zile mai târziu, un bărbat călare, cu mâinile oribil de umflate, a traversat lunga și unica stradă din La Ventura, a descălecat în fața postului de poliție și a pus în mâinile inspectorului minusculul omuleț călare pe un inel de aur. Nu a avut puterea să încalece iar și nici curajul să înfrunte furia grupului de oameni îngrămădiți la poartă. Tot ce voia și striga în gura mare era un făurar care să-i facă de urgență o pereche de mânuțe de aur.

Sfântul pierdut

Cu un prilej anterior, Jesusito fusese rătăcit un an întreg. Pentru a-l găsi, s-au pornit să-l caute toți localnicii vreme de trei sute șaizeci și cinci de zile cu respectivele nopți cu tot. Circumstanțele în care a dispărut atunci au fost asemănătoare cu cele care au provocat rătăcirea lui în La Ventura, în noaptea *Dulcelui Nume*. Un cunoscut scandalagiu din partea locului a pus mâna intempestiv pe Jesusito, fără niciun motiv, și l-a aruncat într-o livadă vecină. Fără să stea nicio clipă pe gânduri, credincioșii s-au apucat imediat să curețe livada, centimetru cu centimetru. După douăsprezece ore, nu mai era niciun fir de iarbă, dar Jesusito tot nu era de găsit. Atunci se apucară să grebleze pământul. Și au greblat zadarnic toată săptămâna și săptămâna următoare. În cele din urmă, după cincisprezece zile de căutări, s-a hotărât ca, pentru toți cei care iau parte la căutare, aceasta să fie considerată un act de penitență, și ca găsirea lui Jesusito să însemne iertarea păcatelor. Livada a devenit de atunci un loc de pelerinaj și, mai târziu, o piață publică. S-au instalat în jurul ei cârciumi, și bărbați, și femei de pe cele mai îndepărtate meleaguri au venit să grebleze, să sape și să răscolească pământul de nenumărate ori pentru a-l găsi pe Jesusito. Spun unii care știu din sursă sigură că Jesusito cel rătăcit a continuat să facă minuni, mai puțin aceea de a apărea. A fost un an prost pentru La Sierpe. Culturile s-au uscat, calitatea grânelor s-a degradat și câștigurile au fost insuficiente pentru a acoperi necesitățile regiunii, care niciodată n-au fost atât de multe ca în anul acela.

Multiplicarea lui Jesusito

Există o colecție de anecdote, bogată și foarte pitorească, referitoare la anul acela prost în care Jesusito fusese rătăcit. Într-o casă din La Sierpe a apărut un Jesusito falsificat, cioplit de un ingenios locuitor din Antioquia, care, în felul acesta, a sfidat indignarea populară și a fost gata s-o pățească din pricina acestei aventuri. Acest episod a fost începutul unei serii de falsificări, al unei producții pe scară mare de Jesusitos apocrifi, care apăreau pretutindeni și au ajuns să zăpăcească mințile până într-atât încât, la un moment dat, oamenii s-au întrebat dacă în acea cantitate considerabilă de idoli falși nu s-ar putea afla și cel autentic. Instinctul pe care îl au locuitorii din La Sierpe pentru a distinge ceea ce e artificial de ceea ce e autentic a fost la început singurul mijloc la îndemâna proprietarului lui Jesusito pentru a identifica figurina. Lumea examina mica statuetă și spunea doar atât: „Nu e ăsta!“ Și proprietarul o arunca deoarece, chiar dacă acela ar fi fost Jesusito cel autentic, n-ar fi fost bun de nimic în cazul în care credincioșii dădeau asigurări că era unul fals. A venit însă momentul în care s-au iscat controverse în legătură cu identitatea idolilor. După opt luni de când s-a pierdut, prestigiul lui Jesusito a început să fie pus sub semnul întrebării. Credința celor care îl venerau s-a clătinat și grămada de idoli de reputație îndoielnică a fost incinerată pentru că cineva a dat asigurări că Jesusito cel veritabil era invulnerabil la foc.

Sindicatul idolilor

Odată rezolvată problema numeroșilor Jesusitos falși, imaginația fanaticilor a scornit noi metode pentru a localiza idolul. Sfânta Scândură, Sfântul Rinichi, toată complicata galerie de coarne, copite, belciuge și ustensile de bucătărie care alcătuiesc prospera listă de sfinți din La Sierpe au fost aduse în grădină cu o roabă pentru a întări, în strânsă solidaritate sindicală, istovitoarea căutare a lui Jesusito. Dar și acest mijloc s-a dovedit zadarnic. Exact când se împlinise anul de la noaptea pierderii, un expert în exigențele și capriciile lui Jesusito a născocit un mijloc providențial; a spus că Jesusito dorea o mare coridă.

Crescătorii de vite din regiune au contribuit cu bani și cu tauri de luptă și au dat peonilor lor cinci zile de concediu plătit. Petrecerea de după coridă a fost cea mai mare, mai frenetică și mai zgomotoasă din câte își aduc aminte oamenii din La Sierpe, dar cele cinci zile au trecut fără ca Jesusito să apară. Într-o dimineață, după ultima noapte, când peonii se întorceau la munca lor și fanaticii din regiune inventau noi mijloace și extravagante penitențe pentru găsirea lui Jesusito, o femeie care trecea pe la șase leghe depărtare de livadă a dat de un omuleț negru aruncat în mijlocul drumului. În curtea celei mai apropiate case au aprins un foc și au aruncat acolo figurina. Când focul s-a stins, idolul era acolo, perfect în integritatea sa de Jesusito autentic.

Averea personală a lui Jesusito

Acela a fost începutul bogățiilor personale ale lui Jesusito. Proprietarul livezii i-a cedat drepturile, cu condiția ca terenul să fie considerat drept patrimoniu particular al figurinei, și nu al proprietarului ei. De atunci, Jesusito primește de la credincioșii săi capete de vite, pământuri cu pășune bună și apă curgătoare. Bineînțeles că administratorul acestor bunuri este proprietarul idolului. Însă în ziua de azi nu i se pot reproșa nereguli în gospodărirea averii. Astfel, Jesusito este stăpân peste o livadă, două case și un islaz bine îngrijit, unde pasc vaci, boi, cai și măgari, marcați cu semnul lui particular. Ceva asemănător cu ceea ce se întâmplă cu acel Hristos din Villa de San Benito, împotriva căruia acum câțiva ani s-a deschis un proces, acuzat fiind de furt de vite, pentru că au apărut niște vite străine marcate cu semnul lui.

Un priveghi în La Sierpe

Gospodinele din La Sierpe se duc la cumpărături ori de câte ori moare cineva. Priveghiul este centrul unei activități comerciale și sociale într-o regiune ai cărei localnici nu au alt prilej de a se întâlni, de a se aduna și de a se distra decât acela oferit de moartea unei persoane cunoscute. De aceea priveghiul este un pitoresc și zgomotos spectacol de bâlci, unde cel mai puțin important, mai de circumstanță și mai întâmplător este cadavrul.

Când o persoană moare în La Sierpe, alte două o pornesc la drum în sensuri opuse: una spre La Guaripa, să cumpere coșciugul, și alta spre interiorul mlaștinii, să răspândească vestea. Pregătirile încep în casă cu măturatul curții și strângerea tuturor obiectelor care, în noaptea aceea și în celelalte opt care urmează, pot stingheri libera mișcare a vizitatorilor. În colțul cel mai îndepărtat, unde să nu stea în calea nimănui și unde să deranjeze cel mai puțin, este întins mortul pe pământ, pus pe două scânduri. Lumea începe să vină spre seară, se duce direct în curtea casei și instalează de-a lungul gardului tarabe cu mărunțișuri; carne friptă, loțiuni ieftine, gaz, chibrituri. Când se lasă noaptea, curtea se preface într-un târg în mijlocul căruia se află o albie uriașă, plină de rachiu făcut în regiune, în care plutesc numeroase tărtăcuțe mici, făcute din dovleci verzi. Albia și pretextul cu mortul sunt singurele contribuții ale familiei.

Școala dragostei

Într-o parte a curții, lângă masa cea mai mare, se adună fetele să înfășoare foi de tutun. Nu toate: numai cele care doresc să-și găsească bărbat. Cele care preferă deocamdată să continue cu activități mai puțin riscante pot face ce poftesc la priveghi, în afară de a înfășura foile de tutun. Cu toate că, în general, fetele care nu aspiră să-și găsească soț nu vin la priveghi.

Pentru bărbații care vor să-și găsească nevastă există, de asemenea, un loc lângă râșnița de cafea. Femeile din La Sierpe simt o irezistibilă atracție foarte convențională, dar, totodată, foarte simbolică pentru bărbații care sunt capabili să macine cu o viteză excepțională mari cantități de cafea. Participanții la acel concurs istovitor se îndreaptă în ture spre masa cu râșnița, unde încearcă să prefacă în pulbere și inima fetelor care înfășoară foile de tutun și uriașele cantități de cafea prăjită cu care un judecător imparțial și oportunist menține plin vasul râșniței. Mai mult decât junii plini de sârg, cei care profită sunt aproape întotdeauna proprietarii cafelei, care au așteptat ani de zile o ocazie ca un mort și un optimist să le rezolve situația cea mai grea și mai complicată a îndeletnicirii lor.

Împărțiți în grupuri, ceilalți bărbați vorbesc despre afaceri, discută, desăvârșesc și încheie târguri și închină pentru înțelegerile făcute, sau își mai domolesc controversele ducându-se din când în când la uriașa albie de rachiu. Există, de asemenea, un loc pentru cei care nu fac nimic, pentru cei care nu au nimic de cumpărat și nimic de vândut; aceștia se așază în grupuri în jurul unei lămpi ca să joace domino sau șeptic cu cărți spaniole.

Pacha Pérez

A boci mortul – una dintre activitățile care, pe litoralul atlantic, oferă cele mai curioase și extravagante nuanțe – este, pentru cei din La Sierpe, o ocupație care nu revine familiei mortului, ci unei femei care, prin vocație și experiență, devine o bocitoare de profesie.

Rivalitatea între cele care practică această îndeletnicire capătă aspecte mai alarmante și are consecințe mai sumbre decât vesela întrecere a celor care râșnesc cafeaua. Geniu al bocitoarelor dintre toate bocitoarele din La Sierpe a fost Pacha Pérez, o femeie autoritară și uscățivă, despre care se spune că a fost prefăcută în șarpe de diavol la vârsta de 185 de ani. Ca și La Marquesita, Pacha Pérez a ajuns o legendă. Nimeni n-a mai avut o voce ca ei și nici nu s-a mai născut în întortocheatele mlaștini din La Sierpe o femeie care să aibă ca ea capacitatea halucinantă și satanică de a condensa toată povestea unui om mort într-un răcnet. Pacha Pérez nu a avut niciodată concurență. Când se vorbește de ea, bocitoarele de astăzi au un fel de justificare, care e, totodată, o justificare pentru ele însele: „Păi, Pacha Pérez făcuse pact cu diavolul“.

Teatrul bocitoarelor

Bocitoarele nu intervin pentru a-l plânge pe mort, ci în cinstea vizitatorilor importanți. Când lumea adunată observă prezența cuiva care, prin poziția sa economică, e considerat în partea locului drept un cetățean cu merite excepționale, este anunțată bocitoarea de serviciu. Ceea ce urmează e un episod cu desăvârșire teatral: propunerile comerciale se întrerup, fetele se opresc din înfășuratul foilor de tutun și junii care aspiră la mâna lor lasă la o parte râșnitul cafelei; bărbații care joacă șeptic și femeile care se îngrijesc de cuptoare și de tarabe se îndreaptă pe tăcute, în așteptare, spre mijlocul curții, unde bocitoarea, cu brațele ridicate și fața schimonosită în chip dramatic, începe să bocească. Din acel răcnet prelung și sfâșietor, nou-venitul aude atunci povestea mortului; cu clipele lui bune și cu cele rele, cu virtuțile și defectele lui, cu bucuriile și amărăciunile lui; povestea mortului care începe să putrezească în colț, înconjurat de porci și găini, cu fața în sus pe două scânduri.

Ceea ce la asfințit era un târg vesel și pitoresc, în zori începe să capete tonuri de tragedie. Albia a fost umplută de mai multe ori și de tot atâtea ori s-a băut rachiul arzător din ea. Atunci intervin tăceri în conversații, în joc și în dragoste. Tăceri adânci, de neînvins, care ar rupe pentru totdeauna relațiile acelei omeniri intoxicate dacă în clipa aceea nu s-ar ivi, cu puterea sa teribilă, importanța contrariată a mortului. Înainte de a se crăpa de ziuă, cineva amintește că în casă e un cadavru. Și atunci parcă se răspândește vestea pentru prima oară, fiindcă se suspendă toate activitățile și un grup de bărbați amețiți și de femei istovite alungă porcii și găinile, aduc scândurile cu mortul în mijlocul curții, pentru ca să înceapă să se roage Pánfilo.

Pánfilo e un bărbat uriaș, înalt ca un copac și puțin efeminat, care acum are în jur de cincizeci de ani și vreme de treizeci a luat parte la toate priveghiurile din La Sierpe și a recitat rozariul la toți morții. Darul lui Pánfilo, care l-a făcut să fie preferat tuturor celor cu această îndeletnicire din regiune, constă în aceea că rozariul spus de el, misterele și rugăciunile lui sunt inventate chiar de el, amestecând în chip original și complicat literatura catolică și superstițiile din de La Sierpe. Rozariul lui de rezistență se numește „Rugăciune pentru Domnul nostru cel atotputernic“ și a fost botezat astfel chiar de el. Pánfilo nu are locuință cunoscută, ci trăiește în casa ultimului mort până când află că a murit altul; atunci se înființează în fața cadavrului, ținând pe degetele mâinii drepte ridicate contabilitatea rugăciunilor. Există un moment de dialog susținut între el și cei de față, care răspund în cor: „Ia-l pe aici“ ori de câte ori Pánfilo rostește numele unui sfânt, mai întotdeauna născocit de el. Ca final pentru „Rugăciune pentru Domnul nostru cel atotputernic“, se uită în sus, spunând: „Înger de pază, ia-l pe aci“. Și-și îndreaptă arătătorul spre tavan.

Pánfilo n-are decât cincizeci de ani și e robust și sănătos ca un copac, dar – cum s-a întâmplat pe vremea lor cu La Marquesita și cu Pacha Pérez – a intrat deja în legendă.

28 martie 1954, Magazin Duminical,
El Espectador, Bogotá

VINE UN BĂRBAT PE PLOAIE

Și-n alte rânduri o înfiorase aceeași spaimă când se așeza să asculte ploaia. Auzea cum scrâșnește grilajul de fier, auzea pași de bărbat pe cărarea de cărămizi și zgomotul bocancilor șterși în prag. Multe nopți a așteptat ca bărbatul să bată la ușă. Dar mai târziu, când a învățat să descifreze nenumăratele zgomote ale ploii, și-a zis că vizitatorul imaginar nu-i va trece niciodată pragul și s-a obișnuit să nu-l mai aștepte. A fost o hotărâre definitivă, luată în acea furtunoasă noapte de septembrie, cu cinci ani în urmă, în care s-a apucat să reflecteze asupra vieții ei și și-a spus: „În ritmul ăsta o s-ajung să îmbătrânesc". De atunci, zgomotele ploii s-au schimbat și alte voci au înlocuit pașii bărbatului pe cărarea de cărămizi. Sigur e că, în ciuda hotărârii ei de a nu-l mai aștepta, uneori grilajul de fier scrâșnea iar și bărbatul își ștergea din nou bocancii în prag, ca înainte. Însă pe atunci ea asista la noi revelații ale ploii. Îl auzea iar pe Noel, când acesta avea cincisprezece ani, dându-i lecții de catehism papagalului; și auzea cântecul îndepărtat și trist al gramofonului pe care l-au vândut unui marchitan când a murit ultimul bărbat din familie. Ea se deprinsese să deslușească din ploaie cuvintele pierdute în trecutul casei, cuvintele cele mai pure și mai calde. Astfel că a fost o minune și o surpriză noutatea acelei nopți cu furtună când bărbatul care de atâtea ori deschisese poarta cu grilaj de fier și pășise pe cărarea de cărămizi a tușit în prag și a bătut de două ori în ușă.

Cu chipul întunecat de o dorință de neînvins, ea a făcut un gest ușor cu mâna, și-a întors privirea spre locul unde se afla cealaltă femeie și a spus:

– Acum a sosit.

Cealaltă stătea lângă masă, cu coatele sprijinite pe scândurile groase de stejar negeluite. Când a auzit bătăile, și-a îndreptat ochii spre lampă și a părut străbătută de o înfrigurare tenebroasă.

– Cine poate fi la ora asta? a spus.

Iar ea, din nou senină, cu siguranța celui care rostește niște cuvinte gândite vreme de mulți ani:

– Asta nu contează. Oricine ar fi, trebuie că e ud până la piele.

Cealaltă s-a ridicat, urmată atent de privirea ei. A văzut-o luând lampa. A văzut-o pierzându-se pe coridor. A auzit, din încăperea în penumbră și prin ropotul ploii pe care întunericul îl făcea și mai puternic, pașii celeilalte îndepărtându-se, șchiopătând pe dalele desprinse și tocite de pe verandă. Apoi a auzit zgomotul lămpii lovite de perete și imediat zăvorul desprinzându-se din belciugele ruginite.

O clipă n-a mai auzit decât glasuri înfundate. Discursul îndepărtat și fericit al lui Noel, așezat pe butoi, dându-i papagalului vești despre Dumnezeu. A auzit scrâșnetul roții în curte, când tata Laurel deschidea poarta mare ca să intre carul cu boi. O auzi pe Genoveva agitându-se prin casă, fiindcă veșnic, „veșnic găsesc baia asta nenorocită ocupată". Și apoi, din nou, pe tata Laurel slobozind înjurăturile lui soldățești, împușcând rândunele cu aceeași escopetă pe care o folosise în ultimul război civil ca să nimicească, el singur, o întreagă divizie guvernamentală. A ajuns chiar să creadă că, de data asta, episodul nu va include altceva decât bătăile în ușă, cum odinioară n-a inclus decât bocancii șterși în prag; și se gândea că femeia cealaltă deschisese și văzuse doar ghivecele cu flori în ploaie, strada tristă și pustie.

Dar apoi a început să deslușească zgomote în întuneric. Și a auzit iar pașii cunoscuți și a văzut umbrele întinse pe peretele verandei. Atunci a știut că, după mulți ani de gândire, după multe nopți de șovăială și de căință, bărbatul care deschidea grilajul de fier se hotărâse să intre.

Cealaltă femeie s-a întors cu lampa, urmată de nou-venit; a pus-o pe masă, iar el – fără să iasă din cercul de lumină – și-a scos impermeabilul, întorcându-și spre perete chipul devastat de furtună. Atunci, ea l-a văzut pentru prima oară. Mai întâi s-a uitat la el fără să clipească. Apoi l-a cercetat din cap până-n picioare, stăruind la fiecare membru în parte, cu o privire pătrunzătoare, atentă și serioasă, ca și cum în loc de un bărbat ar fi examinat o pasăre. În cele din urmă, și-a întors ochii spre lampă și a început să se gândească: „Oricum, el este, chiar dacă mi-l imaginam puțin mai înalt". Cealaltă femeie a tras un scaun până la masă. Bărbatul s-a așezat, și-a pus picior peste picior și și-a desfăcut șiretul de la bocanc. Cealaltă s-a așezat lângă el, vorbind cu un glas firesc despre ceva ce ea, din balansoar, nu reușea să înțeleagă. Dar în fața gesturilor lui fără cuvinte se simțea răsplătită pentru abandonul ei și lua aminte că aerul prăfos și steril mirosea din nou ca odinioară, de parcă ar fi revenit epoca în care existau bărbați care intrau nădușiți în camere, iar Úrsula, fără astâmpăr și plină de vigoare, dădea fuga în fiecare după-amiază la patru și cinci să petreacă trenul de la fereastră. Ea îl vedea gesticulând și se bucura că necunoscutul făcea astfel; că înțelegea că, după o călătorie anevoioasă, de multe ori refăcută, găsise, în sfârșit, casa pierdută în furtună. Bărbatul a început să-și descheie cămașa. Își scosese bocancii și stătea aplecat peste masă nerăbdător să se usuce la căldura lămpii. Atunci, cealaltă femeie s-a ridicat, s-a îndreptat spre dulap și s-a întors la masă cu o sticlă pe jumătate plină și cu un pahar. Bărbatul a luat sticla de gât, a scos cu dinții dopul de plută și și-a turnat jumătate de pahar de licoare verde și densă. Apoi a băut pe nerăsuflate, cu o dorință exaltată. Iar ea, din balansoar, fără să-l slăbească din ochi, și-a amintit de seara aceea când grilajul a scrâșnit pentru prima oară – trecuse atâta amar de vreme...! – și s-a gândit că nu aveau nimic în casă ca să-i dea vizitatorului, în afară de sticla aceea cu lichior de mentă. Îi spusese atunci însoțitoarei ei:

– Trebuie să lăsăm sticla în dulap. Cineva poate să aibă nevoie de ea vreodată.

Cealaltă întrebase:

– Cine?

Și ea răspunsese:

– Oricine. Întotdeauna e bine să fim pregătite dacă vine cineva pe ploaie.

Trecuseră mulți ani de atunci. Și acum bărbatul așteptat se afla acolo, turnându-și mai departe lichior în pahar.

Însă de data asta bărbatul n-a băut. Când a dat s-o facă, ochii i s-au rătăcit în penumbră, pe deasupra lămpii, și ea i-a simțit pentru prima oară atingerea caldă a privirii. A înțeles că, până în clipa aceea, bărbatul nu luase aminte că în casă mai era o femeie, și atunci a început să se legene.

Un răstimp, bărbatul a cercetat-o cu o atenție indiscretă. O indiscreție poate deliberată. Ea s-a tulburat la început, dar apoi și-a dat seama că și această privire îi era familiară și că totuși încăpățânarea lui scrutătoare și oarecum impertinentă avea mult din bunătatea năzdrăvană a lui Noel și poate și puțin din lentoarea răbdătoare și fidelă a papagalului său. De aceea a început să se legene, gândindu-se. „Chiar dacă nu e același care deschidea grilajul de fier, oricum e ca și cum ar fi." Și legănându-se mai departe, pe când el o privea, și-a zis: „Trebuie că tata Laurel l-a poftit să vâneze iepuri în livadă".

Înainte de miezul nopții, furtuna s-a întețit. Cealaltă își trăsese scaunul lângă balansoar și cele două femei au rămas tăcute, nemișcate, contemplându-l pe bărbatul care se usca lângă lampă. O creangă răzleață a migdalului vecin a lovit de mai multe ori fereastra prost închisă și aerul din încăpere s-a umezit, invadat de o pală de furtună. Ea a simțit pe chip atingerea tăioasă a grindinei, dar nu s-a mișcat, până când a văzut că bărbatul a scurs în pahar ultima picătură de mentă. I s-a părut că era ceva simbolic în priveliștea aceea și atunci și l-a amintit pe tata Laurel luptându-se singur, baricadat în ogradă, omorând soldații guvernamentali cu gloanțe pentru rândunele. Și și-a amintit de scrisoarea pe care i-a scris-o colonelul Aureliano Buendía și de gradul de căpitan pe care el l-a respins, zicând:

– Spuneți-i lui Aureliano că n-am făcut-o pentru război, ci pentru a nu-i lăsa pe sălbaticii ăștia să-mi mănânce iepurii.

Parcă în acea amintire ar fi scurs și ea ultima picătură a trecutului care-i mai rămânea în casă.

– Mai e ceva în dulap? a întrebat sumbru.

Iar cealaltă, cu același ton coborât, bănuind că el n-ar fi putut s-o audă, a spus:

– Nimic. Adu-ți aminte că luni am mâncat ultimul pumn de fasole.

Și apoi, temându-se că bărbatul le-ar fi putut auzi, au privit din nou spre masă, dar n-au mai văzut decât întunericul, fără masă și fără bărbat. Totuși, ele știau că bărbatul era acolo, nevăzut, lângă lampa care sta să se stingă. Știau că nu va pleca din casă până când ploaia nu va conteni și că în întuneric încăperea se micșorase în așa fel încât nu era deloc ciudat să le fi auzit.

9 mai 1954, *El Espectador*, Bogotá

CASA FAMILIEI BUENDÍA

(Note pentru un roman)

Casa e răcoroasă; umedă peste noapte, chiar și vara. Se află la nord, în capătul singurei străzi din sat, ridicată pe un soclu înalt și solid de ciment. Pragul e înalt, fără scări. Salonul lung, aproape lipsit de mobile, cu două ferestre mari ce dau spre stradă, e poate singurul lucru care o face să se deosebească de celelalte case din sat. Nimeni nu-și amintește să fi văzut ușile închise ziua. Nimeni nu-și amintește să fi văzut cele patru balansoare de nuiele în alt loc și în altă poziție: așezate în careu, în mjlocul salonului, părând că și-ar fi pierdut proprietatea de a aduce odihnă și ar avea acum o simplă și zadarnică funcție ornamentală. Acum, în colț e un gramofon, lângă fetița invalidă. Dar înainte, în decursul primilor ani ai veacului, casa a fost tăcută și tristă, poate cea mai tăcută și mai tristă din sat, cu salonul acela imens ocupat numai de cele patru [...] (acum, vasul are un filtru de piatră, cu mușchi) în colțul opus celui unde stă fetița.

De o parte și de alta a ușii care duce la singurul dormitor sunt două portrete vechi, legate cu o panglică funerară. Chiar și aerul din salon e de o severitate rece, dar simplă şi sănătoasă, ca legătura de haine de nuntă care se leagănă pe pragul de sus al dormitorului sau ca buchetul uscat de aloe care decorează pe dinăuntru pragul dinspre stradă.

Când Aureliano Buendía s-a întors în sat, războiul civil se terminase. Poate că proaspătului colonel nu-i mai rămânea nimic din anevoioasa peregrinare. Abia dacă-i rămânea gradul militar şi o vagă inconştienţă a dezastrului său. Dar îi mai rămânea şi jumătate din moartea ultimului Buendía, şi o porţie întreagă de foame. Îi rămânea nostalgia vieţii gospodăreşti şi dorinţa de a avea o casă liniştită, în tihnă, fără zarvă, care să aibă un prag înalt în bătaia soarelui şi un hamac în curte, între doi pari.

În sat, unde a fost casa părinţilor lui, colonelul şi soţia sa n-au mai găsit decât resturile parilor arşi şi movila înaltă, măturată de vânturile de zi cu zi. Nimeni n-ar fi recunoscut locul unde odinioară fusese o casă. „Atât de clar, atât de limpede era totul", a spus colonelul, amintindu-şi. Dar printre resturile de cenuşă unde înainte era curtea din spate, migdalul înverzea încă, precum un Hrist înconjurat de moloz, lângă mica latrină de lemn. Copacul, într-o parte, era acelaşi care umbrea grădina bătrânilor Buendía. Însă de partea cealaltă, cea dinspre casă, se răsfirau ramurile funerare, carbonizate, ca şi cum o jumătate din migdal se afla în toamnă şi cealaltă jumătate în primăvară. Colonelul îşi amintea casa distrusă. Şi-o amintea cu lumina ei, cu muzica dezordonată iscată de resturile tuturor zgomotelor care o locuiau până la refuz. Dar îşi amintea şi de mirosul acru şi pătrunzător al latrinei de lângă migdal şi de interiorul acesteia, încărcat de linişti profunde, împărţit în spaţii vegetale. Printre dărâmături, răscolind pământul pe când mătura, doña Soledad a găsit un Sfânt Rafael din ipsos cu o aripă spartă și un vas de lampă. Acolo și-au construit casa, cu fața spre apus, în direcție opusă celei pe care o avea casa familiei Buendía care murise în război.

Construcția a început când a stat ploaia, fără preparative, fără o ordine prestabilită. În groapa unde avea să se înfigă primul stâlp l-au fixat pe Sfântul Rafael din ipsos, fără nicio ceremonie. Colonelul nu s-a gândit poate la asta pe când trasa marginile pe pământ, dar lângă migdal, unde a fost latrina, aerul a păstrat aceeași densitate răcoroasă pe care a avut-o când aici se afla curtea din spate. Astfel încât atunci când s-au ridicat cei patru stâlpi și el și-a spus: „Așa o să fie casa, cu un salon mare ca să se joace copiii", partea cea mai bună din ea fusese deja terminată. Parcă bărbații care luaseră măsurile spațiului ar fi marcat limitele casei exact acolo unde se sfârșea liniștea curții. Fiindcă atunci când au ridicat cei patru stâlpi, spațiul împrejmuit era deja curat și umed, cum este acum casa. Înăuntru au rămas închise prospețimea copacului și profunda și misterioasa liniște a latrinei. Afară a rămas satul, cu căldura și zgomotele. Iar după trei luni, când s-a construit acoperișul, s-au zugrăvit pereții și s-au pus ușile, interiorul casei a continuat – încă – să aibă ceva de curte.

3 iunie 1954, *Revista Crónica*, Barranquilla

LITERATURISM

Mai sunt încă unii care protestează din cauza atrocității acelor drame cu pronunțat caracter de foileton, în care există mai mult sânge decât protagoniști pe kilometru pătrat, și ai căror cititori sau spectatori trebuie să-și ia măsuri de precauție ca să nu fie și ei victime ale tragediei. Totuși, viața reală e uneori și mai atroce.

Iată cazul întâmplat în municipiul San Rafael, din Antioquia, pe care orice critic literar l-ar condamna pentru enormitatea lui și pentru că nu seamănă cu viața. În primul rând, e vorba de un caz de rivalitate între două familii, element ce pare a fi descalificat din punct de vedere literar, fiindcă foarte puține persoane sunt dispuse să dea crezare unei situații care putea fi crezută acum două secole. Totuși, sângerosul foileton din San Rafael s-a iscat dintr-o rivalitate între familii, și cei care ar socoti falsă această situație nu vor avea altceva de făcut decât să condamne viața din pricina imaginației sale sărăcăcioase și a preferinței exagerate pentru convențional.

Cum era de așteptat, s-a săvârșit o crimă. Dar nu o crimă simplă, ci una spectaculoasă, în care la început făptașul și-a descărcat escopeta asupra victimei. Și a fost războiul Troiei din literatură: după ce și-a descărcat arma în corpul victimei, asasinul a sfârtecat-o cu lovituri de satâr; și, în cele din urmă, într-un exces de sălbăticie care ne duce oarecum cu gândul la ascendența tătară a unor columbieni, i-a retezat limba fără să se întrebe la ce avea să-i folosească, și, într-adevăr, nici nu i-a folosit la nimic.

Știrea n-a meritat – la schimbarea actuală a ponderii jurnalistice – mai mult de două coloane în pagina cu știri regionale. Este o crimă cu vărsare de sânge, ca oricare alta. Cu diferența că, în vremurile astea, n-are nimic extraordinar, căci ca știre e prea obișnuită și ca roman e prea atroce.

S-ar cuveni să-i recomandăm vieții reale puțină discreție.

23 iunie 1954, *El Espectador*, Bogotá

PRECURSORII

Fără nicio îndoială, prima știre senzațională care s-a produs – după facerea lumii – a fost alungarea lui Adam și a Evei din paradis. Ar fi fost o pagina întâi de neuitat: ADAM ȘI EVA, ALUNGAȚI DIN PARADIS (pe opt coloane). „Îți vei câștiga pâinea cu sudoarea frunții", a zis Domnul. – „Un înger cu spadă de foc a îndeplinit ieri sentința și stă de pază în Eden. – Un măr, cauza tragediei."

Câți ani au trecut de la această știre? E la fel de greu să răspundem la această întrebare cum e să prezicem când va veni momentul să se scrie ultimul mare reportaj senzațional: cel despre Judecata de Apoi, care va fi un fel de bilanț definitiv al omenirii. Dar înainte de a sosi acest moment, cine știe câte modificări va suferi jurnalismul, această activitate împovărătoare care a început când un vecin i-a povestit altuia ce anume a făcut aseară un al treilea, și care prezintă o curioasă varietate în orașele noastre, unde un bărbat care citește ziarele în fiecare zi comentează știrea în scris, într-un articol pe un ton editorial lipsit de echivoc sau în stilul ușurel și simplu al unei note, depinde de importanța ei, și îl citește după-amiază la farmacie, unde opinia publică se consideră că are dreptul să fie orientată.

Acest comentator al faptului cotidian, care poate fi întâlnit în cel puțin patruzeci la sută din orașele noastre, e jurnalistul fără jurnal, un om care-și exercită profesiunea în pofida circumstanței vitrege și imposibil de schimbat de a nu avea nici măcar o tiparniță manuală pentru a-și exprima ideile, și și le exprimă pe stradă, cu rezultate atât de evidente încât aceasta poate fi o demonstrație de necontestat că jurnalismul este o necesitate biologică a omului, și că, prin urmare, are capacitatea să le supraviețuiască chiar și jurnalelor. Întotdeauna va exista un om care să citească vreun articol în colțul unei farmacii, și întotdeauna – pentru că aici e tot hazul – va exista un grup de cetățeni dispus să-l asculte, fie și numai ca să simtă democratica plăcere de a nu fi de acord.

10 august 1954, *El Espectador*, Bogotá

POȘTAȘUL SUNĂ DE O MIE DE ORI

O VIZITĂ LA CIMITIRUL SCRISORILOR PIERDUTE
CE SOARTĂ ARE CORESPONDENȚA CARE NU POATE FI NICIODATĂ ÎNMÂNATĂ. SCRISORILE CĂTRE OMUL INVIZIBIL. UN OFICIU UNDE NEBUNIA ESTE CU TOTUL FIREASCĂ. SINGURELE PERSOANE AUTORIZATE LEGAL SĂ DESCHIDĂ CORESPONDENȚA

Cineva a pus la poștă o scrisoare care n-a ajuns niciodată la destinatar și nici nu s-a întors la expeditor. În clipa când a scris-o, adresa era corectă, timbrarea fără cusur și numele destinatarului perfect lizibil. Funcționarii de la oficiul poștal au expediat-o cu o atenție plină de zel. Nu s-a pierdut nicio legătură.

Complexul mecanism administrativ a funcționat cu o precizie absolută atât pentru scrisoarea asta, care n-a ajuns niciodată, cât și pentru mia de scrisori puse la cutie în aceeași zi și care au ajuns cu bine la destinatari.

Poștașul a sunat de mai multe ori, a corectat adresa, a făcut cercetări printre vecini și a căpătat un răspuns: destinatarul se mutase. I-au dat noua adresă, cu date precise, și scrisoarea a ajuns în cele din urmă la post-restant, unde a stat la dispoziția destinatarului vreme de treizeci de zile. Miile de persoane care se duc zilnic la oficiile poștale să caute o scrisoare care nu a fost scrisă niciodată au văzut acolo scrisoarea care fusese într-adevăr scrisă și care n-a ajuns niciodată la destinatar.

Scrisoarea i-a fost trimisă înapoi expeditorului, dar și expeditorul își schimbase adresa. Scrisoarea înapoiată a mai stat treizeci de zile așteptându-l la post-restant, pe când el se tot întreba de ce nu primise răspuns. În cele din urmă, acest mesaj simplu, aceste patru rânduri care poate că nu spuneau nimic deosebit, sau poate că erau decisive în viața unui om, au fost vârâte într-un sac, de-a valma cu alte o mie de scrisori anonime, și trimise la sărmana și prăfuita casă cu numărul 567 de pe strada a opta. Acesta este cimitirul scrisorilor pierdute.

Detectivism epistolar

Pe la casa asta fără etaj, cu acoperiș scund și ziduri scorojite, unde se pare că nu locuiește nimeni, au trecut milioane de scrisori nereclamate. Unele dintre ele s-au plimbat prin toată lumea și s-au întors la destinatar, ori s-au întors la oficiul poștal, în așteptarea cuiva care să le ceară, care poate va fi și murit așteptând.

Cimitirul scrisorilor seamănă cu cimitirul oamenilor. Liniștit, tăcut, cu coridoare lungi și adânci și obscure galerii înțesate de scrisori unele peste altele. Totuși, spre deosebire de ceea ce se întâmplă în cimitirul oamenilor, în cel al scrisorilor trece mult timp înainte de a se pierde speranța. Șase funcționari metodici, scrupuloși, plini de rugina rutinei, continuă să facă tot posibilul pentru a găsi indicii care să le permită să localizeze un destinatar necunoscut.

Trei din aceste șase persoane sunt singurele din țară care pot deschide o scrisoare fără să fie date în judecată pentru violarea corespondenței. Însă chiar și acest mijloc legal e inutil în majoritatea cazurilor: textul scrisorii nu indică nicio pistă. Și ceva încă și mai ciudat: la fiecare o sută de plicuri timbrate și ștampilate cu adresa greșită, cel puțin două n-au nimic înăuntru. Sunt scrisori fără scrisori.

Unde locuiește omul invizibil?

Schimbarea de adresă a destinatarului și a expeditorului, chiar dacă pare ceva complicat, este cea mai simplă și mai frecventă. Funcționarii de la Biroul de întârzieri – așa se numește oficial cimitirul scrisorilor pierdute – au pierdut șirul situațiilor care pot surveni în confuzul labirint al mesajelor rătăcite. Dintr-o medie de o sută de scrisori întârziate care se primesc în fiecare zi, cel puțin zece au fost corect timbrate și expediate în consecință, dar plicurile sunt cu desăvârșire albe. Li se spune „Scrisori pentru Omul invizibil" și au fost introduse în cutia poștală de cineva care a avut ideea năstrușnică să scrie o scrisoare pentru cineva care nu există și, prin urmare, nu locuiește nicăieri.

Scrisori către Eufemia

„José. Bogotá“, stă scris pe plicul uneia dintre scrisorile pierdute. Plicul a fost deschis și înăuntru s-a găsit o scrisoare de două pagini, scrisă de mână, și semnată „Diogene“. Singura pistă pentru a găsi destinatarul este formula de adresare de la început: „Dragul meu Enrique“.

Se numără cu miile scrisorile care au ajuns la Biroul de întârzieri pe plicurile cărora e scris doar un prenume sau un nume de familie. Mii de scrisori pentru Alberto, pentru Isabel, pentru Gutiérrez y Medina și pentru Francisco José. Este unul dintre cazurile cele mai frecvente.

În acest birou unde aiureala e ceva cu totul și cu totul firesc, există o scrisoare într-un plic de doliu, pe care nu s-a scris nici numele și nici adresa destinatarului, ci doar o frază cu cerneală violet: „V-o trimit în plic negru pentru ca să ajungă mai repede“.

Cine, cine e?

Aceste aiureli, multiplicate la infinit, care ar fi deajuns să înnebunească o persoană normală, nu au alterat sistemul nervos al celor șase funcționari care, opt ore pe zi, fac tot posibilul ca să-i găsească pe destinatarii miilor de scrisori pierdute. De la leprozeria din Agua de Dios, în special în zilele de Crăciun, sosesc sute de scrisori fără nume. În toate se solicită un ajutor: „Pentru domnul care are o prăvălioară pe strada 28 – Sud, două case mai sus de măcelărie“ stă scris pe plic. Poștașul descoperă nu doar că e imposibil să găsească prăvălia pe o stradă cu cincizeci de intersecții, ci și că în tot cartierul nu există nicio măcelărie. Totuși, din Agua de Dios a sosit o scrisoare la destinație, cu următoarele date: „Pentru doamna care în fiecare dimineață se duce la slujba de cinci și treizeci la Biserica din Egipt". Insistând, făcând cercetări, funcționarii și curierii de la Biroul de întârzieri au reușit să-l identifice pe anonimul destinatar.

Totuși...

Scrisorile care sunt declarate ca moarte definitiv nu constituie majoritatea celor care ajung zilnic la Don Enrique Posada Ucrós, un bărbat parcimonios, cu părul alb, care după cinci ani de stat în fruntea acestui birou nu mai e surprins de nimic, are simțurile ascuțite în fabuloasa ocupație de a localiza piste unde acestea se pare că nu există. E un fanatic al ordinii, într-un birou care ființează numai în virtutea dezordinii abisale a corespondenților din țară. „Nimeni nu se duce să vadă la post-restant", spune șeful Biroului de întârzieri. Iar cei care se duc abia dacă reprezintă un număr mic față de cei care au într-adevăr o scrisoare fără adresă. Biroul pentru post-restant al administrației poștei din Bogotá este plin în mod constant de oameni care așteaptă să primească o scrisoare. Totuși, din o sută șaptezeci de scrisori cu adresa greșită, numai șase au fost retrase de destinatarii lor.

Omonime

Ignoranța, neglijența, neatenția și lipsa dorinței de colaborare cu publicul sunt principalele cauze pentru care o scrisoare nu ajunge la destinatar. Este foarte scăzut numărul de columbieni care își schimbă adresa și fac anunțul corespunzător la oficiul poștal. Atâta vreme cât această situație se prelungește, vor fi inutile eforturile funcționarilor de la Biroul de întârzieri, unde există o scrisoare nereclamată de mulți ani și care este adresată astfel: „Pentru dumneavoastră, v-o trimite logodnica". Și tot acolo zac pachete provenind din toată lumea, cu ziare, reviste, reproduceri de tablouri celebre, diplome de studii și stranii obiecte fără utilitate aparentă. Există două încăperi înțesate cu aceste întârzieri provenind din lumea întreagă, ai căror destinatari nu au putut fi localizați. S-au văzut acolo pachete pentru Alfonso López, Eduardo Santos, Gustavo Rojas, Laureano Gómez, care nu sunt acei cetățeni pe care oricine și-i poate imagina, și între acestea un pachet de reviste și buletine de filosofie pentru avocatul și sociologul de pe coastă, doctorul Luis Eduardo Nieto Artesa, actualmente în Barranquilla.

Poștașul sună de o mie de ori

Nu toate pachetele de la Biroul de întârzieri au adresa greșită. Multe dintre ele au fost respinse de destinatarii lor. Bărbați și femei care fac cumpărături prin poștă și apoi regretă și se încăpățânează să nu primească avizul. Sau nu-i deschid curierului. Sunt nepăsători la atenționările domnului Posada Ucrós, care localizează telefonul destinatarului în cartea de telefoane și îl imploră să primească un pachet provenind din Germania. Curierul, obișnuit cu acest fel de incidente, recurge la tot felul de șiretlicuri pentru a reuși să-l facă pe destinatar să semneze chitanța corespunzătoare și să păstreze trimiterea. În majoritatea cazurilor, toate eforturile se dovedesc zadarnice și pachetul care, pe deasupra, în multe cazuri nici nu are expeditor, ajunge în cele din urmă la arhiva obiectelor nereclamate.

În această situație se află și articole de import interzise care sosesc la vămi, precum și cele de import care sunt admise însă destinatarii nu le reclamă pentru că taxele sunt mai mari decât prețul mărfii. În ultimul sfert al cimitirului scrisorilor pierdute există nenumărate pachete înapoiate de vama din Cúcuta. Nouă pachete care conțin tot felul de obiecte valoroase, dar care au ajuns fără documentele de expediere și, în consecință, nu există în mod legal. Mărfuri despre care nu se știe de unde provin și nici unde se duc.

Necuprinsă-i lumea și vrăjmașă [1]

Uneori, complexul mecanism al poștei mondiale dă greș și la Biroul de întârzieri din Bogotá sosește o scrisoare sau un pachet care nu ar fi trebuit să parcurgă decât o sută de kilometri și a parcurs o sută de mii. Din Japonia sosesc foarte adesea scrisori, în special de când primul grup de soldați columbieni s-a întors din Coreea. Multe dintre ele sunt scrisori de dragoste, scrise într-o spaniolă indescifrabilă, în care sunt amestecate confuz caracterele japoneze cu cele latine. „Caporal 1 Havana" era tot ce stătea scris pe una dintre aceste scrisori. Acum aproape o lună a fost întoarsă la Paris o scrisoare destinată, cu nume și adresa perfect lizibile, unui sătuc îndepărtat din Alpii italieni.

1 noiembrie 1954, *El Espectador*, Bogotá

[1] Titlul romanului *El mundo es ancho y ajeno (Necuprinsă-i lumea și vrăjmașă),* al scriitorului peruan Ciro Alegría (publicat în 1941) (n.tr.).

TIGRUL DIN ARACATACA

Aracataca, aflată în zona bananieră din Santa Marta, nu are multe ocazii să apară cu litere de tipar și nu pentru că linotipurile au rămas fără litera *a*, ci fiindcă este o localitate pașnică și stăpânită de rutină, de când a trecut anotimpul verde al bananelor. În aceste zile, numele i-a reapărut în ziare, cele cinci vocale repetate și trepidante ale sale fiind legate de cele două silabe ale unui tigru care poate că este unul dintre cei trei tigri triști[1] din cunoscutul joc de cuvinte, vârât acum chiar în jocul de cuvinte cu Aracataca.

Chiar dacă e certă, cum și este fără îndoială, știrea despre tigrul din Aracataca nu pare a fi astfel. În Aracataca nu există tigri, și cine a spus asta are motive din belșug ca s-o știe. Tigrii din regiune au dispărut de ani de zile, fiind vânduți pentru a se confecționa covoare în diferite locuri de pe planetă, când Aracataca era un oraș cosmopolit unde nimeni nu descăleca pentru a ridica de jos un bilet de cinci pesos. Mai târziu, când s-a terminat

[1] *Tres tigres tristes* (**Trei tigri triști**) este începutul unui joc de cuvinte foarte popular, care constă în a pronunța corect – ceea ce este destul de dificil – cuvinte foarte asemănătoare fonetic. (n.tr.)

cu febra stârnită de culturile bananiere și chinezii, rușii, englezii și emigranții din toată lumea s-au dus în altă parte, n-au lăsat nici urmă din vechea splendoare, dar n-au lăsat nici tigri. În Aracataca n-au mai lăsat nimic.

Totuși, ar fi bine ca povestea cu tigrul să fie sigură pentru ca linotipurile să insiste iar de cinci ori pe aceeași literă și cineva să-și aducă din nou aminte de Aracataca – ținutul lui Radragaz[1], cum a spus un creator de glume profesionist – și să se gândească la ea așa cum, mai devreme sau mai târziu, lumea se gândește la toate municipiile din Columbia, chiar și la acelea care n-au un nume atât de greu de uitat.

Trebuie să-și amintească de Aracataca înainte ca tigrul să o mănânce.

1 februarie 1955, *El Espectador*, Bogotá

[1] Personaj de benzi desenate creat de desenatorul și graficianul argentinian Lino Palacio (1902-1984). Vocabularul său consta din cuvinte care foloseau doar vocala a. (n.red.)

SANCTITATEA SA PLEACĂ ÎN VACANȚĂ
(Fragment)

Papa a plecat în vacanță. Azi după-amiază, la cinci fix, s-a instalat într-un Mercedes particular, cu placa de înmatriculare SCV-7, și a ieșit pe poarta Sfântului Oficiu îndreptându-se spre palatul din Castelgandolfo, aflat la douăzeci și opt de kilometri de Roma. Doi uriași din Garda Elvețiană l-au salutat la poartă. Unul din ei, cel mai înalt și mai robust, e un adolescent blond, cu nasul turtit ca al unui boxer, ca urmare a unui accident de trafic.

Foarte puțini turiști așteptau în Piața San Pietro trecerea berlinei papale. Cu discreție, jurnaliștii catolici au anunțat în această dimineață călătoria Sanctității Sale, dar au spus că automobilul avea să iasă din curțile Vaticanului la șase și jumătate după-amiaza, și a ieșit la cinci. Ca întotdeauna, Pius al XII-lea o lua înainte: audiențele sale colective, călătoriile sale și binecuvântările date turiștilor au loc întotdeauna puțin mai devreme de ora anunțată.

35 de grade la umbră

Călătorul mergea singur în berlina sa, pe bancheta din spate, firește. Pe locul din față, un șofer în uniformă părea indiferent la manifestările de devoțiune și simpatie ale romanilor și turiștilor, care au salutat la trecerea berlinei prin Gianicolo, unde se află statuile lui Garibaldi – care pare un pirat al lui Salgari – și cea a soției lui, care, de asemenea, pare un pirat al lui Salgari, călare ca un bărbat.

Pentru prima oară în tot anul, în această după-amiază, Papa s-a aflat aproape de copii, fiind perfect vizibil prin geamul închis al berlinei. Înăuntrul vehiculului trebuie că era o căldură îngrozitoare, fiindcă automobilul pontifical nu are aer condiționat. Totuși, Papa nu părea deranjat de temperatură, cu toate că nu avea ceea ce s-ar putea numi „haine de vacanță“. În vremea asta, pe străzile din Roma, muncitorii zdraveni aleargă ca nebunii cu scuterele lor Vespa, fără cămașă și în pantaloni scurți. Sanctitatea Sa pleca în vacanță în automobilul său închis ermetic, împărțind binecuvântări în dreapta și-n stânga, fără să-i pese de căldură.

Menajera

Alte două berline, la fel ca aceea a Sanctității Sale, urmau automobilul pontifical. Într-una dintre ele era sora Pascualina, bătrâna și dinamica administratoare a vieții particulare a Sanctității Sale. E o călugăriță germană, puternică la trup și la spirit, care se ocupă personal de îmbrăcămintea Papei, se îngrijește de hrana lui și de el, exercitând asupra lui o suveranitate inflexibilă.

Ea, mai mult decât oricine, mai mult chiar decât medicii personali ai Sanctității Sale, poate spune în ce dispoziție s-a trezit Papa de dimineață. Și ea este cea care l-a ajutat să-și revină din durerile care-l încercau acum câteva luni, încât în prezent Suveranul Pontif a luat în greutate și și-a redobândit spontaneitatea mișcărilor brațelor. Și a început să lucreze normal.

Pe prima pagină din *L'Osservatore Romano* apare astăzi un anunț:

> Biroul secretarului Sanctității Sale aduce la cunoștință că, în cursul sejurului său la Castelgandolfo, Sfântul Părinte va binevoi să acorde audiențe credincioșilor și pelerinilor de două ori pe săptămână. Acestea audiențe vor avea loc miercurea și sâmbăta, la șase după-amiaza. Cei care doresc să participe la aceste audiențe vor trebui să scoată tichetul obișnuit de la Biroul secretarului Sanctității Sale.

Acest anunț a fost considerat un indiciu că sănătatea Papei este bună. Este cunoscut și faptul că în cea de a treia berlină veneau funcționarii Cetății Vaticanului, cu o valiză plină de hârtii cu problemele pe care Sanctitatea Sa trebuie să le rezolve în timpul vacanței.

Accidente pe drum

Ultima oară când Papa a trecut pe frumoasa șosea din Castelgandolfo, s-a crezut că aceea avea să fie chiar ultima oară. A fost anul trecut, la sfârșitul verii, când sănătatea lui era afectată alarmant. Totuși, astăzi a trecut din nou și și-a apropiat de mai multe ori fața măslinie și slabă de geamurile berlinei pentru a-i binecuvânta pe numeroșii italieni care au plecat ca din pușcă pe scuterele lor Vespa pentru a-l vedea trecând pe șosea.

Dar nu toți l-au așteptat pe drum. Cei mai mulți se adunaseră în piațeta din Castelgandolfo, o piațetă străjuită de copaci, cu prăvălii care își expun în prag marfa atrăgătoare, ca la Girardot. Papa a ajuns la palat puțin mai târziu de ora șase. Călătoria lui a avut o întrerupere de zece minute: un imens camion încărcat cu cărămizi blocase via Apia Nuova și circulația era oprită. Când a ajuns acolo berlina Papei, un șofer uriaș în izmene înjura de mama focului în mijlocul drumului.

Sâmbăta la Tolima[1]

Nimeni nu și-a dat seama pe unde a intrat Papa în palatul său de vacanță. A intrat prin partea de vest, printr-o grădină cu o alee străjuită de copaci centenari. Piațeta din localitate era plină de steaguri, ca piațeta din Espinal[2] de ziua Sfântului Petru. Și, exact ca în Espinal înainte de începerea coridei, pe o estradă de scânduri stăteau autoritățile și pe altă estradă orchestra. Când s-a aflat că Sanctitatea Sa este în palat, orchestra – o tipică orchestră rurală – a început să cânte din toți rărunchii. Numai că nu un cântec din Tolima, ci un imn emoționant: „Dalb Părinte". Copiii de școală, lac de sudoare în uniformele lor de lână, fluturau stegulețe galbene cu alb – culorile Vaticanului – într-o după-amiază de sâmbătă care n-a fost pentru ei una de vacanță, fiindcă au fost nevoiți să asiste la vacanța Papei.

---

[1] Departament din Columbia (n.tr.)

[2] Oraș din departamentul columbian Tolima (n.tr.)

Capul unei femei

Conform tradiției, Sanctitatea Sa își începe perioada de odihnă în primele zile ale lui iulie. De data asta a întârziat aproape o lună și sunt multe și foarte diferite interpretările care s-au dat acestei amânări. Una dintre aceste interpretări ține în mare măsură de *Cronica crimelor*. Acum douăzeci de zile, pe malurile lacului din Castelgandolfo a apărut corpul decapitat al unei femei. Poliția a pus trupul la frigider, l-a examinat milimetru cu milimetru și au fost cercetate datele a trei sute de femei dispărute în ultimele zile. Una câte una, cele trei sute de femei au apărut. Fără intenție, s-au descoperit o mulțime de lucruri, așa, ca o bonificație a activității de investigații: adultere, violuri, fugi fără importanță, dar capul decapitatei de la Castelgandolfo n-a apărut nicăieri, în ciuda faptului că scafandrii trimiși de guvern, lucrând douăzeci și patru de ore în fiecare zi, au sondat lacul milimetru cu milimetru.

Mâine, în prima sa zi de vacanță, Papa se va arăta la fereastra palatului său de vară pentru a contempla suprafața albastră a frumosului lac din Castelgandolfo. Și, chiar dacă nu se știe că Sanctitatea Sa s-ar interesa de bogata și scandaloasa cronică roșie a ziarelor din Roma, poate că nu va putea evita vederea scafandrilor și a șalupelor poliției. Și va fi poate singura persoană care va putea vedea – de la o fereastră care domină toată suprafața lacului – ceea ce toți romanii doresc cu disperare să vadă: capul care, mai devreme sau mai târziu, va fi recuperat din apa lacului din Castelgandolfo.

8 august 1955, *El Espectador*, Bogotá

SCANDALUL SECOLULUI

MOARTĂ, WILMA MONTESI STRĂBATE LUMEA

În noaptea de joi, 9 aprilie 1953, Rodolfo Montesi, tâmplar, o aștepta acasă pe Wilma, fata lui. Tâmplarul locuia cu soția, Petti María, cu fiul lor, Sergio, de șaptesprezece ani, și cu altă fiică nemăritată, Wanda, de douăzeci și cinci de ani, la numărul 76 de pe strada Tagliamento, la Roma.

Este o casă enormă cu trei etaje, de la începutul secolului, cu patru sute de apartamente construite în jurul unei frumoase curți circulare, plină de flori și cu o mică fântână în mijloc. În clădire nu există decât o singură intrare: un portal uriaș, cu arcade de sticlă sparte și prăfuite. În partea stângă a portalului se află camera portăresei și, deasupra ei, o icoană cu Inima lui Iisus iluminată de un bec electric. De la șase dimineața până la unsprezece noaptea, portăreasa controlează riguros intrarea în clădire.

Primul pas

Rodolfo Montesi și-a așteptat fata, pe Wilma, de douăzeci și unu de ani, până la 8.30. Absența prelungită era alarmantă pentru că fata plecase încă de după-amiază. Sătul de așteptare, tâmplarul s-a dus mai întâi la policlinica din apropiere, unde nu aveau nicio știre despre vreo nenorocire petrecută în ziua aceea. Apoi s-a îndreptat pe jos spre Lungotevere, unde și-a căutat fata preț de două ore. La 10.30, istovit de căutarea zadarnică și temându-se de tot ce putea fi mai rău, Rodolfo Montesi s-a prezentat la comisariatul de pe strada Salaria, la câteva străzi de casa lui, ca să ceară ajutor pentru a fi găsită Wilma.

„Nu-mi place filmul ăsta"

Tâmplarul i-a relatat ofițerului de serviciu, Andrea Lomanto, că în ziua aceea, după prânz, cam pe la ora 1.00, se întorsese ca de obicei la atelierul lui de tâmplărie de pe strada Sebino, la numărul 16. I-a spus că lăsase acasă întreaga familie și că, la întoarcerea lui, soția și fata lor, Wanda, l-au informat că Wilma nu venise încă. Ele două, după cum a relatat tâmplarul că îi spuseseră, se duseseră la teatrul Excelsior, în Valle Legi din apropiere, să vadă filmul intitulat *Caleașca de aur.* Au plecat de acasă la 4.30, dar Wilma n-a vrut să le însoțească fiindcă, după cum le-a explicat, nu-i plăcea genul ăsta de filme. La 5.30 – după cum a declarat Rodolfo Montesi la comisariat –, portăreasa a văzut-o pe Wilma ieșind din clădire, singură, cu o geantă de piele neagră. Spre deosebire de cum făcea de obicei, Wilma nu purta cerceii și colierul de perle pe care i le dăruise cu doar câteva luni înainte logodnicul ei. Logodnicul Wilmei era Angelo Giuliani, un agent de la poliția din Potenza.

Telefonul de la un necunoscut

Întrucât fiică-sa plecase fără să se aranjeze, în ciuda obiceiului ei, și pe deasupra fără bani și fără documente de identitate, Rodolfo Montesi a formulat la comisariat ipoteza că Wilma s-a sinucis. Fata avea, după cum a spus tatăl ei, un motiv ca să se sinucidă: o aducea la disperare faptul că trebuia să-și părăsească familia și să se mute la Potenza, după iminenta căsătorie cu agentul de poliție.

Totuși, Wanda, sora Wilmei, era de altă părere: a declarat că fata plecase fără să se aranjeze, pur și simplu, pentru că nu avusese timp. Se gândea că, probabil, trebuise să iasă din casă în fugă, după un telefon urgent.

Însă mai era și o a treia ipoteză: Wilma fugise cu iubitul ei, plecând la Potenza chiar în seara aceea. Pentru a afla ce s-a întâmplat de fapt, Rodolfo Montesi i-a telefonat lui Giuliani, vineri 10 aprilie, la șapte dimineața. Descumpănitul tâmplar n-a primit decât răspunsul stupefiat al viitorului său ginere. Giuliani nu avea nicio veste de la Wilma, în afară de o scrisoare care-i sosise în după-amiaza de dinainte. Scrisoarea aceea nu oferea nicio pistă. Era o scrisoare de dragoste convențională.

Preocupat de dispariția logodnicei, Giuliani s-a pregătit să se ducă numaidecât la Roma. Dar avea nevoie de o scuză urgentă, ca s-o prezinte superiorilor. De aceea i-a cerut la telefon lui Rodolfo Montesi să-i expedieze o telegramă. Și Rodolfo Montesi i-a expediat la amiază o telegramă dramatică. În patru cuvinte, îi spunea că Wilma se sinucisese.

Un cadavru pe plajă

În noaptea de 10 aprilie, familia Montesi și poliția din Roma au continuat căutările. Au fost căutări zadarnice, cărora li s-a alăturat după miezul nopții logodnicul Wilmei, care a venit imediat de la Potenza. Nu s-a putut afla nimic până a doua zi dimineața, la ora șapte, într-o sâmbătă, când zidarul Fortunato Bettini s-a înfățișat pe bicicletă la secția de poliție ca să anunțe că pe plaja din Torvaianica, la patruzeci și doi de kilometri de Roma, este o femeie moartă.

Bettini a povestit poliției că, ducându-se la lucru, a văzut cadavrul pe plajă, într-o poziție aproape paralelă cu malul, cu capul înclinat pe umărul drept, iar brațul din aceeași parte ridicat și cu mâna la nivelul bărbiei. Brațul stâng era întins de-a lungul trunchiului. Corpului neînsuflețit îi lipseau fusta, pantofii și ciorapii. Abia dacă era îmbrăcat, cu un furou de culoare crem, niște chiloți ajustați, de bumbac alb cu mici broderii, și un *sweater* lejer. Prinsă la gât cu un singur nasture, avea o jachetă cu hexagoane verzi pe fond galben. Jacheta era aproape în întregime acoperită de nisip și deschisă ca o aripă în direcția valurilor.

Morții își schimbă poziția

Dezvăluirea lui Bettini i-a fost adusă la cunoștință agentului de serviciu, Andreozzi Gino. La 9.30 dimineața, se aflau la locul macabrei descoperiri carabinierul Amadeo Tondi, sergentul Alessandro Carducci și medicul din localitate, Agostino di Giorgio. Au constatat că trupul neînsuflețit nu se afla în poziția în care spusese zidarul că îl găsise: era aproape perpendicular pe mal, cu capul spre mare și cu picioarele spre plajă. Însă nu s-a presupus că zidarul mințise, ci că valurile îl făcuseră să-și schimbe poziția.

După o sumară examinare a cadavrului, doctorul Di Giorgio a remarcat:

a) Că se afla în stare de semirigiditate progresivă.

b) Că modul în care se prezenta corpul permitea să se concluzioneze că moartea fusese pricinuită de înecare, produsă cu aproximativ optsprezece ore înainte de descoperire.

c) Că păstrarea hainelor și aspectul exterior al corpului permiteau să se excludă posibilitatea unei șederi îndelungate în apă.

„Ea e!“

La 11.30, sergentul Carducci i-a trimis o telegramă procurorului general al republicii, anunțându-i descoperirea. Dar la șapte seara, întrucât nu primise niciun răspuns, a hotărât să dea telefon. Peste o jumătate de oră s-a dat ordinul de ridicare a cadavrului și de transportare a acestuia la Institutul de Medicină Legală din Roma. Acolo a ajuns la miezul nopții.

A doua zi, duminică, la zece dimineața, Rodolfo Montesi și Angelo Giuliani au fost la Institutul de Medicină Legală ca să vadă cadavrul. L-au recunoscut imediat: era cadavrul Wilmei Montesi.

CITITORUL TREBUIE SĂ ȚINĂ MINTE

a) Că portăreasa a văzut-o pe Wilma plecând la 5.30, după cum i-a povestit lui Rodolfo Montesi și după cum acesta a declarat la poliție.

b) Că în seara de 9 aprilie nimeni n-a vorbit acasă la familia Montesi despre o probabilă călătorie a fetei la Ostia.

c) Că Wanda Montesi a menționat o misterioasă convorbire telefonică.

În raportul său din 12 aprilie, sergentul Carducci și-a exprimat părerea, bazată pe concluziile medicului Di Giorgio, că moartea Wilmei Montesi fusese provocată de asfixie prin înecare și că nu existau leziuni cauzate de acte de violență. A menționat, de asemenea, că, pe baza acelorași concluzii, se puteau formula trei ipoteze: accident, sinucidere sau crimă. Și-a afirmat apoi convingerea că trupul neînsuflețit, provenit din zona Ostia, fusese dus de mare și readus pe plajă în primele ore ale nopții de 10 aprilie. Același informator a adăugat că, în noaptea de 10 aprilie, se dezlănțuise o furtună violentă în zonă și că ulterior marea fusese agitată, din cauza vântului care a continuat să sufle în direcția nord-vest.

O jumătate de oră crucială

La rândul său, pe 14 aprilie, comisariatul de poliție din Salaria și-a prezentat raportul despre familia Montesi. Conform acestui raport, familia tâmplarului se bucura de o bună reputație. Wilma era cunoscută ca o tânără serioasă, cu un caracter rezervat și fără prieteni, fiind logodită oficial, din septembrie 1952, cu agentul Giuliani, transferat, cu câteva luni înainte de moartea logodnicei, de la Marino la Potenza.

Conform acestui raport, comportamentul Wilmei față de familie fusese mereu ireproșabil. Îi scria frecvent logodnicului, iar ultima dintre aceste scrisori, cu data de 8 aprilie, copiată de ea într-un caiet care a fost ridicat de poliție, dezvăluia o afecțiune statornică și senină.

Conform acestui raport, portăreasa clădirii fusese de acord cu cele spuse de Rodolfo Montesi despre plecarea fetei, cu excepția unui detaliu: portăreasa dădea asigurări că o văzuse pe Wilma ieșind la cinci. Rodolfo Montesi a afirmat că ieșise la cinci și jumătate.

Această diferență de o jumătate de oră era importantă, întrucât în Italia trenurile circulă conform orarului. Iar *dottoressa* Passarelli, o angajată serioasă și responsabilă de la Ministerul de Război, dădea asigurări că o văzuse pe Wilma Montesi în după-amiaza de 9 aprilie în trenul de Ostia. Iar pe 9 aprilie, trenul de Ostia a plecat exact la 5.30.

Cheile casei

Dottoressa Passarelli, care văzuse în ziare știrea despre moartea Wilmei Montesi și fotografiile ei, s-a dus luni 13 aprilie, foarte devreme, acasă la familie, să povestească ce văzuse joi. A spus că Wilma călătorise cu ea la Ostia, în același compartiment de tren, și că fata nu avea niciun însoțitor. Nimeni nu se apropiase și nici nu stătuse de vorbă cu ea pe drum. După cum afirmă *dottoressa*

Passarelli, Wilma a coborât pe țărmul din Ostia, fără să se grăbească, îndată ce s-a oprit trenul.

Poliția a făcut investigații împreună cu familia, ca să afle care erau celelalte haine purtate de Wilma când a plecat de acasă, pe lângă cele găsite pe cadavru. Purta ciorapi și pantofi din piele de căprioară cu tocuri înalte. Purta și o fustă scurtă, de lână, din aceeași stofă cu jacheta găsită pe cadavru, și portjartier elastic. Familia a confirmat că a lăsat acasă nu doar toate obiectele de aur dăruite de logodnicul ei, ci și fotografia acestuia. S-a confirmat, de asemenea, ce spusese portăreasa: Wilma purta o poșetă de piele neagră în formă de cub, cu mâner din metal auriu. În poșetă avea un pieptănaș alb, o oglinjoară și o batistuță albă. Avea și cheia casei.

Nimeni nu știe nimic

Acest prim raport al poliției a conchis că, aparent, nu exista niciun motiv pentru sinucidere. Pe de altă parte, în scrisoarea pe care i-o scrisese logodnicului în ziua anterioară nu era niciun indiciu că s-ar fi gândit să ia o asemenea hotărâre. S-a stabilit, de asemenea, că niciun membru al familiei, nici pe linie maternă, nici pe linie paternă, nu suferea de tulburări mintale. Wilma se bucura de o sănătate excelentă. Dar se menționa o informație care putea fi de o extraordinară importanță în investigație: pe 9 aprilie, Wilma se afla în fază postmenstruală imediată.

În ciuda numeroaselor investigații, nu s-a putut stabili că familia Wilmei ar fi fost la curent cu un posibil drum al ei la Ostia. Tatăl ei o căutase insistent pe Lungotevere, crezând că se aruncase în râu, dar n-a putut da altă explicație în afară de presentimentul său. S-a stabilit cu certitudine că familia nu știa dacă fata avea cunoscuți la Ostia. Poliția a fost chiar asigurată că nu avea habar de drum sau de combinațiile de autobuze sau de tramvaie pe care trebuia să le ia ca să se îndrepte spre gara San Paolo, de unde pleacă trenurile de Ostia.

Enigmă pentru specialiști

În după-amiaza de 14 aprilie, la Institutul de Medicină Legală de la Roma, profesorii Frache și Carella, de la același institut, au practicat autopsia Wilmei Montesi. Poliția a prezentat specialiștilor un chestionar, cu scopul de a stabili data și cauzele exacte ale morții. Și, mai ales, li s-a încredințat misiunea de a determina dacă decesul fusese provocat într-adevăr de înec sau fata era moartă când a fost aruncată în apă. Trebuia să se stabilească, deopotrivă, natura anomaliilor anatomice descoperite la cadavru și eventuala prezență în viscere a unor substanțe otrăvitoare sau hipnotice.

De asemenea, li s-a solicitat specialiștilor să precizeze, în cazul în care moartea ar fi fost cauzată în realitate de înecare, la ce distanță de plajă a căzut Wilma în apă. În același timp, li s-a cerut să stabilească dacă moartea ar fi putut fi consecința unor condiții fiziologice speciale sau a stării digestiei. Acest detaliu era important, întrucât putea fi relaționat cu faptul că Wilma ar fi dorit să intre cu picioarele în mare în cursul procesului de digestie.

Șase lucruri de ținut minte

Pe 2 octombrie 1953, specialiștii au răspuns chestionarului în felul următor:

1.° Moartea Wilmei Montesi s-a produs pe „9 aprilie", după ce trecuseră între patru și șase ore de la ultima masă.

Expertiza a demonstrat că ultima masă (care pesemne că a fost prânzul acasă) avusese loc între 2 și 3.30 după-amiaza, astfel încât moartea trebuie să se fi produs între șase și opt seara, căci procesul digestiv era pe de-a-ntregul încheiat. Analiza a stabilit că, puțin înainte de a muri, Wilma Montesi mâncase o înghețată.

2.° Moartea fusese cauzată de asfixia prin imersiune totală și nu de sincopă în apă. Nu s-au găsit în viscere urme de substanțe otrăvitoare sau hipnotice.

3.° În momentul morții, Wilma Montesi se afla în fază postmenstruală imediată, adică în circumstanțe de mai mare sensibilitate la o neprevăzută baie cu apă rece a extremităților inferioare.

4.° Prezența nisipului în plămâni, în aparatul gastrointestinal trebuia să fie interpretată ca o dovadă a faptului că asfixia se produsese în apropierea plajei, unde apa marină include o considerabilă cantitate de nisip în suspensie. Dar, în același timp, conținutul de oxizi de fier al acelui nisip nu corespundea cu cel al nisipului de pe plaja din Torvaianica, fiind asemănător celui al nisipului din alt punct apropiat.

5.° S-a observat, printre altele, prezența de mici echimoze, de formă aproape rotundă, pe suprafața laterală a coapsei drepte și în treimea superioară a piciorului stâng. S-a considerat că echimozele acelea fuseseră cauzate înainte de moarte, dar nu li s-a atribuit nicio importanță medico-legală.

6.° Nu s-au găsit elemente care să permită să se precizeze dacă a fost vorba despre „o nenorocire accidentală", o sinucidere sau o crimă. Ipoteza unui accident s-a bazat exclusiv pe posibilitatea ca Wilma Montesi să-și fi pierdut cunoștința când își scălda picioarele în condițiile fiziologice speciale în care se afla în ziua aceea.

PRESA DĂ SEMNALUL DE ALARMĂ

La patru zile după ce a fost identificat cadavrul Wilmei Montesi – pe 16 aprilie –, investigația a fost considerată ca definitiv încheiată, estimându-se întâmplarea ca „un accident nefericit". Familia victimei, care în ziua dispariției a prezentat poliției suficiente argumente pentru a susține ipoteza unei sinucideri, a contribuit la excluderea acestei ipoteze în zilele următoare identificării cadavrului.

În contradicție cu tot ce spusese în prima zi, Wanda Montesi a declarat în fața judecătorilor de instrucție că sora ei decedată o invitase la Ostia în dimineața de 9 „numai" pentru a intra cu picioarele în mare. Era vorba, după cum a spus Wanda, de a supune acțiunii apei de mare o iritație provocată de pantofi la călcâie. Pentru a confirma această declarație, Wanda și-a amintit în ultimul moment că în dimineața aceea se dusese la atelierul tatălui ei, la cererea Wilmei, ca să caute o pereche de pantofi mai comozi. A spus că mai înainte suferiseră amândouă de aceeași iritație și încercaseră să și-o vindece cu tinctură de iod. Apoi, întrucât alcoolul denaturat se dovedise ineficient, se hotărâseră să se ducă „într-una din zilele astea" pe plaja de la Ostia, cu speranța că iodul natural al apei de mare le va face să se simtă mai bine, cum își doreau. Dar nu mai vorbiseră despre asta. Doar în dimineața de 9, după cum a afirmat Wanda, sora ei își adusese aminte din nou de mersul la Ostia. Însă Wanda a refuzat să se ducă, pentru că voia să vadă *Caleașca de aur.*

S-o fi spus mai înainte

Wanda a spus că, după ce refuzase, Wilma n-a mai pomenit de mersul la Ostia, ci a preferat să rămână în casă, în vreme ce ea se ducea la cinema cu maică-sa. Și, contrar celor ce spusese prima oară, Wanda a explicat poliției că sora ei lăsase acasă obiectele de aur pentru că maică-sa o implorase în repetate rânduri să o facă, nu cumva să se piardă sau să se deterioreze. A declarat, de asemenea, că nu luase cu ea portretul logodnicului pentru că nu obișnuia s-o facă atunci când era pe stradă. În încheiere, a furnizat două informații importante pentru a se exclude ipoteza sinuciderii: în primul rând, Wilma se arătase foarte senină în dimineața de 9. Și, în al doilea rând, înainte de a pleca își spălase lenjeria intimă, după ce și-o schimbase pe cea pe care o purta cu una curată.

Misterul portjartierjului

În ancheta realizată printre rudele, vecinii și cunoscuții Wilmei, s-a stabilit alt adevăr important: Wilma nu știa să înoate. De aceea, cu un an înainte, când fusese cu familia la Ostia, în timpul vacanței, se limitase să stea pe plajă cu costumul de baie și să intre cu picioarele în mare.

Și tatăl Wilmei a dat înapoi în privința declarației inițiale, conform căreia fata se sinucisese. Rodolfo Montesi și-a justificat prima impresie că Wilma își luase viața cu o explicație foarte comodă: a spus că atunci când a plecat să o caute, în noaptea de 9, nu știa că ea își invitase sora să meargă la Ostia ca să intre cu picioarele în mare. Și a explicat că dramatica telegramă pe care i-o trimisese lui Giuliani fusese sugerată de el la telefon: doar în felul acesta spectaculos agentul putea să obțină un permis rapid pentru a veni la Roma chiar în seara aceea.

Mai rămânea de stabilit un lucru: părerea lui Rodolfo Montesi despre faptul că trupul neînsuflețit al fiicei sale fusese găsit fără portjartier, care este un obiect de îmbrăcăminte intim și nu trebuie neapărat să fie scos pentru a intra cu picioarele în apă. Rodolfo Montesi a lămurit: Wilma era o fată cu forme exuberante și nu avea destulă libertate de mișcare când era supusă presiunii portjartierului.

O pereche de mănuși

Doamna Montesi a exclus, la rândul său, ipoteza că fiica ei se sinucisese. Și a enunțat un argument convingător: Wilma își luase cu ea cheile casei, ceea ce demonstra că avea de gând să se întoarcă. Însă nu a fost de acord cu ipoteza accidentului, ci a încercat s-o întărească pe cea a crimei. După doamna Montesi, fiica ei fusese victima unui seducător, care se văzuse nevoit să-i dea jos portjartierul ca să-și poată duce până la capăt intențiile brutale. Și, ca să arate ce greu e să-i scoți unei femei portjartierul, a etalat în fața polițistului un portjartier al Wandei, asemănător cu cel purtat de Wilma și care n-a fost găsit pe cadavru. Era un portjartier de satin negru, lat de douăzeci de centimetri pe partea anterioară, descrescând spre partea posterioară și încheiat cu cârlige metalice. Și a mai atras atenția poliției că nu dispăruseră doar portjartierul, fusta și pantofii. Mai dispăruse și poșeta de piele neagră.

CITITORUL TREBUIE SĂ ȚINĂ MINTE

a) Că poliția a ridicat caietul în care Wilma a copiat scrisoarea pe care i-a trimis-o logodnicului ei.

b) Că în raportul comisariatului de pe strada Salaria s-a afirmat că portăreasa a văzut-o pe Wilma ieșind la 5 și nu la 5.30, cum spusese Rodolfo Montesi.

c) Că experții au observat micile echimoze, însă nu au sugerat ipoteza că Wilma ar fi fost luată cu forța.

d) Că analiza pentru a stabili prezența de substanțe otrăvitoare sau hipnotice s-a efectuat doar în viscere.

e) Declarația dată de *dottoressa* Passarelli.

De data aceasta, doamna Montesi a îmbogățit inventarul hainelor fiicei sale cu alte obiecte. După ea, Wilma purta o pereche de mănuși negre trei sferturi și un ceas cu brățară din metal auriu.

Admiratorul tăcut

Totuși, argumentele doamnei Montesi n-au fost luate prea mult în considerare, atribuindu-se mai multă importanță motivelor expuse de Wanda pentru a exclude ipoteza crimei. Wanda a explicat că, atunci când spusese poliției că sora ei a plecat după un telefon urgent, uitase două lucruri: discuția despre mersul la Ostia și faptul că în viața Wilmei nu exista nimic de care ea să nu știe. Și fiindcă venise vorba, și-a amintit un element recent, petrecut cu cinci zile înainte de moarte. Wilma i-a povestit că un tânăr o urmărise cu mașina lui din piața Quadrata până acasă, dar fără să-i adreseze vreun cuvânt. După cum credea Wanda, sora ei nu-și mai văzuse admiratorul tăcut, căci cu siguranță i-ar fi spus-o.

Nimeni nu îi trimitea flori

După această anchetă, realizată în patru zile, poliția a ajuns la concluzia că Wilma era o fată extrem de serioasă și de retrasă, care nu avusese în viața ei altă iubire în afară de cea a lui Giuliani. S-a acceptat că nu ieșea în oraș decât însoțită de mamă și de soră, deși acestea au admis că, în ultimele luni – după ce logodnicul ei a fost transferat la Potenza –, Wilma căpătase obiceiul de a ieși singură aproape în fiecare zi și întotdeauna la aceeași oră: de la cinci și jumătate la șapte și jumătate seara.

Portăreasa clădirii, Adalgisa Roscini, și-a amintit, la rândul ei, că nu primise niciodată vreun buchet de flori pentru Wilma. Și a dat asigurări că fata nu primise niciodată vreo scrisoare care să nu fi fost de la logodnicul ei.

Aici nu s-a întâmplat nimic

Pe baza acestor declarații se conchide – într-un raport cu data de 16 aprilie – că, neexistând motive pentru a pune la îndoială declarațiile familiei Montesi, trebuia să se considere ca un fapt adevărat că Wilma se dusese la Ostia ca să intre cu picioarele în mare. Se presupunea că fata alesese un loc de pe plajă pe care îl cunoștea pentru că fusese acolo în anul anterior și începuse să se dezbrace, sigură că nu o vede nimeni. Fata își pierduse echilibrul din pricina unui gol în nisipul din adânc și se înecase accidental. Raportul se încheia precizând că moartea s-a produs probabil între 6.15 și 6.30, căci Wilma – care nu se întorcea niciodată acasă după opt – ar fi trebuit să ia luat trenul la 7.30.

„Scandalul secolului"

Acesta ar fi fost melancolicul final al cazului Montesi dacă n-ar fi existat ziarele care să spună lumii că era ceva putred la mijloc. Zvonul a început chiar în ziua recunoașterii cadavrului, când Angelo Giuliani, logodnicul Wilmei, a observat pe corpul ei micile echimoze despre care au vorbit ulterior ziarele, fără să le atribuie vreo importanță. Când a ieșit de la Institutul de Medicină Legală, Giuliani i-a povestit unui jurnalist ce observase, exprimându-și certitudinea că Wilma fusese asasinată.

În vreme ce poliția afirma că Wilma Montesi a murit accidental, presa continua să ceară dreptate. Iar pe 4 mai, *Il Roma*, un ziar de la Napoli, a aruncat bomba care avea să declanșeze „scandalul secolului". Conform unui articol publicat de acest ziar, obiectele de îmbrăcăminte care îi lipseau Wilmei Montesi fuseseră depozitate la sediul central al poliției de la Roma, unde fuseseră distruse. Le dusese acolo un tânăr în compania căruia Wilma Montesi fusese văzută în prima decadă a lunii martie, la bordul unui automobil care se împotmolise în nisip, aproape de plajele de la Ostia. Numele tânărului era publicat: Gian Piero Piccioni. Nu era nimeni altul decât fiul ministrului de externe al Italiei.

INTRĂ ÎN ACȚIUNE OPINIA PUBLICĂ

Spectaculoasa știre publicată de *Il Roma*, ziar cu o orientare monarhistă înverșunată, a fost preluată, ajustată și amplificată de toate ziarele din țară. Dar poliția se orientase într-o altă direcție. Pe 15 mai, carabinierii de pe țărmul orașului Ostia au întocmit un raport despre singurele indicii care atestau prezența Wilmei Montesi la Ostia, în după-amiaza zilei de 9 aprilie. Era vorba despre declarațiile unei bone, Giovanna Capra, și ale administratoarei chioșcului de ziare din gara Ostia, Pierina Schiano.

După afirmațiile bonei, la șase după-amiaza, pe 9 aprilie, văzuse îndreptându-se spre stabilimentul Marechiaro o fată care semăna cu Wilma Montesi, așa cum apărea în fotografiile publicate în ziare. Dar nu reținuse culoarea jachetei.

Administratoarea chioșcului de ziare a spus poliției, fără ezitare, că Wilma Montesi cumpărase o ilustrată în gara Ostia, o scrisese chiar acolo și o pusese în cutia de scrisori. Apoi, conform acestei declarații, Wilma o luase, tot singură, către canalul mlăștinos. Ilustrata scrisă de Wilma îi fusese adresată „unui militar din Potenza“.

Ilustrata n-a ajuns niciodată

Anchetatorii le-au interogat pe cele două autoare ale declarațiilor și le-au demontat mărturiile. Dar în timp ce prima nu și-a amintit niciuna dintre caracteristicile personale ale fetei pe care o văzuse pe plajele de la Ostia, a doua a afirmat fără șovăială că purta un *sweater* alb. Administratoarea chioșcului de ziare a confirmat că ilustrata îi era adresată „unui militar din Potenza", însă nu a putut furniza nicio informație despre adresă.

Într-un nou interogatoriu luat lui Giuliani, poliția a constatat că acesta nu primise nicio ilustrată. Iar mama și sora Wilmei au afirmat sus și tare că fata nu avea în poșetă niciun stilou. În cele din urmă, s-a stabilit că din locul unde spunea bona că a văzut-o pe Wilma la ora șase până la chioșcul de ziare din gara Ostia este o distanță de trei kilometri și jumătate.

Fata din mașină

Însă în vreme ce poliția infirma neîncetat depoziții după depoziții, ziarele continuau să întețească scandalul. Și s-a putut afla că pe 14 aprilie, la două zile după descoperirea cadavrului Wilmei, un mecanic din Ostia se prezentase la comisariatul de poliție să spună povestea mașinii împotmolite în nisip, despre care vorbise ziarul *Il Roma* în senzaționalul său articol. Mecanicul se numea Mario Piccini. Și a povestit poliției că în prima decadă a lunii martie, pe când lucra la gara din Ostia, fusese chemat de un tânăr, cu puțin înainte de a se crăpa de ziuă, ca să-l ajute să-și remorcheze mașina. Piccini spune că s-a dus cu multă plăcere și că, în timpul manevrei, a observat prezența unei fete la bordul automobilului împotmolit. Fata aceea semăna perfect cu fotografiile Wilmei Montesi, publicate de ziare.

Nu lipsesc nici prinții

Poliția din Roma nu a acordat nicio atenție declarației spontane a mecanicului. Dar poliția judiciară a realizat o investigație rapidă și a descoperit cu totul altceva. Și anume că prin același loc trecuse, la ora șase, în după-amiaza de 9 sau de 10 aprilie, un automobil condus de un cunoscut tânăr din aristocrația italiană, prințul Maurizio D'Assia. Conform acestei investigații, distinsul domn era însoțit de o fată, care nu era Wilma Montesi. Automobilul menționat a fost văzut de agentul Anastasia Lilli, de carabinierul Lituri și de muncitorul Ziliante Triffelli.

Bomba!

Când a fost vorba despre căutarea obiectelor de îmbrăcăminte care lipseau de pe cadavru, poliția din Ostia s-a declarat învinsă. Pe 30 aprilie, avocatul Scapucci și băiatul lui, plimbându-se prin împrejurimile reședinței prezidențiale Castelporziano, au găsit o pereche de pantofi de damă. Crezând că e vorba despre pantofii Wilmei Montesi, s-au prezentat cu ei la poliție. Însă familia victimei a declarat că aceia nu erau pantofii pe care îi purta fata ultima oară când a ieșit din casă.

Dat fiind că nu era nimic de făcut, Procuratura Generală a Republicii se pregătea să claseze dosarul, odată confirmată ipoteza morții accidentale. Atunci a intrat în acțiune modesta și scandaloasa revistă lunară *Attualità*, care, în numărul din octombrie, a mai aruncat puțină dinamită în investigație. Sub semnătura directorului său, revista a publicat o cronică de senzație: „Adevărul despre moartea Wilmei Montesi".

Directorul revistei *Attualità* este Silvano Muto, un ziarist îndrăzneț în vârstă de treizeci de ani, cu un chip de artist de cinema și îmbrăcat ca un artist de cinema, cu fular de mătase și ochelari închiși la culoare. Revista lui, după cum se spune, era cea mai puțin citită din Italia și, prin urmare, cea mai săracă. Muto o scria singur, de la prima până la ultima pagină. El însuși obținea reclamele și o susținea din toate puterile, doar din dorința de a avea o revistă.

CITITORUL TREBUIE SĂ ȚINĂ MINTE

a) Că Wanda Montesi nu și-a amintit că Wilma o invitase la Ostia decât după câteva zile de la dispariție.

b) Că poliția nu l-a interogat pe mecanicul Mario Piccini.

c) Mărturia carabinierului Lituri în legătură cu trecerea mașinii prințului D'Assia.

d) Numele lui Andrea Bisaccia.

Dar, după numărul din octombrie 1953, *Attualità* a cunoscut un succes enorm. Cititorii se îmbulzeau în fiecare lună la ușile birourilor sale pentru a face rost de un exemplar

Această neașteptată popularitate s-a datorat scandalosului articol despre cazul Montesi, care a fost primul pas ferm făcut de opinia publică pentru aflarea adevărului.

Fără nume propriu

În articolul său, Muto afirma:

a) Vinovat de moartea Wilmei Montesi era un tânăr muzician de la radioul italian, fiu al unei importante personalități politice.

b) Din pricina influențelor politice, ancheta a fost dirijată astfel încât, încetul cu încetul, să fie dată uitării.

c) Se scotea în evidență rezerva manifestată cu privire la rezultatele autopsiei.

d) Autoritățile erau acuzate că nu doriseră să identifice vinovatul.

e) Moartea Wilmei Montesi era relaționată cu traficul de stupefiante, cu care ea avea legături; se vorbea, de asemenea, despre orgiile din zonă, de la Castelporziano și Capacotta, cu abuz de droguri, iar în una dintre ele murise Wilma Montesi, nefiind obișnuită cu consumul de stupefiante.

f) Persoanele prezente la petrecere au mutat corpul neînsuflețit pe plajele învecinate din Torvaianica, pentru a evita un scandal.

Caz clasat

Pe 24 octombrie 1953, Silvano Muto a fost chemat de procuratura din Roma ca să dea socoteală pentru articolul său. Muto a declarat cu seninătate că tot ce afirmase era minciună, că scrisese articolul doar ca să facă să circule revista și că recunoștea că procedase cu superficialitate. Din cauza unei retractări atât de zdrobitoare, Muto a fost dat în judecată pentru „răspândire de știri false și tendențioase" și pentru „perturbarea ordinii publice". Și, în ianuarie 1954, din ordinul procuraturii, cazul Wilmei Montesi a fost clasat.

Din nou?

Totuși, când Silvano Muto s-a prezentat să răspundă în fața justiției pentru scandalosul său articol, a repetat ce scrisese în el și a adăugat noi date. Și, pentru prima oară, a dat numele unor persoane; a spus că datele din articolul său îi fuseseră furnizate de Orlando Triffelli, care îl asigurase că fratele său o recunoscuse pe Wilma Montesi într-o mașină oprită, pe 9 sau 10 aprilie 1953, în fața casei paznicului din Capacotta. În plus, a spus că două dintre participantele la orgiile cu alcool și droguri de mare risc îi făcuseră mărturisiri confidențiale: Andrea Bisaccia și actrița de televiziune Anna María Caglio.

Începe dansul

Andrea Bisaccia a fost chemată să dea o declarație. Într-o stare de încordare nervoasă alarmantă, a negat că îi spusese ceva lui Silvano Muto. A afirmat că era o poveste fantezistă, inventată cu scopul de a-i distruge prietenia intimă cu Gian Piero Piccioni, fiul ministrului de externe și cunoscut autor de piese de muzică ușoară. A sfârșit prin a spune că monstrul plăsmuit de Silvano Muto o impresionase în asemenea măsură, încât pe 9 ianuarie încercase să se sinucidă.

Lui Muto nu-i rămânea decât să intre în pușcărie, iar dosarul Wilmei Montesi urma să fie depus definitiv în prăfuitele arhive judiciare de la Roma. Dar, pe 6 februarie, Anna María Caglio s-a prezentat la poliție și, foarte senină, cu vocea ei de crainică profesionistă, a relatat dramatica poveste a vieții ei.

ÎNTÂLNIRE SECRETĂ LA MINISTER

Anna María Caglio era amanta lui Ugo Montagna, un domn cu o avere considerabilă, prieten cu personalități remarcabile și celebru pentru aventurile sale galante. Își spunea „marchizul de Montagna“, și, ca marchiz, era cunoscut și bine primit în toate cercurile. Anna María Caglio a spus poliției că ea nu o cunoștea pe Wilma Montesi. Dar îi văzuse fotografia în ziare și o identificase drept fata brunetă, robustă și elegantă care, în după-amiaza de 7 ianuarie 1953, ieșise dintr-unul dintre apartamentele lui Montagna de la Roma, însoțită de acesta. Au urcat amândoi în mașina condusă de marchiz. În noaptea aceea, Anna María Caglio, după cum a povestit la poliție, când amantul ei s-a întors acasă, i-a făcut acestuia o violentă scenă de gelozie.

„E ceva ciudat la mijloc“

Când María Caglio a citit articolul în *Attualità*, a crezut că sub numele de domnul X despre care se vorbea în articol se ascundea propriul său amant, „marchizul de Montagna“. De aceea a luat legătura cu ziaristul și i-a spus că tot ce scria în articolul său era adevărat. În seara de 26 octombrie se afla cu amantul ei la bordul unui automobil. Ea i-a cerut explicații, după cum a declarat la poliție. Iar marchizul, iritat și cam nervos, a amenințat-o că o dă jos din mașină.

Ca să-și liniștească amantul, Anna María Caglio l-a invitat să meargă la el acasă, ca să citească în liniște articolul lui Muto; Montagna a citit articolul lui Muto și n-a zis nimic. Dar când Anna María Caglio s-a dus să pună revista în sertarul noptierei, a văzut acolo un pachet cu două țigări aurii și o scrumieră cu pietre prețioase. Această descoperire i-a întărit tinerei bănuiala că amantul ei era în legătură cu vreo bandă de traficanți de stupefiante.

O întâlnire misterioasă

Doamna Caglio a insistat în fața polițiștilor că plecase la Milano, orașul ei natal, pe 7 aprilie și se întorsese pe 10. Când a sosit la Roma, amantul ei era vizibil nervos și contrariat de întoarcerea ei inoportună. Totuși, a dus-o acasă la el, unde în seara aceea Montagna a primit un telefon de la fiul ministrului de externe, Gian Piero Piccioni, care se pregătea pentru o călătorie.

Mai târziu, Anna María Caglio a aflat că, în luna noiembrie a anului anterior, o oarecare „Gioben Jo" pierduse treisprezece milioane de lire jucând cărți în Capacotta cu Montagna, Piccioni și un ofițer superior de poliție.

Seara de 29 aprilie

Anna María Caglio cina cu amantul ei în apartamentul de lux și se pregăteau să se ducă la film, tocmai la Supercinema. Doamna Caglio afirmă că Montagna îi spusese cu doar câteva zile în urmă că Piccioni era „un biet tânăr, care trebuia ajutat, pentru că intrase într-o încurcătură“. În seara aceea, când își punea paltonul ca să plece, Anna María Caglio și-a dat seama că Piccioni l-a sunat pe Montagna și i-a spus că trebuie neapărat să se ducă imediat să stea de vorbă cu șeful poliției din Roma. Montagna a ieșit ca din pușcă și s-a întâlnit cu Piccioni la minister.

CITITORUL TREBUIE SĂ ȚINĂ MINTE

a) Declarația dată de Anna María Caglio, conform căreia Montagna și Piccioni fuseseră la minister pe 29 aprilie 1953.

b) Bilețelul care spune: „Mă duc la Capacotta și voi petrece noaptea acolo. Cum voi sfârși oare?“

c) Că „o oarecare Gioben Jo“ a pierdut treisprezece milioane de lire jucând cărți.

„În goana mare“

Peste o oră și jumătate, când Montagna a revenit la mașina unde îl aștepta Anna María Caglio, a spus că încercaseră să suspende ancheta despre moartea Wilmei Montesi. Anna María Caglio i-a răspuns că e o mârșävie, căci autorul crimei trebuia să plătească, chiar dacă era fiul unui ministru. Montagna i-a replicat că Piccioni era nevinovat, fiindcă în ziua crimei se afla la Amalfi. Atunci tânăra l-a întrebat pe Montagna:

– Și când s-a întors Piccioni la Roma?

Montagna, indignat, nu i-a răspuns la întrebare. A privit-o în ochi și i-a spus:

– Fetițo, tu știi prea multe. E mai bine să schimbi aerul.

„Ti butto a mare"

Într-adevăr, Anna María Caglio a demonstrat că a doua zi fusese trimisă din nou la Milano, cu o scrisoare specială pentru directorul televiziunii. A revenit la Roma pe data de 22 a aceleiași luni, pentru prima aniversare a întâlnirii cu Montagna. Pe 27 iulie s-au mutat fiecare la casa lui, dar au continuat să se vadă în apartamentul de pe strada Gennargentu. La sfârșitul lunii noiembrie s-au despărțit definitiv, după incidentele provocate de articolul lui Muto.

Anna María Caglio a declarat poliției că acelea fuseseră pentru ea niște zile de groază. Amantul ei devenea din ce în ce mai misterios. Primea telefoane ciudate și părea implicat în afaceri obscure. Anna María Caglio a mai afirmat că într-o noapte, epuizată de tensiunea nervoasă, i-a pus amantului ei o întrebare despre afacerile sale și Montagna i-a răspuns pe un ton amenințător:

– Dacă nu ești cuminte, te arunc în mare.

Testamentul

În dramatica ei relatare la poliție, Anna María Caglio a declarat că din noaptea aceea a fost convinsă că va fi asasinată.

Pe 22 noiembrie, după ce a cinat cu Montagna la restaurantul Matriciana, de pe strada Gracchi, a avut senzația că a fost otrăvită. Singură în apartamentul ei, și-a amintit că amantul se dusese personal la bucătărie, să dea indicații privind pregătirea cinei.

Înspăimântată, Anna María Caglio a plecat a doua zi la Milano. Era cu nervii la pământ. Nu știa ce să facă, dar era convinsă că trebuie să facă ceva. De aceea l-a vizitat pe preotul iezuit Dall'Olio și i-a spus toată povestea vieții sale cu Montagna. Preotul, extrem de impresionat de relatarea fetei, i-a repetat povestea ei ministrului. Anna María Caglio, năucită de mania persecuției, s-a refugiat la mănăstirea de pe strada Lucchesi. Dar mai era ceva ce nu spusese poliției: înainte de a pleca la Milano, i-a încredințat proprietarei pensiunii unde locuia la Roma o scrisoare închisă, cu următoarea recomandare: „În cazul în care mor, faceți astfel încât scrisoarea aceasta să ajungă în mâinile procurorului general al republicii".

„Cum voi sfârși?"

Proprietara pensiunii, Adelmira Biaggioni, căreia Anna María Caglio îi încredințase scrisoarea, a fost chemată să dea declarație. S-a prezentat la poliție cu trei scrisori, scrise cu mâna ei de doamna Caglio, și cu un bilet pe care tânăra i l-a pus pe sub ușă pe 29 octombrie 1953, înainte de a ieși din casă. Pe bilet scria: „Plec la Capacotta și voi petrece noaptea acolo. Cum voi sfârși oare?"

De la Adelmira Biaggioni s-a aflat că, în noaptea în care a crezut că Montagna a otrăvit-o, Anna María Caglio a scris scrisoarea-testament pe care i-a înmânat-o a doua zi, înainte de a pleca la Milano, cu instrucțiunea ca, în cazul în care va fi găsită moartă, să i-o trimită procurorului republicii. Proprietara pensiunii a păstrat scrisoarea câteva zile.

Apoi, nedorind să-și asume o asemenea răspundere, a pus-o în alt plic și i-a adresat-o Annei María Caglio, la mănăstirea unde se refugiase.

Poliția a ordonat confiscarea scrisorii și a chemat-o pe Anna María Caglio pentru a declara că îi aparține. Printre multe altele, scrisoarea spunea: „Doresc ca toată lumea să știe că eu n-am fost niciodată la curent cu afacerile lui Ugo Montagna [...] Dar sunt convinsă că vinovatul este Ugo Montagna (cu colaborarea multor femei [...]) El este creierul organizației, iar Piero Piccioni este criminalul".

RĂSUNĂTOARELE FESTIVALURI CU ALIDA VALLI

Dramaticul testament al Annei María Caglio a declanșat un cutremur în opinia publică. Presa, și mai ales ziarele opoziției, a atacat cu artileria grea organizarea juridică, poliția, tot ce ar fi putut avea legătură cu guvernul. Printre bubuituri, Ugo Montagna și Gian Piero Piccioni au fost chemați să dea declarații.

Elegant, într-un costum în dungi, închis la culoare, și cu o seriozitate zâmbitoare, Ugo Montagna a răspuns la interogatoriu. A spus că nu a cunoscut-o niciodată pe Wilma Montesi. A negat că ea era femeia cu care a afirmat Anna María Caglio că l-a văzut, pe 7 ianuarie 1953, într-o mașină, în fața apartamentului său. A negat emfatic că la Capacotta ar fi avut loc menționatele „petreceri ale plăcerii". A spus că nu era adevărat că Piccioni îl sunase în noaptea de 10 aprilie. A încheiat spunând, fără a-și pierde seninătatea, cu o voce sigură și convingătoare, că nu-și aduce aminte să fi fost la o vreo întrevedere cu șeful poliției din Roma la minister, cum afirma Anna María Caglio, și că era absolut fals că se aflase vreodată în contact cu traficanți de stupefiante.

A făcut și observația că Piccioni și șeful poliției erau vechi prieteni și că, prin urmare, nu era nici necesar și nici plauzibil ca el să facă pe intermediarul între ei.

Data mortală

Mai puțin senin decât Montagna, îmbrăcat cam sportiv și într-o italiană sonoră cu accent de Roma, Gian Piero Piccioni s-a declarat absolut străin de cazul Montesi. În ziua morții fetei, a spus el, se afla într-o scurtă perioadă de odihnă la Amalfi, de unde a revenit la Roma, cu mașina, la ora 3.30, în după-amiaza de 10 aprilie. Apoi a precizat că în aceeași după-amiază a trebuit să stea la pat din pricina unei amigdalite acute. Ca să-și demonstreze afirmația, a promis să arate rețeta profesorului Di Filippo, medicul care îl consultase la domiciliu în după-amiaza aceea.

În legătură cu presupusa lui vizită la șeful poliției din Roma în compania lui Montagna, Piccioni a menționat că aceasta nu a avut loc în felul malițios în care povestise

Anna María Caglio. De mai multe ori, a adăugat, îl vizitase singur sau în compania lui Montagna, însă doar cu scopul de a-i solicita să intervină pentru a pune capăt utilizării de către presă a formulărilor care îi compromiteau numele în cazul Montesi. „Atacurile presei, a spus el, nu au decât un obiectiv politic: sunt menite să-l stigmatizeze pe tatăl meu."

La arhivă!

Întrucât capetele de acuzare nu ofereau perspective și nici nu păreau suficient de valide ca să infirme ipoteza morții accidentale, pe când intrase cu picioarele în mare, pe 2 martie 1954, dosarul Wilmei Montesi a fost clasat pentru a doua oară. Însă presa nu și-a clasat campania. Procesul împotriva ziaristului Muto mergea înainte și, de fiecare dată când se prezenta cineva să dea vreo declarație, cazul Montesi se vântura din nou.

CITITORUL TREBUIE SĂ ȚINĂ MINTE

a) Data la care a spus Piero Piccioni că a revenit de la Amalfi.

b) Rețeta profesorului Di Filippo, pe care Piero Piccioni a promis că o arată poliției.

Printre mulți alții, a dat declarație un pictor, Franccimei, care conviețuise o săptămână cu Andrea Bisaccia, una dintre cele două femei pe care Muto le-a indicat ca sursă a informațiilor sale. Franccimei a spus poliției o poveste pasionantă. Andrea Bisaccia, a precizat el, avea coșmaruri. Pradă angoasei, vorbea în timp ce dormea. În unul dintre aceste coșmaruri, a început să strige îngrozită: „Apă...! Nu... Nu vreau să mă înec... Nu vreau să mor în același fel... Dă-mi drumul!"

În vreme ce pictorul făcea această declarație dramatică, o femeie înnebunită de abuzul de stupefiante s-a aruncat de la etajul al treilea al unui hotel din Alessandria. Poliția i-a găsit în poșetă, notate pe o hârtiuță, două numere de telefon care nu figurau în cartea de telefoane din Roma. Ambele erau telefoane private. Unul îi aparținea lui Ugo Montagna. Celălalt, lui Piero Piccioni.

O viață întreagă

Femeia care s-a aruncat de la etajul al treilea era Corinna Versolatto, o aventurieră care, în mai puțin de un an, făcuse tot felul de meserii. Fusese infirmieră într-o clinică respectabilă, garderobieră la clubul de noapte Piccolo Slam, închis ulterior de poliție; iar în timpul liber, prostituată clandestină.

În momentul tentativei de sinucidere, Corinna Versolatto era secretara particulară a lui Mario Amelotti, un plimbăreț venezuelean suspect de trafic de stupefiante și de trafic de persoane. Într-un moment de luciditate, Corinna le-a declarat ziariștilor, în prezența medicului de la clinica unde a fost internată și a unui funcționar de la poliția din Alessandria, că în ultimele luni căzuse în dizgrația lui Amelotti, șeful ei, pentru că refuzase să ia parte la afacerile lui ilicite. A conchis: „E tot ce pot să spun. Mario e un om fără scrupule. A cumpărat poliția și e prieten cu multe persoane influente".

În ultimul rând, Corinna a destăinuit că șeful ei era prieten cu cineva care fuma țigări cu marijuana. Și că, în colaborare cu un fotograf prieten de-al lui, conducea o fabrică de ilustrate pornografice.

Asta pare un film

În vreme ce se întâmplau toate astea, presa continua să strige. Iar poliția continua să primească anonime. Când s-a clasat pentru a doua oară dosarul Wilmei Montesi, s-au primit peste șase sute de anonime. Una dintre ele, semnată de Gianna la Rossa, spunea textual: „Eu sunt la curent cu evenimentele petrecute în aprilie 1953, legate de moartea Wilmei Montesi. Sunt îngrozită de cruzimea lui Montagna și a lui Piccioni, care încercau să o pună în contact cu traficanții de stupefiante din provincia Parma, mai exact din Traversetolo. Am făcut denunțul de rigoare la poliția din Parma, așa cum se cuvenea. Dar l-au îngropat. Acum câteva luni, am încredințat o a doua scrisoare în biroul unui paroh, într-un sătuc din regiunea Traversetolo. Am încredințat scrisoarea pentru că eram convinsă că voi avea aceeași soartă ca Wilma Montesi. Parohul va înmâna scrisoarea cui îi va arăta jumătatea biletului anexat. Cealaltă jumătate o deține el".

Gianna la Rossa continua scrisoarea explicând motivele pentru care prefera să se protejeze cu un pseudonim. Scrisoarea se încheia astfel: „Pielea mea nu valorează nimic, dar întâmplător e singura pe care o am".

Pe unde ajunge apa?

Poliția a făcut o investigație rapidă a celor două cazuri anterioare. În legătură cu antecedentele sinucigașei, s-a stabilit că aceasta frecventa la Roma clubul Victor și că, la hotelul unde locuia, organiza răsunătoare petreceri de plăcere, la care asistau personalități notabile și două actrițe de cinema. Una dintre ele era Alida Valli.

Hotelul unde locuia Corinna în Alessandria, de la fereastra căruia s-a aruncat în stradă, a fost percheziționat de poliție. În camera sinucigașei s-au găsit două articole decupate din ziare. Unul era știrea despre închiderea clubului Piccolo Slam. Celălalt era despre cazul Montesi.

„Ia să vedem, părinte"

În ceea ce privește scrisoarea Giannei la Rossa, poliția a aflat că parohul era Tonnino Onnis, preot din Bannone di Traversetolo și student la Politehnică. Și s-au dus la preot, cu jumătatea de bilet din scrisoare, un bilet de intrare în valoare de cincizeci de lire de la Direcția Generală de Antichități și Belle-Arte din Ministerul Educației. Parohul a scos la iveală scrisoarea, pe al cărei plic scrisese, cu mâna lui: „Depusă în mâna mea pe 16 mai 1953, pentru a fi dată doar persoanei care prezintă cealaltă jumătate a biletului anexat și care trebuie să aibă numărul A.N.629190". Pe dosul plicului făcuse o a doua adnotare: „Închisă de mine. Nu cunosc numele și nici adresa persoanei care a scris-o".

Scrisoarea a fost deschisă și i s-a citit textul senzațional.

POVEȘTILE ÎNTUNECATE ALE MARTORILOR

Scrisoarea înmânată de paroh poliției avea data de 16 mai și spunea, printre altele: „Când va fi citită această scrisoare, eu voi fi moartă. Dar vreau să se știe că n-am murit de moarte naturală. Am fost scoasă din luptă de marchizul Montagna și de Piero Piccioni... Am trăit în ultimele luni cu coșmarul că voi avea aceeași moarte ca Wilma Montesi... Pun acum în practică un plan pentru a demasca banda traficanților de stupefiante... Dacă planul acesta dă greș, voi avea soarta Wilmei... Scrisoarea aceasta va fi înmânată doar celui care se află în posesia unei parole speciale...".

Capcana

Însă părintele Onnis nu s-a mulțumit să arăte scrisoarea poliției, ci a profitat de ocazie ca să spună o poveste ce pare un film cu bandiți. A precizat că în august sau septembrie 1953, într-o vineri, când se pregătea să plece din Parma cu motocicleta, au venit la el doi indivizi care au coborât dintr-o mașină cu număr de Franța. Cu un accent străin simulat, în care parohul a crezut că descoperă intonația din Italia meridională, cei doi indivizi l-au rugat să ducă un pachet. El a refuzat, a demarat și a pornit cu toată viteza. Dar când a ajuns în satul vecin, a fost reținut de poliție și dus la comisariat. Funcționarii de serviciu au perchiziționat pachetul pe care îl ducea parohul pe scaunul din spate. Era un radio care trebuia reparat.

Atunci poliția i-a arătat o anonimă care fusese primită cu câteva ore înainte și în care se indica numărul motocicletei sale, ora la care avea să treacă prin sat și se formula acuzația că părintele Onnis era în contact cu o bandă de traficanți de stupefiante.

Alida Valli, la telefon

Anchetatorii au constatat imediat ceva foarte important: scrisoarea prezentată de părintele Onnis avea data de 16 mai, o perioadă în care numele lui Piero Piccioni nu fusese încă asociat cu cel al lui Montagna. Declarațiile Annei Maria Caglio fuseseră făcute în octombrie.

În aceeași perioadă, ziarele erau ocupate cu alt fapt semnificativ din cazul Montesi: telefonul pe care actrița Alida Valli i l-a dat din Veneția lui Piero Piccioni, de care o lega o prietenie intimă. Alida Valli fusese cu Piccioni la Amalfi, în călătoria despre care acesta a vorbit la poliție pentru a se dezvinovăți. Apoi actrița a plecat la Veneția, ca să ia parte la turnarea filmului *La mano dello straniero*. La două zile de la sosirea Alidei Valli la Veneția, a izbucnit scandalul Montesi. Un ziarist, un actor, un regizor de cinema și un deputat au declarat că actrița îi telefonase lui Piccioni dintr-o tutungerie venețiană. Actrița a negat convorbirea.

Nu încape îndoială

Conform declarațiilor martorilor, Alida Valli i-a spus lui Piccioni, într-o evidentă stare de agitație:

– Ce naiba ai făcut? Ce ți s-a întâmplat cu fata aia?

Actrița a purtat dialogul cu voce tare, fiind o convorbire interurbană.

Era un loc public. Când a terminat, era atât de agitată, încât a spus tare, ca și cum ar fi continuat convorbirea: „Să vedeți în ce încurcătură s-a băgat tâmpitul ăla".

CITITORUL TREBUIE SĂ ȚINĂ MINTE

a) Telefonul pe care Alida Valli i l-a dat lui Piero Piccioni de la Veneția.

b) Rezultatele primei autopsii care i s-a făcut Wilmei Montesi, publicate în a doua cronică a acestei serii.

c) Declarațiile familiei Wilmei Montesi, după ce i-a fost descoperit cadavrul pe plajele de la Torvaianica.

d) Hainele găsite pe cadavru.

Organul de presă al partidului comunist din Italia, *L'Unità*, s-a ocupat de scandalul convorbirii telefonice. Conform acestui ziar, convorbirea se efectuase pe 29 aprilie 1953. Actrița a scris o scrisoare redacției, protestând din cauza „ușurinței" cu care se divulgau „știri fantastice și tendențioase". Și a afirmat că, pe data de 29 aprile, ea se afla la Roma. Însă poliția îi confiscase carnețelul cu telefoane și stabilise că, într-adevăr, apelul fusese unul real.

Povești întunecate

La procesul împotriva ziaristului Muto s-a mai dat altă declarație: cea a tinerei Gioben Jo, care, după cum afirmase Anna María Caglio, pierduse treisprezece milioane de lire jucând cărți la Capacotta, în compania lui Montagna, a lui Piccioni și a unui ofițer superior de la poliție. Tânăra Gioben Jo a declarat că un cunoscut de-al ei, Gianni Cortesse, emigrat în Brazilia, de unde scrisese ca să spună că „s-a instalat foarte bine", era de câțiva ani „comisar de bord" la Genova și renumit comerciant de stupefiante. A spus că respectivul Cortesse îl aproviziona pe un dentist, prieten de-al lui, cu mari cantități de cocaină. Acest prieten, după spusele lui Gioben Jo, i-l prezentase pe Montagna, cu care acela era amic apropiat.

Alt martor a declarat în final că, în urmă cu câțiva ani, fusese oaspetele lui Montagna. Era un avocat, prieten al amândurora, cunoscut pentru pasiunea pentru droguri, care suferea chiar atacuri de *delirium tremens* ca urmare a abuzului de stupefiante. În aprilie sau în iunie 1947, conform martorului, Montagna, prietenul său avocatul și o femeie s-au înființat în camera lui, complet goi, și l-au trezit cu fraze vulgare și cuvinte obscene.

Cui să dai crezare?

Procesul ziaristului Muto a devenit de-a binelea un fel de gâză cu multe picioare. De fiecare dată când cineva era chemat să dea declarații, era nevoie să fie chemați și alții, pentru a se stabili adevărul mărturiilor. Părea jocul „dă-i, că vin să-ți dea". Apăreau noi nume. Presa, la rândul ei, făcea investigații spontane, iar în dimineața următoare punea în circulație noi dezvăluiri. Printre cei care au dat declarații în procesul lui Muto se afla Vittorio Feroldi de Rosa, care spunea că făcuse, în iulie sau august 1953, o călătorie cu mașina de la Roma la Ostia, în compania mai multor persoane, printre care și Andrea Bisaccia. După Feroldi, Bisaccia îi spusese vecinului de scaun că pe litoralul de la Ostia-Torva se făcea trafic cu stupefiante; că o cunoscuse pe Wilma Montesi; că participase la câteva „reuniuni de plăcere“ la Castelporziano și că văzuse portjartierul Wilmei Montesi „în mâna cuiva“.

Când ceilalți ocupanți ai mașinii au fost chemați să dea declarații, o femeie din grup, Silvana Isola, a declarat că nu auzise nimic, pentru că dormise profund în timpul drumului. Însă alt pasager, Gastone Prettenati, a admis că, într-adevăr, Andrea Bisaccia îi făcuse pe drum unele confidențe. Îi spusese, printre altele, că Wilma Montesi suferise o cădere de tensiune, într-o „partidă de plăcere“ la care asistase și în care se fumaseră „anumite țigări“. Atunci fusese abandonată pe plajă, întrucât ceilalți participanți au crezut că e moartă.

Alt martor, Franco Marramei, a declarat, în cele din urmă, că într-o noapte se afla într-un mic bar de pe strada Balbuino și o auzise pe Andrea Bisaccia spunând cu voce tare: „Wilma Montesi n-a putut să moară accidental, pentru că eu o cunoșteam foarte bine“.

Din nou începutul

Din pricina îngrozitorului scandal declanșat de presă și a evidentei nemulțumiri a opiniei publice, Curtea de Apel din Roma i-a cerut Procuraturii Generale a Republicii dosarul clasat de două ori. Pe 29 martie 1954 – la aproape un an după moartea Wilmei Montesi –, Departamentul de cercetare a cauzelor penale s-a ocupat de imensul și confuzul dosar și a început cercetarea penală a cazului Montesi.

Timp de un an, voluminosul și zâmbitorul director al departamentului, Rafaelle Sepe, lucrând zi și noapte, a făcut ordine în nenumăratele contradicții, greșeli și mărturii false. A trebuit să o ia din nou de la început. Cadavrul Wilmei Montesi a fost exhumat pentru o nouă autopsie. Directorul Sepe a făcut ordine în jocul de cărți ținute cu fața în jos.

DOUĂZECI ȘI PATRU DE ORE PIERDUTE DIN VIAȚA WILMEI

Întrucât trebuia să o ia de la început, directorul Sepe a încercat mai întâi să stabilească ora exactă la care Wilma Montesi a plecat de acasă, în după-amiaza zilei de 9 aprilie. Până în momentul acela, existau două declarații diferite: aceea a tatălui victimei, care, în seara de 9, a spus poliției că portăreasa Adalgisa Roscini afirmase că Wilma a ieșit la 5.30; și aceea a agentului de poliție din strada Salaria care, în primul său raport de marți 14 aprilie, a dat asigurări că aceeași portăreasă spusese o oră diferită: cinci fix.

Anchetatorul a chemat-o direct pe Adalgisa Roscini și aceasta a explicat fără ezitări că Wilma nu ieșise din casă înainte de 5.15. Portăreasa avea un motiv ca să facă o asemenea afirmație categorică. În zilele în care s-au petrecut faptele, în clădire lucra un grup de muncitori care își încetau lucrul la cinci fix. Atunci se duceau să se spele la lavoarul din curte și zăboveau nu mai puțin de zece minute. Pe 9 aprilie, când și-au încheiat muncitorii treaba, Wilma nu ieșise. Când ei au terminat cu spălatul și au părăsit clădirea, ea tot nu ieșise. Adalgisa Roscini a văzut-o ieșind la câteva minute după muncitori. Puțin după 5.15.

„Beleaua"

În declarația asta, portăreasa de pe Tagliamento numărul 76 a dezvăluit un alt amănunt, care a făcut să fie pus la îndoială comportamentul familiei Montesi. În realitate, atitudinea rudelor victimei se schimbase fundamental din ziua în care fusese recunoscut cadavrul. Adalgisa Roscini a mărturisit că, la câteva zile după moartea Wilmei, mama acesteia o îndemnase să-și modifice declarația inițială, conform căreia fata ieșise la 5.30. Portăreasa a refuzat. Și atunci mama Wilmei i-a spus:

– Și atunci cum a putut *dottoressa* Passarelli să meargă cu ea în tren la aceeași oră?

Portăreasa zice că a răspuns:

– N-o fi văzut bine ceasul.

Apoi, indignată de presiunea pe care voia s-o exercite asupra ei, a exclamat:

– Și-au găsit beleaua, că eu ora n-o schimb.

Dottoressa *Passarelli*

Pentru a se porni iar cum se cuvine de la început, a fost chemată din nou *dottoressa* Passarelli. S-a prezentat într-o stare de agitație dramatică. De data asta, nu s-a mai arătat foarte sigură că o văzuse pe Wilma Montesi în tren. „Mi s-a părut că o văd", a fost tot ce a spus. Și a descris-o din nou pe fată. Era o tânără între douăzeci și opt și treizeci de ani. Avea o pieptănătură „tapată pe frunte, părul bine întins pe părțile laterale și un coc enorm pe occipital". Nu avea mănuși. Era încălțată cu mocasini și purta o jachetă a cărei culoare predominantă era verdele.

Totuși, Wilma împlinise douăzeci și unu de ani în urmă cu numai câteva luni și, conform declarației mai multor persoane care au cunoscut-o, părea mai tânără. Pe de altă parte, în după-amiaza în care a ieșit din casă pentru ultima oară nu purta mocasini, ci niște sandale foarte bătătoare la ochi, din material auriu. Pieptănătura nu era cea descrisă de *dottoressa* Passarelli, pentru că Wilma avea părul scurt de câteva luni.

A scăpat ca prin urechile acului

Anchetatorul a adus jacheta găsită pe cadavru, ca s-o vadă *dottoressa* Passarelli. Zărind-o, *dottoressa* a fost năucită. Era o jachetă galbenă, țipătoare și inconfundabilă. A întors-o, ca pentru a vedea dacă era verde pe partea cealaltă. Atunci a negat categoric că aceea era jacheta pe care o purta fata din tren.

Directorul Sepe a demonstrat că *dottoressa* nu fusese chemată să i se arate cadavrul Wilmei Montesi. Recunoașterea s-a limitat la examinarea unor piese de îmbrăcăminte. Totuși, s-a considerat necesar să se investigheze comportamentul de care dăduse dovadă *dottoressa*. S-a stabilit că era vorba despre o licențiată în Litere, angajată la Ministerul Apărării, fiica unui ofițer superior al armatei și care făcea parte dintr-o distinsă familie din Roma. Dar s-a stabilit deopotrivă că suferă de o ușoară miopie și nu poartă ochelari, și că are un temperament impulsiv, deloc predispus la reflecție, cu tendințe spre fantezie. A scăpat ca prin urechile acului: a reușit să dovedească de unde a obținut banii cu care a cumpărat, la câteva zile după prima și spontana sa declarație, un apartament care a costat-o 5 600 000 de lire.

„De aici, în eternitate"

Odată demontată declarația dată de *dottoressa* Passarelli, anchetatorul și-a propus să stabilească în cât timp poate ajunge cineva de pe strada Tagliamento numărul 76 la gara din Ostia. La anchetă au colaborat carabinierii, oamenii de afaceri din transportul urban și Ministerul Apărării.

CITITORUL TREBUIE SĂ ȘTIE

Începând cu această cronică, veți găsi în text răspunsurile la punctele pe care „cititorul trebuie să le țină minte", care au fost publicate în cronicile anterioare.

Începând din acest moment, se va stabili în ordine riguroasă:

a) Pretinsa călătorie a Wilmei Montesi la Ostia.

b) Timpul și locul morții sale.

c) Cauza morții și definiția juridică a faptei.

d) Obiceiurile, moralitatea și ambianța familială reale ale Wilmei Montesi.

e) Traficul de stupefiante.

f) Reuniunile la Capacotta.

g) Denunțul împotriva prințului D'Assia.

h) Elementele împotriva lui Ugo Montagna și Piero Piccioni și împotriva fostului șef al poliției din Roma, Severo Polito.

De la numărul 76 de pe strada Tagliamento până la poarta gării sunt 6 301 de metri, pe drumul cel mai scurt. Pentru a străbate această distanță, în condiții ideale de trafic și nepunând la socoteală opririle la semafoare, un taxi face exact treisprezece minute. Pe jos, în pas normal, se face între o oră și un sfert și o oră și douăzeci și unu de minute. În pas grăbit, cincizeci de minute. Traseul este străbătut de o linie de tramvai (rapidul B), care face în mod obișnuit douăzeci și patru de minute. Presupunând că Wilma Montesi ar fi folosit acest mijloc, ar fi întârziat cu încă cel puțin trei minute, adică timpul de care ar fi avut nevoie pentru a merge din portalul casei sale până la stație, care e situată la două sute de metri.

Și tot mai lipsește timpul pentru a cumpăra biletul în gară și a prinde trenul, pe un peron situat la trei sute de metri de casa de bilete. S-a tras o concluzie importantă: Wilma Montesi nu s-a dus la Ostia cu trenul de 5.30. Este foarte probabil sa nu fi putut lua încă nici măcar în cazul în care ar fi ieșit, într-adevăr, din casă la cinci.

Ora morții

Cei care au redactat primele rapoarte nu și-au dat seama de ceva esențial: doctorul Di Giorgio, primul medic care a examinat cadavrul pe plajele de la Torvaianica, a declarat că era în curs de rigidizare progresivă. După un timp, un cadavru începe să se întărească: este perioada când intervine rigiditatea. Ulterior, se produce fenomenul contrar. Doctorul Di Giorgio a stabilit că în momentul acela cadavrul Wilmei Montesi era „parțial rigid". Însă avea un motiv să considere că rigiditatea care apăruse la mandibule, la gât și la extremitățile superioare constituia un proces „de rigidizare progresivă". Legea lui Neysten, verificată conform regulilor, explică: „Rigiditatea cadaverică se inițiază în mușchii mandibulei; continuă în cei ai gâtului și în extremitățile superioare". Pe baza acestei legi, doctorul Di Giorgio și-a prezentat raportul: moartea trebuie să fi survenit cu aproximativ optsprezece ore înainte de examinare. Iar examenul a avut loc sâmbătă, 11 aprilie, la 9.30 dimineața.

Aici a început greșeala

Cadavrul a fost expus la soare toată ziua, în timp ce se așteptau instrucțiuni de la Roma. Aceste instrucțiuni au venit pe seară. La câteva ore după aceea, cadavrul a fost transferat la Institutul de Anatomie. Când au intrat Rodolfo Montesi și Angelo Giuliani pentru a-l recunoaște, se scurseseră mai bine de douăzeci și patru de ore de când fusese descoperit. Când s-a făcut autopsia și s-a întocmit raportul, s-a spus că moartea se produsese la lăsarea serii, pe 9 aprilie, întrucât cadavrul prezenta un prim punct de putrefacție și fenomenul de *cutis anserina*. La un an de la moarte, un grup de profesori de la Facultatea de Medicină a efectuat o nouă expertiză, în urma unei amănunțite examinări a cadavrului, și a stabilit că invazia putrefactivă a putut fi grăbită de îndelungata expunere a cadavrului la soare și la umiditate, pe plajele de la Torvaianica, în timpul întregii zile de 11 aprilie.

În ceea ce privește fenomenul de *cutis anserina*, au demonstrat că acest fenomen este obișnuit la cadavrele înecaților, dar poate să se prezinte dinainte de moarte, din cauza groazei sau a unei agonii prelungite. Însă în cazul Wilmei Montesi a putut fi pricinuit deopotrivă de șederea îndelungată în refrigerator, înainte de realizarea autopsiei. Cu toate acestea, primul raport, al doctorului Di Giorgio, era fundamental: rigiditatea era parțială. Și concluzia indiscutabilă: Wilma Montesi murise în noaptea de 10 aprilie, la douăzeci și patru de ore după ce portăreasa Adalgisa Roscini a văzut-o ieșind din casă.

Ce a făcut în aceste douăzeci și patru de ore?

DOUĂZECI ȘI PATRU DE ORE PIERDUTE DIN VIAȚA WILMEI

(continuare)

Trebuia stabilit un alt adevăr important: locul unde a murit Wilma Montesi. Se acceptase ca sigur faptul că fata intra cu picioarele în mare pe plajele de la Ostia când a suferit un colaps și apoi, înecată, a fost transportată de valuri pe plajele din Torvaianica, cu douăzeci de kilometri mai departe.

Pentru a întări această ipoteză, poliția din Ostia a informat că în noaptea de 10 aprilie se dezlănțuise în zonă o furtună violentă, cu vânturi puternice în direcția nord-vest. Judecătorul de instrucție al cazului, directorul Sepe, a încredințat profesorilor de meteorologie și Institutului Meteorologic misiunea de a verifica aceste date. Raportul, cu buletine meteorologice ale întregii luni aprilie 1953, spunea că în zona Ostia-Torvaianica nu s-a înregistrat pretinsa furtună. Fenomenul cel mai deosebit se petrecuse pe 11 aprilie și chiar la ora la care s-a găsit cadavrul Wilmei Montesi: un vânt din nord-est, de treisprezece kilometri pe oră.

Oja revelatoare

Autopsia supraexperților a scos la lumină faptul că pe cadavru nu erau nici urme de mușcături de animale marine, nici înțepături de insecte, foarte numeroase pe plaja de la Torvaianica. Judecătorul de instrucție a concluzionat, din această premisă, că, în realitate, cadavrul nu stătuse mult timp în apă și nici mult timp pe plajă înainte de a fi descoperit. Prima deducție a fost deja un început de certitudine pentru a înlătura ipoteza că trupul neînsuflețit fusese transportat de valuri pe o distanță de douăzeci de kilometri.

S-au găsit însă indicii și mai importante. Oja de pe unghiile Wilmei Montesi era intactă. Experții au constatat că substanța respectivă era rezistentă la apa mării. Însă au măsurat concentrația de nisip în suspensie pe ruta marină Ostia-Torvaianica. Și au tras concluzia că oja de pe unghii ar fi putut rezista cu greu la frecarea cu nisipul, în timpul unei călătorii lungi și rapide de douăzeci de kilometri.

Ca dovadă, un nasture

Directorul Sepe a fost singurul care s-a interesat de jacheta prinsă într-un nasture la gâtul cadavrului. Când trupul neînsuflețit al Wilmei Montesi a fost găsit pe plajă, carabinierul Augusto Tondi și-a dat seama că era un obstacol pentru transportarea cadavrului, așa încât a tras de nasture și l-a smuls fără prea mare dificultate.

Judecătorul de instrucție Sepe a numărat firele cu care era cusut nasturele: erau șaptesprezece. Experții au demonstrat că aceste șaptesprezece fire nu ar fi rezistat rutei marine, în condițiile în care jacheta ar fi fost izbită de valuri, dacă fusese suficient ca un carabinier să tragă o dată de ea ca să-i smulgă nasturele.

Aceste concluzii și altele cu caracter strict științific au permis să se excludă ipoteza unei lung drum al cadavrului de pe plajele de la Ostia până la cele din Torvaianica. Noii experți au demonstrat că, în realitate, concentrația de fier a nisipului găsit în plămânii cadavrului nu era o dovadă concludentă pentru a stabili locul unde și-a pierdut viața. Wilma Montesi s-a înecat la câtiva metri de locul în care i-a fost descoperit trupul neînsuflețit.

În plus

Totuși, la cinci metri de plajă, apa din Torvaianica nu ajunge la o adâncime de o jumătate de metru. Este adevărat că Wilma nu știa să înoate. Însă este puțin probabil ca o persoană care nu știe să înoate să se înece, doar pentru că nu știe să înoate, la o adâncime de jumătate de metru. Altele trebuie să fi fost cauzele. Și directorul Sepe s-a pregătit să le cerceteze.

A ordonat supraexpertiza. Un medic cu o reputație ireproșabilă și cinci profesori universitari de medicină legală, verificați cum se cuvine, au studiat prezența nisipului și a planctonului în plămânii și în intestinul cadavrului. După cantitate și adâncime, au conchis că moartea nu se produsese în circumstanțe normale. De la prima înghițire a apei până în clipa morții, s-au scurs maximum patru minute.

Supraexpertiza a demonstrat că Wilma Montesi a murit în urma unei înecări lente și prelungite, între zece și douăzeci de minute după primul contact cu apa. Așa se explica faptul că se înecase la o jumătate de metru adâncime: când a început să se înece, Wilma Montesi era epuizată.

E ușor să te sinucizi

Odată ce s-a ajuns la această concluzie importantă, directorul Sepe s-a pregătit să analizeze cele trei ipoteze:

a) Sinucidere.

b) Accident.

c) Omucidere.

Despre o posibilă sinucidere a Wilmei s-a vorbit doar în noaptea de 9 aprilie, când tatăl ei s-a dus s-o caute pe Lungotevere, și mai târziu, când s-a prezentat la poliție și i-a trimis telegrama lui Giuliani. Rodolfo Montesi a spus că fiica sa voia să se sinucidă din pricina căsătoriei iminente și ulterioarei despărțiri de familie, cauzată de plecarea la Potenza, unde lucra logodnicul ei. Însă căsătoria Wilmei nu fusese impusă de familie. Ea avea suficientă independență, devenise majoră și ar fi putut să-și anuleze logodna cu Giuliani când ar fi dorit. Era o explicație lipsită de fundament.

În schimb, pentru a se respinge ipoteza sinuciderii, s-a considerat cât se poate de întemeiat argumentul mamei: Wilma luase cu ea cheia de acasă, lucru pe care nu-l făcea întotdeauna. Și argumentul surorii: înainte de a pleca, Wilma a lăsat în chiuvetă, în apă cu săpun, lenjeria intimă pe care și-o scosese. În sfârșit, cineva care a examinat adevăratele circumstanțe în care a murit Wilma Montesi a precizat: „Ar fi avut nevoie să-și reprime până la limite supraomenești instinctul de supraviețuire ca să stea în apă un sfert de oră și să se înece, la o adâncime de un metru". Să te sinucizi nu e atât de greu.

Pași de animal mare

Directorul Sepe a infirmat sinuciderea și a început să studieze posibilitatea morții accidentale. S-a acceptat ca validă explicația primei autopsii: Wilma n-a murit din cauză că intrase în apă în timpul procesului digestiv, întrucât acest proces era încheiat. Chiar și în cazul în care nu ar fi fost așa, era puțin probabil să fi suferit un colaps din cauză că intrase cu picioarele în apă după masă.

Nici circumstanța că Wilma se afla în fază postmenstruală imediată nu s-a considerat validă pentru a explica un colaps. După părerea experților, orice tulburare de care ar fi putut suferi, din pricina acestor circumstanțe speciale, nu ar fi împiedicat-o să se târască până la plajă. Chiar aceștia au exclus, în cele din urmă, după noua autopsie, orice tulburare de altă natură: Wilma se bucura de o bună sănătate. Dar, în schimb, inima îi era mică în comparație cu statura și cu calibrul aortei.

Pe de altă parte, directorul Sepe a apreciat oportun să stabilească cu exactitate originea ipotezei introducerii picioarelor în apă. Ea a apărut la multe zile după moarte, când Wanda Montesi „și-a amintit“ că sora ei îi vorbise despre călătoria la Ostia. Aceasta a fost după slujba de înmormântare, când toată familia a început să caute o explicație a morții. Atitudinea a fost considerată suspectă: familia Wilmei Montesi s-a arătat mereu exagerat de interesată ca versiunea Wandei să fie crezută. Pe baza acestei declarații s-a clasat pentru prima oară dosarul, cu verdictul de „moarte accidentală“. Totuși, toate elementele contribuie la acceptarea adevărului: familia Wilmei nu avea cunoștință de plecarea la Ostia, nici de pretinsa intrare cu picioarele în mare.

„S-o luăm pe aici“

Pe de altă parte, experții au stabilit că Wilma Montesi nu avea nicio leziune, iritație sau eczemă la călcâie. Nu avea urme de bătături sau de jupuituri produse de pantofi. Această atitudine suspectă a familiei a fost analizată în amănunt de directorul Sepe. Tatăl Wilmei, care a emis brusc ipoteza „morții accidentale“, a explicat că fata își scosese portjartierul ca să aibă mai multă libertate de mișcare în timp ce își ținea picioarele în apă. Însă nu și-a dat jos jacheta. Și trebuie să presupunem că o persoană care vrea să aibă libertate de mișcare își dă jos jacheta ca să aibă mai multă libertate de mișcare când își dă jos portjartierul înainte să se spele pe picioare.

La urma urmelor, este de neconceput ca Wilma Montesi să fi mers pe jos douăzeci de kilometri, din gara Ostia până la plajele din Torvaianica, pentru a intra cu picioarele în apă, deoarece marea începe la câțiva metri de gară. Directorul Sepe n-a înghițit găluşca morții accidentale și a intrării cu picioarele în mare și a continuat să cerceteze.

Acum avea la dispoziție o informație mai importantă: mărimea inimii Wilmei Montesi. Aceasta ar fi putut să aibă legătură cu stupefiantele.

INCONȘTIENTĂ, AU ARUNCAT-O ÎN MARE

Când Angelo Giuliani a văzut cadavrul logodnicei sale, a observat anumite urme pe brațe și pe picioare, care l-au făcut să se gândească la o crimă. El i-a spus asta unui ziarist la ieșirea de la Institutul de Anatomie. Prima autopsie a confirmat existența acestor cinci echimoze, dar nu li s-a atribuit nicio importanță medico-legală.

Supraexpertiza ordonată de directorul Sepe a reexaminat minuțios cadavrul, efectuând chiar o explorare radiografică amănunțită, în urma căreia s-a demonstrat că nu exista nicio leziune osoasă. S-au observat câteva zgârieturi superficiale pe față, în special pe nas și la sprâncene, rezultate ale frecării cadavrului de nisip. În schimb, examinarea a confirmat că cele cinci echimoze proveneau din timpul vieții. Supraexperții au considerat că era posibil ca acestea să se fi produs între începutul agoniei și cinci sau șase ore înainte de moarte.

Nu a existat violență sexuală

Ținând cont de situația particulară și de absența altor urme caracteristice, s-a exclus ipoteza că cele cinci echimoze ar fi fost rezultatul unui act de violență sexuală. Erau două pe brațul stâng, două pe coapsa stângă și una pe piciorul drept. După opinia experților, prin situarea, numărul și superficialitatea lor, aceste echimoze aveau caracteristicile unei „însfăcări" a unui corp inert. Nu erau urme de luptă sau de împotrivire, întrucât se putea stabili cu claritate că, atunci când acestea s-au produs, corpul n-a opus nicio rezistență. Într-un act de violență sexuală, caracteristicile ar fi fost diferite. Altul ar fi fost numărul lor și foarte diferită amplasarea.

Nu sunt de ajuns viscerele

Așa cum cititorul își amintește probabil, după prima autopsie s-a efectuat o analiză chimică a viscerelor, pentru a se stabili prezența stupefiantelor. Rezultatul acestei analize a fost negativ. Peste un an, supraexperții au afirmat că „starea de inconștiență dinaintea morții nu era incompatibilă cu absența unor urme de stupefiante în viscere". Investigația originală fusese incompletă, fiindcă nu se cercetase prezența de stupefiante în sânge, în creier sau în măduva spinării. În consecință, caracterul negativ al analizei chimice a viscerelor nu se putea considera absolut. Wilma Montesi ar fi putut fi victima stupefiantelor, fără ca analiza chimică a viscerelor să releve prezența lor.

Deschizându-și drum

Pe de altă parte, putea fi vorba despre un alcaloid care să nu lase urme în viscere, ceea ce se putea întâmpla din cauza eliminării lui, în viață sau după moarte, ori a transformărilor survenite după deces. Această afirmație este mult mai întemeiată în domeniul substanțelor volatile sau care se descompun rapid.

Având în vedere aceste circumstanțe, superiorii au considerat că, din punct de vedere medico-legal, nu se stabilise dacă Wilma Montesi utilizase sau nu anumite doze de stupefiante. Prin urmare, analiza nu era negativă, ci inutilă, deoarece se limitase să constate că nu există urme de stupefiante în viscere în momentul investigației. Aceste urme s-ar fi putut afla în alte organe, chiar și în viscere, într-un moment anterior.

„Inima ta micuță"

Directorului Sepe i-a atras atenția dimensiunea redusă a inimii Wilmei Montesi. I-a întrebat pe supraexperți dacă această circumstanță putuse provoca o sincopă când fata intrase cu picioarele în apă. Supraexperții au răspuns că nu: era absolut imposibil de demonstrat ipoteza conform căreia condițiile fiziologice particulare în care se afla Wilma au provocat un colaps din cauza mărimii reduse a inimii.

Însă au spus altceva: „Mărimea redusă a inimii a putut provoca un colaps din cauza administrării de stupefiante".

Examinarea detaliată a cadavrului a permis să se concidă că Wilma avea o sensibilitate sexuală inferioară celei normale. Directorul Sepe a considerat că aceasta putea fi o explicație pentru administrarea de stupefiante, întrucât oricine ar fi putut pune în practică acest mijloc pentru a provoca o excitație care nu apărea în circumstanțe normale. Sau pentru a anihila împotrivirea victimei.

Înapoi și la dreapta

Trebuia exclusă definitiv ipoteza că marea îi smulsese Wilmei hainele. Pentru ca să se fi întâmplat așa, ar fi trebuit ca trupul neînsuflețit să fi fost supus unei acțiuni violente a valurilor, la care nu ar fi rezistat cele șaptesprezece fire de la nasturele jachetei. Totuși, cadavrul nu avea portjartierul, un obiect de îmbrăcăminte atât de aderent corpului, încât o fostă menajeră a familiei Montesi a declarat că, de mai multe ori, ca să și-l dea jos, sau ca să și-l pună, Wilma îi solicitase ajutorul.

Era necesar să se accepte că o altă persoană decât Wilma îi scosese hainele, probabil cu forța sau pesemne când se afla sub acțiunea stupefiantelor. Dar jacheta continua să fie o enigmă: e ciudat că i se scosese portjartierul și, dimpotrivă, nu i se scosese obiectul de îmbrăcăminte cel mai ușor de înlăturat – jacheta.

De ce să nu ne gândim la altceva mai logic? De exemplu: Wilma era complet dezbrăcată când a suferit colapsul. Agitat, necunoscutul ei însoțitor, încercând să șteargă urmele faptelor sale, încercase s-o îmbrace în grabă. De aceea era acolo jacheta. Pentru că era obiectul de îmbrăcăminte cel mai ușor de dat jos, dar și cel mai ușor de pus la loc. Și de aceea lipsea portjartierul.

Încadrarea

Directorul Sepe, după ce a examinat aceste detalii și altele, pe care nu este neapărat necesar să le precizăm, a ajuns la concluzia că starea de inconștiență în care se afla Wilma Montesi înainte de moarte era rezultatul unei acțiuni săvârșite din culpă, al unei acțiuni frauduloase. Aceasta era alternativa. Omorul din culpă s-ar fi demonstrat dacă se dovedea că făptașul nu știa că Wilma era încă vie atunci când o abandonase pe plajă, ca să scape de cadavru. În mod ciudat, unul dintre primii martori spusese că Wilma participase la o partidă de plăcere, suferise un colaps din cauza stupefiantelor și fusese abandonată pe plajă.

Două întrebări înlănțuite

În fața unei asemenea alternative, există în Dreptul italian ceea ce se numește *favor rei*. Constă în faptul că, în caz de îndoială între un delict grav și unul mai puțin grav, acuzatul trebuie să fie judecat pentru delictul cel mai puțin grav. Prima parte a articolului 83 din Codul Penal italian spune: „Dacă din greșeală în utilizarea mijlocului de executare a delictului, sau din altă cauză, se provoacă un eveniment diferit de cel dorit (ocultarea unui presupus cadavru, în acest caz), vinovatul răspunde, cu încadrarea juridică de vinovat, de evenimentul nedorit, când fapta a fost prevăzută de lege ca delict din culpă“. Pe baza acestui articol, directorul Sepe a încadrat moartea Wilmei Montesi ca omor din culpă. Cine a comis acest omor?

Personajul central

Deocamdată, directorul Sepe nu putea vorbi de numele unor persoane. Dar erau câteva lucruri importante: din cele cinci echimoze se putea deduce că așezarea corpului în apă, pe plajele de la Torvaianica, a putut fi o operațiune realizată când Wilma era inconștientă. Adică accidentul avusese loc în altă parte și victima fusese transportată până în locul pustiu. Acolo, țărmul mării se află la mai mult de doisprezece metri de șoseaua asfaltată, unde trebuie să se fi oprit mașina în care a fost dusă Wilma Montesi. Între șosea și mare este o zonă nisipoasă, greu de străbătut. Ținând cont de greutatea victimei și de situarea celor cinci echimoze, directorul Sepe a conchis că Wilma Montesi a fost dusă de la mașină până pe plajă de cel puțin două persoane.

„Cine sunt aceste două persoane?“, trebuie să se fi întrebat directorul Sepe, scărpinându-se pe capul său chel și lucios. Până acum, avea în mână o pistă: posibilitatea ca Wilma Montesi să fi fost în contact cu traficanții de stupefiante. Atunci, anchetatorul, sărind poate de pe scaun cum fac detectivii în filme, și-a pus surprinzătoarea întrebare pe care nu o pusese nimeni până atunci: „Cine era Wilma Montesi?“

SE PRĂBUȘEȘTE MITUL FETIȚEI NAIVE

De la primele rapoarte ale poliției, s-a creat în rândul publicului impresia că familia Montesi era un exemplu de modestie, delicatețe și candoare. Chiar ziarele au contribuit la crearea acestei impresii, elaborând imaginea ideală a Wilmei Montesi: o fată naivă, lipsită de răutate și de vină, victimă a monstruoșilor traficanți de stupefiante. Totuși, această idee conținea o izbitoare contradicție: era de neconceput ca o fată cu calități atât de remarcabile să fi fost în legătură cu acel soi de indivizi și să fi participat, cum se spunea, la o „petrecere de plăcere“, care o costase viața.

Directorul Sepe și-a dat seama că personajul era prost construit și s-a pregătit să realizeze o investigație temeinică despre ambianța familială reală și despre viața secretă a Wilmei Montesi.

Idolul căzut

„Mama Wilmei – a scris judecătorul de instrucție după ce a terminat investigația – nu se bucura de o bună reputație printre vecini și îi dăduse fiicei, încă din primii ani ai copilăriei, o educație deloc severă, învățând-o să nu se spele și obișnuind-o cu un lux țipător și nepotrivit cu condiția sa economică și socială.“ Imaginea Wilmei Montesi, biata fetiță nevinovată, victimă a traficanților de stupefiante, a început să se destrame în urma unei investigații imparțiale, făcută la rece. Însăși mama Wilmei Montesi a dat în casă exemplul negativ al unei elegante extravagante și de prost gust. „Se purta – spune raportul de cercetare preliminară – autoritar cu soțul, despotic cu toată familia, ba chiar violent cu propria mamă, debitând în frecventele scene familiale cuvinte vulgare și termeni de mahala.“

Misterul poșetei

Comportamentul acela a influențat în asemenea mod educația Wilmei, încât, într-o altercație pe care a avut-o recent cu o vecină, aceasta a rostit un șir de cuvinte vulgare, imposibil de publicat, transcrise literal în dosar. Puțin după moartea sa, proprietarul magazinului Di Crema, de pe Via Nazionale, a auzit că doi băieți cunoscuți de Wilma, dar care nu au fost identificați ulterior au spus, referindu-se la victimă: „E normal, cu viața pe care o ducea, nu putea să aibă alt sfârșit“.

Rodolfo Montesi nu câștiga lunar mai mult de o mie cinci sute de lire. Totuși, în ultimele zile de viață, Wilma Montesi poseda o poșetă din piele de crocodil, veritabilă, evaluată de experți la optzeci de mii de lire. Nu s-a putut stabili originea acestei poșete.

Cuvinte răsunătoare

Se pare că fusese dat uitării unul dintre primele fapte constatate de poliție: după ce logodnicul i-a fost transferat la Potenza, fata a căpătat obiceiul de a ieși în oraș în fiecare zi, la orele după-amiezii. Se dădeau asigurări că nu s-a întors niciodată acasă după șapte și jumătate. Însă un medic neidentificat, care locuia în ultimul apartament de pe Tagliamento, numărul 76, i-a spus unui farmacist de pe strada Sebazio, iar acesta a dezvăluit informația poliției, că, la un moment dat, trebuise să-i deschidă poarta Wilmei după miezul nopții.

Vreme de cinci luni, Annunciata Gionni a lucrat acasă la familia Montesi. Menajera a dezvăluit poliției detalii care contraziceau ceea ce afirmase familia: altercațiile cu voce tare erau frecvente în absența lui Rodolfo Montesi și, într-o zi, mama țipase la Wilma, adresându-i două adjective extrem de expresive care, atenuate puțin, s-ar putea traduce: „prostituată și nenorocită“.

Cele două surioare

S-a dovedit, de asemenea, că, în fiecare dimineață, spre ora opt, și după ce tatăl pleca de acasă, cele două surori ieșeau în oraș, până la două după-amiaza. Fosta menajeră a confirmat faptele, dar a avertizat că nu le acordase importanță, întrucât crezuse că cele două fete mergeau la serviciu.

La orele după-amiezii, chiar și după logodna cu Giuliani, Wilma Montesi primea numeroase telefoane. Înainte de a răspunde, închidea ușa camerei și continua convorbirea vorbind încet și cu prudență. Însă nimeni nu a fost capabil să precizeze dacă era vorba întotdeauna despre același interlocutor, nici dacă erau convorbiri interurbane. În acest ultim caz, apelurile nu ar fi putut fi de la Giuliani, cel puțin în ultimele luni, pentru că în momentul morții Wilmei Montesi nu exista comunicare telefonică directă între Roma și Potenza.

Atitudinea suspectă

În ceea ce privește comportamentul familiei după moartea Wilmei, judecătorul de instrucție a constatat, prin intermediul interceptărilor telefonice, că mama Wilmei trăgea foloase din publicitatea făcută de ziare morții fiicei sale. Ea însăși a încasat câteva sute de lire pentru informațiile furnizate și „într-o anumită împrejurare – spune dosarul – a deplâns recompensa prea redusă și i-a îndemnat pe ziariști să scrie vreun articol mai picant". Din aceasta și din alte investigații, secția de instrucție a dosarului a ajuns la concluzia că Wilma Montesi ducea „o viață dublă".

Obișnuită de foarte tânără cu un lux nepotrivit cu condiția sa socială, crescută într-o ambianță familială despre care nu se putea spune că ar fi fost caracterizată printr-o severitate excesivă în deprinderi și obiceiuri, Wilma visa un viitor mai bun și se bucura de libertate totală ca să iasă în oraș, dimineața sau după-amiaza.

Nu era, prin urmare, neverosimil ca această Wilma Montesi, cea adevărată – atât de diferită de cea construită de ziare – să fi fost în contact cu traficanți de stupefiante și să fi participat la o „petrecere de plăcere".

Telefonul

Judecătorul de instrucție s-a uitat atunci în urmă și și-a amintit prima declarație a Wandei Montesi, ulterior rectificată: „Wilma plecase în oraș fără să se aranjeze, pur și simplu, pentru că nu avusese timp. Cu siguranță, plecase după un telefon urgent". Această declarație permite să se conchidă că Wanda era sigură că sora ei putea primi telefoane urgente și pleca în oraș fără să anunțe, ba chiar că avea relații secrete, niciodată dezvăluite de familie poliției.

Rodolfo Montesi, singurul care ar fi putut să impună o ambianță de severitate în casă, nu avea timp să-și îndeplinească obligațiile. Munca îi absorbea aproape tot timpul și abia dacă apuca să se ducă acasă să ia prânzul.

Ce a făcut prințul?

Însă înainte de a continua, trebuia să analizeze o declarație: cineva spusese că îl văzuse pe prințul D'Assia într-o mașină deschisă la culoare, însoțit de o fată, în după-amiaza de 9 aprilie și în zona unde s-a comis crima. Un avocat care a aflat de acest fapt i l-a povestit avocatului lui Ugo Montagna și acesta a făcut un scandal imens: a vorbit cu martorul și acesta i-a confirmat mărturia. Când soția martorului a aflat că vorbise, a exclamat: „Nenorocitul! I-am spus să-și țină gura! Fata aia era Wilma Montesi".

Prințul D'Assia, un tânăr aristocrat italian, înalt de un metru optzeci și șase și slab ca un țâr, a fost chemat să dea declarație. A negat că însoțitoarea sa era Wilma Montesi. Dar a refuzat, deopotrivă, să dezvăluie numele fetei, pentru că prințul D'Assia este un adevărat cavaler.

Să vedem

Totuși, cavalerismul a trebuit lăsat la o parte, întrucât soiul acela de alibiuri nu conta pentru directorul Sepe. A ieșit la iveală numele unei distinse domnișoare din înalta societate din Roma, care, chemată să dea declarație, a confirmat versiunea prințului despre mersul său la Capacotta, pe 9 aprilie. În plus, chitanța de la benzină demonstra că în după-amiaza aceea prințul se aprovizionase cu douăzeci de litri de combustibil ca să îi ajungă pentru drum.

Acuzațiile împotriva prințului de D'Assia s-au dovedit lipsite de consistență. În schimb, existau acuzații concrete care era necesar să fie examinate: cele formulate împotriva lui Ugo Montagna și Piero Piccioni. Dar înainte de a continua este nevoie să informăm cititorul despre un fapt pe care dorește desigur să-l afle de câteva zile încoace, și pe care acum este potrivit să-l clarificăm: Wilma Montesi era virgină.

DEZVĂLUIRI DESPRE PICCIONI ȘI MONTAGNA

Judecătorul de instrucție al dosarului din cazul Montesi a stabilit următoarele fapte din viața lui Piero Piccioni:

Pe strada Acherusio, numărul 20, avea un apartament de burlac, pentru uzul său exclusiv, unde organiza petreceri în compania prietenilor și a femeilor. Acest apartament nu era înregistrat la poarta clădirii. Actrița Alida Valli a admis că a fost de câteva ori în acest loc „ca să asculte niște discuri".

Conform mai multor mărturii, Piero Piccioni este un bărbat „cu gusturi rafinate în dragoste". S-a descoperit că apela la stimularea prin intermediul stupefiantelor.

S-a demonstrat că, în compania lui Montagna, era client al micului bar de pe strada Babuino, unde, după cum cititorul își amintește probabil, cineva a auzit-o pe Andrea Bisaccia spunând: „Wilma Montesi n-a putut muri accidental, pentru că eu o cunoșteam foarte bine". Acest local a fost închis de poliție, fiindcă acolo își dădeau întâlnire, „împreună cu existențialiști, persoane care se ocupau cu folosirea stupefiantelor, sau cel puțin aveau o moralitate îndoielnică".

„Marchizul"

Despre viața lui Ugo Montagna, cunoscut ca „marchizul di San Bartolomeo", bărbat elegant și cu excelente relații, s-au stabilit, conform termenilor care figurează la dosar, următoarele:

„S-a născut în Grotte, provincia Palermo, pe 16 noiembrie 1910, într-o familie de condiție socială și economică foarte modestă, printre ai cărei membri existau câțiva cu antecedente penale și cercetați de poliție. Tatăl său, Diego, a fost reținut pe 1 aprilie 1931, «din ordine superioare», la Pistoia, și deportat pe data de 27 a aceleiași luni. Un frate al său a fost condamnat la mai mulți ani de închisoare pentru escrocherie și tăinuire.

În 1930, din satul său de origine, Ugo Montagna s-a mutat la Pistoia și ulterior s-a întors la Palermo, unde a fost arestat prima oară pentru falsificarea unor scrisori de schimb. Ieșit din închisoare, fiind eliberat condiționat, pe 23 mai 1936, a fost exilat la Roma, pe data de 28 a aceleiași luni."

Căsătorit și cu copii

„Ugo Montagna – continuă să spună dosarul – s-a căsătorit la Roma, în 1935, cu Elsa Anibaldi. Închis din nou, a fost pus în libertate, prin amnistie, în 1937, pe când ispășea o pedeapsă pentru uzurparea titlului de contabil public.

După o scurtă perioadă de conviețuire cu soția, cu care a avut un fiu, s-a despărțit de ea din motive de gelozie și de interese și, mai ales, pentru că, risipindu-și toate câștigurile cu femei ușoare și în călătorii de plăcere, nu îi oferea nici măcar mijloacele de existență.

În mai 1941, ca urmare a protestelor unui vecin, poliția i-a recomandat să se abțină de la petrecerile nocturne care, cu dansuri, cântece și zarvă, aveau loc la reședința sa, în cartierul Flaminio, prelungindu-se până după miezul nopții, pentru a distra numerosul său grup de invitați de ambele sexe." În prezent este multimilionar.

Martori

Mecanicul Piccini, care în urmă cu un an se grăbise să anunțe poliției certitudinea sa că Wilma Montesi fusese cu un bărbat, într-un automobil împotmolit aproape de Capacotta, în prima decadă a lunii martie, a fost de data aceasta chemat să dea o declarație oficială. Piccini a declarat ce văzuse: bărbatul era aproximativ de aceeași înălțime cu el, un metru șaizeci și nouă de centimetri, pe jumătate chel, elegant, fără pălărie, și vorbea italiana corect, cu un ușor accent de Roma.

Totuși, de data aceasta, s-a descoperit că Piccini nu se dusese singur să-l ajute pe necunoscut. I se alăturase un coleg de muncă al cărui nume de familie era De Francesco, iar acesta a fost de acord întru totul cu spusele lui, în afară de faptul că bărbatul vorbea italiana corect.

După De Francesco, bărbatul din mașină avea un ușor accent străin. Cei doi martori au fost confruntați. Piccini s-a menținut ferm și, la o recunoaștere oficială, l-a identificat pe Piero Piccioni printre alți trei indivizi cu aceleași caracteristici fizice. Totuși, nu se putea exclude faptul că, în perioada aceea, fotografia lui Piero Piccioni apăruse de nenumărate ori în toate ziarele.

Bărbatul care a vorbit la telefon

Printre alte lucruri pe care le-a spus Piccini în declarația sa, a menționat că bărbatul din mașină manifestase o grabă suspectă de a da un telefon. La ora aceea, nu se întâmplă frecvent ca să vorbească la telefon cineva. Anchetatorul l-a chemat pe administratorul de la tutungeria din gara Ostia, Remo Bigliozzi, ca să-l descrie pe bărbatul care a vorbit la telefon. După cum și-a putut aminti, Bigliozzi l-a descris ca fiind un bărbat brunet, cu fața ovală, cu părul închis la culoare, pe jumătate chel și cu o grabă incredibilă să telefoneze. Acest martor a spus că, imediat ce a văzut fotografiile lui Piero Piccioni, l-a identificat drept bărbatul care a dat telefon din tutungeria sa, în prima decadă a lui martie.

Dacă se accepta că Wilma Montesi era fata din mașină – și martorii coincideau în descriere –, trebuia să se pună la îndoială afirmația familiei Montesi, conform căreia Wilma nu rămăsese niciodată foarte târziu în oraș. Însă comportamentul adevărat al acestei familii, verificat în întregime de anchetator, și circumstanța, care nu putea fi dată uitării, că mama Montesi încercase să o instige pe portăreasă să-și modifice declarația dau de înțeles că familia era la curent cu ceva, o legătură secretă a fiicei, pe care doreau s-o ascundă cu orice preț. De aceea nu au fost luate în seamă afirmațiile membrilor săi, care urmăreau să se excludă posibilitatea ca fata din mașină să fie Wilma Montesi.

Nu exitau curioși?

Pe de altă parte, anchetatorul a decis să cheme pentru declarații câteva persoane care nu au fost luate în considerare înainte de cele două clasări, și care cu siguranță aveau ceva de spus: curioșii care s-au dus pe plaja din Torvaianica să vadă cadavrul. Nimeni nu își amintise de ei, mai precis de Anna Salvi și de Jale Balleli. Chemate să declare, au confirmat amândouă că recunoscuseră în cadavrul Wilmei Montesi o fată care, la ora 5.30 pe 10 aprilie 1953, trecuse prin fața caselor lor, în zona Torvaianica, la bordul unui automobil închis la culoare și în compania unui bărbat. De asemenea, au descris bărbatul în același fel. Și au mărturisit că fuseseră pe plajă și se uitaseră la cadavru, dar după aceea au aflat din presă că fata murise de pe 9, înecată pe plajele din Ostia, și nu s-au mai interesat de caz.

Aspecte nerezolvate

Rămăsese încă un număr nedeslușit de aspecte nerezolvate. Exista îndoielnica declarație a altui bărbat, care văzuse cadavrul pe plajă. Cu o zi înainte, după-amiaza, bărbatul acela trecuse cu soția pe lângă o mașină neagră, aproape de Capacotta, și o contemplase îndelung pe fata aflată la bordul automobilului. Soția sa îi spusese: „Nerușinatule, te uiți după fată!“ A doua zi, după ce fusese pe plajă și văzuse cadavrul, bărbatul spune că s-a dus acasă și i-a zis soției: „Știi ceva? Fata pe care am văzut-o ieri după-amiază a apărut azi-dimineață moartă pe plajă“. Însă soția nu a vrut să-i confirme declarațiile în fața anchetatorului. Totuși, directorul Sepe nu s-a descurajat nicio clipă. Dispus să-și facă datoria până la capăt, s-a pregătit să facă pasul următor. Un pas decisiv: o confruntare între Anna María Caglio și Ugo Montagna.

POLIȚIA A DISTRUS HAINELE WILMEI

Anna María Caglio s-a prezentat la confruntare foarte sigură pe sine. A confirmat toate acuzațiile formulate în testamentul său. Și a adăugat câteva date noi, ca să le completeze. A spus că, drept urmare a unora dintre informațiile publicate de presă despre automobilul negru împotmolit în nisip, în prima decadă a lunii martie (declarația lui Piccini), ea văzuse o Alfa 1900 la poarta locuinței lui Piero Piccioni. A spus că, în momentul când a văzut automobilul acela, și-a adus aminte de cele publicate în presă și a încercat să vadă numărul de înmatriculare, dar Montagna îi descoperise intenția și o împiedicase cu multă abilitate. S-a menținut fermă în acuzația că Piccioni și Montagna îl vizitaseră pe șeful poliției, în vreme ce ea aștepta în mașină. Acuzația a fost negată de Piccioni. Însă ulterior s-a dovedit că, într-adevăr, vizita aceea avusese loc.

În ciuda ranchiunii

După ce au fost examinate toate acuzațiile Annei María Caglio și adeverite multe dintre afirmațiile sale, judecătorul de instrucție al dosarului a ajuns la următoarea concluzie: „Trebuie să considerăm demne de atenție diferitele declarații ale Annei María Caglio în cursul instrucției, ca și cele anterioare celei de-a doua clasări și cele din procesul

Muto, în temeiul considerabilei consecvențe a afirmațiilor sale, menținute ferm și cu multă energie, ceea ce dovedește o convingere nestrămutată, chiar și în dramaticele confruntări cu Montagna și Piccioni".

„E adevărat că doamna Caglio – continuă să spună judecătorul de instrucție – era animată de sentimente de ranchiună față de Montagna, din cauză că fusese părăsită de acesta după o perioadă îndelungată de viață intimă, care trezise în sufletul ei o profundă afecțiune, ce prinsese rădăcini și se manifestase constant în corespondența lor"; dar a conchis că acest sentiment putea fi explicația comportamentului său, dar că acesta nu trebuia să fie considerat drept rodul neîntemeiat al geloziei sau ca o răzbunare fără menajamente.

Un film prost

Când actrița Alida Valli a fost chemată să dea declarație în legătură cu telefonul pe care îl dăduse de la Veneția, telefon negat de ea însăși în fața presei, a admis că, într-adevăr, dăduse acel telefon, dar fusese complet diferit de cum îl descriseseră martorii. A spus că, în ceea ce o privește, această convorbire fusese redată în niște tăieturi de ziar în care se vorbea despre Piccioni. Aceste tăieturi – a spus actrița – fuseseră trimise la domiciliul său de agenția L'Eco della Stampa, din Milano. Ca să o demonstreze, a arătat tăieturile: una din *La Notte*, din 6 mai; alta din *Milano Sera*, din aceeași zi; alta din *Il Momento Sera*, de pe 5, și alta din *L'Unità*, din Milano, din aceeași zi. Totuși, Alida Valli uitase ceva fundamental: ea dăduse telefon pe 29 aprilie. Cu o săptămână înainte să apară în presă tăieturile pe care le-a prezentat ca alibi.

„Amigdalita de la Amalfi"

Mai era ceva de investigat: „amigdalita de la Amalfi" a lui Piccioni. Cum s-a spus, tânărul compozitor de muzică ușoară a dat asigurări că fusese la Amalfi, cu actrița Alida Valli, și că revenise la Roma în după-amiaza zilei de 10 aprilie. În seara aceea, amândoi trebuiau să asiste la o reuniune. Totuși, s-a dovedit că Piccioni nu asistase. Însă el avea o explicație: fusese obligat să stea în pat din pricina unei amigdalite, chiar în după-amiaza aceea, iar pentru a o demonstra a prezentat rețeta doctorului Di Filippo, păstrată cu sfințenie timp de un an. A prezentat, de asemenea, un rezultat al unei analize de urină.

Trecuse atâta timp, încât doctorul Di Filippo nu-și amintea data exactă la care eliberase rețeta. Însă anchetatorul a examinat minuțios agenda medicului și a descoperit că evidența consultațiilor acestuia nu corespundea cu data rețetei lui Piccioni.

Ținând cont de această diferență suspectă, rețeta prezentată de Piccioni a fost supusă unei expertize și specialiștii în grafologie au fost de acord că data de pe rețetă fusese modificata.

Altă cădere

S-a procedat atunci la investigarea autenticității certificatului de analiză a urinei. Profesorul Salvattorelli, directorul Institutului Bacteriologic unde se presupunea că se făcuse analiza, a declarat că nu cunoștea semnătura de pe certificat. În plus, a căutat în agenda-calendar și a constatat că nici în ea, nici în vreo altă evidență a analizelor de la institut nu figura numele lui Piero Piccioni.

Încercând să identifice semnătura, experții grafologi i-au atribuit-o doctorului Carducci, funcționar la același institut. Doctorul Carducci, într-adevăr, a recunoscut semnătura ca aparținându-i, însă nu a găsit în agendele sale, nici în caietul de evidență consemnarea unei analize de urină pe numele lui Piero Piccioni. În mod voluntar, însuși doctorul Carducci a formulat ipoteza că certificatul fals fusese scris peste semnătura sa, pe o foaie albă, sau după ce s-a șters un certificat autentic.

„Petrecerile de plăcere"

În cele din urmă, judecătorul de instrucție a făcut o vizită în casa din Capacotta, unde tânăra Gioben Jo trebuia să fi pierdut, după cum s-a declarat, cele treisprezece milioane de lire. Conform unor numeroase mărturii, în casa aceea se organizau faimoasele „petreceri de plăcere". Este o casă situată la foarte mică distanță de locul unde s-a găsit cadavrul Wilmei Montesi.

Anchetatorul a reușit să stabilească faptul că în casa aceea se reuneau Montagna și câțiva dintre prietenii săi și că, ocazional, se scăldau în mare, complet dezbrăcați, pe plaja vecină. A stabilit, de asemenea, și a consemnat în dosar că în casa aceea s-au aflat „cu siguranță, de mai multe ori, Montagna și Anna María Caglio; cel puțin o dată, Montagna și tânăra Gioben Jo, iar cu alt prilej însuși Montagna, un prieten de-al său și două fete".

Nu scapă nimeni

În anevoiosul efort de a pune în ordine cărțile de joc, directorul a examinat atunci unul dintre delictele cele mai grave care se comiseseră în cazul Montesi: distrugerea hainelor Wilmei de către poliție. Pe când se desfășura procesul Muto, s-a efectuat o percheziție la redacția revistei *Attualità* și s-a găsit un carnet cu notițe al redactorului Giuseppe Parlato. În una dintre note se spunea că, în cursul unei discuții cu domnul de Duca, acesta a dezvăluit că un polițist îi spusese, în mai 1953, că, în ziua în care s-a descoperit cadavrul Wilmei Montesi, Piero Piccioni se prezentase la șeful poliției și îi încredințase hainele care lipseau de pe cadavru. În urma unei laborioase investigații, judecătorul de instrucție a reușit să-l identifice pe „domnul de Duca“. Se numea exact Natal del Duca.

Iar Natal del Duca nu doar că a confirmat cele spuse, ci a mai și adăugat ceva: hainele Wilmei Montesi rămăseseră ascunse o vreme, dar după aceea au fost distruse cu consimțământul familiei Montesi. Del Duca a dezvăluit atunci numele agentului de poliție care îi făcuse destăinuirea. Agentul a fost chemat să dea declarație. Și, în cele din urmă, în virtutea unor noi mărturii, altă acuzație a rămas plutind în aer: nu doar că fuseseră distruse hainele, dar obiectele de îmbrăcăminte găsite pe cadavru au fost substituite ulterior, cu consimțământul familiei, pentru a se da de înțeles că Wilma nu plecase aranjată ca pentru o întâlnire.

„Și tu?“

În fața acestei îngrozitoare acuzații, judecătorul de instrucție a ordonat o analiză a hainelor care se păstrau, cu certitudinea că acelea erau hainele găsite pe cadavru. Analiza a demonstrat că pe jachetă se aflau urme de clorură de sodiu cu un conținut considerabil superior celui de pe alte haine. Și s-a ajuns la concluzia că, mai puțin jacheta, niciuna dintre celelalte haine nu suferise un proces de îmbibare în apă marină, dacă nu cumva fuseseră spălate sau supuse oricărui alt proces care ar fi eliminat clorura de sodiu. Pe de altă parte, s-a demonstrat că erau haine uzate de purtare, vizibil deteriorate și pătate pe alocuri. Judecătorului de instrucție i s-a părut ciudat ca Wilma Montesi să se fi schimbat înainte de a ieși din casă pentru a-și pune o lenjerie deteriorată. De aceea, i-a chemat din nou pe cei care văzuseră cadavrul pe plajă și i-a întrebat: „Cum erau hainele pe care le avea cadavrul Wilmei Montesi?“. Și toți au răspuns același lucru. Descrierile hainelor văzute pe cadavru nu au coincis cu caracteristicile hainelor aflate în momentul acela la dispoziția judecătorului de instrucție și analizate de specialiști.

Judecătorul de instrucție Sepe avansează ipoteza că, într-adevăr, cadavrul a fost dezbrăcat și i-au fost înlocuite hainele, de acord cu unii membri ai familiei Montesi. Fostul chestor din Roma Severo Polito a fost chemat să răspundă pentru această acuzație. Și, ulterior, și pentru altele.

32 DE CHEMAȚI ÎN JUDECATĂ!

Fostul chestor al Romei, Severo Polito, și-a început apărarea spunând că, în realitate, niciodată nu acordase prea mult interes cazului Montesi. Judecătorul de instrucție al dosarului a revizuit arhivele de la chestură și a găsit câteva lucruri care contraziceau această afirmație: printre ele, o copie a buletinului de presă semnat de Severo Polito, cu data de 5 mai 1953. În acest buletin, niciodată publicat de ziare, chestorul spunea: „Știrea despre fiul unei însemnate personalități politice al cărei nume nu este menționat, dar este insinuat cu claritate este lipsită de fundament".

Tot pe 5 mai fusese transmis presei un alt comunicat, în care se afirma: „Nicio investigație realizată după descoperirea cadavrului nu este suficient de relevantă pentru a modifica rezultatul primelor investigații și constatări făcute de justiție". A fost perioada în care a apărut și s-a răspândit, susținându-se sus și tare, ipoteza că Wilma Montesi murise accidental, când intrase cu picioarele în mare.

Mai multe probe

În plus, mai era o dovadă că Severo Polito se interesase personal de acest caz. S-a demonstrat că pe 15 aprilie a adresat șefului poliției un memoriu în care confirma încă o dată ipoteza intrării cu picioarele în mare. În acest memoriu se considera de la sine înțeles că fata ieșise din propria casă la cinci fix și că fusese văzută în tren, unde „s-a comportat ca o persoană liniștită și perfect normală". Chiar acolo se explica dispariția unor obiecte de îmbrăcăminte: „Fata trebuie să se fi dezbrăcat pentru a face câțiva pași în apă, până când aceasta i-a ajuns la nivelul genunchiului, cum obișnuia să o facă în trecut". Judecătorul de instrucție a demonstrat că acest memoriu avea trei afirmații false: „în trecut", Wilma nu-și dădea jos lenjeria ca să intre cu picioarele în apă: o făcea în costum de baie. Nu intra în mare până când apa îi ajungea la genunchi: se limita să se spele pe picioare pe plajă. Și în ultimul rând: nu a ieșit din casă la cinci fix.

La Milano?

În această etapă a instrucției a fost chemat jurnalistul Valerio Valeriani, de la *Il Giornale d'Italia*, ca să demonstreze autenticitatea unui interviu luat lui Severo Polito, publicat în ziarul menționat. În acest interviu, fostul chestor afirma:

a) După descoperirea cadavrului, el își asumase personal conducerea investigației.

b) Rezultatul acestei investigații confirmase ipoteza accidentului nefericit, bazată pe elemente solide.

c) Wilma Montesi suferea de o eczemă la călcâie, din pricina căreia hotărâse să intre cu picioarele în apa marină.

d) În ceea ce privește acuzațiile împotriva lui Piero Piccioni, acestea erau inacceptabile, întrucât Piccioni demonstrase că, în ziua în care s-au întâmplat faptele, el se afla la Milano.

„Nu-l cunosc pe acest bărbat“

Interogat despre relațiile sale cu Ugo Montagna, fostul chestor Polito a declarat că îl cunoscuse pe acest domn după moartea Wilmei Montesi. Totuși, mai multe mărturii au demonstrat că îi lega o prietenie veche.

În plus, fostul chestor nu știa un lucru: într-o anumită perioadă, când au fost interceptate convorbirile telefonice ale lui Montagna, acesta a purtat cu cel care pe atunci era chestor o conversație care, în mod sigur, nu dovedea o prietenie recentă. Telefonul cu pricina a fost dat pe 3 iulie 1953, exact după ce Montagna a fost chemat pentru prima oară să dea declarație. În cursul convorbirii, Severo Polito i-a spus lui Montagna, după cum se menționează textual în dosar:

– Tu ești un cetățean liber și poți să faci ce vrei. Ai văzut că însuși Pompei a exclus două lucruri: chestiunea cu stupefiantele și cea cu apartamentul. O să vezi că…

Și atunci Montagna, poate mai șiret decât chestorul, i-a spus:

– Bine, bine. Putem să ne întâlnim în seara asta, la unsprezece? Sau nu, să facem mai degrabă așa: ne întâlnim la nouă și cinăm împreună.

Iar Severo Polito a răspuns:

– Minunat!

S-a terminat

Pe de altă parte, judecătorul de instrucție a demonstrat că din caietul reținut de poliție, în care Wilma Montesi a transcris scrisoarea pe care i-a trimis-o logodnicului ei pe 8 aprilie, lipseau câteva foi, în mod evident smulse după confiscarea caietului. Nu a fost posibil totuși să se stabilească în ce scop au fost smulse acele foi, nici când și nici de către cine.

Severo Polito nu a putut să dea nicio explicație în privința declarațiilor sale legate de șederea lui Piccioni la Milano. Piccioni nu fusese la Milano și, ceea ce este mai rău, nu încercase să se dezvinovățească niciodată spunând că se afla în acel oraș.

„Unor asemenea fapte originale, spune dosarul, le-au urmat multe altele: omisiuni grave, false demonstrații de circumstanțe inexistente, răstălmăciri ale unor circumstanțe inexistente, răstălmăciri ale unor circumstanțe grave, echivocuri create în mod voluntar, toate acestea pentru a împiedica aflarea cauzei și a adevăratului mod în care a murit Wilma Montesi, pentru a îndepărta orice suspiciune și pentru a evita orice investigație în legătură cu persoana care, din primul moment, a fost indicată ca autor principal al delictului..."

Nu se termină aici

Pe 11 iunie 1955, la doi ani după ce Wilma Montesi a ieșit din casă pentru a nu se mai întoarce niciodată, Piero Piccioni și Ugo Montagna au fost chemați în judecată. Primul trebuia să răspundă pentru omucidere din culpă. Al doilea, pentru favorizarea infractorului. Fostul chestor Severo Polito trebuia să răspundă pentru acuzațiile menționate textual mai sus.

Însă de-a lungul celor doi ani de investigații, de obstacole, de clasări și de redeschideri ale dosarului, s-au adăugat pe listă nume noi: alte douăzeci de persoane au fost chemate în judecată, în special pentru mărturie mincinoasă.

Anevoioasa investigație a directorului Sepe a stabilit cu claritate că Wilma Montesi a fost plecată de acasă timp de douăzeci și patru de ore. Ce a făcut în aceste douăzeci și patru de ore? Aceasta este marea lacună a dosarului. Cu toate că douăzeci de persoane vor fi judecate pentru mărturie mincinoasă, niciuna dintre ele nu a încercat să clarifice acest mister; nimeni nu a afirmat că fusese sau că știuse că cineva s-ar fi aflat cu Wilma Montesi în noaptea de 9 aprilie, în timp ce tatăl ei o căuta cu disperare pe Lungotevere. A doua zi, când Angelo Giuliani a primit telegrama în care i se spunea că logodnica lui se sinucisese, Wilma Montesi era încă în viață. Trebuie să fi mâncat cel puțin de două ori înainte de a muri. Dar nimeni n-a știut să spună unde a luat acele mese. Nici măcar nu a existat cineva care să fi îndrăznit să insinueze că a văzut-o în seara de 10 aprilie mâncând o înghețată. E posibil ca în luna care începe, în timpul audiențelor, să se cunoască reversul acestui mister. Dar este, de asemenea, foarte posibil să nu se cunoască niciodată.

Serie de cronici de la Roma publicate în zilele de 17, 19, 20, 21, 22, 23, 24, 25, 26, 27, 28, 29 și 30 septembrie 1955, *El Espectador*, Bogotá

OARE FEMEILE CARE DISPAR DIN PARIS SUNT ÎN CARACAS?

Doamna Jeanne Cazals, tânăra și eleganta soție a unui bogat industriaș francez, a plecat la șapte seara de la atelierul croitorului ei, într-o superbă blană de vizon și cu cincisprezece milioane de franci în bijuterii, repartizate pe tot corpul. S-a afundat în mulțimea concentrată pe strada Faubourg Saint-Honoré – poate strada cea mai elegantă și una dintre cele mai aglomerate din Paris – cu intenția să ajungă la o întâlnire cu bărbatul ei. N-a ajuns la întâlnire niciodată. Doamna Cazals a dispărut fără să lase vreo urmă, vreun indiciu care să permită stabilirea unor elemente legate de locul unde s-ar afla. Disperată, poliția s-a agățat de o confidență pe care a făcut-o, se pare, doamna Cazals, acum o vreme, unui prieten bun: „Am picat într-un angrenaj din care mi se pare imposibil să scap“. Este o pistă insolită. Obiceiurile doamnei Cazals erau cu totul și cu totul normale. Reputația, impecabilă. Dar într-un oraș ca Parisul, unde dispar misterios câte o sută de mii de persoane în fiecare an, nicio posibilitate nu trebuie respinsă.

Caracas, piața numărul 1

Cazul doamnei Cazals a adus la modă în presă o problemă adiacentă: traficul de femei albe. Este un subiect despre care se vorbește frecvent. Poliția crede că e adevărat. Toate ziarele care s-au ocupat de acest subiect sunt de accord că orașul Caracas este principala piață sud-americană pentru traficul de femei albe.

Dar a fost nevoie de multă muncă pentru a alarma societatea, în pofida anvergurii datelor: în ultimii ani, treizeci de mii de fete au fost răpite în Paris și vândute numeroaselor cabarete și bordeluri din toată lumea. Conform acestor informații, principalele piețe sunt Africa de Nord și America de Sud.

Pentru prima oară de când a început să fie dezgropată periodic existența acestei tenebroase afaceri cu carne de om, opinia publică franceză manifestă o îngrijorare militantă. În seara asta am asistat la o întâlnire publică la care au venit mai ales mame care solicită guvernului francez o intervenție mai energică în această problemă. Justiția franceză cunoaște multe cazuri. Din păcate însă, ori de câte ori ziarele scriseseră despre acest subiect, se părea că opinia publică credea că e vorba de o simplă speculație jurnalistică. Acum, lucrurile stau altfel. La Adunarea Națională, deputata Francine Lefèvre a lăsat la o parte toate problemele politice internaționale și de pe plan intern pentru a ridica, disperată, problema. Nu încape nici cea mai mică îndoială: traficul de femei albe există, e condus de organizații puternice, cu agenți și clienți în întreaga lume, și operează în toate marile capitale. În special la Paris.

Două mii de dolari pentru o franțuzoaică

Pentru început, poliția a inițiat un control riguros al anumitor anunțuri clasificate ca fiind aparent inocente și tentante: „Serviciu ușor, patruzeci de mii de franci, pentru domnișoare de optsprezece ani". O fată de optsprezece ani nu prea rezistă tentației. În multe cazuri, e vorba de un serviciu onorabil. Dar excepțiile sunt îngrozitoare: aspirantele sunt legate prin contract, duse cu avionul în Africa de Nord și vândute acolo ca orice obiect. E un comerț care produce un profit de sută la sută.

Modul în care operează agenții organizației pare desprins dintr-un film de ficțiune. La începutul acestui an, pe Champs Elysées, un automobil s-a oprit la șapte seara în dreptul imenselor vitrine luminate. Un bărbat a coborât din automobil, a prins de braț o studentă și băgat-o cu forța în mașină. Nu s-a mai știut niciodată nimic de ea.

Însă, în realitate, primele contacte sunt mai degrabă ingenioase decât brutale. O revistă relatează cazul lui Yvonne Vincent care, într-o după-amiază pașnică de duminică, stătea acasă împreună cu o servitoare. Mama ei se dusese la cinema. Pe înserat, o călugăriță amabilă a sunat la ușă aducând o veste rea: mama ei suferise un accident de circulație. Călugărița s-a prezentat cu o știre falsă și cu o intenție falsă. În fața porții era oprit un automobil condus de un complice. Aceea a fost ultima dată când a fost văzută Yvonne Vincent.

Alt caz, povestit fără numele persoanei, este cel al fetei care a dat să ia metroul după ce petrecuse toată după-amiaza în compania prietenilor în pădurea Vincennes. Pe când aștepta la semaforul roșu ca să traverseze, o bătrână oarbă a rugat-o s-o treacă strada. Nimeni nu știe ce s-a întâmplat pe trotuarul celălalt, dar asta s-a perecut pe 18 septembrie, la șase și un sfert seara, și de atunci fata nu s-a mai întors acasă. Poliția are motive să creadă că aceste două fete – asemenea celor mai multe din cele treizeci de mii dispărute în ultimii ani – se află undeva în lume, dedicându-se prostituției de bunăvoie sau silite.

Mecanismul pare a fi foarte simplu: odată convinse, fetele sunt duse în Africa de Nord sau în America de Sud. O franțuzoaică frumoasă, tânără și plăcută poate costa chiar și un milion de franci, aproape două mii de dolari. Dar cel care plătește suma asta consideră că are dreptul să exploateze marfa pentru a-și fructifica investiția. O fată prizonieră în acest angrenaj are foarte puține șanse să se mai întoarcă acasă. Organizația o poate urmări în cel mai îndepărtat colț de lume. Totuși, unele au avut curajul și norocul să scape. Una dintre ele a fost Suzanne Celmonte, în vârstă de douăzeci și unu de ani, care acum câteva luni și-a povestit incredibila aventură la televiziune. Ea cânta într-un modest cabaret din Paris. Într-o seară, norocul i-a apărut travestit cu eleganță în impresar. A angajat-o cu două mii de franci pe noapte. A fost nevoie ca fata să ajungă pe teren ca să-și dea seama că i se cerea mult mai mult decât să cânte. Fără să-și piardă sângele-rece, cu ajutorul autorităților, a luat legătura cu consulul Franței și a fost repatriată. Poliția internațională a plecat de la acest caz pentru descâlci ițele și a băga la închisoare câțiva pretinși impresari de spectacole.

Numai un singur traficant a fost arestat...

Aparențele sunt atât de bine păstrate, agenții care operează sunt atât de abili, încât poliția nu poate distruge solidul lor aspect de legalitate. E nevoie de un mare noroc, aproape de un chilipir, ca acela care l-a băgat la închisoare pe Francis Raban, un francez cu aparența cea mai cinstită de pe lume. Într-o seară, când se pregătea să ia de la Orly avionul care avea să-l ducă în America de Sud, însoțit de o femeie care nu îi era nevastă, un detectiv a avut intuiția să le cerceteze cu mare atenție documentele. Cele ale femeii erau falsificate. Acest detaliu a dezvăluit adevărata personalitate a lui Francis Raban. Era stabilit la Paris ca traficant la scară mare. Primea periodic substanțiale cecuri în dolari din Venezuela. Acum este acuzat că exploatase fete vreme de mai mulți ani.

Jurnaliștii care semnalează că orașul Caracas este principala piață din America de Sud nu citează multe cazuri concrete. Dar, de curând, o revistă populară a pus în legătură cazul lui Raban cu cel al unei servitoare răpite la Paris și vândute în Venezuela. Conform acestei surse, fata a fost angajată chelneriță într-un bar. Însă s-a opus categoric „să fie mai amabilă cu clienții“. Drept pedeapsă, a fost dusă la o fermă părăsită din San Felix, la opt sute de kilometri de Caracas. A reușit să scape cu ajutorul a doi exploratori francezi care au ajuns acolo întâmplător. Câte cazuri ca acesta s-ar putea găsi chiar acum în Venezuela?

11 ianuarie 1957, *Élite*, Caracas

„ȘI EU AM FOST ÎN UNGARIA“
(Fragment)

János Kádár – prim-ministrul Ungariei – a avut o apariție publică pe 20 august, în fața a șase mii de țărani, care s-au adunat pe terenul de fotbal din Ujpest, la 132 de kilometri de Budapesta, cu prilejul aniversării Constituției Socialiste. Eu mă aflam acolo, în aceeași tribună cu Kádár, împreună cu prima delegație de observatori occidentali care a venit în Ungaria după evenimentele din octombrie.

Vreme de zece luni, Budapesta fusese un oraș interzis. Ultimul avion occidental care a plecat de pe aeroportul său – la 6 noiembrie 1956 – a fost un bimotor austriac, închiriat de revista *Match* pentru a-l evacua pe trimisul ei special, Jean Carlos Pedrazzini, rănit mortal în luptele din capitală. Ungaria și-a închis de atunci frontierele și le-a deschis numai pentru noi, zece luni mai târziu, la insistențele Comitetului de Organizare a Festivalului de la Moscova, care a obținut de la guvernul maghiar o invitație la Budapesta pentru o delegație de optsprezece observatori. Din grupul meu făceau parte doi arhitecți, un avocat german, un campion de șah norvegian și un singur alt ziarist: Maurice Mayer, un belgian cu mustăți roșcate, grozav de simpatic, băutor de bere și povestitor de bancuri proaste, care și-a început cariera în Războiul Civil Spaniol și a fost rănit la Liège în timpul ocupației germane. Eu nu-l cunoșteam pe niciunul dintre ei. La granița maghiară, după ce autoritățile vamale ne-au examinat documentele vreme de trei ceasuri, un interpret ne-a adunat în vagonul-restaurant, a făcut prezentările și a rostit un scurt discurs de bun venit. Apoi a citit programul pentru următoarele cincisprezece zile: muzee, prânzuri cu organizații de tineret, manifestări sportive și o săptămână de odihnă la lacul Balaton.

Maurice Mayer a mulțumit pentru invitație în numele tuturor, dar a lăsat să se înțeleagă că experiențele turistice ne interesau foarte puțin. Noi voiam altceva: să știm ce s-a întâmplat în Ungaria, cu toată certitudinea și fără mistificări politice, și să ne dăm seama de situația actuală a țării. Interpretul a răspuns că guvernul lui Kádár va face tot posibilul să ne mulțumească. Era ziua de 4 august, la trei după-amiaza. La 10.30 seara, am ajuns în gara pustie din Budapesta, unde ne-a așteptat un grup de bărbați descumpăniți, energici, care ne-au escortat timp de cincisprezece zile și au făcut tot posibilul să ne împiedice să ne facem o idee concretă asupra situației.

Nu terminasem să ne coborâm geamantanele când unul dintre acești bărbați – care s-a prezentat drept interpret – a citit lista oficială cu numele noastre și țara fiecăruia și ne-a pus să răspundem ca la școală. Apoi ne-a invitat să urcăm în autobuz. Mi-au atras atenția două detalii: numărul însoțitorilor noștri – unsprezece, pentru o delegație atât de redusă – și faptul că toți s-au prezentat drept interpreți, deși cei mai mulți nu vorbeau decât maghiara. Am străbătut orașul pe străzi întunecoase, pustii, cu un aer trist din cauza burniței. În scurt timp, ne aflam la hotelul Libertatea – unul dintre cele mai bune din Budapesta –, așezați la o masă ca pentru un banchet, ce ocupa toată sufrageria. Unii dintre interpreți aveau dificultăți în mânuirea tacâmurilor. Încăperea părea decorată de curând, dar cu un gust învechit, cu oglinda, candelabrele sale mari și mobilele tapițate cu pluș roșu.

La cină, un bărbat ciufulit, cu o undă de nepăsare romantică în privire, a rostit un discurs în maghiară, tradus simultan în trei limbi. Au fost câteva cuvinte de bun venit, cu desăvârșire convenționale, urmate imediat de câteva instrucțiuni concrete. Ni s-a recomandat să nu ieșim pe stradă, să avem mereu pașaportul la noi, să nu vorbim cu necunoscuți, să lăsăm cheia la recepție ori de câte ori plecăm din hotel și să ne amintim că „Budapesta se află sub regimul legii marțiale și, prin urmare, e interzis să se facă fotografii". În acel moment, mai veniseră încă șapte interpreți. Se mișcau fără niciun rost în jurul mesei, vorbeau ungurește, în șoaptă, și eu aveam impresia că erau speriați. N-am fost singurul: după o clipă, Maurice Mayer s-a aplecat spre mine și mi-a spus: „Oamenii ăștia mor de frică".

Înainte de a ne culca, ne-au strâns pașapoartele. Obosit de călătorie, fără să pot dormi și cam deprimat, am încercat să văd, de la fereastra camerei mele, un crâmpei din viața de noapte a orașului. Clădirile cenușii și deteriorate de pe bulevardul Rákóczi păreau nelocuite. Iluminatul public deficitar, burnița ce cădea pe strada pustie, tramvaiul care trecea scrâșnind printre scântei albastre, toate contribuiau la crearea unei atmosfere triste. Când am vrut să mă culc, mi-am dat seama că pereții interiori ai camerei mele aveau încă urme de proiectile. N-am putut să dorm, cutremurat de ideea că încăperea aceea, cu tapet îngălbenit, cu mobile vechi și cu un pătrunzător miros de dezinfectant, fusese, în octombrie, o baricadă. Astfel s-a încheiat prima mea noapte la Budapesta.

Mai multe cozi la loterie decât la pâine

Dimineața, viziunea era mai puțin sumbră. Pornit să înșel vigilența interpreților – care n-aveau să sosească decât la zece – mi-am vârât cheile în buzunar și am coborât în hol pe scări. N-am luat ascensorul, pentru că se afla exact în fața recepției și n-aș fi putut ieși fără să fiu văzut de administrator. Ușa batantă de sticlă dădea direct în bulevardul Rákóczi. Nu numai hotelul, ci toate edificiile de pe bulevard – de la frontonul cu flori al gării până pe malurile Dunării – erau acoperite cu schele. E copleșitoare senzația pe care o produce un bulevard comercial cu mulțimea mișcându-se printre schelete de scânduri. O senzație fugară, căci abia am făcut doi pași în afara hotelului că mi-a și pus cineva mâna pe umăr. Era unul dintre interpreți. Într-un fel cordial, dar fără să-mi dea drumul de braț, m-a condus din nou în hotel.

Restul delegației a coborât la zece, cum era prevăzut. Ultimul a fost Maurice Mayer. A intrat în restaurant cu un splendid sacou sportiv, cu brațele deschise, cântând imnul internațional al tineretului. Cu o efuziune exagerată, fără să se oprească din cântat, i-a îmbrățișat la rând pe toți interpreții, care i-au răspuns cu o bucurie descumpănită. Apoi s-a așezat lângă mine, și-a potrivit șervetul la gât și mi-a făcut un semn cu genunchiul pe sub masă.

– Mi-a trecut prin minte încă de aseară, mi-a spus printre dinți. Toți barbarii ăștia sunt înarmați.

Din momentul acela am știut la ce să ne așteptăm. Îngerii noștri păzitori ne-au însoțit la muzee, la monumente istorice, la recepții oficiale, împiedicându-ne cu gelozie să intrăm în contact cu lumea de pe stradă. Într-o după-amiază – a patra la Budapesta –, ne-am dus să vedem frumoasa panoramă a orașului din Turnul Pescarilor. În apropiere se afla o biserică veche, transformată în moschee de invadatorii turci și încă decorată cu arabescuri. Câțiva delegați ne-am desprins de interpreți și am intrat în biserică. Era uriașă și răvășită, cu ferestre mici, înalte, prin care pătrundea din belșug lumina aurie a verii. Pe unul din scaunele din față, stând dusă pe gânduri, o bătrână în negru mânca pâine cu salam. Doi interpreți au intrat în biserică după un moment. Ne-au urmat în liniște prin naos, fără să ne spună nimic, dar au pus-o pe femeie să iasă.

În a cincea zi, situația devenise imposibilă. Eram sătui până-n gât să tot vizităm locuri vechi și rămășițe istorice, să simțim că orașul, oamenii care stăteau la coadă ca să cumpere pâine, să urce în tramvaie păreau obiecte de neatins în spatele geamurilor autobuzului. După prânz, am luat hotărârea. Am cerut cheia la recepție, avertizând că sunt foarte obosit și am de gând să dorm toată după-amiaza, apoi am urcat cu ascensorul și am coborât imediat pe scări.

La prima stație am luat un tramvai la întâmplare. Mulțimea înghesuită în vehicul s-a uitat la mine ca la un emigrant de pe altă planetă, dar în privirea oamenilor nu se citea nici curiozitate și nici mirare, ci un ermetism neîncrezător. Lângă mine, o bătrână cu o pălărie veche cu fructe artificiale citea un roman de Jack London, în maghiară. M-am adresat ei în engleză, apoi în franceză, dar nici măcar nu s-a uitat la mine. A coborât la prima stație, făcându-și drum cu coatele, iar eu am rămas cu impresia că nu trebuia să se dea jos acolo. Și ea era speriată.

Vatmanul mi-a vorbit în maghiară. I-am dat de înțeles că nu cunoșteam limba și el, la rândul lui, m-a întrebat dacă vorbesc germana. Era un bătrân gras, cu nas de berar și ochelari legați cu sârmă. Când i-am spus că vorbesc englezește, mi-a repetat de mai multe ori o frază pe care n-am putut s-o înțeleg. El a părut disperat. La capătul liniei, în momentul când trebuia să coborâm, mi-a dat o hârtie cu câteva cuvinte scrise în engleză: „Dumnezeu să salveze Ungaria!"

La aproape un an de la evenimentele care au cutremurat lumea, Budapesta continua să fie un oraș provizoriu. Eu am văzut porțiuni extinse unde liniile de tramvai nu fuseseră puse la loc și erau în continuare închise traficului. Mulțimea, prost îmbrăcată, tristă și îngândurată, face cozi interminabile ca să cumpere articole de primă necesitate. Magazinele care au fost distruse și jefuite sunt încă în reconstrucție.

În ciuda zgomotoasei publicități pe care ziarele occidentale au făcut-o evenimentelor de la Budapesta, n-am crezut că ravagiile sunt atât de îngrozitoare. Foarte puține edificii centrale au fațadele intacte. Am aflat apoi că locuitorii Budapestei s-au refugiat acolo și, vreme de patru zile și patru nopți, au luptat împotriva tancurilor rusești. Trupele sovietice – optzeci de mii de oameni cu ordinul de a înăbuși revolta – au folosit tactica simplă și eficientă de a amplasa tancurile în dreptul clădirilor și a le distruge fațada. Dar rezistența a fost plină de eroism. Copiii ieșeau în stradă, urcau pe tancuri și aruncau înăuntru sticle cu benzină în flăcări. Informațiile oficiale precizează că în acele patru zile au fost cinci mii de morți și douăzeci de mii de răniți, dar amploarea distrugerilor permite să se presupună că numărul victimelor a fost mult mai mare. Uniunea Sovietică nu a furnizat cifre privitoare la pierderile sale.

Zorii zilei de 5 noiembrie s-au ivit peste un oraș distrus. Țara a fost literalmente paralizată timp de cinci luni. Populația a supraviețuit în această perioadă grație trenurilor cu provizii trimise de Uniunea Sovietică și de democrațiile populare. Acum, cozile sunt mai scurte, magazinele alimentare au început să-și deschidă porțile, dar locuitorii Budapestei suferă încă urmările catastrofei. La chioșcurile cu bilete de loterie – care constituie o sursă de venit pentru regimul Kádár – și la casele de amanet – care sunt proprietate de stat –, cozile sunt mai lungi decât la brutării. Un funcționar oficial îmi spune că, într-adevăr, loteria este o instituție inadmisibilă într-un regim socialist. „Dar nu putem face altceva, explică el. Asta ne rezolvă o problemă în fiecare sâmbătă." La fel se întâmplă cu casele de amanet. Am văzut în fața uneia o femeie stând la coadă cu un cărucior de copil, plin cu oale și crătiți de bucătărie.

Neîncrederea și teama se ivesc pretutindeni, atât în guvern, cât și în popor. Există un număr de unguri care au trăit în străinătate până în 1948 și atât ei, cât și copiii lor, vorbesc toate limbile de pe lume. Dar e greu să stea de vorbă cu străinii. Ei cred că, în epoca asta, un străin nu poate veni la Budapesta decât dacă e invitat oficial și de aceea nu se încumetă să stea de vorbă cu el. Cu toții, pe stradă, la cafenele, în grădinile liniștite de pe insula Margareta, sunt neîncrezători în guvern și în invitații lui.

La rândul lui, guvernul simte că nonconformismul continuă să existe. Pe zidurile din Budapesta se văd lozinci scrise cu bidineaua: „Contrarevoluționari ascunși: temeți-vă de puterea poporului". În altele, Imre Nagy e învinovățit de catastrofa din octombrie. Este o obsesie oficială. Pe când Imre Nagy se află în exil forțat în România, guvernul lui Kádár mânjește zidurile, tipărește broșuri și organizează manifestații împotriva lui. Însă toate persoanele cu care am reușit să vorbim – muncitori, funcționari, studenți și chiar câțiva comuniști – așteaptă întoarcerea lui Nagy. Pe înserat – după ce am bătut tot orașul –, m-am pomenit pe malul Dunării, în fața ruinelor podului Elisabeta, dinamitat de nemți. Acolo se află statuia poetului Petőfi, despărțită de universitate printr-o piațetă plină de flori. Cu zece luni înainte – la 28 octombrie –, un grup de studenți a traversat piața cerând în gura mare expulzarea trupelor sovietice. Unul dintre ei s-a cățărat pe statuie purtând steagul maghiar și a ținut un discurs de două ore. Când a coborât, bulevardul era plin de bărbați și femei, locuitori ai Budapestei, care cântau imnul poetului Petőfi pe sub copacii desfrunziți de toamnă. Așa a început revolta.

Un kilometru mai departe de insula Margareta, pe Dunăre în jos, este un sector proletar compact, unde muncitorii trăiesc și mor îngrămădiți. Există acolo niște baruri cu circuit închis, încălzite și pline de fum, unde clientela bea uriașe halbe de bere, în țăcănitul ca de mitralieră care este conversația în limba maghiară. În după-amiaza zilei de 28 octombrie, lumea se afla acolo când s-a auzit vestea că studenții începuseră rebeliunea. Atunci și-au lăsat cu toții halbele, au pornit pe malul Dunării în sus până la piațeta poetului Petőfi și s-au alăturat mișcării. Eu am făcut turul acestor baruri când s-a înnoptat și am văzut că, în ciuda regimului de forță, a intervenției sovietice și a liniștii aparente ce domnește în țară, germenul revoltei continuă să fie viu. Când intram în baruri, țăcănitul se prefăcea într-o rumoare densă. Nimeni n-a vrut să vorbească. Dar când oamenii tac – din cauza fricii sau a prejudecăților –, trebuie să te duci la toaletă ca să afli ce gândesc. Acolo am găsit ceea ce căutam: printre desene pornografice, devenite clasice în toate pisoarele din lume, erau inscripții cu numele lui Kádár, într-un protest anonim, dar extraordinar de semnificativ. Aceste inscripții constituie o mărturie clară despre situația maghiară: „Kádár, ucigaș al poporului“, „Kádár, trădător“, „Kádár, dulăul rușilor“.

15 noiembrie 1957, *Momento*, Caracas

CEL MAI FAIMOS AN DIN LUME

Anul internațional 1957 n-a început la 1 ianuarie. A început miercuri pe 9, la șase seara, la Londra. La ora aceea, prim-ministrul britanic, copilul-minune al politicii internaționale, sir Anthony Eden, bărbatul cel mai bine îmbrăcat din lume, a deschis poarta de la numărul 10, Downing Street, reședința sa oficială, și aceea a fost ultima oară când a deschis-o în calitatea lui de prim-ministru. Îmbrăcat într-un palton negru cu guler de catifea, ținând în mână jobenul pentru ocaziile solemne, sir Anthony Eden tocmai asistase la o furtunoasă reuniune a guvernului, ultima din mandatul lui și ultima din cariera sa politică. În seara aceea, în mai puțin de două ore, sir Anthony Eden a făcut cele mai multe lucruri definitive pe care un om de importanța lui, de statura și cu educația lui, poate să și le permită în două ore: s-a despărțit de miniștrii săi, a vizitat-o pe regina Elisabeth pentru ultima oară, și-a prezentat demisia, și-a făcut bagajele, a lăsat liberă locuința și s-a retras în viața particulară.

Mai mult decât oricare alt om, sir Anthony Eden se născuse cu numărul 10, Downing Street, gravat în inimă, înscris în linia mâinii. Timp de treizeci de ani fermecase saloanele Europei, cancelariile de pe întregul glob, și avusese un rol remarcabil în cele mai mari probleme politice din lume. Își făcuse o reputație de eleganță fizică și morală, de rigoare a principiilor, de îndrăzneală politică, ascunzând astfel marelui public anumite slăbiciuni de caracter, capriciile sale, dezordinea și tendința aceea de a fi indecis, care, în anumite circumstanțe, puteau să-l determine să ia decizii prea repede, prea categoric, singur și împotriva tuturor. Cu trei luni în urmă – la 2 noiembrie 1956 –, la invitația secretă a Franței de a lua cu asalt Canalul Suez, sir Anthony Eden se arătase atât de nehotărât, încât a decis prea repede, prea categoric, împotriva opiniei majorității miniștrilor săi, a arhiepiscopului de Canterbury, a presei și chiar a cetățenilor Londrei, care și-au exprimat dezacordul în cea mai mare manifestație populară pe care a văzut-o Trafalgar Square în acest secol. Ca urmare a acestei decizii singulare și precipitate, a trebuit să hotărască în acele două ore melancolice din ziua de 9 ianuarie – și de data asta cu acordul miniștrilor săi, cu acordul marilor majorități din Imperiul Britanic – actul cel mai important din viața sa: demisia.

Chiar în seara aceea, pe când sir Anthony Eden, împreună cu soția lui, lady Clarisa, nepoata lui Winston Churchill, se îndreptau, în lungul lor automobil negru, spre reședința lor particulară din suburbiile Londrei, un bărbat la fel de înalt ca el, la fel de bine îmbrăcat ca el, a trecut de la numărul 11 la numărul 10 de pe Downing Street. Domnul Harold MacMillan, noul prim-ministru, n-a avut de străbătut decât cincisprezece metri pentru a prelua răspunderea delicatelor probleme ale Imperiului Britanic.

Această știre, care a explodat ca o bombă pe prima pagină a tuturor ziarelor din lume, trebuie să fi ajuns însă ca un susur fără noimă la mulțimea îngrămădită, de patru mii persoane, care, după doar câteva ore, s-a strâns de partea cealaltă a Atlanticului, în dreptul bisericuței protestante din Los Angeles, California, pentru a asista la funeraliile lui Humphrey Bogart, răpus de un cancer de laringe. „Credeți-mă – spusese odată Humphrey Bogart – că am mai mulți admiratori de peste opt ani și sub șaizeci decât orice altcineva din această țară, și de asta câștig două sute de mii de dolari la fiecare film“. Cu doar câteva ceasuri înainte de a muri, gangsterul cel mai iubit al cinematografiei, bătăușul generos de la Hollywood, îi spusese prietenului de-o viață, Frank Sinatra: „Singurul lucru care merge bine e contul meu bancar“.

Marele actor de cinema a fost al treilea dintre morții de vază din ianuarie: în aceeași lună au murit poeta chiliană Gabriela Mistral și dirijorul italian Arturo Toscanini – unul dintre cei mai prestigioși din istoria muzicii și, totodată, unul dintre cei mai bogați –, pe când poporul polonez își exprima la urne încrederea în Ladislaw Gomulka și automobiliștii francezi făceau coadă în fața benzinăriilor. Aventura din Suez n-a adus Franței decât o imensă dezamăgire și o gravă criză de combustibil. În dereglarea traficului provocată de restricții, unul dintre puținele lucruri care au sosit la timp – la 23 ianuarie – au fost cele trei kile și 25 de grame ale prințesei de Monaco, Carolina Luisa Margarita, fiica lui Rainier al III-lea și a lui Grace Kelly.

ÎN FEBRUARIE S-A PIERDUT ȘTIREA ANULUI

Tineretul londonez epuizase în treizeci de zile un milion de discuri cu „Rock around the clock“ – cel mai mare record după *Al treilea om* –, în dimineața în care regina Elisabeth a Angliei s-a îmbarcat în avionul care a dus-o la Lisabona. Această vizită la discretul și paternalistul președinte al Portugaliei, Oliveira Salazar, părea să aibă o intenție politică atât de indescifrabilă, încât a fost interpretată ca un simplu pretext al suveranei Angliei pentru a-și întâlni soțul, pe prințul Philip de Edinburgh, care de patru luni hoinărea pe un iaht plin de bărbați pe ultimele mări ale Imperiului Britanic. Aceea a fost o săptămână cu știri indescifrabile, cu pronosticuri frustrate, speranțe moarte în inima jurnaliștilor, care au așteptat ceea ce ar fi fost, fără îndoială, evenimentul sentimental al anului: ruptura dintre regina Elisabeth și prințul Philip. Pe aerodromul curat și labirintic de la Lisabona, unde ducele de Edinburgh a ajuns cu cinci minute întârziere – în primul rând pentru că nu e englez, ci grec, și în al doilea fiindcă a trebuit să-și radă barba ca să-și sărute soția –, nu s-a produs evenimentul așteptat, și aceasta a fost, în 1957, marea știre care ar fi putut să fie și n-a fost.

În schimb, în aceeași lună februarie când, la carnavalul de la München, Brigitte Bardot și-a mărit decolteul până la o limită neverosimilă și prim-ministrul francez, domnul Guy Mollet, a traversat Atlanticul pentru a-și împăca țara cu Statele Unite după nenorocirea cu Canalul Suez, Moscova a lansat prima surpriză a acelui an, care avea să fie cel mai plin de evenimente, mai deconcertant și mai eficace al Uniunii Sovietice. Această surpriză, prezentată de *Pravda* drept un eveniment de mâna a doua, a fost înlocuirea celui de al șaselea ministru de externe sovietic, Dimitri Șepilov, cu noul copil-minune al diplomației mondiale, Andrei Gromîko.

Șepilov, fostul director al ziarului *Pravda*, fusese numit în iunie 1956. Trecerea sa pe la Ministerul de Externe a constituit un record de viteză: toți predecesorii săi rămăseseră în acest post în medie câte opt ani. Șepilov a stat opt luni. Occidentul, care nu a putut să înțeleagă complexul șah politic al Kremlinului, a avut motive să creadă că Gromîko va rămâne în funcție doar opt zile.

La 8.33 dimineața, pe ceața și frigul indecisei primăveri de la Washington, vicepreședintele Statelor Unite, domnul Richard Nixon, a plecat într-o călătorie de șaptesprezece zile prin Africa. Așa a început a treia lună, martie, luna călătoriilor. Cu cei cincisprezece mii de kilometri în trei etape, pe care, după doar câteva zile, i-a străbătut din Australia până la New York, secretarul de stat al Statelor Unite, domnul Foster Dulles, a completat, de când ocupă această funcție, un parcurs aerian echivalent cu de șaisprezece ori ocolul lumii: trei sute optzeci de mii de kilometri în total. Președintele Statelor Unite, generalul Eisenhower, a călătorit în aceeași săptămână, la bordul crucișătorului *Camberra*, până la idilica posesiune britanică a Bermudelor, unde trebuia să se întâlnească cu prim-ministrul englez, domnul Harold MacMillan, care a făcut saltul peste Atlantic într-o noapte pentru a încerca să rezolve câteva probleme lăsate de predecesorul său, domnul Eden.

Prim-ministrul Israelului, Golda Meir, a participat la acea cursă contracronometru făcând o călătorie-record de la Tel Aviv la Washington, unde intenționa să-i amintească domnului Foster Dulles de punerea în practică a promisiunilor americane, „garanția că zona

Gaza nu va fi ocupată din nou de trupele egiptene și asigurarea că Statele Unite nu vor permite să se închidă iar strâmtoarea Alaska“. În această aglomerare de călătorii, de dus și întors în jurul lumii, președintele Filipinelor, domnul Magsaysay, s-a îmbarcat într-un C-47, nou și bine întreținut, care, după doar câteva ore de la decolare, a căzut la pământ, învăluit în flăcări. Acest accident, despre care nu se știe precis nici măcar dacă a fost, într-adevăr, un accident, a fost unicul într-o lună în care o simplă defecțiune a motoarelor ar fi putut întoarce pe dos – sau pe față – istoria lumii. O personalitate filipineză, domnul Nestor Mata, care era în același avion cu președintele și care a supraviețuit ca prin minune catastrofei, a dezvăluit că nenorocirea a fost provocată de o violentă explozie la bordul avionului. În vreme ce expedițiile de salvare căutau zadarnic corpul președintelui Magsaysay și în cercurile politice ale lumii occidentale accidentul era atribuit unui atentat comunist, președintele Eisenhower și-a scos haina în dreptul unei ferestre deschise, pe când își făcea valizele să plece la Nassau, și a căpătat un guturai. În somnolența primăverii africane, domnul Nixon măcina la ora aceea, cu mandibulele lui tari de școlar, semințe de plante sălbatice, ca dovadă a simpatiei țării lui pentru zdravenii cetățeni din Uganda, împodobiți cu pene.

Pedro Infante pleacă. Batista rămâne

Această intempestivă febră călătoare a politicienilor avea drept scop să dreagă ce se mai putea drege din problemele generate de aventura din Suez, care, după patru luni, continua să fie o durere de cap pentru occidentali, cu toate că trupele ONU se aflau între Egipt și Israel și că tehnicienii începuseră să scoată din canal vapoarele scufundate în noiembrie de generalul Nasser. În realitate, dacă vicepreședintele Nixon s-a dus în Africa, dacă și-a dat silința să mănânce și să bea toate ciudățeniile oferite de monarhii primitivi de pe continentul negru, n-a pierdut, în schimb, ocazia de a bea în Maroc un ceai de mentă pe care i l-a oferit Mulay Hassan, prințul de film tehnicolor care constituie unul din cei trei stâlpi pe care se sprijină lumea arabă. Domnul Harold MacMillan, la rândul său, a încercat să-l convingă pe președinte să nu încredințeze cu totul Organizației Națiunilor Unite problemele Orientului. Președintele l-a ascultat cu mare atenție, în ciuda guturaiului și a faptului că – din rațiuni pe care protocolul n-a putut să le explice niciodată – în timpul convorbirii a avut vată în urechi.

Foarte aproape de locul întrevederii, în Cuba, unde președintele Batista începea să nu mai poată dormi din cauza problemelor de ordine publică din provincia Oriente, dansul anului, muzica aceea care a contaminat în mai puțin de trei luni tineretul din întreaga lume, de la Paris la Tokio și de la Londra la Buenos Aires, a avut parte de prima sa poticneală: rock'n rollul a fost interzis la televiziunea din Havana. „E vorba despre un dans imoral și degradant – se spunea în ordinul de interzicere –, a cărui muzică face să se adopte niște mișcări ciudate, ce constituie o ofensă adusă moralei și bunelor maniere." Printr-o curioasă coincidență, chiar în săptămâna aceea, la o petrecere în Palm Beach, actrița suedeză Anita Ekberg și soțul ei, Anthony Steel, s-au bătut la propriu cu sculptorul cubanez Joséph Dobronyi, fiindcă acesta a expus sculptura unei femei complet goale pentru care, a declarat el, o avusese ca model pe actrița suedeză. În numele moralei și al bunelor maniere, aceasta l-a atacat pe sculptor lovindu-l cu pantoful. Altă actriță suedeză, Ingrid Bergman, a figurat în aceeași săptămână în actualitatea mondială, când i-a fost conferit Oscarul pentru rolul ei din *Anastasia*. Acest fapt a fost interpretat ca o reconciliere a lui Ingrid Bergman cu publicul din Statele Unite, care, vreme de opt ani, a pus-o la index din cauza căsătoriei cu regizorul italian Roberto Rossellini.

Exploratorul Richard Byrd, care a ajuns la Polul Sud, a murit cu puține zile înainte de politicianul francez Édouard Herriot. Franța abia dacă a avut timp să păstreze douăzeci și patru de ore de doliu, ocupată cum era cu războiul din Algeria și cu preparativele pentru primirea reginei Elisabeth a Angliei.

Un tânăr avocat cubanez, care într-o anumită ocazie, în Mexic, și-a cheltuit ultimii douăzeci de dolari pentru a edita un discurs, a debarcat în Cuba cu un grup de opozanți ai președintelui Batista. Avocatul se numește Fidel Castro și cunoaște strategia mai bine decât codurile. Președintele Batista, care întâmpină dificultăți pentru a explica de ce forțele sale armate nu l-au putut expulza pe Fidel Castro din insulă, rostește niște discursuri exaltate ca să spună că „pe front nu e nimic nou“, dar cert e că îngrijorarea se făcea mai departe simțită și în aprilie. Dușmanii guvernului apăreau pretutindeni: pe Calzada de Puentes Grandes, 3.215 – la Havana –, unde poliția a descoperit, la începutul lunii, un depozit de arme moderne; în zona Oriente a țării, unde există serioase indicii că populația civilă îi protejează și ajută pe oamenii lui Fidel Castro, ca și în Miami, în Ciudad de México, în punctele-cheie ale turbulentei centuri a Caraibilor. Însă opinia publică din acest minuscul și conflictual colț de lume, care n-a fost niciodată indiferentă la încurcăturile politice, a uitat de problemele Cubei pentru a se cutremura la moartea lui Pedro Infante, cântărețul mexican care a fost victima unui accident de avion.

Se termină Scandalul secolului. Rezultatul e „0"

La unsprezece mii de kilometri de locul unde a căzut avionul în care se afla idolul popular, o dramă prelungă și complexă căpăta accente de comedie: cazul Montesi – judecat la Veneția cu o echipă completă de acuzați și martori, de judecători și avocați, de jurnaliști și simpli curioși, care se duceau în gondole la audieri – s-a pierdut în supoziții fără rost. Asasinarea Wilmei Montesi, fata modestă de pe strada Tagliamento, considerată drept scandalul secolului, a rămas nepedepsită, se pare că pentru totdeauna.

În vremea asta, locuitorii din Paris, sfidând ultimele vânturi înghețate ale primăverii, au ieșit în stradă pentru a o saluta, într-o izbucnire de fervoare monarhică, pe regina Elisabeth a Angliei, care a traversat Canalul Mânecii în al său „Viscount" particular pentru a-i spune președintelui Coty, în franceză, că țările lor erau mai unite și mai apropiate ca niciodată după eșecul solidar din Suez. Francezii, care o iubesc pe regina Angliei aproape la fel de mult ca pe președintele Coty, cu toate că susțin tocmai contrariul, nu binevoiseră de multă vreme să stea patru ore în spatele unui cordon de polițiști pentru a saluta un vizitator. De data asta au făcut-o și strigătele lor de bun venit au disimulat timp de trei zile îngrozitoarea criză economică din Franța, pe care prim-ministrul, domnul Guy Mollet, încerca cu disperare s-o dreagă în momentul când regina Angliei, la Orly, a descins dintr-un avion în care și-a uitat umbrela de soare.

Când automobilul decapotabil al suveranei britanice a trecut pe Champs Élysées, o teamă secretă circula pe străzile Parisului, fără ca nimeni să se încumete să o insinueze: teama că rebelii din Algeria, care erau infiltrați pretutindeni, care în țara lor înfruntau grupurile de parașutiști și în Paris se jucau de-a v-ați ascunselea cu polițiștii, vor arunca o bombă la trecerea automobilului regal. Acesta ar fi fost episodul cel mai spectaculos dintr-un război anonim, aproape un război clandestin, care durează de trei ani, și pentru care nici în 1957 nu s-a găsit soluția pe care toată lumea o așteaptă cu nerăbdare.

Locuitori din Bogotá, în pijama, îl dau jos pe Rojas

Locuitorii din Bogotá, mulți dintre ei în pijama, au ieșit în stradă, la 10 mai, la patru dimineața, pentru a sărbători căderea generalului Gustavo Rojas Pinilla, care se afla la putere de la 13 iune 1953. Din 7 mai – cu trei zile înainte –, țara era practic paralizată în semn de protest față de manevra prezidențială de a convoca Adunarea Națională Constituantă spre a fi reales pentru un nou mandat. Băncile, magazinele, fabricile și-au închis porțile timp de șaptezeci și două de ore, într-o manifestare de rezistență pasivă sprijinită de toate forțele din țară. Când, la 10 mai, în zorii zilei, la ora patru, în capitala Columbiei oamenii au năvălit pe străzi pentru a sărbători căderea lui Rojas Pinilla, acesta se afla în palatul San Carlos, împreună cu cei mai fideli colaboratori ai săi, și, cu siguranță, l-a întrebat pe vreunul dintre ei ce se întâmplă în oraș. În realitate, Rojas Pinilla, care avea să ia avionul spre Spania cu 216 valize, n-a renunțat decât după patru ore: la opt dimineața. În aceeași dimineață, a căzut alt guvern: cel al lui Guy Mollet, în Franța, care durase cincisprezece luni, fiind guvernul cu cea mai lungă durată dintre toate guvernele franceze, după cel al lui Poincaré. Chiar dacă domnul Mollet a aranjat astfel lucrurile încât să cadă „din cauza economiei", observatorii politicii franceze au știut că adevărata cauză era alta: războiul din Algeria, care a secătuit finanțele țării și a fost adevărata cauză a celor două crize din 1957.

La Roma, clubul lui James Dean, format din adolescenți care gonesc cu o sută douăzeci de kilometri pe oră în automobile fără frâne, în chip de omagiu adus actorului mort anul trecut într-un accident de automobil, au continuat să se adune în secret, după ce, la cererea părinților, poliția a intervenit în luna mai pentru a pune capăt activităților lor.

Niciunul dintre ei nu suferise nici cel mai mic accident, când romanciera franceză Françoise Sagan – căreia îi displace profund să fie numită „James Dean al literaturii franceze" – s-a ciocnit cu automobilul ei în apropiere de Paris. Timp de o săptămână, scriitoarea în vârstă de douăzeci și doi de ani – care, cu patruzeci de luni în urmă, îi scandalizase pe burghezii cumsecade din Franța cu primul ei roman, *Bonjour Tristesse* – s-a aflat între viață și moarte. Când a părăsit spitalul, după o lună, noua ei carte era la tipar: **Într-o lună, într-un an**. A fost un record de vânzări: prima ediție se epuizase înainte de căderea noului guvern francez, condus de domnul Bourges Maunouri. Totul s-a întâmplat atât de repede în aceste două săptămâni, încât mulți dintre admiratorii lui James Dean au decis să intre în frizerie și să treacă, fără etape, la moda cu capetele rase, impusă de Yul Brinner.

O propunere, cel mai bun banc al lui Mao

O femeie cu un aspect șters, doamna Liu Chi-Jean, s-a prezentat într-o dimineață de iunie la porțile ambasadei Statelor Unite din Formosa cu un anunț scris în engleză și chineză în care îl numea asasin pe sergentul american Robert Reynolds și chema populația insulei să se manifeste împotriva deciziei tribunalului care l-a declarat nevinovat. Cu puține săptămâni în urmă, soția lui Robert Reynolds, pe care doamna Liu Chi-Jean îl califica drept asasin, făcea un duș în reședința lor din Taipei. Pe neașteptate, a izbucnit în strigăte de protest fiindcă, după cum spunea, un bărbat se uita la ea printr-o crăpătură din tocul ferestrei. Soțul doamnei Reynolds, care citea ziarul în salon, a ieșit în curte cu revolverul, cu scopul, după cum a declarat la audiență, „de a-l opri pe individ până vine poliția". A doua zi dimineața, în grădină a fost găsit un cadavru, ciuruit de gloanțele din revolverul sergentului Reynolds. Era cadavrul soțului doamnei Liu Chi-Jean. Un tribunal compus din trei sergenți și trei colonei l-a judecat pe sergentul american și a dat verdictul: „Legitimă apărare".

Manifestațiile provocate de acest caz, pe care populația din Formosa l-a considerat drept o simplă comedie judiciară, au fost primul incident grav între China republicană și Statele Unite, de când domnul Chiang Kai-shek, președintele Republicii China, a fost expulzat de pe continent de către comuniști și s-a instalat în

Formosa, cu aprobare și sprijin financiar și politic de la Washington.

Protestele doamnei Liu Chi-Jean au dezlănțuit în Formosa o furtună de proteste față de americani, pe care prim-ministrul Chinei Roșii, Ciu Enlai, a știut să le aprecieze cu exactitate. Convinși fiind că treburile între Formosa și Statele Unite nu merg bine, guvernanții Chinei comuniste i-au făcut lui Chiang Kai-shek o propunere: să rămână în Formosa, cu armatele sale, cu populația și cu cele nouăzeci și două de automobile particulare ale lui, însă în calitate de administrator al insulei în contul guvernului lui Mao Tse Tung. Chiang Kai-shek, care trebuie să fi considerat propunerea drept o glumă de prost gust, nici măcar n-a catadicsit să dea un răspuns. Mao Tse Tung a ridicat din umeri. „În orice caz, a spus, timpul o să rezolve problema Formosei: armatele lui Chiang Kai-shek îmbătrânesc pe zi ce trece. În zece ani, vor avea o medie de patruzeci și cinci de ani. În douăzeci, media va fi de cincizeci și cinci. China comunistă are răbdare și preferă să aștepte ca armatele Chinei republicane să moară de bătrânețe în Formosa."

Hrușciov, stea la televiziunile americane

Telespectatorii din Statele Unite tocmai au văzut pe micul ecran de acasă buletinul de știri despre evenimentele din Formosa, când un cap complet ras și-a făcut apariția și a început să spună în rusă un șir de lucruri de neînțeles, pe care, după un moment, un crainic a început să le traducă în engleză. Această vedetă necunoscută a televiziunii din Statele Unite era omul despre care s-a vorbit cel mai mult în 1957 – personajul anului: Nikita

Hrușciov, secretar al Partidului Comunist al Uniunii Sovietice. Faptul că Nikita Hrușciov a putut să apară în toate casele din Statele Unite n-a fost nici pe departe o manevră pregătită de serviciul de spionaj sovietic. A fost ceva ce s-a obținut, în cursul unui an de negocieri diplomatice, de către Columbia Broadcasting, și filmul a fost făcut la Kremlin, chiar în biroul lui Hrușciov, care s-a pretat la tot ce i-au cerut jurnaliștii americani, mai puțin să se lase machiat. „Nu este necesar – a declarat un purtător de cuvânt oficial sovietic –, domnul Hrușciov se bărbierește zilnic și folosește pudră de talc". Chiar în căminele americane, vocea lui Hrușciov a inițiat ofensiva dezarmării, primul pas important al unei campanii care avea să se prelungească de-a lungul întregului an și care a fost, fără îndoială, esența activității diplomatice și politice a Uniunii Sovietice în 1957.

De la interviul lui Hrușciov, atenția mondială a trebuit să se îndrepte, desigur, spre emisfera socialistă. În preparativele pentru cea de-a patruzecea aniversare a revoluției, enigmaticul domn Hrușciov – care n-a lăsat să treacă, practic, nicio zi fără să nu își facă auzită vocea în Occident – a desfășurat o activitate colosală atât în privința problemelor interne, cât și a politicii externe. Într-o singură zi, după o ședință furtunoasă a Comitetului Central al Partidului Comunist Sovietic, patru dintre personalitățile cele mai înalte ale Uniunii Sovietice au fost puse pe linie moartă: Molotov, Malenkov, Șepilov și Kaganovici. După doar câteva zile, în momentul în care prim-ministrul Tunisiei, domnul Bourguiba, punea, la rândul lui, pe linie moartă, un monarh decrepit și anchilozat, și proclama cea mai tânără republică din lume, reprezentanții celor patru puteri discutau la Londra bazele dezarmării mondiale. Domnul

Stassen, reprezentant al Statelor Unite, a fost nevoit să abandoneze ședințele pentru a asista de urgență la nunta fiului său. Tocmai își bea primul whisky al petrecerii când a aflat că la conferința dezarmării nu se ajunsese la niciun rezultat, dar că domnul Hrușciov dăduse o știre de cel mai mare calibru: Uniunea Sovietică dispunea de „arma absolută“, o rachetă comandată de la mare distanță care putea atinge orice obiectiv de pe planetă. Occidentul, care depindea de iminenta venire pe lume a primului născut al Ginei Lollobrigida, n-a dat prea multă crezare știrii. Dar era autentică. Începând din acel moment, superioritatea de atac a Uniunii Sovietice a fost acceptată ca un fapt indiscutabil. Occidentul a încercat să depășească acest moment amar, cu consolarea că Gina Lollobrigida născuse o fetiță perfect sănătoasă: trei kilograme și nouăzeci și nouă de grame.

Asiatica: lumea cu febră de 39 de grade

La 4 mai, scundul și roșcatul John A. Hale, profesor la Malaysia University din Singapore, s-a așezat la microscopul lui, în ciuda căldurii sufocante de 40 de grade, pentru a cerceta o probă de microbi care îi sosise de dimineață de la Hong Kong. După cinci minute, profesorul a telefonat companiei aeriene BOAC și i s-a spus că în cincisprezece minute decola un avion spre Londra. Profesorul Hale i-a trimis urgent cu acest avion doctorului Christopher Andrews, directorul centrului mondial al gripei de la Londra, un cilindru de sticlă protejat cu strășnicie. Cilindrul conținea probele unui microb extrem de rar, pe care cercetătorul speriat de la Singapore tocmai îl identificase și care, în ciuda precauțiilor sale, avea să provoace boala anului: gripa asiatică. La aterizarea avionului companiei BOAC la Londra, mai mulți marinari de pe un vapor care plecase cu patruzeci și opt de ore în urmă de la Singapore au început să strănute. După o oră, îi dureau toate oasele. După cinci ore, febră de 40 de grade. Unul dintre ei a murit. Ceilalți, spitalizați în Formosa, au contaminat medicii, infirmierele și alți pacienți. Când centrul mondial al gripei, la Londra, a tras semnalul de alarmă, gripa asiatică ajungea în Europa. Patru luni mai târziu, în seara în care la Londra a avut loc premiera ultimului film al lui Charlie Chaplin, *Un rege la New York*, făcuse deja ocolul lumii.

Președientele Eisenhower era prea ocupat în zilelele acelea pentru a se gândi la pericolul microbilor. Fusese nevoit să studieze problemele situației explozive din Orient, să se gândească la soluțiile de compromis care i-au permis să fie în relații bune cu lumea arabă fără să-și supere aliații din Europa, să încerce să descifreze indescifrabilele ieșiri ale indescifrabilului domn Hrușciov, și abia dacă mai avea la dispoziție trei zile ca să joace golf în vara călduroasă din Noua Anglie, la reședința sa de vacanță de pe malul golfului Narragansett. Nici nu apucase bine să coboare din avionul său particular, *Columbine III*, când secretarul său Hagerty a venit să-i spună că în Little Rock, statul Arkansas, unde guvernatorul Faubus se opunea integrării școlare – prezența elevilor negri în școlile albilor –, situația căpăta aspecte dramatic de grave. Problema începuse cu o săptămână în urmă: încălcând decizia Curții Supreme a Statelor Unite, guvernatorul Faubus plasase garda națională din Arkansas la porțile Central High School, sub pretextul că prezența elevilor negri ar provoca tulburări în rândul populației. Populația rasistă, evident o minoritate neînsemnată, s-a adunat la poarta instituției și a lăsat să se înțeleagă, cu strigăte pline de pasiune și în unele momente acționând fizic, că guvernatorul Faubus avea dreptate. Președintele Eisenhower, dușman al forței, a încercat prin toate mijloacele să-l facă pe guvernatorul rebel să se răzgândească. Dar acesta, în pofida întrevederii pe care a avut-o cu președintele, nu și-a schimbat atitudinea. Comentariile despre slăbiciunea generalului Eisenhower au făcut ocolul pământului cu o viteză mult mai mare decât aceea a gripei asiatice. Lumea socialistă a exploatat situația. „E nevoie de un Truman la Casa Albă", s-a spus în Statele Unite, în special în nord, unde amintirea energiei, dinamismului și capacității de a lua decizii ale fostului președinte nu au fost uitate. Presat de gravitatea situației, văzându-și autoritatea în pericol, președintele Eisenhower a decis, marți, 24 septembrie, la 12.30 la prânz, să trimită la Little Rock o mie de parașutiști de elită, care să asigure respectarea dispoziției Curții Supreme. La ora 3.15 în acea zi, problema era rezolvată: protejați de soldații trimiși de urgență de la Washington, cei cincisprezece elevi negri s-au așezat împreună cu albii în Central High School și nu s-a întâmplat absolut nimic.

Sputnik: *lumea învață astronautică*

La Hollywood, Sofia Loren se îmbrăcase în rochie de mireasă, pentru o scenă dintr-un film – la 21 septembrie – când un tribunal din Mexic – la cinci mii de kilometri – a declarat-o căsătorită prin procură cu producătorul italian Carlo Ponti, care chiar în clipa aceea se afla la Los Angeles, discutând afaceri la telefon cu un om important din New York. Căsătoria aceea, care avea o nuanță futuristă, ceva de legendă interplanetară, n-a trezit în Italia interesul așteptat. Și nici în Statele Unite, unde actrița italiană n-a reușit să deștepte, efectiv, interesul publicului de pe stadioanele de baseball. Fanaticii din New York își făceau drum cu coatele ca să obțină un loc în tribună la meciul cel mai așteptat al campionatului, pe 4 octombrie, când lumea uitase să mai discute despre legitimitatea sau ilegitimitatea căsătoriei Sofiei Loren. Chiar în clipa aceea, „într-un loc din Uniunea Sovietică“[1], un om de știință anonim a apăsat pe un buton: primul satelit artificial al Terrei, *Sputnik 1* (care în rusă înseamnă „tovarăș“), a fost plasat să înconjoare globul. Sfera – construită dintr-un material încă necunoscut, dar capabil să reziste la temperatura extrem de ridicată provocată de viteza lansării, cu o greutate de 83 400 de kilograme, cu un diametru de 58 de centimetri, patru antene și două radioemițătoare – a fost plasată pe orbită, la înălțimea de 900 000 metri și cu o viteză de 28 800 de kilometri pe oră, de o rachetă comandată cu o precizie inimaginabilă și impulsionată de o forță nebănuită. În urma spectaculoasei publicități făcute acestui eveniment, unul dintre cele mai importante din istoria omenirii din punct de vedere științific, cititorii tuturor ziarelor din lume au făcut, în patru zile, un curs intensiv și complet de astronautică. Tot ce nu se cunoaște încă în legătură cu *Sputnik 1*, în afară de materialul din care este făcut, este combustibilul folosit la lansare și ora exactă la care a fost plasat pe orbită. Sovieticii aveau un motiv ca să păstreze acest secret: pe baza orei lansării, oamenii de știință din Statele Unite ar fi putut calcula locul exact din care fusese lansat.

[1] Referire la începutul romanului lui Cervantes, *Don Quijote de la Mancha*: „Într-un loc din La Mancha…“ (n.tr.)

„Este o rablă fără importanță", a declarat un militar american când a aflat că Terra avea un satelit de fabricație sovietică. Dar această „rablă fără importanță", a cărei transcendență științifică este incalculabilă, era în același timp demonstrația că Hrușciov nu mințise când spusese că țara sa dispune de o rachetă capabilă să atingă orice obiectiv de pe planetă. Dacă rușii au putut lansa *Sputnik*, este pentru că dispuneau în realitate de superracheta cu care Hrușciov amenințase Occidentul cu două luni înainte.

Ultima canastă a lui Christian Dior

Un bărbat găsise mijlocul de a urma cursul jurnalistic de astronautică fără să-și neglijeze multiplele sale ocupații: modistul Christian Dior care, în giganticul lui stabliliment de pe Avenue Montaigne, la Paris, lucra cincisprezece ore pe zi înainte de a-și lua vacanța din fiecare an. La 18 octombrie, Christian Dior a pus capăt activităților și a plecat cu automobilul la stațiunea balneară italiană Montecatini, însoțit de o fată de șaptesprezece ani, María Colle, și de doamna Raymendo Zanecker, colaboratoarea lui cea mai apropiată. Obiectul cel mai de preț din bagajul de șapte valize era trusa cu medicamentele la care trebuia să recurgă în caz de urgență modistul cel mai bine plătit din anul 1957. Pe 23 octombrie, la 10.35 seara, după ce a jucat canastă cu un grup de prieteni la Hotel de la Pace, Christian Dior s-a simțit obosit și s-a retras la el în cameră. După o oră, trezită din somn de o presimțire, doamna Raymendo Zanecker a bătut de trei ori în ușă, cu trusa de medicamente în mână. Era prea târziu. Un medic francez care locuia în acelaşi hotel, în pijama, la unsprezece şi douăzeci şi trei de minute, a constatat că Christian Dior, un bărbat care cu unsprezece ani în urmă nu ştia să facă nimic şi acum era modistul cel mai cunoscut şi mai bogat din lume, murise în urma unui stop cardiac.

La Moscova, unde responsabilii cu moda hotărâseră, în urmă cu şase luni, să facă tot posibilul pentru ca poporul sovietic – care se îmbracă foarte prost – să se îmbrace mai bine, vizita lui Christian Dior era aşteptată la începutul anului viitor. Ştirea despre moartea lui a venit într-un moment în care poporul sovietic se pregătea pentru a 40-a aniversare a revoluţiei. Lumea occidentală, la rândul ei, se pregătea pentru o revelaţie spectaculoasă. Ştia că, lansând primul *Sputnik*, sovieticii făcuseră doar o probă, o mostră gratuită a misteriosului şi colosalului eveniment pe care-l păstrau pentru 4 noiembrie. În expectativă, parcă pentru a ţine trează atenţia mondială, sovieticii au oferit o odihnă nedefinită mareşalului Jukov, ministrul Apărării, învingătorul de la Berlin şi prietenul personal al preşedintelui Eisenhower. „Tocmai l-am văzut pe Jukov – a spus în seara aceea Hruşciov, prăpădindu-se de râs, la recepţia oferită de ambasada Turciei la Moscova. Căutăm pentru el un post care să fie potrivit cu capacitatea sa." Cu şaptezeci şi două de ore mai târziu, în ritmul imnurilor marţiale cu care Uniunea Sovietică glorifica aniversarea revoluţiei, cel de al doilea *Sputnik* – mare şi greu cât un automobil – a făcut primul înconjur al Terrei.

Ike pierde Vanguard, *dar nu şi umorul*

Statele Unite, care avuseseră timp să reacţioneze după şocul provocat în rândul opiniei publice de primul satelit, au parat de data asta lovitura cu o manevră magistrală: cu caracter aproape oficial, dar fără ca nimeni să răspundă de autenticitatea ei, s-a publicat versiunea că, pe 4 noiembrie, la douăsprezece la prânz, un proiectil sovietic va ajunge pe Lună. Această manevră de propagandă a făcut ca pe 4 noiembrie, pe când prima ființă vie – cățelușa Laika – făcea ocolul Terrei la fiecare nouăzeci și șase de minute, Occidentul să se simtă puțin dezamăgit: s-a creat impresia că nu se întâmplase absolut nimic.

Pe 5 noiembrie, în biroul lui de culoare trandafirie de la Casa Albă, președintele Eisenhower, îmbrăcat sever într-un costum gri, i-a primit pe savanții din Statele Unite. La această întrevedere, care a durat exact o oră și patruzeci și trei de minute, omul care a fabricat prima rachetă cu rază lungă de acțiune, Werner von Braun, un german naturalizat în America de Nord, a vorbit cel mai mult. În 1932 – când avea doar optsprezece ani –, Von Braun a fost desemnat de Hitler să proiecteze o rachetă rudimentară, strămoș al faimoasei V2 și bunic venerabil al *Sputnik*-ului. Acest om entuziast, care are în comun cu președintele Eisenhower gustul pentru romanele cu bandiți, l-a convins pe primul demnitar că Statele Unite au un sistem de apărare și de atac cu mult mai avansat decât cel al Uniunii Sovietice, și anume în domeniul rachetelor cu rază lungă de acțiune. Dar președintele n-a fost prea liniștit. După doar câteva săptămâni – când Ingrid Bergman și Roberto Rossellini au rupt de comun acord nesigurele lor legături matrimoniale –, președintele a suferit un atac cerebral la întoarcerea de pe aerodromul din Washington, unde l-a primit pe regele Marocului. La Paris, o comisie de detectivi de la FBI studia fiecare centimetru pătrat al hibridului palat Chaillot pentru a fi siguri că, în cursul iminentei conferințe NATO, nimeni nu va putea trage în domnul Eisenhower din spatele numeroaselor și palidelor statui. Când s-a aflat vestea despre boala președintelui, detectivii s-au întors la Washington, convinși că au pierdut timpul degeaba. Înconjurat de cei mai buni medici din Statele Unite, dispus să-și adune toate puterile pentru a asista în orice caz la conferința NATO, domnul Eisenhower a suferit o nouă lovitură. Un atac care de data asta nu-i viza creierul, ci inima, adică însăși inima națiunii americane: minusculul satelit al Statelor Unite, un grepfrut de metal refractar, a cărui fotografie fusese publicată deja în toate ziarele din lume, se rostogolise melancolic pe pietrele de la Cape Canaveral, după ce uriașul și costisitorul dispozitiv de lansare a rachetei *Vanguard* s-a făcut bucăți, într-un spectaculos eșec ce a stârnit fum și dezamăgire. După câteva zile, cu extraordinara lui capacitate de a încasa loviturile, cu zâmbetul larg de jucător bun și pașii mari și hotărâți ai lui Johnnie Walker, președintele Eisenhower a aterizat la Paris pentru a inaugura ultimul eveniment internațional al anului: conferința NATO.

3 ianuarie 1958, *Momento*, Caracas

NUMAI DOUĂSPREZECE ORE PENTRU A-L SALVA

Fusese o după-amiază proastă de sâmbătă. În Caracas începea căldura. Avenida de Los Ilustres, de obicei descongestionată, devenise insuportabilă din cauza claxoanelor automobilelor, a zgomotului asurzitor al motoretelor, a reverberației asfaltului sub razele soarelui arzător de februarie și a mulțimii de femei cu copii și câini care căutau în zadar răcoarea după-amiezii. Una dintre ele, plecată de acasă la 3.30 cu gândul să facă o mică plimbare, s-a întors după un moment, contrariată. Aștepta să nască săptămâna viitoare. O durea capul din pricina stării ei, a zgomotului și a căldurii. Băiețelul ei de optsprezece luni, care se plimba cu ea, plângea întruna fiindcă un cățel jucăuș, mic și excesiv de prietenos, îl mușcase superficial de obrazul drept. Seara i-au dat cu betadină. Copilul a mâncat normal și s-a dus la culcare binedispus.

În liniștitul ei penthouse din edificiul Emma, doamna Ana de Guillén a aflat chiar în seara aceea că, pe Avenida de Los Ilustres, câinele ei mușcase un copil. Îl cunoștea foarte bine pe Tony, ea însăși îl crescuse și îl dresase, și știa că e afectuos și inofensiv. N-a dat importanță incidentului. Luni, când bărbatul ei s-a întors de la serviciu, câinele i-a ieșit în întâmpinare. Cu o agresivitate neobișnuită, în loc să dea din coadă, i-a rupt pantalonul. În cursul săptămânii, cineva a urcat la ei să-i spună că Tony încercase să muște un vecin pe scară. Doamna Guillén a pus reacția câinelui pe seama căldurii. Peste zi l-a închis în dormitor, pentru a evita necazurile cu vecinii. Vineri, fără cea mai mică provocare, câinele a încercat s-o muște. Înainte de culcare, l-a închis în bucătărie, până avea să găsească o soluție mai bună. Animalul a zgâriat la ușă și a scâncit toată noaptea. Dar când femeia de serviciu a intrat în bucătărie a doua zi dimineața, l-a găsit blând și liniștit, cu dinții dezgoliți și plini de spumă. Murise.

6 a.m. Un câine mort în bucătărie

Pentru majoritatea locuitorilor din Caracas, ziua de 1 martie a fost o sâmbătă ca toate celelalte. Dar pentru un grup de persoane, care nici măcar nu se cunoșteau între ele, care n-aveau superstiția zilei de sâmbătă și s-au trezit de dimineață cu gândul că va fi o zi obișnuită, la Caracas, Chicago, Maracaibo, New York și chiar la 12 000 de picioare înălțime, într-un avion ce transporta marfă care traversa zona Caraibilor spre Miami, acea zi avea să fie una dintre cele mai agitate, copleșitoare și intense. Soții Guillén, confruntați cu realitatea prin descoperirea servitoarei, s-au îmbrăcat în mare viteză și au plecat fără să-și ia micul dejun. Bărbatul s-a dus la magazinul din colț, a căutat în grabă în cartea de telefon și a sunat la Institutul de Igienă, în Orașul Universitar, unde, după cum auzise, se examina creierul câinilor morți din cauze necunoscute, pentru a se stabili dacă erau turbați. Era încă foarte devreme. Un portar somnoros i-a răspuns că n-o să vină nimeni până la 7.30.

Doamna Guillén avea de făcut un drum lung și complicat înainte de a ajunge la destinație. În primul rând, trebuia să-și amintească, la ora aceea, pe Avenida de Los Ilustres, unde începeau să circule vecinii harnici și cumsecade, care n-aveau nimic de-a face cu angoasa ei, cine îi spusese sâmbăta trecută că un copil fusese mușcat de câinele ei. Înainte de opt, într-un magazin, a dat de o servitoare portugheză care a crezut că auzise de povestea cu câinele de la o vecină de-a ei. Era o pistă falsă. Însă mai tîrziu i-a ajuns la urechi informația aproximativă că acel copil locuia foarte aproape de Biserica San Pedro, în Los Chaguaramos. La nouă dimineața, o camionetă de la Unitatea Sanitară din apropiere a luat cadavrul câinelui ca să fie examinat. La zece, după ce vizitase, una câte una, toate clădirile din apropierea Bisericii San Pedro, întrebând dacă știa cineva de un copil mușcat de un câine, doamna Guillén a găsit alt indiciu. Zidarii italieni de la o clădire în construcție, de pe Avenida Ciudad Universitaria, auziseră de povestea asta în cursul săptămânii. Familia copilului locuia la o sută de metri de locul pe care doamna Guillén, speriată, îl explorase centimetru cu centimetru toată dimineața: edificiul Macuto, apartamentul numărul 8. Pe ușă era cartea de vizită a unei profesoare de pian. Trebuia să apese pe butonul soneriei din dreapta ușii și s-o întrebe pe servitoarea galiciană de domnul Reverón.

Carmelo Martín Reverón plecase în acea sâmbătă, ca în fiecare zi, în afară de duminică, la 7.35 dimineața. În Chevroletul lui bleu, parcat în fața porții clădirii, se îndreptase spre colțul străzii Velázquez. Acolo se afla firma de produse lactate unde lucrează de patru ani. Reverón este un bărbat de treizeci și doi de ani, din Canare, care surprinde din primul moment prin naturalețea și bunele sale maniere. N-avea niciun motiv de îngrijorare în dimineața aceea de sâmbătă. Avea o poziție sigură și stima colegilor de serviciu. Se căsătorise în urmă cu doi ani. Băiatul lui cel mare, Roberto, împlinise optsprezece luni și era sănătos tun. Miercurea trecută avusese o nouă bucurie: soția lui născuse o fetiță.

În calitatea lui de inspector, Reverón își petrece cea mai mare parte din zi pe stradă, vizitând clientela. Ajunge la laborator la opt dimineața, rezolvă problemele mai urgente și nu se mai întoarce până a doua zi, la aceeași oră. În sâmbăta aceea, sâmbătă fiind, s-a întors la laborator, în mod excepțional, la unsprezece dimineața. După cinci minute a sunat telefonul.

O voce pe care n-o auzise niciodată, dar care era vocea unei femei speriate, i-a prefăcut, cu doar patru cuvinte, acea zi liniștită în sâmbăta cea mai disperată din viața lui. Era doamna Guillén. Creierul câinelui fusese examinat și rezultatul nu admitea nicio îndoială: era pozitiv. Copilul fusese mușcat cu șapte zile în urmă. Asta însemna că, în clipa aceea, virusul turbării făcuse progrese în organism. Cu atât mai repede în cazul fiului său, fiindcă mușcătura fusese în locul cel mai periculos al feței.

Reverón își amintește ca într-un coșmar mișcările pe care le-a făcut chiar din clipa în care a închis telefonul. La 11.35, doctorul Rodríguez Fuentes, de la Centrul Sanitar, a examinat copilul, i-a făcut un vaccin antirabic, dar nu le-a dat prea multe speranțe. Vaccinul antirabic care se producea în Venezuela și care dădea doar rezultate foarte bune începea să acționeze a șaptea zi după ce era făcut.

Exista pericolul ca, în următoarele douăzeci și patru de ore, copilul să moară de turbare, o boală la fel de veche precum specia umană, dar împotriva căreia știința nu a descoperit încă remediul. Tot ce se poate face e să se apeleze la morfină pentru a alina durerile îngrozitoare, până survine moartea. Doctorul Rodríguez Fuentes a fost explicit: mai rămânea soluția de a se face rost, înainte de douăzeci și patru de ore, de trei mii de unități de Iperimune, un ser antirabic produs în Statele Unite. Spre deosebire de vaccin, serul antirabic începe să acționeze din momentul primei injectări. Trei mii de unități nu ocupă mai mult spațiu și nici nu cântăresc mai mult decât un pachet de țigări. N-ar trebui să coste mai mult de treizeci de bolivari. Dar majoritatea farmaciilor din Caracas la care s-a întrebat au dat același răspuns: „Nu avem". Unii medici nici măcar nu auziseră de remediu, cu toate că a apărut pentru prima dată în cataloagele firmei producătoare în 1947. Reverón avea un termen de douăsprezece ore ca să-și salveze fiul. Medicamentul salvator se afla la o distanță de cinci mii de kilometri, în Statele Unite, unde magazinele se pregăteau să închidă până luni.

12 m. Víctor Saume lansează un SOS

Dezinvoltul Víctor Saume a întrerupt *Showul de la ora douăsprezece*, la radio Caracas-televiziune, pentru a transmite un mesaj urgent. „Persoana care dispune de fiole de ser antirabic Iperimune este rugată să telefoneze. Este vorba de salvarea vieții unui copil de optsprezece luni." Chiar în clipa aceea, fratele lui Carmelo Reverón îi trimitea o telegramă prietenului lui Justo Gómez, la Maracaibo, crezând că vreuna dintre companiile petroliere putea dispune de medicament. Alt frate și-a amintit de un prieten care locuiește la New York – mister Robert Hester – și i-a trimis o telegramă urgentă, în engleză, la 12.05, ora din Caracas. Mister Robert Hester se pregătea să părăsească atmosfera lugubră a iernii newyorkeze pentru a-și petrece weekendul în suburbii, invitat de o familie prietenă. Tocmai închidea biroul când un funcționar de la *All American Cable* i-a citit la telefon telegrama care sosise chiar în clipa aceea de la Caracas. Diferența de jumătate de oră dintre cele două orașe a favorizat cursa aceea contracronometru.

Un telespectator din La Guaira, care își lua prânzul în fața televizorului, a sărit de pe scaun și a luat legătura cu un medic cunoscut. După două minute, a cerut o convorbire cu radio Caracas, și mesajul acela a provocat, în următoarele cinci minute, patru telefoane urgente. Carmelo Reverón, care n-avea telefon acasă, se dusese cu copilul la numărul 37 de pe strada Lecuna, Country Club, unde locuiește un frate de-al lui. Acolo a primit la 12.32 mesajul din La Guaira: de la Unitatea Sanitară a acelui oraș informau că au Iperimune. O patrulă de supraveghere prin radio a circulației, care s-a prezentat spontan, l-a condus acolo în douăsprezece minute, prin traficul încurcat de la miezul zilei, trecând pe roșu la semafoare cu o sută de kilometri pe oră. Au fost douăsprezece minute pierdute. O infirmieră parcimonioasă, moțăind în fața ventilatorului electric, l-a informat că e vorba de o eroare involuntară.

– Iperimune nu avem – a spus. Dar avem mari doze de vaccin antirabic.

Acesta a fost singurul răspuns concret în urma mesajului de la televiziune. Era de necrezut ca în Venezuela să nu se găsească ser antirabic. Un caz ca acela al copilului familiei Reverón, ale cărui ceasuri erau numărate, putea surveni oricând. Statisticile demonstrează că, în fiecare an, se înregistrează cazuri de persoane care mor în urma mușcăturilor unor câini turbați. Din 1950 până în 1952, peste cinci mii de câini au mușcat opt mii de locuitori din Caracas. Din două mii de animale puse sub observație, cinci sute erau contaminate prin mușcături.

În ultimele luni, autoritățile însărcinate cu igiena, îngrijorate de frecvența cazurilor de turbare, au intensificat campaniile de vaccinare. Oficial, se fac cinci sute de vaccinări pe an. Doctorul Briceño Rossi, directorul Institutului de Igienă, o autoritate internațională în materie, a dispus ca toți câinii suspecți să fie ținuți riguros sub observație patrusprezece zile. În proporție de zece la sută sunt contaminați.

În Europa și în Statele Unite, câinii, ca și automobilele, au nevoie de un permis. Sunt vaccinați împotriva turbării și li se atârnă de gât o plăcuță de aluminiu pe care stă scrisă data când le expiră imunitatea. În Caracas, în ciuda eforturilor doctorului Briceño Rossi, nu există o reglementare în acest sens. Câinii vagabonzi se bat pe stradă și-și transmit un virus pe care apoi îl transmit oamenilor. Era de necrezut ca în astfel de circumstanțe să nu se găsească ser antirabic în farmacii și ca Reverón, pentru a-și salva copilul, să fie nevoit să recurgă la solidaritatea unor persoane pe care nici măcar nu le cunoștea și pe care nici măcar acum nu le cunoaște.

„Luni va fi prea târziu“

Justo Gómez, din Maracaibo, a primit telegrama aproape în același timp ca mister Hester din New York.

Numai un membru al familiei a mâncat liniștit în ziua aceea: copilul. Până atunci se bucura de o sănătate aparent perfectă. La clinică, mama lui n-avea nici cea mai mică bănuială în legătură cu ceea ce se întâmpla. Dar s-a neliniștit, la ora vizitelor obișnuite, pentru că soțul ei n-a apărut. După o oră, unul din cumnații ei, afișând o seninătate pe care n-o avea, a venit să-i spună că bărbatul ei va sosi mai târziu.

La Maracaibo, șase apeluri telefonice l-au pus pe Justo Gómez pe urmele serului. O companie petroliferă, care în urmă cu o lună a fost nevoită să importe Iperimune din Statele Unite, avea o mie de unități. Era o doză insuficientă. Serul se administra în raport cu greutatea persoanei și cu gravitatea cazului. Pentru un copil de douăzeci de kilograme ajung o mie de unități, la douăzeci și patru de ore după mușcătură. Dar copilul familiei Reverón, care cântărește treizeci și cinci, fusese mușcat acum șapte zile, și nu de un picior, ci de față. Doctorul credea că sunt necesare trei mii de unități. În împrejurări normale, aceasta e doza pentru un adult de șaizeci de kilograme. Însă nu era momentul să renunțe la cele o mie de unități, cedate gratis de compania petroliferă, ci trebuia să facă în așa fel încât să le aducă la Caracas, cât mai curând. La 1.45 după-amiaza, Justo Gómez a telefonat că era în drum spre aeroportul Grano de Oro, din Maracaibo, pentru a trimite fiola. Unul dintre frații Reverón s-a informat ce avioane vor ajunge în după-amiaza aceea la Maiquetía și a aflat că la 5.10 ateriza un avion L7 care venea de la Maracaibo. Justo Gómez s-a dus la aeroport, gonind cu optzeci de kilometri pe oră, a căutat vreo cunoștință care să se ducă la Caracas, dar n-a găsit pe nimeni. Cum erau locuri în avion și nu se putea pierde niciun minut, și-a cumpărat un bilet și a adus personal fiola.

La New York, mister Hester n-a închis biroul. A renunțat la weekend, a solicitat legătura telefonică cu prima autoritate în materie din Statele Unite, la Chicago, și a primit toată informația necesară despre Iperimune. Serul nu era ușor de obținut nici acolo. În Statele Unite, datorită controlului pe care autoritățile îl făceau câinilor, turbarea era pe cale de dispariție totală. De mulți ani nu se mai înregistrează niciun caz de turbare la oameni. În ultimul an, au fost numai douăzeci de cazuri de animale turbate în tot teritoriul, mai precis în două din statele periferice, la frontiera mexicană: Texas și Arizona. Fiind un medicament care nu se vinde, famaciile nu îl depozitează. Se poate găsi în laboratoarele care produc serul. Dar laboratoarele închiseseră la douăsprezece. De la Chicago, a fost sunat din nou mister Hester pentru a i se spune unde putea găsi Iperimune la New York. A obținut cele trei mii de unități, însă avionul care mergea direct la Caracas plecase de un sfert de ceas. Următorul zbor – Delta 751– va pleca în noaptea de duminică și nu va ajunge la Maiquetía decât luni. Cu toate acestea, Hester i-a încredințat fiolele căpitanului și i-a telegrafiat urgent lui Reverón, dându-i toate detaliile, inclusiv numărul de telefon al companiei Delta din Caracas – 558488 – ca să ia legătura cu agenții de acolo și astfel serul să ajungă la Maiquetía în zorii zilei de luni. Dar atunci putea fi prea târziu.

Carmelo Reverón pierduse două ore prețioase când a intrat, gâfâind, în agenția de la Pan American, pe Avenida Urdaneta. L-a primit funcționarul de la ghișeul de bilete, Carlos Llorente. Era ora 2.35. Llorente, un venezuelean de douăzeci și cinci de ani, necăsătorit, a luat problema ca pe ceva personal și și-a propus obiectivul ferm de a aduce fiolele, de la Miami sau New York, în mai puțin de douăsprezece ore. A consultat rutele. A expus cazul controlorului de trafic al companiei, mister Roger Jarman, care își făcea siesta la reședința sa și se gândea să se ducă la patru la La Guaira. Și mister Jarman a luat problema ca pe ceva personal, l-a sunat la telefon pe medicul de la PAA, din Caracas, doctorul Herbig – Avenida Caurimare, Colinas de Bello Monte – și, într-o convorbire de trei minute în engleză, a aflat tot ce se poate ști despre Iperimune. Doctorul Herbig, un medic european tipic, care se înțelege în germană cu secretarele lui, se ocupa tocmai atunci de problema rabiei în Caracas, înainte de a afla de cazul copilului familiei Reverón. Luna trecută a îngrijit două cazuri de persoane mușcate de animale. Cu cincisprezece zile în urmă, un câine a murit chiar în poarta cabinetului său. Doctorul Herbig l-a examinat, din pură curiozitate științifică, și n-a avut nici cea mai mică îndoială că murise de turbare. Mister Jarman i-a telefonat lui Carlos Llorente și i-a spus: „Faceți tot posibilul să aduceți fiolele". Acesta era ordinul pe care îl aștepta Llorente. Printr-un canal special, rezervat avioanelor în pericol, a trimis la 2.50 o telegramă la Miami, New York și Maiquetía. Llorente a procedat astfel cunoscând perfect rutele. În fiecare seară, cu excepția duminicii, pleacă de la Miami la Caracas un avion de marfă care ajunge la Maiquetía la patru cincizeci în zorii zilei următoare. Este zborul 339. De trei ori pe săptămână – lunea, joia și sâmbăta – pleacă din New Yok zborul 207, care ajunge la Caracas a doua zi, la 6.30. Atât în Miami, cât și la New York, dispuneau de șase ore pentru a găsi serul. A informat la Maiquetía, pentru ca acolo să fie pregătiți de operațiune. Toți angajații de la Pan American au primit ordinul să fie în alertă la toate mesajele care soseau în seara aceea de la New York și Miami. Un avion de marfă, care zbura spre Statele Unite, a captat mesajul la douăsprezece mii de picioare altitudine și l-a retransmis tuturor aeroporturilor din zona Caraibilor. Cu o încredere în sine desăvârșită, Carlos Llorente, care era de serviciu până la patru după-amiaza, l-a trimis pe Reverón acasă cu o singură instrucțiune:

– Sunați-mă la 10.30 la telefonul 718750. E telefonul de la mine de acasă.

La Miami, R.H. Steward, funcționarul de la ghișeul de bilete, a primit aproape instantaneu mesajul de la Caracas, prin teletipurile biroului. L-a sunat acasă pe doctorul Martin Mangels, directorul sanitar de la sucursala latinoamericană a companiei, dar a fost nevoit să încerce de două ori până să-l găsească. Doctorul Mangels a preluat cazul. La New York, după zece minute de la primirea mesajului, au găsit fiola de o mie unități, dar la 8.35 au pierdut orice speranță să găsească și restul. Doctorul Mangels, la Miami, văzând că aproape se epuizaseră toate mijloacele, s-a adresat spitalului Jackson Memorial, care a luat imediat legătura cu toate spitalele din regiune. La șapte seara, doctorul Mangels, care stătea și aștepta la el acasă, nu primise încă niciun răspuns de la spitalul Jackson. Zborul 339 pleca peste două ore și jumătate. Aeroportul era la douăzeci de minute.

Ultimul minut: un grad și jumătate de febră

La patru, Carlos Llorente i-a predat tura lui Rafael Carrillo și i-a lăsat instrucțiuni precise despre ce trebuie să facă în caz că soseau telegramele din Statele Unite. Și-a dus la spălat automobilul, model 55, verde cu negru, gândindu-se că la ora aceea la New York și la Miami un întreg sistem era pus în mișcare pentru a-l salva pe copilul familiei Reverón. De la benzinăria unde spăla automobilul, l-a sunat pe Carrillo și acesta i-a spus că încă nu sosise nicio veste. Llorente a început să se îngrijoreze. S-a dus acasă, pe Avenida La Floresta, La Florida, unde locuiește cu părinții, și a mâncat fără poftă, gândindu-se că peste puțină vreme o să-l sune Reverón și el nu va avea niciun răspuns. Dar la 8.35, Carrillo i-a telefonat de la birou pentru a-i citi o telegramă care tocmai sosise de la New York: cu zborul 207, care va ajunge la Maiquetía duminică, la 6.30 dimineața, veneau o mie de unități de Iperimune. La ora aceea, un frate al lui Reverón îl întâmpina pe Justo Gómez, care s-a dat jos din avionul de Maracaibo sărind, cu primele o mie de unități, care i-au fost injectate copilului chiar în seara aceea. Mai lipseau o mie de unități, pe lângă cele o mie care, cu absolută siguranță, urmau să vină de la New York. Cum Reverón nu lăsase niciun telefon, Llorente nu l-a pus la curent cu evenimentele, dar a plecat puțin mai liniștit, la ora 9.00, ca să rezolve o problemă personală. I-a lăsat mamei lui o notă scrisă:

– Domnul Reverón va suna la 10.30. Să-l sune imediat pe domnul Carrillo la biroul PAA.

Înainte de a pleca, l-a sunat iar pe Carrillo și i-a spus că, în măsura posibilului, să nu ocupe linia centrală după ora 10.15, pentru ca Reverón să nu găsească telefonul ocupat. Dar la ora aceea, Reverón simțea că lumea se prăbușește peste el.

După ce i s-a injectat prima doză de ser, copilul n-a vrut să mănânce în seara aceea. N-a manifestat aceeași vioiciune ca de obicei. Când l-au dus la culcare, avea puțină febră. În unele cazuri, foarte rare, serul antirabic prezintă anumite pericole. Doctorul Briceño Rossi, de la Institutul de Igienă, nu s-a hotărât să-l producă atâta vreme cât nu era absolut convins că persoana căreia i se injectează nu riscă nimic. Producerea vaccinului obișnuit nu prezintă complicații: pentru animale, este un virus viu, din embrion de pui, care dă o imunitate de trei ani după o singură doză; pentru oameni, se produce pornind de la creierul de miel. Producerea serului este și mai delicată. Reverón știa acest lucru. Când și-a dat seama că fiul lui avea febră, și-a zis că toate speranțele sunt pierdute. Însă medicul său l-a liniștit. I-a spus că putea fi o reacție naturală. Hotărât să nu se lase înfrânt de circumstanțe, Reverón a sunat acasă la Llorente, la 10.25. N-ar fi sunat dacă ar fi știut că la ora aceea nu s-a primit niciun răspuns de la Miami. Dar spitalul Jackson i-a comunicat la 8.30 doctorului Mangels că se obținuseră cinci mii de unități, printr-o gestiune fulger, într-un oraș vecin. Doctorul Mangels a luat personal fiolele și s-a dus cu ele în cea mai mare viteză la aeroport, unde un DC-6-B tocmai se pregătea să-și înceapă zborul de noapte. A doua zi nu exista avion pentru Caracas. Dacă doctorul Mengels nu ajungea la timp, ar fi trebuit să se aștepte până luni seara. Atunci ar fi fost prea târziu. Căpitanul Gillis, veteran din Coreea și tată a doi copii, a primit personal fiolele și instrucțiunile, scrise de însuși doctorul Mangels. Și-au strâns mâna. Avionul a decolat la 9.30, în momentul în care, la Caracas, copilul familiei Reverón avea un grad și jumătate de febră. Doctorul Mangels a văzut, de pe terasa înghețată a aeroportului, decolarea perfectă a avionului. A urcat apoi două câte două treptele spre turnul de control și a dictat un mesaj pentru a fi transmis la Caracas pe canalul special. Pe Avenida Urdaneta, într-un birou pustiu, năpădit de reflexele colorate ale reclamelor cu neon, Carrillo s-a uitat la ceas: 10.20. N-a avut timp să fie cuprins de disperare. Aproape imediat, teletipul a început să țăcăne spasmodic și Carrillo a citit, literă cu literă, descifrând mental codul intern al companiei, telegrama doctorului Mengels: „Trimitem chiar acum prin căpitanul Gillis zborul 339 cinci fiole de ser cu numărul de cod 26-16-596787 stop obținute de la Jackson Memorial Hospital stop dacă e nevoie de mai mult ser va trebui cerut de urgență laboratoarelor Lederle din Atlanta, Georgia". Carrillo a smuls mesajul, s-a repezit la telefon și a apelat numărul 718750 acasă la Llorente, dar telefonul era ocupat. Carmelo Reverón vorbea cu mama lui Llorente. Carrillo a închis telefonul. După un minut, Reverón făcea numărul lui Carrillo, dintr-un magazin din La Florida. Legătura a fost instantanee.

– Alo! a spus Carrillo.

Cu calmul care precede epuizarea nervoasă, Reverón i-a pus o întrebare pe care nu și-o mai amintește exact. Carrillo i-a citit mesajul, cuvânt cu cuvânt. Avionul va sosi la patru cincizeci și cinci, în zori. Timpul era perfect. Nu exista nicio întârziere. A urmat o scurtă tăcere. „N-am cuvinte să vă mulțumesc", a șoptit Reverón, la celălalt capăt al firului. Carrillo n-a mai găsit ce să spună. Când a închis telefonul, a simțit că i se înmoaie genunchii. Era scuturat de o emoție cutremurătoare, de parcă viața propriului său copil era cea pe care tocmai o salvase. În schimb, mama copilului dormea liniștită: nu știa nimic despre drama pe care familia ei o trăise în ziua aceea. Nu știe nici acum.

14 martie 1958, *Momento*, Caracas

6 IUNIE 1958: CARACAS FĂRĂ APĂ

Dacă mâine cade o ploaie torențială,
acest reportaj este o minciună.
Dar dacă nu plouă până în luna iunie,
citește-l...

După ce a ascultat la radio buletinul de la șapte dimineața, Samuel Burkart, un inginer german care trăia singur într-un penthouse pe Avenida Caracas, în San Bernardino, s-a dus la magazinul din colț să cumpere o sticlă cu apă minerală ca să se bărbierească. Era 6 iunie 1958. Spre deosebire de ceea ce se întâmpla întotdeauna de când Samuel Burkart ajunsese la Caracas, cu zece ani în urmă, acea dimineață de luni părea mortal de liniștită. De pe Avenida Urdaneta, din apropiere, nu se auzea zgomotul automobilelor și nici bubuitul asurzitor al motocicletelor. Caracas părea un oraș-fantomă. Căldura arzătoare a ultimelor zile se mai domolise puțin, dar în înaltul cerului, de un albastru intens, nu se mișca niciun nor. În grădinile vilelor, în mica insulă din Plaza de la Estrella, arbuștii muriseră. Copacii de pe alei, de obicei plini de flori roșii și galbene în această perioadă a anului, își întindeau spre cer ramurile golașe. Samuel Burkart a trebuit să stea la coadă la magazin pentru a fi servit de cei doi vânzători portughezi care vorbeau cu clientela speriată despre același subiect, unicul subiect din ultimele patruzeci de zile, care în acea dimineață izbucnise la radio și în ziare ca o explozie dramatică: în Caracas, apa se epuizase. Cu o seară în urmă, se anunțaseră dramaticele restricții impuse de INOS la ultimii o sută de mii de metri cubi depozitați în digul din La Mariposa. Începând de dimineață, ca urmare a acelei veri, cea mai fierbinte din câte suferise orașul Caracas în șaptezeci și nouă de ani, a fost suspendată aprovizionarea cu apă. Ultimele rezerve au fost destinate serviciilor strict esențiale. De douăzeci și patru de ore, guvernul dădea dispoziții de extremă urgență pentru a evita ca populația să moară de sete. Pentru a se garanta ordinea publică, s-au luat măsuri de urgență, pe care brigăzile alcătuite din studenți și profesioniști se străduiau să le ducă la îndeplinire. Edițiile ziarelor, reduse la patru pagini, se ocupau cu răspândirea în rândul populației civile a instrucțiunilor oficiale privitoare la modul în care trebuia să se procedeze pentru a depăși criza și a evita panica.

Lui Burkart nu-i trecuse prin cap un lucru: vecinii lui au fost nevoiți să-și prepare cafeaua cu apă minerală și au epuizat într-o oră toată provizia. Ca măsură de prevedere pentru ceea ce s-ar putea întâmpla zilele următoare, a hotărât să-și facă provizii de suc de fructe. Dar portughezul l-a anunțat că vânzarea de sucuri de fructe și de apă minerală era raționalizată din ordinul autorităților. Până la noi ordine, fiecare client avea dreptul la o cutie de suc de fructe și o sticlă de apă minerală pe zi. Burkart a cumpărat o cutie de suc de portocale și s-a hotărât pentru o sticlă de limonadă ca să se bărbierească. Numai că, atunci când s-a apucat s-o facă, a descoperit că limonada distruge săpunul și nu produce spumă. Astfel încât a declarat definitiv stare de urgență și s-a bărbierit cu suc de piersici.

Primul anunț al cataclismului:
o doamnă își udă grădina.

Cu mintea lui germană, perfect organizată, și cu experiențele sale de război, Samuel Burkart știa să calculeze cu anticiparea cuvenită raza de răspândire a unei știri. Asta făcuse, cu trei luni mai devreme, exact pe 28 martie, când a citit într-un ziar următoarea informație: „În La Mariposa nu mai este apă decât pentru patruzeci de zile“.

Capacitatea normală a digului din La Mariposa, de unde provine apa orașului Caracas, este de 9 500 000 de metri cubi. La acea dată, cu toate recomandările repetate făcute de INOS pentru a se economisi apa, rezervele se reduseseră la 5 221 854 de metri cubi. Un meteorolog a declarat presei, într-un interviu oficial, că nu va ploua înainte de luna iunie. După doar câteva săptămâni, aprovizionarea cu apă s-a redus la o cotă care era deja îngrijorătoare, chiar dacă populația nu i-a dat importanța cuvenită: o sută treizeci de mii de metri cubi pe zi.

Mergând la serviciu, Samuel Burkart saluta o vecină care se posta în grădină de la opt dimineața, să ude iarba.

Într-un rând, el i-a vorbit de necesitatea de a economisi apa. Ea, înfășurată într-un capot de mătase cu flori roșii, a ridicat din umeri. „Sunt minciuni ale ziarelor ca să inspire frică – a replicat. Câtă vreme e apă, îmi voi uda florile."

Neamțul s-a gândit că ar trebui să raporteze la poliție, cum ar fi făcut la el în țară, dar nu s-a încumetat, fiindcă socotea că mentalitatea venezuelenilor era complet diferită de a lui. Mereu i-a atras atenția faptul că monedele din Venezuela sunt singurele care n-au înscrisă pe ele valoarea și credea că asta putea ține de o logică inaccesibilă unui german. S-a convins când a constatat că unele fântâni publice, chiar dacă nu cele mai importante, continuau să funcționeze și când ziarele au anunțat, în aprilie, că rezervele de apă scădeau în medie cu o sută cincizeci de mii metri cubi la fiecare douăzeci și patru de ore. După o săptămână, s-a anunțat că se produc căderi de apă artificiale la izvoarele râului Tuy – sursa vitală a orașului – și că aceasta a stârnit un anume optimism în rândul autorităților. Dar la sfârșitul lui aprilie tot nu plouase. Cartierele nevoiașe au rămas fără apă. În cartierele rezidențiale, apa s-a raționalizat la o oră pe zi. Cum tot n-avea nimic de făcut la el la birou, Samuel Burkart a folosit o regulă de calcul pentru a descoperi că, dacă lucrurile mergeau ca până atunci, va mai fi apă doar până pe 22 mai. S-a înșelat, poate din cauza unei erori în datele publicate de ziare. La sfârșitul lunii mai, apa continua să fie raționalizată, însă unele gospodine se încăpățânau să-și ude tufele. Chiar și într-o grădină ascunsă printre copaci, a văzut o fântână minusculă, deschisă la ora în care se dădea drumul la apă. În același clădire cu el locuia o doamnă care se lăuda că n-a renunțat la baia sa zilnică nicio clipă. În fiecare dimineață strângea apă în toate recipientele disponibile. Acum, intempestiv, cu toate că fusese anunțată cu anticiparea cuvenită, știrea exploda pe spații mari în ziare. Rezervele din La Mariposa ajungeau numai pentru douăzeci și patru de ore. Burkart, care avea mania bărbieritului zilnic, n-a putut nici măcar să se spele pe dinți. A plecat la birou, gândindu-se că în niciun moment al războiului, nici chiar atunci când a participat la retragerea forței expediționare Africa Korps, în plin deșert, nu se simțise amenințat în așa hal de sete.

Pe străzi, șobolanii mor de sete.
Guvernul cere calm.

Pentru prima oară în zece ani, Burkart s-a dus pe jos la biroul său, aflat la câțiva pași de Ministerul Comunicațiilor. Nu s-a încumetat să meargă cu mașina, de teamă să nu i se încingă motorul. Nu toți locuitorii din Caracas au fost la fel de prevăzători. La prima stație de benzină care i-a ieșit în cale era o coadă de automobile și un grup de șoferi care vociferau, certându-se cu proprietarul. Își umpluseră rezervoarele cu benzină în speranța că vor avea apă, ca de obicei. Dar nu era nimic de făcut. Pur și simplu, nu era apă pentru mașini. Avenida Urdaneta era de nerecunoscut: doar nouă vehicule la nouă dimineața. Pe mijlocul străzii, se vedeau niște automobile încinse de soare, abandonate de proprietari. Barurile și restaurantele nu-și deschiseseră porțile. Pe jaluzelele metalice aveau atârnate afișe: „Închis din lipsă de apă". De dimineață se anunțase că în orele de vârf autobuzele vor circula conform programului. În stații, cozile se întindeau pe câteva străzi încă de la șapte dimineața. Restul bulevardului avea un aspect normal, cu trotuarele libere, dar în clădiri nu se lucra: toată lumea stătea la ferestre. Burkart a întrebat un coleg de birou, venezuelean, ce face toată lumea aceea la ferestre, și el i-a răspuns:

– Se uită la lipsa de apă.

La amiază, peste Caracas s-a prăbușit arșița. Numai atunci a început îngrijorarea. Toată dimineața, camioane de la INOS, cu o capacitate de până la douăzeci de mii de litri, au împărțit apă în cartierele rezidențiale. Prin adaptarea camioanelor-cisternă ale companiilor petrolifere, s-a dispus de trei sute de vehicule pentru a se transporta apă în capitală. Fiecare dintre acestea, după calculele oficiale, putea face până la șapte drumuri pe zi. Dar a apărut un inconvenient neprevăzut: căile de acces s-au congestionat de la zece dimineața. Populația însetată, în special din cartierele nevoiașe, s-a repezit la vehiculele-cisternă și a fost nevoie de intervenția forțelor de ordine. Locuitorii de pe coline, disperați, convinși că niciun camion de aprovizionare nu va putea ajunge la casele lor, au coborât în căutare de apă. Camionetele brigăzilor universitare, prevăzute cu megafoane, au izbutit să evite panica. La 12.30, de la postul național de radio, singurul ale cărui programe nu au fost reduse, președintele Juntei Guvernamentale a îndemnat populația la calm, într-un discurs de patru minute. Imediat, în intervenții foarte scurte, au vorbit liderii politici, un președinte al Frontului Universitar și președintele Juntei Patriotice. Burkart, care fusese de față la revoluția populară împotriva lui Pérez Jiménez, cu cinci luni în urmă, știa din experiență că populația capitalei este remarcabil de disciplinată. În mod deosebit, e foarte sensibilă la campaniile coordonate prin radio, presă, televiziune și afișe. Nu avea nici cea mai mică îndoială că populația va ști să răspundă și în acea situație de urgență. De aceea, tot ce-l preocupa în momentul acela era setea. A coborât pe scări din vechiul edificiu unde își avea biroul și pe palier a găsit un șobolan mort. Nu i-a dat nicio importanță. Dar după-amiază, când a ieșit pe balcon la el acasă pentru a se răcori, după ce consumase un litru de apă pe care i-l repartizase camionul-cisternă ce trecuse pe la ora două, a văzut mulțimea adunată în Plaza de la Estrella. Curioșii asistau la un spectacol îngrozitor: din toate casele năvăleau animale înnebunite. Pisici, câini, șoareci ieșeau pe stradă în căutare de alinare pentru gâtlejurile lor uscate. În noaptea aceea, la zece, s-a impus interdicția de circulație. În liniștea nopții fierbinți nu se auzea decât zgomotul camioanelor de salubritate, care făceau un serviciu suplimentar: mai întâi de pe străzi, apoi din case, ridicau leșurile animalelor moarte de sete.

Fugind spre Los Teques,
o mulțime de oameni mor de insolație.

La patruzeci și opt de ore după ce seceta a atins punctul culminant, orașul a fost complet paralizat. Guvernul Statelor Unite a trimis, din Panamá, un convoi de avioane încărcate cu rezervoare de apă. Forțele Aeriene Venezuelene și companiile comerciale care lucrează în țară și-au înlocuit activitățile normale cu un serviciu adițional de transport de apă. Aeroporturile Maiquetía și La Carlota au fost închise traficului internațional și destinate exclusiv acestei operațiuni de urgență. Dar când s-a reușit să se organizeze distribuția în oraș, treizeci la sută din apa transportată se evaporase din cauza căldurii intense. În cartierul Las Mercedes și în Sabana Grande, poliția a confiscat, în noaptea de 7 iunie, mai multe camioane-pirat, care au ajuns să vândă clandestin litrul de apă cu până la douăzeci de bolivari. În San Agustin del Sur, populația a prins alte două camioane-pirat și a distribuit conținutul, într-o ordine exemplară, copiilor. Grație disciplinei și simțului de solidaritate al obștei, în noaptea de 8 iunie nu s-a înregistrat nicio victimă care să fi murit de sete. Însă de când s-a lăsat seara, un miros pătrunzător a invadat străzile orașului. Când s-a întunecat, mirosul devenise de nesuportat. Samuel Burkart a coborât în colțul străzii cu sticla goală, la opt seara, și a stat la o coadă ordonată de o jumătate de oră ca să primească litrul lui de apă dintr-un camion-cisternă condus de boy-scouts. A observat un amănunt: vecinii lui, care până atunci nu prea puseseră la inimă ce se întâmplă, încercând să transforme criza într-un soi de carnaval, începeau să se alarmeze serios. În special din cauza zvonurilor. De la miezul zilei, pe lângă mirosul urât, un val de zvonuri alarmiste se răspândise în tot sectorul. Se spunea că, din pricina secetei îngrozitoare, dealurile vecine și parcurile din Caracas începeau să ia foc. Nu va mai fi nimic de făcut când se va dezlănțui focul. Corpul de pompieri nu dispunea de mijloace să-l combată. A doua zi, după cum s-a anunțat la Radio Nacional, nu vor apărea ziarele. Dat fiind că și posturile de radio își suspendaseră emisiunile și nu se puteau asculta decât cele trei buletine zilnice de la Radio Nacional, orașul era, într-un fel, la discreția zvonurilor. Se transmiteau prin telefon și, în majoritatea cazurilor, erau mesaje anonime.

Burkart auzise în după-amiaza aceea că familii întregi părăseau orașul. Cum nu existau mijloace de transport, exodul se făcea pe jos, mai ales spre Maracay. Un zvon dădea ca sigur faptul că în după-amiaza aceea, pe vechea șosea spre Los Teques, o mulțime înspăimântată care încerca să fugă din Caracas murise de insolație. Cadavrele rămase în aer liber, se spunea, erau sursa duhorii. Burkart găsea că explicația era exagerată, dar a constatat, cel puțin în sectorul lui, un început de panică.

O camionetă a Frontului Studențesc s-a oprit lângă camionul-cisternă. Curioșii s-au repezit spre ea, înnebuniți să afle dacă zvonurile se confirmă. Un student s-a urcat pe capotă și s-a oferit să răspundă, pe rând, la toate întrebările. După părerea lui, știrea cu mulțimea moartă pe șoseaua spre Los Teques era cu desăvârșire falsă. Pe deasupra, era absurd să se creadă că de acolo provenea duhoarea. Cadavrele nu se puteau descompune în așa hal în patru sau cinci ore. S-au dat asigurări că pădurile și parcurile erau patrulate pentru a se evita incendiile, că ordinea publică era păstrată, că populația colabora într-un fel eroic și că, în câteva ore, va sosi la Caracas, provenind din toată țara, o cantitate de apă suficientă pentru a se garanta igiena. S-a solicitat să se transmită la telefon aceste știri, cu precizarea că zvonurile alarmante erau născocite de adepții lui Pérez Jiménez.

În liniștea deplină, mai e un minut până la ora zero.

Samuel Burkart s-a întors acasă cu litrul lui de apă la 6.45, cu gândul să asculte buletinul de la Radio Nacional, la șapte. S-a întâlnit pe drum cu vecina care, în aprilie, încă își uda florile din grădină. Era revoltată din cauza INOS, pentru că nu prevăzuseră situația. Burkart s-a gândit că inconștiența vecinei nu avea limite.

– Vina e a unora ca dumneata – i-a spus el, indignat. INOS a cerut din timp să se facă economie la apă. Dumneata n-ai ținut seama de asta. Acum plătim consecințele.

Buletinul de la Radio Nacional s-a limitat să repete informațiile oferite de studenți. Burkart a înțeles că situația era pe cale să ajungă în punctul critic. Cu toate că autoritățile se străduiau să evite demoralizarea, era evident că starea de lucruri nu era atât de liniștitoare cum o prezentau. Se ignora un aspect important: economia. Orașul era complet paralizat. Aprovizionarea fusese limitată și, în orele următoare, aveau să lipsească alimentele. Surprinsă de criză, populația nu dispunea de bani lichizi. Magazinele, întreprinderile, băncile erau închise. Prăvăliile din cartiere începeau să-și închidă porțile din lipsă de produse: toată marfa se epuizase. Când Burkart a stins radioul, a înțeles că orașul ajungea la ora zero.

În liniștea mortală de la nouă seara, căldura a atins o intensitate de nesuportat. Burkart a deschis ușile și ferestrele, dar s-a simțit sufocat de uscăciunea din atmosferă și de mirosul tot mai pătrunzător. Și-a calculat minuțios litrul de apă și a pus deoparte cinci centimetri cubi ca să se bărbierească a doua zi. Pentru el, problema cea mai importantă era bărbieritul zilnic. Setea provocată de alimentele uscate începea să-i facă ravagii în organism. Renunțase, conform recomandării de la Radio Nacional, la alimentele sărate. Însă era convins că a doua zi organismul va începe să-i dea semne de epuizare. S-a dezbrăcat de tot, a luat o înghițitură de apă și s-a culcat cu fața în jos pe patul fierbinte, simțind în urechi profunda pulsație a liniștii. Uneori, foarte departe, sirena unei ambulanțe sfâșia somnolența interdicției de circulație. Burkart a închis ochii și a visat că intra în portul Hamburg, pe un vapor negru, cu o dungă de vopsea de un alb strălucitor pe bord. Când vaporul a acostat, a auzit strigătele îndepărtate de pe cheiuri. Atunci s-a trezit, speriat. A auzit, de la toate etajele blocului, o turmă umană care se repezea în stradă. O rafală de apă, călduță și curată, intra pe fereastră. I-au trebuit câteva clipe până să-și dea seama ce se întâmplă: ploua cu găleata.

11 aprilie 1958, *Momento*, Caracas

NECAZURILE UNUI SCRIITOR DE CĂRȚI

A scrie cărți e o profesiune sinucigașă. Nicio alta nu cere atât timp, atâta muncă, atâta dăruire în raport cu beneficiile sale imediate. Nu cred că sunt mulți cititori care, terminând lectura unei cărți, se întreabă câte ceasuri de angoasă și de calamități zilnice l-au costat pe autor acele două sute de pagini și cât a primit pentru munca lui. Ca să nu mai lungesc vorba, se cuvine să-i spun celui care nu știe că scriitorul câștigă doar zece la sută din ceea ce cumpărătorul plătește pentru carte în librărie. Prin urmare, cititorul care a cumpărat o carte de douăzeci de pesos contribuie doar cu doi pesos la subzistența scriitorului. Restul l-au luat editorii, care și-au asumat riscul de a o tipări, și apoi distribuitorii și librarii. Asta pare ceva încă și mai nedrept când ne gândim că scriitorii cei mai buni sunt cei care scriu mai puțin și fumează mai mult, și este, așadar, normal să aibă nevoie de cel puțin doi ani și de 29 200 de țigări pentru a scrie o carte de două sute de pagini. Ceea ce înseamnă, după o aritmetică onestă, că doar cu fumatul cheltuie o sumă mai mare decât cea pe care o vor primi pe carte. Nu degeaba îmi spunea un prieten scriitor: „Toți editorii, distribuitorii și librarii sunt bogați și toți scriitorii suntem săraci“.

Problema este mai critică în țările subdezvoltate, unde comerțul cu cărți este mai puțin intens, dar ea nu există doar în aceste țări. În Statele Unite, care sunt paradisul scriitorilor de succes, la fiecare autor care se îmbogățește peste noapte la loteria edițiilor de buzunar, există sute de scriitori acceptabili condamnați la galere sub picătura înghețată a acelui zece la sută. Ultimul caz spectaculos este cel al romancierului Truman Capote cu cartea *Cu sânge rece* care, în primele săptămâni, i-a adus jumătate de milion de dolari ca drepturi de autor și o sumă similară pentru drepturile de ecranizare. În schimb, Albert Camus, care va continua să fie prezent în librării și când nimeni n-o să-și mai amintească de formidabilul Truman Capote, trăia din scrierea scenariilor cinematografice, sub pseudonim, pentru a putea să-și scrie mai departe cărțile. Premiul Nobel – pe care l-a primit cu câțiva ani înainte de a muri și care abia dacă a însemnat o alinare momentană pentru necazurile vieții sale de zi cu zi – aduce cu sine vreo patruzeci de mii de dolari, cam cât costă o casă cu grădină pentru copii pe timpurile astea. Mai bună, deși neprevăzută, a fost afacerea pe care a făcut-o Jean-Paul Sartre refuzându-l, fiindcă prin atitudinea sa a câștigat un just și meritat prestigiu de independență, care a sporit cererea cărților scrise de el.

Mulți scriitori duc dorul acelui mecena de odinioară, bogatul și generosul senior care îi întreținea pe artiști pentru ca aceștia să poată lucra în voie. Deși cu altă față, mecena încă mai există. Sunt mari consorții financiare care, uneori pentru a plăti mai puține impozite, alteori pentru a șterge imaginea de rechini pe care și-a făcut-o despre ele opinia publică, și nu de multe ori pentru a avea conștiința împăcată, dau sume considerabile sponsorizării muncii artiștilor. Dar scriitorilor nu le place să facă ceea ce n-au chef, și bănuim, poate fără temei, că sponsorul împiedică independența de gândire și exprimare și dă naștere la compromisuri de nedorit. În cazul meu, prefer să scriu fără subvenții de niciun fel nu numai pentru că pătimesc de un teribil delir de persecuție, ci și pentru că atunci când încep să scriu ignor cu desăvârșire cu cine voi fi de acord când termin de scris. Ar fi nedrept ca la sfârșit să fiu în dezacord cu ideologia sponsorului, lucru foarte probabil în virtutea conflictualului spirit de contradicție al scriitorilor, tot așa cum ar fi absolut imoral ca, întâmplător, să fiu de acord.

Sistemul de sponsorizare, tipic vocației paternaliste a capitalismului, pare a fi o replică la oferta socialistă de a-l considera pe scriitor ca fiind un lucrător cu salariu de la stat. În principiu, soluția socialistă e corectă, pentru că îl eliberează pe scriitor de exploatarea prin intermediari. Dar în practica de până acum, și cine știe pentru cât timp, sistemul a creat riscuri mai grave decât nedreptațile pe care pretinde că le corectează. Recentul caz al unor scriitori sovietici extrem de slabi, doi la număr, care au fost condamnați la muncă silnică în Siberia nu pentru că au scris prost, ci fiindcă n-au fost de acord cu sponsorul, demonstrează cât de periculoasă poate fi profesiunea de scriitor într-un regim fără suficientă maturitate pentru a admite adevărul etern că noi, scriitorii, suntem niște delincvenți pe care corsetele doctrinare și chiar dispozițiile legale ne strâng mai tare decât pantofii. Personal, cred că scriitorul, ca atare, nu are altă obligație revoluționară decât aceea de a scrie bine. Nonconformismul lui, în orice regim, e o condiție esențială care nu are leac, pentru că un scriitor conformist e foarte probabil un bandit, și cu siguranță e un scriitor prost.

După această tristă trecere în revistă, e firesc să te întrebi de ce scriem noi, scriitorii? Răspunsul e în mod necesar cu atât mai melodramatic cu cât e mai sincer. Ești scriitor, pur și simplu, cum ești evreu sau negru. Succesul e încurajator, admirația cititorilor e stimulativă, dar acestea sunt câștiguri suplimentare, căci un scriitor bun va continua să scrie în orice situație, chiar cu pantofii rupți și chiar dacă nu i se vând cărțile. Este un soi de deformație care explică foarte bine barbaria socială că atâția bărbați și atâtea femei s-au sinucis de foame, făcând ceva care, la urma urmelor și vorbind într-adevăr serios, nu servește la nimic.

Iulie 1966, *El Espectator*, Bogotá

NU-MI VINE ÎN MINTE NICIUN TITLU

Înainte de revoluție, nu am avut niciodată curiozitatea să cunosc Cuba. Latinoamericanii din generația mea concepeam Havana ca pe un scandalos bordel de yankei, unde pornografia ajunsese cea mai înaltă categorie de spectacol public cu mult înainte de a fi la modă în restul lumii creștine: pentru un dolar era posibil să vezi o femeie și un bărbat în carne și oase făcând amor de-adevăratelea într-un pat de teatru. Acel paradis în ritm de *pachanga* exala o muzică diabolică, un limbaj secret al vieții plăcute, un fel de a merge și de a te îmbrăca, o adevărată cultură a relaxării care exercita o influență desfătătoare în viața cotidiană din zona Caraibilor. Totuși, cei mai bine informați știau că Cuba fusese colonia cea mai cultă a Spaniei, singura cu adevărat cultă, și că tradiția seratelor literare și a jocurilor florale rămânea de neclintit, pe când marinarii yankei urinau pe statuile eroilor și pistolarii președinților republicii asaltau tribunalele cu arma în mână pentru a fura dosarele. Pe lângă *La Semana Cómica*, o revistă dubioasă pe care bărbații căsătoriți o citeau în baie, pe ascuns de soții, se publicau cele mai sofisticate reviste de artă și litere din America Latină. Romanele-foileton de la radio, în episoade care se prelungeau ani de-a rândul, ținând continentul înecat în lacrimi, fuseseră născocite alături de incendiul de floarea-soarelui în delir al Amaliei Peláez și de și hexametrii de argint viu ermetic ai lui José Lezama Lima. Acele contraste violente contribuiau mai mult la derută decât la înțelegerea realității unei țări aproape mitice, al cărui funest război de independență încă nu se terminase și a cărei vârstă politică era, în 1955, încă o enigmă imprevizibilă.

În acel an, la Paris, am auzit pentru prima oară numele lui Fidel Castro. L-am auzit de la poetul Nicolás Guillén, care pătimea într-un exil fără speranțe la Gran Hotel Saint-Michel, cel mai puțin sordid de pe o stradă cu hoteluri ieftine unde o bandă de latinoamericani și de algerieni așteptam un bilet de întoarcere, mâncând brânză râncedă și conopidă fiartă. Camera lui Nicolás Guillén, ca aproape toate din Cartierul Latin, avea patru pereți cu tapetul decolorat, două fotolii de pluș uzat, un lighean, un bideu mobil și un pat de holtei pentru două persoane unde fuseseră fericiți și se sinuciseseră doi amanți lugubri din Senegal. Totuși, după douăzeci de ani, nu reușesc să evoc imaginea poetului în camera aceea din realitate, și, în schimb, mi-l amintesc în niște împrejurări în care nu l-am văzut niciodată: făcându-și vânt cu evantaiul într-un balansoar de răchită, la ceasul siestei, pe terasa uneia dintre acele hardughii de la moșia cu plantații de trestie-de-zahăr din splendida pictură cubaneză din secolul al XIX-lea.

În orice caz, chiar și pe frigul cel mai necruțător al iernii, Nicolás Guillén păstra la Paris deprinderea foarte cubaneză de a se trezi (fără cocoș) la cântatul cocoșilor și de a citi ziarele bându-și cafeaua, legănat de vântul din tufișurile de lângă morile de trestie-de-zahăr și de acordurile de chitară din zorii năvalnici din Camagüey. Apoi deschidea fereastra balconului, tot ca în Camagüey, și scula toată strada strigând veștile proaspete din America Latină, traduse din franceză în jargonul cubanez.

Situația continentului în acel moment era descrisă la perfecție în fotografia oficială de la conferința șefilor de stat care avusese loc cu un an în urmă în Panamá: Abia dacă se zărea câte un civil șters în mijlocul unei explozii de uniforme și medalii de război. Chiar și generalul Dwight Eisenhower, care, la președinția Statelor Unite, obișnuia să-și disimuleze mirosul de praf de pușcă al inimii cu costumele cele mai scumpe de pe Bond Street, își pusese pentru fotografia aceea istorică decorațiile de războinic în repaus. Și astfel, într-o dimineață, Nicolás Guillén și-a deschis fereastra și a strigat în gura mare o știre unică:

– A căzut dictatorul!

A fost un șoc pe strada adormită, pentru că fiecare a crezut că dictatorul care căzuse era cel din țara lui. Argentinienii au crezut că era Juan Domingo Perón, paraguayenii au crezut că era Alfredo Stroessner, peruanii au crezut că era Manuel Odría, columbienii au crezut că era Gustavo Rojas Pinilla, nicaraguanii au crezut că era Anastasio Somoza, venezuelenii au crezut că era Marcos Pérez Jiménez, guatemalezii au crezut că era Castillo Armas, dominicanii au crezut că era Rafael Leónidas Trujillo și cubanezii au crezut că era Fulgencio Batista. În realitate, era Perón. Mai târziu, stând de vorbă despre acest subiect, Nicolás Guillén ne-a schițat o panoramă dezolantă a situației din Cuba. „Singura soluție pe care o văd pentru viitor – a conchis – e un tânăr care se agită mult pe meleagurile mexicane.“ A făcut o pauză de clarvăzător oriental și a încheiat: „Se numește Fidel Castro“.

După trei ani, la Caracas, părea de necrezut că numele acela își croise drum într-un timp atât de scurt și cu atâta forță până în prim-planul atenției continentului. Pe atunci, nimeni nu s-ar fi gândit că în Sierra Maestra se punea la cale prima revoluție socialistă din America Latină. În schimb, eram convinși că începea să se pună la cale una în Venezuela, unde o imensă conspirație populară a dărâmat în douăzeci și patru de ore îngrozitorul aparat de represiune al generalului Marcos Pérez Jiménez.

Văzută din afară, fusese o acțiune neverosimilă prin simplitatea conceperii ei și prin rapiditatea și eficacitatea devastatoare a rezultatelor. Singurul cuvânt de ordine transmis populației a fost că pe 23 ianuarie 1958, la miezul zilei, să înceapă să sune toate claxoanele automobilelor, să fie întrerupt lucrul și să se iasă în stradă pentru a dărâma dictatura. Chiar și în redacția unei reviste bine informate, unde mulți dintre cei care lucrau acolo făceau parte din conspirație, acel cuvânt de ordine părea infantil. Totuși, la ora solicitată a izbucnit un zgomot asurzitor de claxoane la unison, s-a produs un ambuteiaj ieșit din comun într-un oraș unde blocajele de circulație erau pe atunci doar o legendă, și numeroase grupuri de studenți și de muncitori s-au repezit în stradă pentru a înfrunta cu pietre și sticle forțele regimului. De pe dealurile vecine, presărate cu colibe pestrițe, ce păreau niște iesle împodobite de Crăciun, a coborât în goană o gloată devastatoare de săraci, care a transformat tot orașul într-un câmp de bătălie. Pe înserat, printre împușcăturile dispersate și urletele ambulanțelor, un zvon încurajator a circulat prin redacțiile ziarelor: familia lui Pérez Jiménez, ascunsă în tancuri, ceruse azil la o ambasadă. Cu puțin înainte de răsărit, în cer s-a lăsat o liniște bruscă, apoi a izbucnit strigătul mulțimilor dezlănțuite, și s-au pornit clopotele bisericilor, și sirenele fabricilor, și claxoanele automobilelor, și prin toate ferestrele a năvălit un torent de cântece creole care s-a prelungit aproape neîntrerupt preț de doi ani de false iluzii. Pérez Jiménez fugise împreună cu cei mai apropiați complici de pe tronul său furat și zbura cu un avion militar spre Santo Domingo. Avionul stătuse de la miezul zilei cu motoarele încălzite la aeroportul La Carlota, la câțiva kilometri de palatul prezidențial Miraflores, dar nimănui nu-i trecuse prin cap să-i pună o scăriță când dictatorul fugar, urmărit îndeaproape de o patrulă de taxiuri care mai aveau doar câteva minute până să-l ajungă, asemenea unui copil uriaș, cu ochelari cu rame de baga, a fost ridicat anevoie cu o frânghie până la cabina avionului, și în trudnica manevră și-a uitat la pământ geanta diplomat. Era o geantă ordinară de piele neagră, unde își ținea banii pe care îi ascunsese pentru cheltuielile sale de buzunar: treisprezece milioane de dolari în bancnote.

De atunci și de-a lungul întregului an 1958, Venezuela a fost țara cea mai liberă din toată lumea. Părea o revoluție adevărată: de fiecare dată când guvernul simțea un pericol, făcea imediat apel la popor pe căi directe, iar poporul ieșea în stradă împotriva oricărei tentative de regres. Deciziile oficiale cele mai delicate erau de domeniu public. Nu exista subiect de stat de certă importanță care să nu fie rezolvat cu participarea partidelor politice, având-i în frunte pe comuniști, și cel puțin în primele luni partidele erau conștiente că forța lor se întemeia pe presiunea străzii. Dacă aceea nu a fost prima revoluție socialistă din America Latină, trebuie să se fi întâmplat din cauza șmecheriilor cartoforilor, însă în niciun caz pentru că n-ar fi existat cele mai propice condiții sociale.

Între guvernul din Venezuela și Sierra Maestra s-a stabilit o complicitate fățișă. Membrii Mișcării 26 Iulie care au acționat la Caracas făceau propagandă publică prin toate mijloacele de difuzare, organizau colecte masive și trimiteau ajutoare pentru gherile cu acordul oficial. Studenții venezueleni, care se căliseră în bătălia împotriva dictaturii, le-au trimis prin poștă studenților din Havana chiloți de damă. Studenții cubanezi au trecut ușor peste impertinența acelui cadou triumfalist și, în mai puțin de un an, când în Cuba a triumfat revoluția, i-au trimis înapoi expeditorilor fără niciun comentariu. Presa din Venezuela, mai mult prin presiunea propriilor condiții interne decât prin voința patronilor săi, era presa legală din Sierra Maestra. Se dădea impresia că Cuba nu e o altă țară, ci o bucată din Venezuela liberă, care aștepta încă să fie eliberată.

Anul Nou 1959 era unul dintre puținii din întreaga sa istorie pe care Venezuela îi sărbătoarea fără dictatură. Mercedes și cu mine ne căsătorisem în acele luni de entuziam nemărginit și ne-am întors chiar atunci în apartamentul nostru din cartierul San Bernardino, odată cu prima geană de lumină. Ne-am pomenit că ascensorul era stricat. Am urcat pe jos cele șase etaje, cu opriri ca să ne tragem sufletul pe paliere, și abia intrasem în apartament când ne-a înfiorat senzația absurdă că se repeta o clipă pe care o trăisem în urmă cu un an: un strigăt de mulțimi dezlănțuite se înălțase pe neașteptate de pe străzile adormite, și s-au pornit clopotele bisericilor, și sirenele fabricilor, și claxoanele automobilelor, și prin toate ferestrele a năvălit un torent de sunete de harpă și de chitară și de voci cântând în ritmul acelor *joropos* ce preamăreau victoriile populare. Parcă timpul ar fi curs invers și Marcos Pérez Jiménez ar fi fost dat jos de la putere pentru a doua oară.

Cum nu aveam nici telefon și nici radio, am coborât sărind scările, întrebându-ne speriați ce soi de băuturi delirante ne dăduseră la petrecere. Cineva care a trecut în fugă în strălucirea zorilor ne-a zăpăcit cu totul cu ultima coincidență incredibilă: Fulgencio Batista fugise împreună cu cei mai apropiați complici de pe tronul său furat și zbura într-un avion militar spre Santo Domingo.

Două săptămâni mai târziu, am ajuns la Havana pentru prima oară. Ocazia mi s-a prezentat mai curând decât mă așteptam, dar în circumstanțe mai puțin așteptate. La 18 ianuarie, pe când îmi făceam ordine pe birou ca să plec acasă, un militant din Mișcarea 26 Iulie a apărut gâfâind în redacția pustie a revistei în căutare de ziariști care să dorească să meargă în Cuba chiar în seara aceea. Un avion cubanez fusese trimis în acest scop. Plinio Apuleyo Mendoza și cu mine, care eram partizanii cei mai fermi ai revoluției cubaneze, am fost primii aleși. Abia dacă am avut timp să trecem pe acasă să ne luăm un sac de voiaj. Dar eu eram atât de obișnuit să cred că Venezuela și Cuba erau aceeași țară, încât nu mi-am amintit să-mi iau pașaportul. Nu a fost nevoie: un agent venezuelean de la imigrări, mai cubanist decât un cubanez, mi-a cerut orice document de identitate am la mine, și singura hârtie pe care am găsit-o prin buzunare a fost un bon de la spălătorie. Agentul a pus ștampila pe verso, prăpădindu-se de râs, și mi-a urat drum bun.

Inconvenientul serios s-a prezentat la sfârșit, când pilotul a descoperit că erau mai mulți ziariști decât locuri în avion, și că greutatea echipamentelor și a bagajelor depășea limita admisă. Bineînțeles, nimeni nu voia să rămână și nimeni nu dorea să sacrifice nimic din ceea ce avea, și chiar și funcționarul aeroportului era hotărât să dea drumul avionului așa supraîncărcat cum era.

Pilotul, un bărbat matur și serios, cu o mustață înspicată, cu uniforma de doc albastru cu ornamentele aurite ale fostei Forțe Aeriene Cubaneze, a rezistat impasibil timp de aproape două ore la toate argumentele. În cele din urmă, unul dintre noi a găsit un argument mortal:

– Nu fiți laș, căpitane, i-a spus, și *Granma*[1] era supraîncărcat.

Pilotul l-a privit, și apoi ne-a privit pe toți cu o furie surdă.

– Diferența, a spus, e că niciunul dintre noi nu e Fidel Castro.

Dar era rănit de moarte. Și-a întins brațul pe deasupra ghișeului, a smuls foaia din caietul cu ordine de zbor și a mototolit-o, făcând-o ghemotoc.

– Bine, a conchis, plecăm așa, dar nu las scris că avionul e supraîncărcat.

Și-a băgat ghemotocul de hârtie în buzunar și ne-a făcut semn să-l urmăm.

Mergând spre avion, prins între teama mea atavică de a zbura și dorința de a cunoaște Cuba, l-am întrebat pe pilot cu un firicel de voce:

– Căpitane, credeți că o să ajungem?

– Poate că da, mi-a răspuns, cu ajutorul Fecioarei de la Caridad del Cobre.

Era un bimotor hârbuit. Printre noi a circulat legenda că fusese sechestrat și condus în Sierra Maestra de un pilot dezertor din aviația lui Batista, și care a rămas abandonat la sol până în noaptea aceea nefastă pentru mine când l-au trimis în Venezuela să-i aducă pe ziariștii sinucigași. Cabina era strâmtă și prost ventilată, scaunele erau rupte

[1] Vaporul cu care, în noiembrie 1957, Fidel Castro și cei 82 de revoluționari cubanezi au debarcat în Cuba venind din Mexic. (n.tr.)

și se simțea un miros insuportabil de urină acră. Fiecare s-a așezat unde a putut, chiar și pe jos în coridorul strâmt, printre baloturi și echipamente de film și televiziune. Simțeam că îmi lipsește aerul, ghemuit lângă un hublou de la coadă, dar mă reconforta puțin aplombul tovarășilor mei. Brusc, unul dintre cei mai liniștiți mi-a șoptit la ureche, printre dinți: „Ferice de tine că nu ți-e teamă de avion". Am atins atunci culmea ororii, înțelegând că toți erau la fel de speriați ca mine, dar și că o ascundeau ca și mine, cu o față tot atât de neclintită ca a mea.

În centrul spaimei de avion există un spațiu gol, un soi de ochi de uragan unde se ajunge la o inconștiență fatalistă, singurul lucru care ne permite să zburăm fără să murim. În interminabilele mele zboruri nocturne fără somn, ajung la această stare de grație numai când văd apărând prin hublou acea steluță orfană ce însoțește avioanele care străbat oceanele singuratice. În zadar am căutat-o în noaptea aceea nefericită din Caraibi, din bimotorul necruțător care trecea prin nori stâncoși, vânturi încrucișate și abisuri de fulgere, zburând pe bâjbâite, doar prin efortul inimilor noastre înspăimântate. În zori ne-a surprins o rafală de ploaie feroce, avionul s-a întors într-o parte, cu un scrâșnet interminabil de corabie în derivă, și a aterizat scuturat de fiori și cu motoarele scăldate în lacrimi pe un aeroport de urgență din Camagüey. Însă îndată ce ploaia a încetat, a izbucnit o zi primăvăratică, aerul a devenit cristalin și am zburat pe ultima porțiune aproape razant peste plantațiile de trestie parfumate și iazurile marine cu pești vărgați și flori halucinante. Înainte de amiază, am aterizat în apropierea reședințelor babilonice ale celor mai bogați dintre bogații Havanei, pe aeroportul Campo Columbia, botezat mai târziu cu numele de Ciudad Libertad, fosta fortăreață a lui Batista unde, cu doar câteva zile înainte, își ridicase tabăra Camilo Cienfuegos și coloana sa de țărani naivi. Prima impresie a fost mai curând una de comedie, pentru că au venit să ne întâmpine foștii ofițeri ai aviației militare care, în ultimul moment, trecuseră de partea revoluției și erau concentrați în cazărmi până când barba avea să le crească destul încât să pară niște revoluționari vechi.

Pentru noi, care am trăit la Caracas tot anul trecut, atmosfera febrilă și dezordinea creatoare de la Havana de la începutul anului 1959 nu era o noutate. Dar exista o diferență: în Venezuela, o insurecție urbană promovată de o alianță de partide antagonice și cu ajutorul unui amplu sector al Forțelor Armate dărâmase o camarilă despotică, în timp ce în Cuba o avalanșă rurală dărâmase, într-un război lung și dificil, niște forțe armate cu simbrie care îndeplineau funcțiile unei armate de ocupație. Era o diferență de fond, care a contribuit poate la definirea viitorului diferit al celor două țări și care în acea splendidă amiază din ianuarie reieșea de la prima vedere.

Pentru a le da asociaților lor yankei o dovadă a puterii și a încrederii sale în viitor, Batista făcuse din Havana un oraș ireal. Patrulele de țărani de curând încălțați, mirosind a tigru, cu escopete arhaice și uniforme de război prea mari pentru vârsta lor, umblau ca somnambulii printre zgârie-norii ce provoacă amețeală și mașinile de vis, iar femeile yankeilor, aproape în pielea goală, soseau cu feribotul de la New Orleans, fascinate de legenda bărboșilor. La intrarea principală a hotelului Habana Hilton, care tocmai se inaugurase în zilele acelea, era un uriaș blond într-o uniformă cu nasturi aurițí și un coif cu panaș de mareșal inventat. Vorbea un jargon de cubaneză amestecată cu engleza din Miami și-și îndeplinea fără cel mai mic scrupul trista lui meserie de cerber. Pe unul dintre ziariștii din delegația noastră, un negru venezuelean, l-a ridicat pe sus de revere și l-a aruncat în mijlocul străzii. A fost necesară intervenția ziariștilor cubanezi pe lângă conducerea hotelului pentru a se permite, fără niciun fel de deosebire, intrarea liberă a invitaților care soseau din lumea întreagă. În acea primă noapte, un grup de flăcăi din armata revoluționară, morți de sete, au intrat pe cea dintâi ușă pe care au găsit-o, care era cea de la barul hotelului Habana Riviera. Nu voiau decât un pahar cu apă, dar șeful, cu cele mai bune maniere de care a putut da dovadă, i-a scos din nou în stradă. Noi, ziariștii, cu un gest care atunci a părut demagogic, i-am poftit să intre din nou și i-am așezat la masa noastră. Mai târziu, ziaristul cubanez Mario Kuchilan, care a aflat de incident, ne-a împărtășit rușinea și furia lui:

– Așa ceva nu se rezolvă decât cu o revoluție adevărată, ne-a spus, și vă jur că o să o facem.

Ianuarie 1977, *Revista de Casa de las Américas*, Havana

LOVITURA SANDINISTĂ. CRONICA ASALTULUI „CASEI PORCILOR“

Planul părea o nebunie mult prea simplă. Era vorba de a lua cu asalt Palatul Național din Managua în plină zi și cu numai douăzeci și cinci de oameni, de a-i face ostatici pe membrii Camerei Deputaților și de a obține în schimb eliberarea tuturor deținuților politici. Palatul Național, o clădire veche și insipidă cu două etaje, cu pretenții monumentale, care ocupa spațiul pătrat cuprins între două străzi paralele întretăiate de alte două, avea numeroase ferestre pe laturi și o fațadă cu coloane de partenon bananier, care dădea spre dezolanta Piață a Republicii. În afară de Senat, la primul etaj, și de Camera Deputaților, la al doilea, funcționau acolo Ministerul de Finanțe, Guvernul și Direcția Generală a Fiscului, așa încât este cel mai cunoscut și mai frecventat dintre toate edificiile oficiale din Managua. De aceea există întotdeauna un polițist înarmat la fiecare poartă și încă doi pe scările de la etajul doi și, pretutindeni, numeroși bodyguarzi cu pistoale ai miniștrilor și ai parlamentarilor. În orele de lucru, în subsoluri, în birouri și pe coridoare se află nu mai puțin de trei mii de persoane, funcționari și public. Cu toate acestea, Conducerea Frontului Sandinist de Eliberare Națională (FSLN) nu a considerat că asaltul acelui târg birocratic ar fi în realitate o nebunie prea simplă, ci, dimpotrivă, o enormitate magistrală. De fapt, planul fusese conceput și propus în 1970 de veteranul militant Edén Pastora, dar s-a pus în practică în acest august fierbinte, când a devenit prea evident că Statele Unite se hotărâseră să îl ajute pe Somoza să rămână pe tronul lui de sânge până în 1981.

„Cei care fac speculații în legătură cu sănătatea mea să nu-și facă speranțe“, spusese dictatorul după recenta sa călătorie la Washington. „Alții sunt și mai șubrezi“, adăugase, cu aroganța proprie caracterului său. Puțin mai târziu, au fost anunțate cele trei împrumuturi de patruzeci, cincizeci și șaizeci de milioane de dolari. În sfârșit, președintele Carter cu mâna lui a făcut să se verse paharul, scriind o scrisoare personală de felicitare adresată lui Somoza pentru o pretinsă îmbunătățire a respectării drepturilor omului în Nicaragua. Conducerea națională a FSLN, stimulată de intensificarea remarcabilă a agitației populare, a considerat atunci că e neapărat necesar să dea o replică hotărâtă și a ordonat să se pună în practică planul înghețat și de atâtea ori amânat timp de opt ani. Cum era vorba de a-i lua ostatici pe parlamentarii regimului, acțiunii i s-a dat numele-cheie de Operațiunea Porcină. Adică asaltul *casei porcilor*.

Zero, unu și doi

Răspunderea operațiunii le-a revenit unor militanți, trei la număr, foarte bine verificați. Primul a fost omul care o concepuse și care urma să o conducă. Numele lui real pare să fie un pseudonim de poet în însăși patria lui Rubén Darío: Edén Pastora. E un bărbat de patruzeci și doi de ani, dintre care douăzeci a militat foarte intens, dotat cu o fermitate de a conduce pe care nu reușește să o disimuleze cu extraordinara sa bună dispoziție. Fiu al unei familii conservatoare, a studiat liceul la iezuiți și apoi a făcut trei ani de medicină la Universitatea din Guadalajara, Mexic. Trei ani din cinci, pentru că de mai multe ori a întrerupt cursurile pentru a se întoarce la gherilele din țara sa, și numai când era înfrânt se întorcea la Facultatea de Medicină. Amintirea lui cea mai veche, de la șapte ani, a fost moartea tatălui, asasinat de Garda Națională a lui Anastasio Somoza García. Conform unei reguli tradiționale a FSLN, fiind comandantul operațiunii, Eden Pastora va primi numele de Zero.

Al doilea a fost desemnat Hugo Torres Jiménez, un luptător de gherilă veteran, în vârstă de treizeci de ani, cu o formație politică la fel de eficientă ca formația sa militară. Participase la celebra sechestrare de la petrecerea unor rude ale lui Somoza, în 1974, fusese condamnat în contumacie la treizeci de ani de închisoare, și de atunci trăia la Managua în absolută clandestinitate. Numele său, la fel ca în operațiunea anterioară, a fost numărul Unu.

Numărul Doi, singura femeie a acelui comando, este Dora María Téllez, de douăzci și doi de ani, o fată foarte frumoasă, timidă și rezervată, inteligență și o judecată limpede care i-ar fi fost de folos pentru orice lucru important în viață. Și ea studiase trei ani de medicină, dar la León. „Însă am renunțat din cauza frustrării, a spus. Era foarte trist să îngrijești copii subnutriți, dându-ți atâta ostenelă, pentru ca după trei luni să se întoarcă la spital în cea mai gravă stare de subnutriție." Provenea din frontul de nord „Carlos Fonseca Amador" și trăia în clandestinitate din ianuarie 1976.

Fără plete și fără barbă

Alți douăzeci și trei de băieți completau comandoul. Conducerea FSLN i-a ales cu mare atenție dintre cei mai hotărâți și mai căliți în acțiunile de război din toate comitetele regionale din Nicaragua. Dar ceea ce surprinde cel mai mult în privița lor este tinerețea. Cu excepția lui Pastora, vârsta medie a comandoului era de douăzeci de ani. Trei dintre membrii săi au optsprezece.

Cei douăzeci și șase de membri ai comandoului s-au întâlnit pentru prima dată într-o casă conspirativă din Managua, cu doar trei zile înainte de data prevăzută pentru acțiune. În afară de primele trei numere, niciunul nu-i cunoștea pe ceilalți și nici nu avea cea mai mică idee despre natura operațiunii. Fuseseră doar preveniți că este un act temerar și cu un risc enorm pentru viața lor, și toți acceptaseră.

Singurul care fusese odată în Palatul Național era comandantul Zero, când era foarte mic și o însoțea pe maică-sa să plătească impozitele. Dora María, numărul Doi, avea o vagă idee despre Salonul Albastru, unde se întrunește Camera Deputaților, pentru că odată îl văzuse la televizor. Restul grupului nu numai că nu cunoștea Palatul Național, nici măcar exteriorul clădirii, dar cei mai mulți nu fuseseră niciodată la Managua. Totuși, cei trei conducători aveau un plan perfect, trasat cu o anume rigoare științifică de către un medic din FSLN, și, cu câteva săptămâni înainte de a acționa, știau pe dinafară cele mai mici amănunte ale edificiului, de parcă ar fi trăit acolo jumătate din viață.

Ziua aleasă pentru acțiune a fost marți, 22 august, pentru că dezbaterea bugetului național asigura o asistență mai numeroasă. În ziua aceea, la nouă și jumătate dimineața, când serviciile de pază au confirmat că va avea loc sesiunea Camerei Deputaților, cei douăzeci și trei de tineri au fost puși la curent cu toate secretele planului și fiecăruia i s-a atribuit o misiune precisă. Împărțiți în șase grupuri de câte patru, printr-un sistem complex, dar eficace, fiecăruia îi corespundea un număr care permitea să se știe care era grupul său și ce poziție avea în cadrul acestuia.

Genialitatea acțiunii consta în faptul că grupul avea să treacă drept o patrulă a Școlii de Antrenament de Bază a Infanteriei Gărzii Naționale. Așa încât s-au îmbrăcat în verde-oliv, cu uniforme făcute de croitorese clandestine pe măsuri diferite, și și-au pus cizme militare cumpărate sâmbăta anterioară în prăvălii diferite. Fiecăruia i s-a dat o raniță de campanie cu fularul roșu și negru al FSLN, două batiste de buzunar pentru cazul în care ar fi răniți, o lanternă, măști și ochelari împotriva gazelor, pungi de plastic pentru apa pe care o vor bea în caz de urgență și o pungă de bicarbonat pentru a înfrunta gazele lacrimogene. În dotarea generală a comandoului se aflau, de asemenea, zece corzi de nailon de un metru și jumătate pentru a-i lega pe ostatici și trei lanțuri cu lacăte pentru a încuia pe dinăuntru toate porțile Palatului Național. Nu aveau echipament medical pentru că știau că în Salonul Albastru existau truse medicale și medicamente de urgență. În sfârșit, li s-au împărțit armele care, în mod cert, nu puteau fi deosebite de cele folosite de Garda Națională pentru că aproape toate fuseseră capturate în luptă. Dotarea completă mai conținea două pistoale-mitralieră Uzi, o pușcă G3, una M3, una M2, douăzeci de puști Garand, un pistol Browning și cincizeci de grenade. Fiecare dispunea de trei sute de cartușe.

Singura rezistență pe care au opus-o toți s-a ivit în momentul în care au fost nevoiți să-și tundă pletele și să-și radă bărbile purtate cu atâta grijă pe fronturile de război. Totuși, niciun membru al Gărzii Naționale nu poate purta părul lung și nici barbă, și numai ofițerii pot avea mustață. Nu puteau face altceva decât să și le taie, și încă oricum, pentru că FSLN-ul nu a avut în ultimul moment un frizer de încredere. S-au tuns unii pe alții. O tovarășă hotărâtă i-a tăiat Dorei María, cu foarfeca, frumoasele plete de luptă, pentru ca purtând basca neagră pe cap să nu se vadă că era femeie.

La 11.50 dimineața, cu întârzierea obișnuită, Camera Deputaților și-a început sesiunea în Salonul Albastru. Doar două partide fac parte din ea: Partidul Liberal, care este partidul oficial al lui Somoza, și Partidul Conservator, care joacă rolul opoziției leale. Din ușa mare de sticlă de la intrarea principală se văd băncile liberalilor, în dreapta, și băncile conservatorilor, în stânga, și în fund, pe o estradă, masa lungă a prezidiului. În spatele băncilor este un balcon pentru galeria fiecărui partid și o tribună pentru ziariști, dar balconul pentru galeria conservatorilor este închis de foarte multă vreme, pe când cel al liberalilor este deschis și totdeauna înțesat de partizani plătiți. În această zi de marți era mai aglomerat ca de obicei, iar în tribuna presei se aflau cam douăzeci de ziariști. Asistau în total șaizeci și șapte de deputați, iar doi dintre ei valorau pentru FSLN cât greutatea lor în aur: Luis Pallais Debayle, vărul primar al lui Anastasio Somoza, și José Somoza Abrego, fiul generalului José Somoza, fratele vitreg al dictatorului.

Vine șeful!

Dezbaterea bugetului începuse la douăsprezece și jumătate, când două camionete Ford, vopsite în verde militar, cu prelată din pânză de cort verde și bănci de lemn în partea din spate, s-au oprit în același timp în fața celor două porți laterale ale Palatului Național. La fiecare poartă, după cum era prevăzut, stătea un polițist înarmat cu o pușcă și amândoi erau prea obișnuiți cu rutina pentru a-și da seama că verdele camionetelor era mult mai strălucitor decât cel al Gărzii Naționale. În mare viteză, cu ordine militare categorice, din fiecare camionetă au coborât trei grupuri de soldați.

Primul care a coborât a fost comandantul Zero, în dreptul porții dinspre est, urmat de trei grupuri. Ultimul era comandat de numărul Doi: Dora María. Îndată ce a sărit la pământ, Zero a strigat cu vocea lui aspră și autoritară:

– Dați-vă la o parte! Vine șeful!

Polițistul de la poartă s-a dat imediat la o parte, și Zero l-a lăsat pe unul din oamenii săi să stea de pază lângă el. Urmat de oamenii lui, a urcat ampla scară până la etajul doi, cu aceleași strigăte barbare precum cei din Garda Națională când se apropie Somoza, și a ajuns până unde erau alți doi polițiști, cu pistoale și bastoane. Zero l-a dezarmat pe unul și Doi pe celălalt, cu același strigăt paralizant: „Vine șeful!“

Alți doi luptători din gherilă au rămas postați acolo. Mulțimea de pe coridoare auzise deja strigătele, văzuse gardienii înarmați și încercase să fugă. În Managua, este aproape un reflex social: când vine Somoza, toată lumea fuge.

Zero avea misiunea precisă să intre în Salonul Albastru și să-i țină la distanță pe deputați, știind că toți liberalii și mulți dintre conservatori erau înarmați. Numărul Doi avea misiunea să acopere această operațiune în fața marii uși de sticlă, de unde se vede jos intrarea principală în clădire. Prevăzuseră că vor găsi doi polițiști cu pistoale de ambele laturi ale ușii de sticlă. Jos, la intrarea principală, cu grilaj de fier forjat, erau alți doi oameni înarmați cu o pușcă și un pistol-mitralieră. Unul dintre ei era un căpitan al Gărzii Naționale.

Zero și Doi, urmați de grupurile lor, și-au croit drum prin mulțimea înspăimântată până la ușa Salonului Albastru, unde au avut surpriza că unul dintre polițiști avea o pușcă. „Vine șeful!“, a strigat din nou Zero, și i-a smuls arma. Numărul Patru l-a dezarmat pe celălalt, dar agenții au fost primii care au înțeles că e vorba de o înșelătorie și au fugit pe scări până în stradă. Atunci, cei doi gardieni de la intrare au tras împotriva oamenilor lui Doi, și aceștia au răspuns cu o rafală de gloanțe. Căpitanul Gărzii Naționale a murit pe loc, iar celălalt gardian a fost rănit. Pentru moment, intrarea principală a rămas fără pază, dar Doi a lăsat mai mulți oameni pentru a o apăra.

Toată lumea la pământ!

Auzind primele împușcături, așa cum era prevăzut, sandiniștii care stăteau de gardă la porțile laterale i-au pus pe fugă pe polițiștii dezarmați, au închis porțile pe dinăuntru cu lanțuri și lacăte și au alergat să-și ajute tovarășii, printr-o mulțime care se scurgea în toate părțile, pradă panicii.

În vremea asta, numărul Doi a trecut prin fața Salonului Albastru și a ajuns în capătul coridorului, unde se afla barul deputaților. Când a împins ușa cu carabina M1 și a dat să tragă, a văzut doar o grămadă de oameni culcați pe covorul albastru. Erau deputații care, când au auzit primele împușcături, se trântiseră la pământ care cum apucase. Bodyguarzii lor, crezând că, într-adevăr, era vorba de Garda Națională, s-au predat fără rezistență. Zero a împins atunci cu țeava pistolului G3 marea ușă de cristal bizotat din Salonul Albastru și s-a pomenit în Camera Deputaților, paralizată în plen: șaizeci și doi de oameni livizi privind spre ușă, cu o expresie de stupoare. Temându-se să nu fie recunoscut, pentru că unii dintre ei îi fuseseră colegi la liceul iezuiților, Zero a tras o rafală de gloanțe spre tavan și a strigat:

– Garda! Toată lumea la pământ!

Toți deputații s-au trântit la pământ în spatele pupitrelor, în afară de Pallais Debayle, care vorbea la telefon la masa prezidiului și care a rămas încremenit. Mai târziu, ei înșiși au explicat motivul terorii lor: au crezut că Garda Națională dăduse o lovitură împotriva lui Somoza și că venea să-i împuște.

În aripa de est a edificiului, numărul Unu a auzit primele împușcături când oamenii lui neutralizaseră deja doi polițiști de la etajul doi, iar el se îndrepta spre capătul coridorului, unde se afla sediul Guvernului. Spre deosebire de grupurile lui Zero, cele ale lui Unu au intrat în chip marțial, rămânând apoi pe drum pentru a-și îndeplini misiunile încredințate. Grupul al treilea, comandat de numărul Trei, a împins ușa Guvernului în momentul în care a răsunat în edificiu rafala de gloanțe trasă de Zero. În holul ministerului s-au întâlnit cu un căpitan și un locotenent al Gărzii Naționale și cu bodyguarzi ai ministrului, care, auzind împușcăturile, se repezeau să iasă. Oamenii lui Trei nu le-au dat timp să tragă. Apoi au împins ușa din spate și s-au pomenit într-un birou tapițat și răcoros. În spatele mesei de scris au văzut un bărbat de vreo cincizeci și doi de ani, foarte înalt și cu o față cadaverică, ridicând mâinile fără ca nimeni să i-o fi ordonat. Era agronomul José Antonio Mora, ministru al guvernului și succesor al lui Somoza, în urma desemnării de către Congres. S-a predat fără să știe cui, cu toate că avea la brâu un pistol Browning și patru încărcătoare pline în buzunare. Între timp, Unu ajunsese până la ușa din spate a Salonului Albastru, sărind pe deasupra grămezilor de bărbați și femei trântite la pământ. La fel i s-a întâmplat lui Doi, care a intrat în momentul acela pe ușa de cristal, ducându-i cu mâinile sus pe deputații pe care îi găsise la bar. Numai după o clipă și-au dat seama că salonul li s-a părut pustiu fiindcă deputații erau culcați pe jos, în spatele pupitrelor.

În momentul acela s-a auzit afară o scurtă rafală. Zero a ieșit din nou din salon și a văzut o patrulă a Gărzii Naționale, în frunte cu un căpitan, care trăgea de la poarta principală a edificiului în luptătorii de gherilă postați în fața Salonului Albastru. Zero a aruncat o grenadă și a pus capăt asaltului. O liniște adâncă s-a impus în interiorul enormei clădiri închise cu lanțuri groase de oțel, unde nu mai puțin de două mii cinci sute de persoane, cu pieptul la pământ, își puneau întrebări despre soarta lor. Cum era prevăzut, toată operațiunea durase exact trei minute.

Intră episcopii

Anastasio Somoza Debayle, cel de-al patrulea din dinastia care oprimase Nicaragua timp de mai bine de patruzeci de ani, a aflat vestea în momentul în care se așeza să mănânce în subsolul cu aer condiționat din fortăreața sa particulară. Reacția lui imediată a fost aceea de a ordona să se tragă fără discriminare în Palatului Național.

Așa s-a și făcut. Dar patrulele Gărzii Naționale nu s-au putut apropia, fiindcă grupurile sandiniste, după cum era stabilit, le respingeau cu foc continuu de la ferestrele de pe cele patru laturi. Preț de cincisprezece minute, un elicopter a trecut mitraliind ferestrele, și a reușit să rănească la picior un luptător de gherilă, pe numărul Șaizeci și Doi.

La douăzeci de minute de când a ordonat asediul, Somoza a primit primul telefon direct din interiorul Palatului Național. Era vărul său Pallais Debayle, care i-a transmis primul mesaj de la FSLN: sau încetau focul, sau începeau să execute ostatici, câte unul la fiecare două ore, până când se vor decide să discute condițiile. Atunci Somoza a ordonat încetarea asediului.

În scurtă vreme, alt telefon de la Pallais Debayle l-a informat pe Somoza că FSLN propunea ca intermediari trei episcopi nicaraguani: monseniorul Miguel Obando Bravo, arhiepiscop de Managua, care mai fusese intermediar pe timpul asaltului de la petrecerea rudelor lui Somoza, în 1974; monseniorul Manuel Salazar y Espinosa, episcop de León; și monseniorul Leovigildo López Fitoría, episcop de Granada. Toți trei se aflau din întâmplare în Managua, la o întâlnire specială. Somoza a acceptat.

Mai târziu, tot la cererea sandiniștilor, episcopilor li s-au alăturat ambasadorii din Costa Rica și Panamá. Sandiniștii, la rândul lor, au încredințat dificila sarcină a negocierilor tenacității și judecății chibzuite ale numărului Doi. Prima sa misiune, îndeplinită la 2.45 după-amiaza, a fost să le înmâneze episcopilor foaia cu condiții: eliberarea imediată a deținuților politici, a căror listă era anexată, difuzarea prin toate mijloacele a comunicatelor de luptă și a unei ample declarații publice, retragerea gardienilor la trei sute de metri de Palatul Național, acceptarea imediată a cererilor muncitorilor din domeniul spitalicesc care erau în grevă, zece milioane de dolari și garanția ca acel comando și deținuții eliberați să plece în Panamá. Și astfel, negocierile au început chiar în acea zi de marți, au continuat toată noaptea și au culminat miercuri la șase după-amiază. În acest răstimp, negociatorii s-au dus de cinci ori la Palatul Național – o dată la trei în zorii zilei de miercuri –, dar, în realitate, în primele douăzeci și patru de ore nu părea să se ajungă la un acord.

Cererea de a fi citite la radio toate comunicatele de luptă și un comunicat politic amplu, pe care FSLN-ul îl pregătise dinainte, era inacceptabilă pentru Somoza. Iar cealaltă i se părea imposibilă: eliberarea tuturor deținuților care erau pe listă. De fapt, pe acea listă fuseseră incluși, în mod intenționat, douăzeci de deținuți sandiniști care muriseră fără îndoială în închisori, victime ale torturilor și execuțiilor sumare, dar pe care guvernul refuza să le recunoască.

Nepolitețea lui Somoza

Somoza a trimis la Palatul Național trei răspunsuri scrise la o mașină electrică impecabilă, dar toate fără semnătură și redactate într-un stil neprotocolar, înțesat de ambiguități viclene. Niciodată nu a făcut o contrapropunere, intenția lui fiind numai aceea de a eluda condițiile luptătorilor de gherilă. De la primul mesaj a fost evident că încerca să câștige timp, convins că douăzeci și cinci de adolescenți nu vor fi în stare să țină piept pentru multă vreme la peste două mii de persoane, chinuite de spaimă, de foame și de nesomn. De aceea, primul său răspuns, de marți seara la ora nouă, a fost de o lipsă de politețe olimpiană, cerând douăzeci și patru de ore de gândire. Totuși, în al doilea mesaj, în dimineața zilei de miercuri, la 8.30, își schimbase aroganța cu amenințări, dar începea să accepte condițiile. Motivul părea evident: negociatorii străbătuseră Palatul Național la trei în zori și constataseră că Somoza se înșela în calculele lui. Luptătorii de gherilă evacuaseră din proprie inițiativă puținele femei însărcinate și copiii, predaseră prin intermediul Crucii Roșii militarii morți și răniții, iar atmosfera în interior era ordonată și calmă. În birourile funcționarilor subalterni de la primul etaj, mulți dormeau liniștiți în fotolii și pe birouri, iar alții inventau moduri în care să-și petreacă timpul. Nu exista nici cel mai mic semn de ostilitate față de băieții în uniforme care, la fiecare patru ore, inspectau clădirea, ba dimpotrivă. Mai mult încă: în unele servicii publice le pregătiseră cafea și mulți dintre ostatici le arătaseră simpatie și solidaritate, chiar și prin scris, și ceruseră să rămână în orice caz acolo, ca ostatici voluntari.

În Salonul Albastru, unde se concentraseră ostaticii importanți, negociatorii putuseră observa că atmosfera era la fel de senină ca la primul etaj. Niciunul dintre deputați nu opusese nici cea mai mică rezistență; fuseseră dezarmați fără dificultate și, pe măsură ce treceau orele, se simțea cum crește ranchiuna lor împotriva lui Somoza pentru întârzierea acordurilor. Luptătorii de gherilă, la rândul lor, se arătau siguri pe ei și bine educați, însă, totodată, hotărâți. Replica lor la ambiguitățile celui de-al doilea document a fost categorică: dacă în patru ore nu existau răspunsuri definitive, vor începe să-i execute pe ostatici.

Somoza trebuie să fi înțeles zădărnicia calculelor lui și a simțit teama unei insurecții populare, ale cărei simptome începeau să se zărească în diferite locuri din țară. Așa încât miercuri după-amiaza, la 1.30, în cel de-al treilea mesaj, a acceptat cea mai dură dintre condiții: citirea documentului politic al FSLN la toate posturile de radio din țară. La șase după-amiază, după două ore și jumătate, transmisiunea se încheiase.

Patruzeci și cinci de ore fără somn

Cu toate că nu se ajungea încă la niciun acord, cert este că Somoza părea dispus să capituleze încă de miercuri de la prânz. Într-adevăr, la ora aceea, deținuții din Managua primiseră ordinul să-și pregătească valizele de drum. Cei mai mulți aflaseră de operațiune chiar de la gardieni, și unii, de pe la diferite închisori, și-au exprimat pe ascuns simpatia față de ei. În interiorul țării, deținuții politici începuseră să fie duși spre Managua cu mult înainte de a se contura un acord.

Chiar la ora aceea, serviciile de securitate din Panamá l-au informat pe generalul Omar Torrijos că un funcționar nicaraguan de nivel mediu voia să afle dacă el ar fi dispus să trimită un avion pentru luptătorii de gherilă și deținuții eliberați. Torrijos a fost de acord. După câteva minute, a primit un telefon de la președintele Venezuelei, Carlos Andrés Pérez, care era întru totul la curent cu negocierile și, fiind foarte îngrijorat pentru soarta sandiniștilor, dorea să coordoneze cu omologul său din Panamá operațiunea de transport. În seara aceea, guvernul panamez a închiriat un *Electra* comercial al companiei COPA și Venezuela un *Hercules* imens. Ambele avioane au așteptat finalul negocierilor pe aeroportul din Panamá, gata de decolare.

Acestea au culminat în realitate miercuri, la patru după-amiaza, și, în acest ultim moment, Somoza a încercat să le impună luptătorilor de gherilă un răgaz de trei ceasuri ca să plece din țară, dar aceștia au refuzat din rațiuni obiective s-o facă noaptea. Cele zece milioane de dolari au fost reduse la cincizeci de mii, însă FSLN a decis să nu mai negocieze, în primul rând pentru că banii erau oricum o condiție secundară, dar în special pentru că membrii comandoului începeau să dea periculoase semnale de oboseală, după două zile fără somn și supuși la o presiune intensă. Comandantul Zero a observat primele simptome grave chiar la el însuși, când și-a dat seama că nu reușește să stabilească amplasarea Palatului Național în orașul Managua. După puțin timp, numărul Unu i-a mărturisit că fusese victima unei halucinații: i s-a părut că aude trecând trenuri ireale prin Piața Republicii. În sfârșit, Zero a constatat că numărul Doi începuse să moțăie și că, într-o clipire, a fost gata să scape carabina. Atunci a înțeles că era urgent să se încheie acea dramă care dura, minut cu minut, de patruzeci și cinci de ore.

Despărțirea și marea bucurie

Joi, la 9.30 dimineața, douăzeci și șase de sandiniști, cinci negociatori și patru ostatici au părăsit Palatul

Național îndreptându-se spre aeroport. Ostaticii erau cei mai importanți: Luis Pallais Debayle, José Somoza, José Antonio Mora și deputatul Eduardo Chamorro. La ora aceea, șaizeci de deținuți politici din toată țara se aflau la bordul celor două avioane sosite din Panamá, unde, peste câteva ore, toți aveau să ceară azil politic. Lipseau numai, bineînțeles, cei douăzeci care nu vor mai putea fi găsiți niciodată.

Sandiniștii puseseră ca ultime condiții să nu existe militari la vedere și niciun fel de trafic pe ruta spre aeroport. Niciuna din condiții nu s-a îndeplinit, pentru că guvernul a scos în stradă Garda Națională ca să împiedice orice manifestare de simpatie populară. A fost o încercare zadarnică. O ovație surdă a însoțit trecerea autobuzului școlar, oamenii ieșeau în stradă pentru a sărbători victoria și un lung șir de automobile și de motociclete tot mai numeroase l-a urmat până la aeroport. Deputatul Eduardo Chamorro s-a arătat uimit de acea explozie de nețărmurită bucurie populară. Comandantul Unu, care mergea lângă el, i-a spus, cu buna dispoziție pe care o ai când ți se ridică o povară de pe suflet:

– Vedeți doar: ăsta e singurul lucru care nu se poate cumpăra cu bani.

Septembrie 1978, *Alternativa*, Bogotá

CUBANEZII CONFRUNTAȚI CU BLOCADA

În seara aceea, prima a embargoului, erau în Cuba circa 482 560 de automobile, 343 300 de frigidere, 549 700 de aparate de radio, 303 500 de televizoare, 352 900 de fiare de călcat electrice, 286 400 de ventilatoare, 41 800 de mașini de spălat, 3 510 000 de ceasuri de mână, 63 de locomotive și 12 vase comerciale. Toate acestea, în afară de ceasurile de mână care erau elvețiene, fuseseră fabricate în Statele Unite.

Se pare că a fost nevoie de ceva timp până când cubanezii să-și dea seama ce anume însemnau în viața lor acele cifre fatale. Din punctul de vedere al producției, Cuba s-a pomenit dintr-odată pusă în fața faptului că nu era o țară diferită, ci o peninsulă comercială a Statelor Unite. Pe lângă că industria zahărului și a tutunului depindeau în întregime de consorțiile americane, tot ce se consuma în insulă era fabricat în Statele Unite, fie pe teritoriul lor, fie chiar pe teritoriul Cubei. Havana și încă două sau trei orașe din interior dădeau impresia fericirii create de abundență. Însă, în realitate, nu era nimic care să nu fie străin, de la periuțele de dinți până la hotelurile cu douăzeci de etaje de sticlă de pe Malecón. Cuba importa din Statele Unite aproape treizeci de mii de articole utile și inutile pentru viața de zi cu zi. Iar cei mai buni clienți ai acelui târg de iluzii erau chiar turiștii care soseau cu feribotul de la West Palm Beach și cu Sea Train de la New Orleans, fiindcă și ei preferau să cumpere fără impozite articolele importate din propria lor țară. Fructele autohtone, papaya, descoperite în Cuba de Cristofor Columb la prima sa călătorie, se vindeau în prăvălii cu aer condiționat cu eticheta galbenă a cultivatorilor din Bahamas. Ouăle artificiale, pe care gospodinele le disprețuiau din cauza gălbenușului fluid și a mirosului de farmacie, aveau imprimat pe coajă semnul fabricii fermierilor din Carolina de Nord, dar unii negustori avizați le spălau cu dizolvant și le colorau cu găinaț pentru a le vinde mai scump, ca și cum ar fi fost autohtone.

Nu exista un sector de consum care să nu fie dependent de Statele Unite. Puținele fabrici de articole ușoare care fuseseră instalate în Cuba pentru a se folosi mâna de lucru ieftină erau dotate cu mașini de mâna a doua, care se învechiseră în țara de origine. Tehnicienii cei mai calificați erau nord-americani și cei mai mulți dintre puținii tehnicieni cubanezi au cedat ofertelor strălucite ale patronilor străini și au plecat cu ei în Statele Unite. Nu existau nici depozite de piese de schimb, căci industria iluzorie a Cubei se baza pe faptul că piesele de schimb se aflau la numai nouăzeci de mile și era suficient un telefon pentru ca piesa care se obținea cel mai greu să ajungă cu primul avion, fără taxe și întârzieri la vamă.

În ciuda unei asemenea stări de dependență, locuitorii orașelor continuau să cheltuiască fără măsură și atunci când blocada ajunsese o realitate brutală. Chiar și mulți dintre cubanezii gata să moară pentru revoluție, și unii fără îndoială că au și murit cu adevărat, continuau să consume cu o bucurie infantilă. Mai mult: primele măsuri ale revoluției au mărit imediat puterea de cumpărare a celor mai sărace clase, care nu aveau atunci altă noțiune de fericire decât plăcerea simplă de a consuma. Multe visuri amânate preț de o jumătate de viață și chiar toată viața se împlineau dintr-odată. Numai că lucrurile care se epuizau pe piață nu erau înlocuite imediat, iar unele nu aveau să fie înlocuite mulți ani, așa încât magazinele strălucitoare din luna anterioară rămâneau fără scăpare pustii.

Cuba a fost în anii aceia de început regatul improvizației și al dezordinii. În lipsa unei noi morale – care avea să întârzie mult timp până să se formeze în conștiința populației –, machismul caraib găsise o rațiune de a fi în acea stare generală de urgență. Sentimentul național era atât de agitat de vântul nestăvilit de noutate și autonomie și, în același timp, amenințările reacțiunii rănite erau atât de certe și iminente, încât multă lume confunda un lucru cu altul și părea să creadă că până și penuria de lapte se putea rezolva cu împușcături. Impresia de *pachanga* fenomenală pe care o producea Cuba de atunci asupra vizitatorilor străini avea un fundament veridic în realitatea și spiritul cubanezilor, dar era o beție inocentă în pragul dezastrului. Într-adevăr, eu revenisem la Havana pentru a doua oară la începutul anului 1961, în calitate de corespondent rătăcitor al agenției Prensa Latina, și primul lucru care mi-a atras atenția a fost că aspectul vizibil al țării se schimbase foarte puțin, dar că, în schimb, tensiunea socială începea să fie de nesuportat. Zburasem de la Santiago până la Havana într-o splendidă după-amiază de martie, văzând prin hublou câmpiile minunate ale acelei țării fără râuri, satele prăfuite, golfurile ascunse și, de-a lungul întregului traseu, zărisem semne de război. Imense Cruci Roșii în cercuri albe fuseseră pictate pe acoperișurile spitalelor pentru a le pune la adăpost de bombardamentele previzibile. Se puseseră semne similare și pe școli, pe biserici și pe azilurile de bătrâni. În aeroporturile civile de la Santiago și Camagüey erau tunuri antiaeriene din al Doilea Război Mondial, camuflate cu prelate de camioane de marfă, și coastele erau patrulate de șalupe rapide care fuseseră de recreere și acum erau destinate să împiedice debarcări. Pretutindeni se vedeau ravagiile sabotajelor recente: plantații de trestie-de-zahăr calcinate cu bombe incendiare aruncate de avioanele ghidate de la Miami, ruine de fabrici dinamitate de rezistența internă, tabere militare improvizate în zone dificile unde începeau să opereze, cu armament modern și excelente mijloace logistice, primele grupuri ostile revoluției. Pe aeroportul din Havana, unde era evident că se făceau eforturi ca să nu se observe atmosfera de război, era o pancartă uriașă de la un capăt la altul al cornișei edificiului principal: „Cuba, teritoriu liber al Americii". În locul soldaților bărboși de dinainte, paza era încredințată unor milițieni foarte tineri cu uniforme verde-oliv, printre care și câteva femei, iar armele lor erau încă acelea din vechile arsenale ale dictaturii. Până atunci nu existau altele. Primul armament modern pe care a reușit să-l cumpere revoluția, în ciuda presiunilor potrivnice ale Statelor Unite, sosise din Belgia, pe 4 martie anul trecut, la bordul vasului francez *Le Coubre*, care a sărit în aer pe chei la Havana, cu șapte sute de tone de arme și muniții în cală, din cauza unei explozii provocate. Pe deasupra, atentatul a făcut și șaptezeci și cinci de morți și două sute de răniți, însă n-a fost revendicat de nimeni și guvernul cubanez l-a atribuit celor de la CIA. Atunci, la înmormântarea victimelor, Fidel Castro a strigat lozinca „Patria sau moartea", care avea să devină deviza călăuzitoare a noii Cube. Eu o văzusem pentru prima oară scrisă pe străzile din Santiago, o văzusem scrisă cu bidineaua pe uriașele afișe publicitare ale companiilor aeriene și pe reclamele pentru sortimentele nord-americane de pastă de dinți, pe șoseaua prăfuită a aeroportului din Camagüey, și am regăsit-o repetată fără răgaz pe pancartele improvizate din vitrinele prăvăliilor pentru turiști din aeroportul din Havana, în sălile de așteptare și la ghișee, și pictată cu ceruză pe oglinzile din frizerie și cu ruj pe geamurile taxiurilor. Se ajunsese la un asemenea grad de saturație socială, încât nu exista niciun loc și nicio clipă în care să nu fie scrisă cu furie, de la cazanele morilor de trestie-de-zahăr până în josul paginii documentelor oficiale, și au repetat-o necruțător zile întregi și luni interminabile, până când a fost asimilată însăși esenței vieții cubaneze.

La Havana, sărbătoarea era în toi. Se vedeau femei splendide cântând pe balcoane, păsări luminoase pe mare, se auzea muzică pretutindeni, însă în străfundul marii bucurii se simțea conflictul creator al unui mod de viață deja condamnat pentru totdeauna, care se lupta să domine celălalt mod de viață diferit, încă ingenuu, dar inspirat și distrugător. Orașul a continuat să fie un sanctuar al plăcerii, cu poker electronic până și în farmacii și automobile de aluminiu prea mari pentru colțurile de stradă coloniale, însă aspectul și purtarea oamenilor erau într-o continuă și violentă schimbare. Toate sedimentele subsolului social ieșiseră la suprafață, și o erupție de lavă omenească, densă și aburindă, se răspândea fără control pretutindeni în orașul eliberat și contamina cu o amețeală tumultuoasă până și cele mai ascunse cotloane. Aspectul cel mai impresionant era naturalețea cu care săracii se așezaseră pe scaunele bogaților în locurile publice. Invadaseră holurile hotelurilor de lux, mâncau cu degetele pe terasele cafenelelor din Vedado[1] și se prăjeau la soare la piscinele cu apă în culori luminoase ale vechilor cluburi exclusiviste din Siboney. Cerberul de la hotelul Habana Hilton, care începea să se numească Habana Libre, fusese înlocuit de milițieni serviabili, care își petreceau ziua convingându-i pe țărani că puteau să intre fără teamă, arătându-le că era o ușă de intrare și alta de ieșire și că nu era niciun risc de ftizie, chiar dacă intrau nădușiți în holul cu aer condiționat. Un fante autentic din cartierul Luyano, brunet și svelt, cu o cămașă cu fluturi pictați și pantofi de lac cu tocuri de dansator andaluz, încercase să intre invers pe ușa turnantă de sticlă de la hotelul Riviera tocmai când dădea să iasă soția corpolentă și dichisită a unui diplomat european. Într-o impuls instantaneu de panică, bărbatul care venea în urma ei a încercat să forțeze ușa într-un sens, pe când milițienii speriați se străduiau din exterior s-o forțeze în sens contrar. Femeia albă și bărbatul negru au rămas prinși pentru o fracțiune de secundă în capcana de sticlă, comprimați în spațiul prevăzut pentru o singură persoană, până când ușa a început să se învârtă din nou, și femeia a fugit nedumerită, roșie la față, fără să-și aștepte nici măcar soțul, și a intrat în limuzina care o aștepta cu portiera deschisă, și care a demarat imediat. Negrul, fără să înțeleagă prea bine ce se întâmplase, a rămas descumpănit, tremurând:

– Drace! a oftat. Mirosea a flori!

Neajunsurile erau frecvente. Și de înțeles, pentru că puterea de cumpărare a populației urbane și rurale

[1] Cartier rezidențial din Havana (n.tr.)

crescuse considerabil într-un an. Tarifele la electricitate, telefon, transport și servicii publice, în general, se reduseseră la niveluri omenești. Prețurile hotelurilor și restaurantelor, ca și cele ale mijloacelor de transport, suferiseră scăderi drastice și se organizau excursii speciale de la țară la oraș și de la oraș la țară, care, în multe cazuri, erau gratuite. Pe de altă parte, șomajul se reducea tot mai mult, salariile se măreau, reforma urbană alungase spaima lunară a chiriilor, iar educația și rechizitele școlare nu costau nimic. Cele douăzeci de leghe de pulbere de fildeș de pe plajele din Varadero, care înainte aveau un singur stăpân și erau rezervate desfătării bogaților din cale-afară de bogați, au fost deschise fără condiții pentru toată lumea, inclusiv pentru bogații înșiși. Cubanezii, ca toți oamenii din Caraibi, în general, crezuseră dintotdeauna că banii servesc numai ca să fie cheltuiți, și, pentru prima oară în istoria țării lor, verificau acest lucru în practică.

Cred că foarte puțini dintre noi eram conștienți de faptul că, pe ascuns, dar implacabil, lipsurile începeau să intre în viața noastră. Chiar și după debarcarea de la Playa Girón, cazinourile continuau să fie deschise și câteva curviștine fără turiști dădeau târcoale prin împrejurimi, în așteptarea unui câștigător întâmplător la ruletă care să le salveze noaptea. Era evident că, pe măsură ce condițiile se schimbau, rândunelele acelea solitare ajungeau tot mai lugubre și mai ieftine. Dar, oricum, nopțile la Havana și Guantánamo erau pe mai departe lungi și fără somn, iar muzica petrecerilor cu chirie ținea până în zori. Aceste prelungiri ale vieții de dinainte păstrau o iluzie de normalitate și abundență pe care nici exploziile nocturne, nici zvonurile constante despre agresiuni infame, nici iminența reală a războiului nu reușeau să o curme, dar care de multă vreme încetase, de fapt, să fie adevărată.

Uneori nu exista carne în restaurante după miezul nopții, dar nu ne păsa, pentru că poate exista pui. Uneori nu erau banane, dar nu ne păsa, pentru că poate erau batate. Muzicanții de la cluburile vecine și peștii imperturbabili care așteptau recoltele nopții în fața unui pahar de bere păreau la fel de absenți ca și noi în fața eroziunii de neoprit a vieții cotidiene.

La centrul comercial apăruseră primele cozi și o piață neagră incipientă, dar foarte activă începea să controleze produsele industriale, însă lumea nu se gândea prea serios că asta se întâmpla fiindcă lipseau lucruri, ba, dimpotrivă, credea că era din cauză că prisoseau banii. Cam pe atunci, cineva dintre noi a avut nevoie de o aspirină, ieșind de la cinema, și n-am găsit-o în trei farmacii. Am găsit-o în a patra, și farmacistul ne-a explicat fără să se alarmeze că aspirina lipsea de trei luni. Adevărul e că nu numai aspirina, ci multe lucruri esențiale lipseau și înainte, dar nimeni nu părea că se gândește că se vor termina cu desăvârșire. La aproape un an după ce Statele Unite decretaseră embargoul total pentru comerțul cu Cuba, viața continua fără schimbări prea importante, nu atât în realitate, cât în spiritul oamenilor.

Eu am devenit conștient de blocadă într-un mod brutal, dar în același timp oarecum liric, așa cum devenisem conștient de aproape totul în viață. După o noapte de lucru la agenția Prensa Latina, am plecat singur și pe jumătate amorțit în căutare de ceva de mâncare. Se lumina de ziuă. Marea era liniștită și, în zare, o fâșie portocalie o despărțea de cer. Umblam pe mijlocul bulevardului pustiu, cu vântul de salpetru de pe Malecón în față, căutând vreun local deschis ca să mănânc sub arcadele de piatră roase și umede ale orașului vechi. În sfârșit, am dat de o bodegă cu oblon metalic închis, dar fără lacăt, și am încercat să-l ridic ca să intru, findcă înăuntru era lumină și un bărbat stătea la tejghea, ștergând pahare. N-am apucat să intru că am simțit în spate zgomotul inconfundabil al unei puști gata să tragă și o voce de femeie foarte blândă, dar hotărâtă.

– Stai cuminte, tovarășe! a spus. Mâinile sus!

În ceața zorilor se deslușea o nălucă. Avea un chip foarte frumos, cu părul legat la ceafă în coadă de cal și cămașa militară umezită de vântul mării. Era fără îndoială speriată, dar avea tocurile depărtate, foarte bine înfipte în pământ și ținea pușca precum un soldat.

– Mi-e foame, am spus.

Poate că am vorbit cu prea multă convingere, pentru că abia atunci a înțeles că nu încercasem să intru în bodegă cu forța, și neîncrederea ei s-a prefăcut în milă.

– E foarte târziu, a răspuns.

– Dimpotrivă, i-am replicat: problema e că e prea devreme. Ce vreau eu e să iau micul dejun.

Atunci a făcut semn înăuntru prin geam și l-a convins pe bărbat să-mi servească ceva, chiar dacă mai erau două ore până la deschidere. Am cerut ochiuri cu șuncă, pâine cu unt, cafea cu lapte și un suc proaspăt din orice fel de fructe. Bărbatul mi-a spus cu o precizie suspectă că de o săptămână lipseau și ouăle, și șunca, și că de trei zile nu era nici lapte, și că tot ce-mi putea servi era o ceașcă de cafea neagră și pâine fără unt, și, eventual, niște macaroane de aseară, reîncălzite. Surprins, l-am întrebat ce se întâmplă cu alimentele, și mirarea mea a fost atât de inocentă încât atunci cel surprins a fost el.

– Nu se întâmplă nimic, mi-a zis. Nimic altceva decât că țara asta se duce dracului.

Nu era dușman al revoluției, cum mi-am imaginat la început: dimpotrivă, era ultimul dintr-o familie de unsprezece persoane care fugiseră în bloc la Miami. El se hotărâse să rămână și, într-adevăr, a rămas pentru totdeauna, dar meseria lui îi permitea să descifreze viitorul cu elemente mai reale decât cele ale unui ziarist insomniac. Se gândea că în trei luni va trebui să-și închidă bodega din lipsă de mâncare. Însă nu-i păsa prea mult, căci avea planuri foarte bine definite pentru viitorul său personal.

A fost un pronostic care s-a adeverit. Pe 12 martie 1962, când trecuseră deja trei sute douăzeci și două de zile de la începutul blocadei, s-a impus raționalizarea drastică a alimentelor. S-a stabilit pentru fiecare adult o rație lunară de trei livre de carne, una de pește, una de pui, șase de orez, două de untură, una și jumătate de fasole, patru uncii de unt și cinci ouă. Era o rație calculată astfel încât fiecare cubanez să consume o cotă normală de calorii zilnice. Existau rații speciale pentru copii, după vârstă, și toți minorii sub paisprezece ani aveau dreptul la un litru de lapte zilnic. Mai târziu au început să lipsească detergenții, cuiele, becurile și multe alte articole de urgență casnică, iar problema autorităților nu era să le raționalizeze, ci și să facă rost de ele. Lucrul cel mai admirabil era să constați în ce măsură acea lipsă impusă de dușman întărea tot mai mult morala socială. În același an în care s-a impus raționalizarea s-a produs așa-numita Criză din Octombrie, pe care istoricul englez Hugh Thomas a calificat-o drept cea mai gravă din istoria umanității, și imensa majoritate a poporului cubanez a stat în stare de alertă timp de o lună, fără să se miște de la locurile de luptă până când primejdia a părut că se îndepărtează. Cubanezii erau pregătiți să înfrunte cu puști bomba atomică. În mijlocul acelei mobilizări masive, care ar fi fost de ajuns pentru a deregla orice economie stabilă, producția industrială a atins cifre insolite, s-a terminat cu absenteismul în fabrici și s-au evitat obstacole care, în circumstanțe mai puțin dramatice, ar fi fost fatale. O telefonistă din New York i-a spus cu acest prilej unei colege cubaneze că în Statele Unite erau foarte speriați în legătură cu ceea ce s-ar putea întâmpla.

– În schimb, aici suntem foarte liniștiți, i-a replicat cubaneza. La urma urmelor, bomba atomică nu doare.

Țara producea pe atunci suficienți pantofi pentru ca fiecare locuitor al Cubei să poată cumpăra o pereche pe an, așa încât distribuirea s-a îndreptat către școli și centrele de muncă. Abia în august 1963, când deja toate magazinele erau închise, pentru că, efectiv, nu mai exista nimic de vândut, s-a raționalizat distribuirea hainelor. S-a început prin raționalizarea a nouă articole, printre care pantalonii bărbătești, lenjeria de corp pentru ambele sexe și anumite sortimente de textile, dar, înainte să se împlinească anul, a trebuit ca numărul produselor să crească la cincisprezece.

Acel Crăciun a fost primul de la revoluție care s-a sărbătorit fără purcel de lapte și fără alviță și în care jucăriile au fost raționalizate. Totuși, și tocmai grație raționalizării, a fost și primul Crăciun din istoria Cubei în care toți copiii, fără nicio diferență, au avut cel puțin o jucărie. Cu tot intensul ajutor sovietic și al Chinei populare, care nu era mai puțin generoasă în acea vreme, și cu toată asistența numeroșilor tehnicieni socialiști și din America Latină, blocada era pe atunci o realitate de neevitat, care avea să contamineze până și cotloanele cele mai ascunse ale vieții cotidiene și să grăbească noile direcții ireversibile ale istoriei Cubei. Comunicațiile cu restul lumii se reduseseră la un minimum esențial. Cele cinci zboruri zilnice la Miami și cele două zboruri săptămânale ale companiei Cubana de Aviación la New York au fost întrerupte după Criza din Octombrie. Puținele linii ale Americii Latine care aveau zboruri în Cuba le-au anulat, pe măsură ce țările lor întrerupeau relațiile diplomatice și comerciale, și a rămas doar un zbor săptămânal din Mexic care, vreme de mulți ani, a servit drept cordon ombilical cu restul Americii, chiar dacă și drept canal de infiltrare a serviciilor de subversiune și spionaj ale Statelor Unite. Cubana de Aviación, cu flota redusă la legendarele *Bristol* și *Britannia*, singurele avioane a căror întreținere o puteau asigura prin acorduri speciale cu fabricanții englezi, a menținut un zbor aproape acrobatic pe ruta polară spre Praga. O scrisoare de la Caracas, la mai puțin de o mie de kilometri de coasta cubaneză, trebuia să facă ocolul unei jumătăți de glob pentru a ajunge la Havana. Comunicațiile telefonice cu restul lumii trebuiau să se facă prin Miami sau New York, cu controlul serviciilor secrete ale Statelor Unite, printr-un cablu submarin preistoric, ce a fost rupt odată de un vapor cubanez ce a ieșit din golful Havanei târându-și ancora pe care uitase s-o ridice. Unica sursă de energie erau cele cinci milioane de tone de petrol pe care tancurile sovietice le transportau în fiecare an din porturile Mării Baltice, la douăsprezece mii de kilometri distanță și cu o frecvență de un vas la fiecare cincizeci și trei de ore. Vasul *Oxford* al CIA, echipat cu toate tipurile de instrumente de spionaj, a patrulat apele teritoriale cubaneze vreme de mai mulți ani pentru a supraveghea ca nicio țară capitalistă, în afară de cele foarte puține care au îndrăznit, să nu încalce voința Statelor Unite. Pe deasupra, era o provocare calculată astfel încât să fie la vederea întregii lumi. De la Havana, de pe Malecón, sau din cartierele înalte din Santiago, se vedea noaptea silueta luminoasă a acelei nave de provocare ancorată în apele teritoriale.

Poate că foarte puțini cubanezi își aminteau că, de partea cealaltă a Mării Caraibilor, cu trei secole înainte, locuitorii din Cartagena de Indias trecuseră printr-o dramă similară. Cele mai bune o sută douăzeci de nave din flota engleză, la comanda amiralului Vernon, asediaseră orașul cu treizeci de mii de combatanți aleși, mulți dintre aceștia recrutați din coloniile americane care mai târziu aveau să fie Statele Unite. Un frate al lui George Washington, viitorul eliberator al acestor colonii, făcea parte din statul-major al trupelor de asalt. Cartagena de Indias, faimoasă în lumea de atunci prin fortificațiile sale militare și prin numărul înspăimântător de șobolani din canale, a rezistat atacului cu o ferocitate de neînvins, în ciuda faptului că locuitorii au ajuns să se hrănească cu ce puteau, de la coaja copacilor până la pielea taburetelor. După mai multe luni, descurajați de bravura războinică a asediaților și distruși de febră galbenă, dizenterie și căldură, englezii s-au retras, înfrânți. Locuitorii orașului, în schimb, erau teferi și nevătămați, dar mâncaseră până și ultimul șobolan.

Mulți cubanezi cunoșteau, bineînțeles, această dramă. Dar ciudatul lor simț al istoriei îi împiedica să creadă că s-ar putea repeta. Nimeni nu și-ar fi putut imagina, în incertul An Nou 1964, că aveau să vină timpurile cele mai grele ale acelei blocade dure și necruțătoare, ajungându-se la extrema ca, în multe cămine și în aproape toate instituțiile publice, să se termine până și apa de băut.

Noiembrie – decembrie 1978, *Alternativa*, Bogotá

FANTOMA PREMIULUI NOBEL

În toți anii, cam în aceste zile, o fantomă îi tulbură pe marii scriitori: Premiul Nobel pentru Literatură. Jorge Luis Borges, care este unul dintre cei mai mari și unul dintre candidații cei mai asidui, a protestat odată într-un interviu apărut în presă din pricina celor două luni de așteptare înfrigurată la care l-au supus prezicătorii. Este inevitabil: Borges este scriitorul cu cele mai înalte merite artistice din literatura de expresie spaniolă și nu pot încerca să-l excludă, numai din compasiune, din pronosticurile anuale. Partea proastă e că rezultatul final nu depinde de dreptul propriu al candidatului și nici măcar de justiția zeilor, ci de voința de nepătruns a membrilor Academiei Suedeze.

Nu-mi amintesc de un pronostic nimerit. Premianții, în general, par să fie primii surprinși. Când, în 1969, dramaturgul irlandez Samuel Beckett a primit prin telefon vestea premiului, a exclamat consternat: „Dumnezeule, ce dezastru!“ Pablo Neruda, în 1971, a aflat cu trei zile înainte de a se publica știrea printr-un mesaj confidențial al Academiei Suedeze. Dar în seara următoare a invitat un grup de prieteni la cină în Paris, unde era pe atunci ambasador al Republicii Chile, și niciunul dintre noi n-am aflat care e motivul petrecerii până când ziarele serii au publicat vestea. „Treaba e că nu cred niciodată în ceva până nu văd scris", ne-a explicat apoi, cu râsul său vijelios. După doar câteva zile, pe când mâncam într-un restaurant zgomotos de pe bulevardul Montparnasse, și-a amintit că nu-și scrisese încă discursul pentru ceremonia de decernare a premiului, care urma să aibă loc peste 48 de ore, la Stockholm. Atunci a întors pe dos hârtia cu meniul și, fără nicio pauză, fără să-i pese de zgomotul oamenilor din jur, cu aceeași naturalețe cu care respira și cu aceeași cerneală verde, implacabilă, cu care își desena versurile, a scris chiar acolo frumosul discurs al încoronării sale.

Versiunea cea mai curentă printre scriitori și critici este că academicienii suedezi se pun de acord în luna mai, când începe să se topească zăpada, și studiază opera puținilor finaliști cât ține căldura verii. În octombrie, încă bronzați de soarele sudului, emit verdictul. Altă versiune pretinde că Jorge Luis Borges era deja alesul în mai 1976, dar n-a mai fost și la votul final din noiembrie. În realitate, premiatul din acel an a fost magnificul și deprimantul Saul Bellow, ales în grabă în ultimul moment, chiar dacă ceilalți premiați pentru diferitele domenii erau, de asemenea, nord-americani.

Cert e că pe 22 septembrie în acel an – cu o lună înainte de votare –, Borges făcuse ceva ce nu avea nicio legătură cu literatura lui magistrală: l-a vizitat în audiență solemnă pe generalul Augusto Pinochet. „Este o onoare nemeritată să fiu primit de dumneavoastră, domnule președinte", a spus în nefericitul său discurs. „În Argentina, Chile și Uruguay, libertatea și ordinea sunt salvate", a continuat, fără ca nimeni să-l întrebe. Și a conchis, impasibil: „Asta se întâmplă într-un continent pradă anarhiei și minat de comunism". Te puteai gândi lesne că a înșira atâtea baliverne era posibil numai pentru a-ți bate joc de Pinochet. Dar suedezii n-au înțeles simțul umorului propriu tipicului locuitor din Buenos Aires. De atunci, numele lui Borges a dispărut din pronosticuri. Acum, la sfârșitul unei penitențe nedrepte, a apărut iar, și nimic nu ne-ar fi mai mult pe plac nouă, celor care îi suntem în același timp cititori nesățioși și adversari politici, decât să-l știm eliberat, în sfârșit, de anxietatea aceea anuală.

Cei mai periculoși rivali ai săi sunt doi romancieri de limbă engleză. Primul, care figurase fără mare răsunet în anii anteriori, a fost acum obiectul unei promovări spectaculoase făcută de revista *Newsweek*, care l-a scos în evidență pe coperta sa din 18 august drept marele maestru al romanului, și pe bună dreptate. Numele său complet este nici mai mult, nici mai puțin decât Vidiadhar Surajprasad Naipaul, are patruzeci și șapte de ani, s-a născut aici aproape, în insula Trinidad, din tată hindus și mamă din Caraibi, și este considerat de unii critici foarte severi drept cel mai mare scriitor actual de limbă engleză. Celalalt candidat este Graham Greene, cu cinci ani mai mic decât Borges, cu tot atâtea merite și cu tot atâția ani de întârziere ca și el până la primirea acestor lauri senili.

În toamna lui 1972, la Londra, Naipaul nu părea foarte conștient că este un scriitor din Caraibi. I-am amintit asta într-una din întâlnirile prietenești și el a fost puțin descumpănit. A stat pe gânduri o clipă, și un zâmbet nou i-a luminat chipul taciturn. „*Good claim*"[1],

[1] *Good claim,* Revendicare bună (în limba engleză în original) (n.red.)

mi-a spus. În schimb, Graham Greene, care s-a născut la Berkhamsted, nici măcar n-a ezitat când un ziarist l-a întrebat dacă este conștient că este un romancier latinoamerican. „Bineînțeles, a răspuns, și mă bucur mult pentru că în America Latină sunt cei mai buni romancieri actuali, ca Jorge Luis Borges." Acum câțiva ani, vorbind despre tot felul de lucruri, mi-am exprimat față de Graham Greene perplexitatea și neplăcerea că unui autor cu o operă atât de vastă și originală nu i s-a dat Premiul Nobel.

„Nu mi-l vor da niciodată – mi-a spus cu absolută seriozitate – pentru că nu mă consideră un scriitor serios." Academia Suedeză, care este menită să acorde Premiul Nobel pentru Literatură, și numai acesta, a fost întemeiată în 1786, fără pretenții mai mari decât aceea de a semăna cu Academia Franceză.[1] Nimeni nu și-a imaginat pe atunci, de bună seamă, că odată cu trecerea timpului va ajunge să capete cea mai mare putere de consacrare din lume. Este compusă din optsprezece membri aleși pe viață, de vârstă venerabilă, selecționați chiar de academie dintre figurile cele mai relevante ale literelor suedeze. Sunt doi filosofi, doi istorici, trei specialiști în limbi nordice și o singură femeie. Dar nu acesta este unicul simptom machist; în cei optzeci de ani ai premiului, a fost acordat numai unui număr de șase femei, față de șaizeci și nouă de bărbați. În acest an va fi acordat printr-o decizie impară, căci unul dintre academicienii eminenți, profesorul Lindroth Sten, a murit la 3 septembrie: acum cincisprezece zile.

[1] Celelalte patru premii sunt: Fizică și Chimie, acordate de Academia Regală de Științe; Medicină sau Fiziologie, acordat de Comitetul Nobel al Institutului Carolino, și cel pentru Pace, acordat de Comitetul Nobel al Parlamentului Norvegiei.

Modul în care procedează, cum ajung să se pună de acord, care sunt compromisurile reale pe care le impun scopurile lor, constituie secretele cele mai bine păstrate ale vremii noastre. Criteriul lor e impredictibil, contradictoriu, imun chiar și la previziuni, iar deciziile lor sunt secrete, solidare și fără drept de apel. Dacă nu ar fi atât de grave, s-ar putea crede că sunt animate de intenția poznașă de a râde de toate pronosticurile. Nimeni nu seamănă atât de mult cu moartea ca ei.

Alt secret bine păstrat este locul unde se investește un capital care produce dividende atât de fertile. Alfred Nobel (cu accentul pe *e* și nu pe *o*) a creat premiul în 1895, cu un capital de 9 200 000 de dolari, ale cărui dobânzi anuale ar trebui să se împartă în fiecare an, cel mai târziu la 15 noiembrie, între cei cinci premiați. Prin urmare, suma este variabilă, după cum a fost recolta anului. În 1901, când s-au acordat premiile pentru prima oară, fiecare premiat a primit 30 160 de coroane suedeze. În 1979, care a fost anul cu dobânzile cele mai substanțiale, a primit fiecare 160 000 de coroane (2 480 000 de pesetas).

Gurile rele spun că tot capitalul este investit în minele de aur din Africa de Sud și că, în consecință, Premiul Nobel trăiește din sângele sclavilor negri. Academia Suedeză, care n-a dat niciodată o explicație publică și nici n-a răspuns la vreo acuzație, s-ar putea apăra cu argumentul că nu ea, ci Banca Suediei este cea care administrează banii. Iar băncile, așa cum indică și numele lor, nu au inimă.

Cea de-a treia enigmă este criteriul politic ce prevalează în sânul Academiei Suedeze. În mai multe ocazii, premiile au permis să se creadă că membrii Academiei sunt liberali idealiști. Obstacolul cel mai mare, dar și cel mai onorant i s-a ivit în 1938, când Hitler le-a interzis germanilor să primească Premiul Nobel, cu argumentul rizibil că promotorul lui era evreu. Richard Khun, savantul german care în acel an meritase Premiul Nobel pentru Chimie, a fost nevoit să-l refuze. Din convingere sau din prudență, niciunul dintre premii n-a fost acordat în timpul celui de al Doilea Război Mondial. Însă îndată ce Europa și-a revenit din nenorocirile ei, Academia Suedeză a comis ceea ce pare a fi unicul său compromis regretabil: i-a acordat Premiul pentru Literatură lui Winston Churchill numai pentru că era omul cu cel mai mare prestigiu al timpului său și nu se putea să i se dea niciunul dintre celelalte premii, și cu atât mai puțin cel pentru Pace.

Poate că relațiile cele mai dificile ale Academiei Suedeze au fost cu Uniunea Sovietică. În 1958, când premiul i-a fost acordat eminentului Boris Pasternak, acesta l-a refuzat de teamă că nu i se va mai permite să se întoarcă în țara lui. Autoritățile sovietice au considerat premiul drept o provocare. Totuși, în 1965, când cel premiat a fost Mihail Șolohov, cel mai oficial dintre scriitorii oficiali sovietici, chiar autoritățile țării lui l-au sărbătorit cu mare pompă. În schimb, cinci ani mai târziu, când premiul i s-a decernat marelui disident Alexandr Soljenițîn, guvernul sovietic s-a pierdut cu firea și a ajuns să spună că Premiul Nobel e un instrument al imperialismului. Mie mi se pare însă că mesajele cele mai calde pe care le-a primit Pablo Neruda cu prilejul premiului său proveneau din Uniunea Sovietică, și unele de la un nivel oficial foarte înalt. „Pentru noi – mi-a spus zâmbind un prieten sovietic –, Premiul Nobel e bun când i se acordă unui scriitor care ne place și rău când se întâmplă contrariul.“ Explicația nu este atât de simplistă cum pare. În străfundul inimii noastre, toți avem același criteriu.

Singurul membru al Academiei Suedeze care citește în spaniolă, și încă foarte bine, este poetul Artur Lundkvist. El este cel care cunoaște opera scriitorilor noștri, care le propune candidaturile și care luptă pentru ei în bătălia secretă. Asta l-a transformat, fără voia lui, într-o zeitate îndepărtată și enigmatică de care depinde oarecum destinul universal al literelor noastre. Însă în viața reală este un om în vârstă, juvenil, cu un simț al umorului oarecum latin și cu o casă atât de modestă, că e imposibil să crezi că destinul cuiva depinde de el.

Acum câțiva ani, după o cină tipic suedeză la el acasă – cu carne rece și bere caldă –, Lundkvist ne-a invitat să bem cafeaua la el în bibliotecă. Am rămas uluit. Era de necrezut să găsești un număr atât de mare de cărți în spaniolă, cele mai bune amestecate cu cele mai proaste, și aproape toate purtând dedicațiile autorilor lor în viață, în agonie sau morți în așteptare. I-am cerut poetului permisiunea să citesc câteva dedicații și el mi-a acordat-o, cu un zâmbet bonom de complicitate. Majoritatea erau atât de afectuoase și unele atât de izvorâte din inimă, încât în momentul în care le-am scris pe ale mele mi s-a părut că până și semnătura singură părea indiscretă. Complex pe care îl avem, la naiba!

8 octombrie 1980, *El País*, Madrid

TELEPATIE FĂRĂ FIR

Un reputat neurolog francez, cercetător neobosit, mi-a povestit aseară că descoperise o funcție a creierului uman care pare a fi de mare importanță. Are o singură problemă: n-a putut stabili la ce servește. Eu l-am întrebat, cu o speranță certă, dacă nu există posiblitatea ca aceasta să fie funcția care guvernează presimțirile, visele premonitorii și transmiterea gândurilor. Drept unic răspuns, m-a privit cu milă.

Eu văzusem aceeași privire cu optsprezece ani înainte, când am pus o întrebare similară unui prieten foarte drag, specialist în cercetarea creierului uman la Universitatea din Mexic. Părerea mea, încă de pe atunci, este că telepatia și diferitele ei metode nu sunt vrăjitorii, cum consideră, pare-se, cei neîncrezători, ci simple facultăți organice pe care știința le reneagă pentru că nu le cunoaște, cum renega și teoria că pământul e rotund, pe vremea când se credea că e plat. Prietenul meu admitea, dacă îmi aduc bine aminte, că este foarte redusă aria creierului ale cărei funcții sunt demonstrate cu prisosință, dar refuza să admită că, în restul acelor neguri, ar mai fi un loc care să anticipeze viitorul.

Eu îi făceam glume telepatice pe care el le disprețuia ca fiind pure întâmplări, cu toate că unele păreau destul de evidente. Într-o seară, i-am telefonat să vină la noi la masă, și abia apoi mi-am dat seama că nu erau suficiente lucruri în bucătărie. Am sunat din nou ca să-l rog să-mi aducă o sticlă de vin, o marcă deosebită, și niște salam. Mercedes mi-a strigat din bucătărie să-i cer și niște detergent de vase, dar el plecase deja. Totuși, în momentul în care am închis telefonul, am avut impresia clară că, printr-un miracol imposibil de explicat, prietenul meu primise mesajul. Atunci l-am scris pe o bucată de hârtie, pentru ca el să nu-mi pună la îndoială versiunea și, din pură virtuozitate poetică, am adăugat să aducă și un trandafir. După puțină vreme, soția lui și cu el au sosit aducând tot ce-i ceruserăm, inclusiv detergentul de o anumită marcă pe care îl foloseam în casă. „Supermarketul era întâmplător deschis, și ne-am zis să vă aducem astea", ne-au spus, aproape scuzându-se. Nu lipsea decât trandafirul. Din acea zi, prietenul meu și cu mine am început un dialog diferit, care încă nu s-a terminat. Ultima oară când l-am văzut, acum șase luni, se dedica din plin stabilirii în ce loc al creierului se află conștiința.

Viața, mai mult decât cred unii, este înfrumusețată de acest mister. În ajunul asasinării lui Iuliu Cezar, soția lui, Calpurnia, a văzut cu groază că toate ferestrele casei se deschideau brusc, în același timp, fără vânt și fără niciun zgomot. După mai multe secole, romancierul Thornton Wilder i-a atribuit lui Iuliu Cezar o frază care nu se află în memoriile sale de război și nici în cronicile fascinante ale lui Plutarc și Suetoniu, dar definește mai bine ca orice altceva condiția umană a împăratului: „Eu, care conduc atâția oameni, sunt condus de păsări și de tunete". Istoria Omenirii – de când tânărul Joshua descifra visele în Egipt – e plină de aceste rafale fabuloase. Cunosc doi gemeni identici pe care i-a durut aceeași măsea, în același timp, în orașe diferite și care, când sunt împreună, au senzația că gândurile unuia interferează cu ale celuilalt. Acum mulți ani, pe o cărare de pe coasta din Caraibe, am cunoscut un vraci care se lăuda că vindecă un animal de la distanță, dacă îi dădeau descrierea precisă și locul în care se află. Eu am constatat asta cu ochii mei: am văzut o vacă bolnavă, cu viermi vii căzându-i drept din răni, în timp ce vraciul îngâna o rugăciune secretă, la mai multe leghe depărtare. Dar îmi amintesc numai de o experiență din istoria de astăzi care a luat în serios aceste facultăți. A fost făcută de Marina Statelor Unite, care nu avea mijloace pentru a ține legătura cu submarinele nucleare ce navigau sub calota polară, și a decis să încerce telepatia. Două persoane cu afinități, una la Washington și cealaltă la bordul submarinului, au încercat să stabilească un sistem pentru a schimba între ele mesaje gândite. A fost un eșec, bineînțeles, căci telepatia e imprevizibilă și spontană și nu admite niciun fel de sistematizare. Este modul ei de a se apăra. Orice pronostic, de la presimțirile matinale până la profețiile lui Nostradamus, este cifrat din momentul conceperii sale și este înțeles numai atunci când se împlinește. De n-ar fi așa, s-ar autodistruge dinainte.

Vorbesc despre asta cu atâta pricepere fiindcă bunica mea maternă a fost specialistul cel mai lucid în știința previziunilor pe care l-am cunoscut vreodată. Era o catolică din acelea de pe vremuri, astfel încât respingea ca fiind tertipuri vrăjitorești tot ce se pretinde a fi previziune metodică a viitorului, fie că e vorba de ghicitul în cărți, cititul în palmă sau evocarea spiritelor. Însă era maestră în presimțirile ei. Mi-o amintesc în bucătăria casei noastre mari din Aracataca, deslușind semnele secrete ale pâinilor plăcut mirositoare pe care le scotea din cuptor.

Odată a văzut numărul 09 scris pe resturile de făină și a răscolit cerul și pământul până se găsească un bilet de loterie cu acest număr. A pierdut. Însă săptămâna următoare a câștigat o cafetieră la o tombolă cu un bilet pe care bunicul meu îl cumpărase și-l uitase în buzunarul hainei purtate săptămâna trecută. Era numărul 09. Bunicul avea șaptesprezece copii din cei care pe atunci se numeau naturali – de parcă aceia făcuți în timpul căsătoriei ar fi artificiali –, și bunica îi considera drept ai ei. Erau împrăștiați pe toată coasta, dar ea povestea despre toți la micul dejun, vorbind de sănătatea fiecăruia și de afacerile lui ca și cum ar fi ținut o corespondență rapidă și secretă. Era epoca teribilă a telegramelor care ajungeau la ora la care te așteptai cel mai puțin și năvăleau în casă ca o suflare de panică. Treceau din mână în mână, fără ca nimeni să se încumete să le deschidă, până când cuiva îi dădea prin cap ideea providențială de a pune un copil mic să facă asta, ca și cum inocența ar avea virtutea de a schimba vitregia veștilor proaste.

Așa s-a întâmplat odată la noi acasă, și adulții obsedați au decis să pună bine telegrama fără s-o deschidă, până când va sosi bunicul. Bunica nu s-a tulburat. „E de la Prudencia Iguarán, ca să ne anunțe că vine, a spus. Azi-noapte am visat că era deja pe drum." Când bunicul s-a întors acasă, n-a mai trebuit nici măcar să deschidă telegrama. A venit cu Prudencia Iguarán, pe care o întâlnise din întâmplare la gară, îmbrăcată într-o rochie cu păsărele pictate și cu un enorm buchet de flori, convinsă că bunicul era acolo datorită magiei infailibile a telegramei sale.

Bunica a murit la aproape o sută de ani fără să câștige la loterie. Ajunsese oarbă și în ultima vreme delira în așa fel încât era imposibil să-i urmezi firul gândurilor. La culcare, nu voia să se dezbrace când radioul era aprins, deși îi explicam în fiecare seară că crainicul nu se află în casă. A crezut că o înșelam, pentru că n-a putut niciodată să aibă încredere într-o mașină diabolică ce-ți permitea să auzi pe oricine vorbea în alt oraș îndepărtat.

25 noiembrie 1980, *El País*, Madrid

NOUA MESERIE CEA MAI VECHE

Toamna la Paris a început brusc și târziu în acest an, cu un vânt glacial care a lăsat copacii fără ultimele lor frunze aurii. Terasele cafenelelor s-au închis la amiază, începutul abrupt s-a încețoșat și vara strălucitoare care se prelungise mai mult decât se cuvine a ajuns o veleitate a memoriei. Părea că, în doar câteva ore, ar fi trecut mai multe luni. Apusul a fost prematur și lugbru, dar nimeni n-a regretat cu adevărat, fiindcă această vreme brumoasă este cea firească la Paris. Cea care îl însoțește cel mai mult și care i se potrivește cel mai bine.

Cea mai frumoasă dintre femeile de închiriat care își fac rondul de rutină pe străduțele din Pigalle era o blondă splendidă care, într-un loc mai puțin evident, ar fi fost confundată cu o stea de cinema. Purta un compleu din jachetă și pantaloni negri, ultimul strigăt al modei, și, la ora la care s-a pornit vântul înghețat, și-a pus un mantou de vizon natural. Stătea așa, oferindu-se pentru două sute de franci, în fața unui hotel cu camere de închiriat cu ora de pe strada Duperré, când un automobil s-a oprit în dreptul ei. De pe locul de la volan, altă femeie frumoasă și bine îmbrăcată a tras cu o pușcă șapte gloanțe în ea. În noaptea aceea, când poliția l-a găsit pe asasin, acea dramă de mahala ajunsese în ziare pentru că avea două elemente noi, care o făceau deosebită. De fapt, nici victima și nici asasinul nu erau frumoase și blonde, ci erau doi bărbați în toată firea, și amândoi erau din Brazilia.

Știrea n-a făcut altceva decât să scoată în evidență ceea ce se știe prea bine în Europa: prostituția de stradă în marile orașe este acum o meserie de bărbați, și cei mai râvniți dintre ei, cei mai scumpi și cei mai bine îmbrăcați sunt tinerii latinoamericani travestiți în femeie. Conform unor date oferite de presă, din două sute de travestiți de pe stradă care există în Franța, cel puțin jumătate au venit din Brazilia. În Spania, Anglia, Elveția sau Germania Federală, unde afacerea pare să fie încă și mai rentabilă, numărul lor este mult mai mare și naționalitatea mai variată. Fenomenul are nuanțe diverse în fiecare țară, dar în toate se prezintă ca o schimbare de fond în cea mai veche și mai conservatoare meserie din lume.

Când am venit în Europa pentru prima oară, acum vreo douăzeci și cinci de ani, prostituția era o industrie prosperă și organizată, dotată cu categorii exacte și teritorii foarte bine împărțite. Eu aveam încă imaginea idilică a bordelurilor din Caraibe, acele curți unde se dansează, cu ghirlande colorate în migdali, cu găini care ciuguleau netulburate printre muzicanți și cu frumoasele mulatre încă neîmblânzite care se prostituau mai mult pentru a petrece decât pentru bani și care uneori cădeau în inocența de neînchipuit de a se sinucide din dragoste. Uneori, rămâneam cu ele, nu atât din neastâmpăr – cum spunea mama –, cât pentru fericirea de a le simți respirând adormite. Gustarea de dimineață era mai savuroasă decât cea de acasă, iar adevărata petrecere începea la unsprezece dimineața, sub migdalii stinși.

Fiind educat într-o școală atât de umană, nu se putea să nu mă deprime rigoarea comercială a europenelor. La Geneva, hoinăreau pe malurile lacului și singurul lucru care le deosebea de cinstitele femei căsătorite erau umbrelușele colorate pe care le purtau deschise fie pe timp de ploaie, fie pe soare, ca un stigmat al clasei lor. La Roma se auzeau cum fluieră ca păsările printre copacii din Villa Borghese, iar la Londra deveneau invizibile în ceață și trebuiau să aprindă lanterne care păreau faruri pentru ca să le găsească cineva. Cele din Paris, idealizate de poeții blestemați și de cinematograful francez prost din anii treizeci, erau cele mai neînduratoare. Totuși, în barurile de insomniaci de pe Champs Elysées, li se descoperea brusc reversul uman: plângeau ca miresele din cauza despotismului peștilor nemulțumiți cu profitul de peste noapte. Era greu să înțelegi o asemenea slăbiciune a inimii la femeile călite de o meserie atât de barbară. Curiozitatea mea a fost atât de mare încât, după ani de zile, am cunoscut un pește și l-am întrebat cum de e posibil să țină în frâu cu strășnicie femei atât de neîmblânzite, și el mi-a răspuns impasibil: „Cu dragoste“. N-am mai întrebat nimic, de teamă că o să înțeleg și mai puțin.

Invazia travestiților în acea lume de exploatare și de moarte n-a avut alt rezultat decât s-o facă și mai sordidă. Revoluția produsă de ei constă în a face ambele meserii în același timp: cea de prostituate și cea de pești pentru ei înșiși. Sunt autonomi și violenți. Multe teritorii nocturne, pe care femeile le abandonaseră fiind periculoase, au fost ocupate de ei cu arma în mână, dar în majoritatea orașelor s-au înfruntat cu femeile și cu peștii lor cu lovituri de bâtă, și-și exercită dreptul de cucerire în cele mai bune colțuri din Europa. Faptul că mulți latino-americani iau parte la această apoteoză a machismului nu ne răpește și nici nu ne adaugă vreo fărâmă de glorie. E o dovadă în plus a perturbărilor noastre sociale și nici nu e un motiv să ne alarmeze mai mult decât altele, mai grave.

Majoritatea sunt, bineînțeles, homosexuali. Au busturi splendide de silicon, și unii reușesc să-și realizeze visul de aur al unei operații drastice, care îi plasează pentru totdeauna în sexul contrar. Dar mulți nu sunt, și s-au aruncat în viață cu armele lor împrumutate – sau uzurpate cu lovituri – pentru că este un mod urât de a și-o câștiga bine. Unii sunt tați de familie liniștiți, care ziua fac vreun serviciu de caritate, iar noaptea, când copiii dorm, ies în stradă cu hainele de duminică ale nevestei. Alții sunt studenți săraci, care au rezolvat în acest mod apogeul carierei lor. Cei mai abili câștigă într-o noapte prielnică până la cinci sute de dolari. Ceea ce – așa cum spune soția mea, aici lângă mine – e mai profitabil decât să scrii.

2 decembrie 1980, *El País*, Madrid

DA, NOSTALGIA ESTE LA FEL CA ÎNAINTE

A fost o victorie mondială a poeziei. Într-un secol în care câștigătorii sunt întotdeauna cei care lovesc mai tare, cei care iau mai multe voturi, cei care bagă mai multe goluri, bărbații cei mai bogați și femeile cele mai frumoase, e încurajatoare emoția puternică pe care a stârnit-o în lumea întreagă moartea unui bărbat care nu a făcut nimic altceva decât să cânte dragostea. Este apoteoza celor care nu câștigă niciodată.

Timp de patruzeci și opt de ore nu s-a vorbit despre altceva. Trei generații – a noastră, a copiilor noștri și a nepoților noștri mai mari – aveam pentru prima oară impresia că trăim o catastrofă comună, și din aceleași motive. Reporterii de la televiziune au întrebat pe stradă o doamnă de optzeci de ani care e cântecul lui John Lennon care îi place mai mult și ea a răspuns, de parcă ar fi avut cincisprezece: *Fericirea e un pistol fierbinte*. Un băiat care vedea programul a spus: „Mie îmi plac toate". Fiul meu cel mic a întrebat o fată de aceeași vârstă cu el de ce îl omorâseră pe John Lennon, iar ea i-a răspuns, de parcă ar fi avut optzeci de ani: „Pentru că lumea se sfârșește".

Așa este. Singura nostalgie pe care o avem în comun cu copiii noștri sunt cântecele Beatles-ilor. Fiecare din motive diferite, desigur, și cu o durere diferită, cum se întâmplă veșnic cu poezia. N-o să uit niciodată acea zi memorabilă din 1963, în Mexic, când am auzit pentru prima oară într-un mod conștient un cântec al grupului Beatles. Începând de atunci, am descoperit că universul e contaminat de ei. În casa noastră din San Ángel, unde abia dacă aveam pe ce să ne așezăm, există doar două discuri: o selecție din preludiile lui Debussy și primul disc al Beatles-ilor. Prin tot orașul, la orice oră, se auzea un strigăt al mulțimii: *Help, I need somebody*. Cam pe atunci, cineva a reluat vechea temă că muzicienii cei mai buni sunt cei al căror nume începe cu a doua literă a alfabetului: Bach, Beethoven, Brahms și Bartók. Altcineva a repetat aceeași prostie dintotdeauna: să fie inclus și Mozart. Álvaro Mutis, care, ca orice erudit al muzicii, are o slăbiciune iremediabilă pentru cărămizile simfonice, insistă să fie inclus și Bruckner. Altul relua lupta în favoarea lui Berlioz, eu împotrivindu-mă pentru că nu puteam să depășesc superstiția că este un *oiseau de malheur*, adică o pasăre de rău augur. În schimb, m-am încăpățânat de atunci să-i includ pe Beatles. Emilio García Riera, care era de acord cu mine și care este un critic și istoric de film cu o luciditate oarecum supranaturală, mai ales după al doilea pahar, mi-a spus în zilele acelea: „Îi ascult pe Beatles cu oarecare teamă, căci simt că-mi voi aminti de ei pentru tot restul vieții". Este singurul caz pe care-l cunosc al cuiva cu destulă clarviziune pentru a-și da seama că trăia nașterea nostalgiilor sale. Intram atunci în garsoniera lui Carlos Fuentes și îl găseam scriind la mașină cu un singur deget de la o singură mână, cum a făcut întotdeauna, învăluit într-un nor de fum și izolat de ororile universului cu muzica Beatles-ilor dată la maximum.

Cum se întâmplă mereu, ne gândeam atunci că suntem foarte departe de a fi fericiți, și acum gândim contrariul. E cursa întinsă de nostalgie, care ia de la locul lor momentele amare și le pictează în altă culoare, iar apoi le pune acolo unde nu ne mai dor. Ca în fotografiile vechi ce par iluminate de strălucirea iluzorie a fericirii și unde ne vedem cu uimire cum eram tineri, pe vremea când eram tineri, și nu numai noi, cei care eram acolo, ci și casa, și copacii din fundal, și chiar scaunele pe care eram așezați. Che Guevara, stând de vorbă cu oamenii lui în jurul focului, în nopțile pustii ale războiului, a spus odată că nostalgia începe cu mâncarea. Sigur că da, însă numai când ți-e foame. Dar întotdeauna începe cu muzica. În realitate, trecutul nostru personal se îndepărtează de noi din momentul în care ne naștem, însă îl simțim cum trece doar când se termină discul.

În seara aceea, gândindu-mă la toate astea în fața unei ferestre lugubre unde cade zăpada, cu cei peste cincizeci de ani ai mei în cârcă și fără să știu încă prea bine cine sunt, nici ce naiba fac aici, am impresia că lumea a fost egală de la nașterea mea până când Beatles-ii au început să cânte. Totul s-a schimbat atunci. Bărbații și-au lăsat plete și barbă, femeile au învățat să se dezbrace cu naturalețe, s-a schimbat modul de a te îmbrăca și de a iubi, s-a inițiat libertatea sexuală și a altor droguri care te fac să visezi. Au fost anii asurzitori ai războiului din Vietnam și ai revoluției universitare. Dar mai cu seamă a fost dura ucenicie a unei relații diferite între părinți și copii, începutul unui nou dialog între ei, care păruse imposibil timp de veacuri.

Simbol al tuturor acestor schimbări, în fruntea Beatles-ilor era John Lennon. Moartea lui absurdă ne lasă o lume diferită, populată de imagini frumoase. Din *Lucy in the Sky*, unul dintre cântecele sale cele mai frumoase, rămâne un cal din hârtie de ziar cu o cravată de diamante. Din *Eleanor Rigby* – cu un contrabas obstinat de acele *cello* baroce – rămâne o fată tristă care culege orezul din fața unei biserici unde tocmai se celebrase o nuntă. „De unde vin singuraticii?", se întreabă fără răspuns. Rămâne și părintele McKenzie scriind o predică pe care nimeni n-o s-o asculte, spălându-se pe mâini deasupra mormintelor. Și o fată care își scoate chipul înainte de a intra în casă și-l lasă într-un vas lângă ușă, pentru a și-l pune din nou când o să iasă. Aceste plăsmuiri au făcut să se spună că John Lennon e un suprarealist, ceea ce se spune cu prea multă ușurință despre tot ce pare ciudat, cum spun de obicei despre Kafka cei care nu au știut să-l citească. Pentru alții, este vizionarul unei lumi mai bune. Cineva care ne-a făcut să înțelegem că bătrâni nu suntem noi, cei care avem ani mulți, ci aceia care nu s-au urcat la timp în trenul copiilor lor.

16 decembrie 1980, *El País*, Madrid

POVESTE DE GROAZĂ PENTRU NOAPTEA DE ANUL NOU

Am ajuns la Arezzo cu puțin înainte de prânz și am pierdut mai bine de două ceasuri tot căutând castelul medieval pe care scriitorul Miguel Otero Silva îl cumpărase în colțul acela idilic din câmpia toscană. Era o duminică de la începutul lui august, arzătoare și năvalnică, și nu era ușor să dai de cineva care să știe ceva pe străzile acelea înțesate de turiști. După multe încercări zadarnice, ne-am întors la mașină, am ieșit din oraș pe un drum fără semne de circulație, și o bătrână care păzea gâște ne-a indicat cu precizie unde se afla castelul. Înainte de a ne despărți, ne-a întrebat dacă aveam de gând să dormim acolo și i-am răspuns – așa cum stabilisem – că urma să luăm doar prânzul. „Slavă Domnului – a zis ea –, căci castelul e bântuit de stafii." Soția mea și cu mine, care nu credem în strigoi în miez de zi, am glumit pe seama naivității ei. Însă pe cei doi băieți ai noștri, de nouă și șapte ani, ideea de a vedea o fantomă aievea i-a entuziasmat.

Miguel Otero Silva, care era nu numai un bun scriitor, ci și o gazdă minunată și un gurmand rafinat, ne aștepta cu un prânz de neuitat. Cum se făcuse târziu, n-am avut timp să vedem castelul pe dinăuntru înainte de a ne așeza să mâncăm, dar înfățișarea sa exterioară n-avea nimic înspăimântător și orice neliniște ni s-a risipit la vederea întregului oraș de pe terasa înflorită unde stăteam la masă. Era greu de crezut că pe colina aceea, cu case cățărate până sus, unde abia dacă încăpeau nouăzeci de mii de ființe, s-au născut atâția oameni atinși de scânteia nepieritoare a geniului, ca Guido d'Arezzo, care a inventat o scriitură pentru cântat, sau splendidul Vasari, sau Aretino cel slobod la gură, sau Iulius al II-lea și însuși Cayo Clinio Mecenas, cei doi mari protectori ai artelor și literelor de pe timpul lor. Și totuși, Miguel Otero Silva ne-a spus, cu umorul său obișnuit, că niciunul din mulțimea aceea nu era bărbatul cel mai de vază pe care-l dăduse Arezzo. „Cel mai de vază, a spus, a fost Ludovico." Așa, fără nume de familie: Ludovico, marele senior al artelor și al războaielor, care construise castelul acela al nenorocirii sale.

Miguel Otero Silva ne-a vorbit cât a durat prînzul. Ne-a vorbit despre puterea-i imensă, de iubirea nefericită și de moartea sa îngrozitoare. Ne-a povestit cum s-a întâmplat totul, cum într-o clipă de rătăcire a cugetului și-a înjunghiat aleasa pe patul unde tocmai se iubiseră, iar apoi și-a asmuțit împotrivă-i ferocii câini de vânătoare, care-l sfâșiară din câteva mușcături. Ne-a asigurat, cât se poate de serios, că, începând cu miezul nopții, fantoma lui Ludovico bântuia prin castelul cufundat în beznă, străduindu-se să-și găsească liniștea în purgatoriul său de iubire. Dar în toiul zilei, fiind noi cu stomacul plin și cugetul împăcat, toată povestea aceea nu ne putea părea decât o glumă, ca atâtea altele spuse de el ca să-și distreze invitații. Castelul era în realitate uriaș și sumbru, cum am putut constata după ce ne-am făcut siesta. Cele două etaje și cele optzeci și două de încăperi suferiseră felurite schimbări aduse de stăpânii lor succesivi. Miguel Otero Silva restaurase complet parterul și-și amenajase un dormitor modern, cu pardoseala de marmură și instalații pentru saună și aparate de fitness, precum și terasa cu flori parfumate unde mâncasem. „Sunt chestii ca la Caracas, ca să-l dezorientez pe Ludovico“, ne-a zis. Eu auzisem, într-adevăr, că singurul lucru care zăpăcește fantomele sunt labirinturile timpului.

Etajul întâi era neatins. Fusese cel mai folosit în decursul veacurilor, dar acum era o înșiruire de camere fără niciun stil, cu mobile din epoci diferite, rămase de izbeliște. Ultimul etaj era cel mai părăginit dintre toate, dar se păstra acolo o încăpere peste care timpul uitase să treacă. Era dormitorul lui Ludovico. A fost o clipă magică. Acolo era alcovul cu baldachin brodat în fir de aur și cuvertura cu dantele măiestrite, încă întărite de sângele uscat al amantei sacrificate. Era și căminul cu cenușa înghețată, și lemnul cel de pe urmă pietrificat, și dulapul cu armele bine încărcate, și portretul în ulei al cavalerului îngândurat, într-o ramă de aur, pictat de vreunul dintre maeștrii florentini care n-au avut norocul să supraviețuiască vremii lor. Totuși, ceea ce m-a impresionat cel mai tare a fost mireasma de fragi proaspeți ce dăinuia fără nicio explicație posibilă în aerul din dormitor.

Zilele de vară sunt lungi și molcome în Toscana, iar orizontul nu se clintește din loc până la nouă seara. După ce ne-a arătat interiorul castelului, Miguel Otero Silva ne-a dus să vedem frescele lui Piero della Francesca de la Biserica San Francisco; apoi băurăm o cafea însoțită generos de conversație, sub pergola din piață înfrumusețată de primele adieri ale serii, și, când ne-am întors să ne luăm valizele, am găsit cina servită. Așa că am rămas să mâncăm. În timpul mesei, copiii au mai aprins niște torțe de la bucătărie și au pornit să cerceteze negurile din încăperile de sus. De la masă le auzeam tropotul de cai sălbatici pe scări, scrâșnetul lugubru al ușilor, strigătele fericite chemându-l pe Ludovico prin încăperile tenebroase. Lor li s-a năzărit proasta idee să rămânem peste noapte. Încântat, Miguel Otero Silva le-a sărit în ajutor, iar noi n-am avut curajul să refuzăm politicos.

În pofida temerilor mele, am dormit foarte bine: eu și soția mea, într-un dormitor la parter, iar copiii, într-o cameră alăturată. Pe când încercam să adorm, am auzit cele douăsprezece bătăi neostoite ale pendulei din salon și, pentru o clipă, mi-am amintit de femeia cu gâștele. Dar eram atât de frânți de oboseală, că ne cufundarăm curând într-un somn adânc și neîntrerupt, și m-am trezit după ora șapte, cu un soare splendid. Lângă mine, Mercedes plutea pe marea liniștită a inocenților. „Ce prostie, mi-am zis, să mai creadă cineva în fantome în vremea noastră!“ Abia atunci mi-am dat seama – cu o străfulgerare de groază – că nu ne aflam în camera unde ne culcaserăm în ajun, ci în dormitorul lui Ludovico, întinși pe patul lui plin de sânge. Cineva ne schimbase camera în timpul somnului.

30 decembrie 1980, *El País*, Madrid

CARAIBE MAGIC

Surinamul – nu știe toată lumea – este o țară independentă din Marea Caraibilor, care a fost până acum câțiva ani o colonie olandeză. Are 163 820 de kilometri pătrați și puțin mai mult de 384 000 de locuitori de origini diferite: indieni din India, indieni autohtoni, indonezieni, africani, chinezi și europeni. Capitala sa, Paramaribo – pe care în spaniolă o pronunțăm cu accentul pe penultima silabă, iar nativii o pronunță accentuând-o pe ultima –, este un oraș zgomotos și trist, cu un spirit mai degrabă asiatic decât american, în care se vorbesc patru limbi și numeroase dialecte din partea locului, pe lângă limba oficială – olandeza –, și există șase religii: hindusă, catolică, musulmană, moravă, olandeză reformată și luterană. În prezent, țara este guvernată de un regim de militari tineri, despre care se știe foarte puțin, inclusiv în țările vecine, și nimeni nu și-ar aminti de această țară dacă n-ar fi escala obișnuită, o dată pe săptămână, a unui avion olandez care zboară de la Amsterdam la Caracas.

Auzisem vorbindu-se de Surinam din fragedă copilărie, nu datorită țării în sine – care pe atunci se numea Guyana Olandeză –, ci pentru că se afla la granița cu

Guyana Franceză în capitala căreia, Cayenne, a existat până de curând îngrozitoarea colonie penitenciară cunoscută, în viață și în moarte, drept Insula Diavolului. Puținii care au izbutit să fugă din infernul acela, și care puteau fi la fel de bine criminali sângeroși sau idealiști politici, se răspândeau prin numeroasele insule ale Antilelor, până când reușeau să se întoarcă în Europa sau să se stabilească, sub o altă identitate, în Venezuela și pe coasta caraibiană a Columbiei. Cel mai cunoscut dintre toți a fost Henri Charrière, autorul romanului *Papillon*, care a prosperat la Caracas ca patron de restaurante și de alte localuri mai puțin transparente și care a murit acum câțiva ani în culmea unei glorii literare efemere, dar pe cât de meritorie, pe atât de nemeritată. În realitate, această glorie îi revenea, cu mai mare îndreptățire, altui fugar francez care a descris, cu mult înaintea lui Papillon, ororile din Insula Diavolului, și care totuși nu figurează astăzi în nicio literatură, numele lui nefiind menționat în enciclopedii. Se numea René Belbenoît, fusese ziarist în Franța înainte de a fi condamnat la muncă silnică pentru o cauză de care niciun ziarist de astăzi nu și-ar putea aminti, și a continuat să fie ziarist în Statele Unite, unde a obținut azil și unde a murit de bătrânețe, ca un om cinstit.

Câțiva dintre acești fugari s-au refugiat în satul de pe coasta caraibiană a Columbiei unde m-am născut eu, pe vremea febrei bananiere, când havanele nu se aprindeau cu chibrituri, ci cu bilete de cinci pesos. Mai mulți dintre ei au fost asimilați de populație și au ajuns să fie cetățeni foarte respectabili, care s-au distins întotdeauna prin vorbirea lor greoaie și prin ermetismul trecutului lor. Unul dintre ei, Roger Chantal, care sosise neavând nicio altă meserie în afară de aceea de a scoate măsele fără anestezie, a devenit milionar peste noapte, fără nicio explicație.

Făcea niște petreceri babilonice – într-un sat neverosimil, care n-avea mai nimic prin care ar fi putut invidia Babilonia –, se îmbăta criță și striga în agonia lui fericită: „Je suis l'homme le plus riche du monde". În toiul acestui delir, își dădea niște aere de binefăcător pe care nimeni nu i le cunoscuse până atunci, și a dăruit bisericii un sfânt din ipsos în mărime naturală, care a fost întronat într-o petrecere de trei zile. Într-o zi oarecare de marți, au sosit cu trenul de la ora unsprezece trei agenți secreți, care s-au dus imediat la el acasă. Chantal nu se afla acolo, dar agenții au făcut o percheziție minuțioasă în prezența soției lui indigene, care n-a opus nicio rezistență decât atunci când au vrut să deschidă bufetul uriaș din dormitor. Atunci, agenții au spart oglinzile și au găsit peste un milion de dolari în bancnote false, ascunse între sticlă și lemn. Nu s-a mai știut niciodată nimic despre Roger Chantal. Mai târziu, a circulat legenda că milionul de dolari falși intrase în țară ascuns în sfântul de ipsos, pe care niciun agent de la vamă n-a avut curiozitatea să-l cerceteze.

Toate astea mi-au venit brusc în minte cu puțin înainte de Crăciunul anului 1957, când a trebuit să fac o escală de o oră la Paramaribo. Aeroportul era o pistă de pământ bătătorit, cu o căsuță acoperită cu frunze de palmier, pe al cărei stâlp central era un telefon din acelea ca în filmele cu cowboy, cu o manivelă care trebuia învârtită cu forță și de multe ori până să se obțină un răspuns. Căldura era toridă și aerul, prăfos și stătut, avea mirosul acela de caiman adormit prin care se identifică regiunea Caraibilor când cineva sosește acolo din altă lume. Pe un taburet rezemat de stâlpul cu telefonul stătea o negresă foarte frumoasă, tânără și masivă, cu un turban multicolor ca acelea folosite de femeile din unele țări din Africa. Era însărcinată, aproape gata nască, și fuma o țigară în liniște, cum am văzut doar în Caraibe: cu capătul aprins în gură și scoțând fum prin celălalt capăt ca un coș de vapor. Era singura ființă omenească de pe aeroport.

După un sfert de oră, a sosit un jeep decrepit, învăluit într-un nor de praf arzător, din care s-a dat jos un negru cu pantaloni scurți și cască de plută, aducând hârtiile pentru plecarea avionului. Pe când se ocupa de treaba asta, vorbea la telefon strigând în olandeză. Cu douăsprezece ore înainte, mă aflam pe o terasă maritimă la Lisabona, în fața necuprinsului ocean portughez, văzând stolurile de pescăruși care se vârau în cârciumile din port, fugind de vântul înghețat. Europa era pe atunci un pământ dezolant acoperit de zăpadă, zilele cu lumină nu aveau mai mult de cinci ore, și era imposibil să îți imaginezi că există, într-adevăr, o lume cu soare canicular și *guayaba* putrede, ca aceea unde tocmai descinsesem. Însă singura imagine care mi-a rămas din experiența aceea, și pe care o păstrez încă intactă, a fost aceea cu frumoasa negresă impasibilă, care țindea în poală un coș cu rădăcini de ghimbir ca să le vândă pasagerilor.

Acum, călătorind din nou de la Lisabona la Caracas, am aterizat iar la Paramaribo și prima mea impresie a fost aceea că greșisem orașul. Terminalul aeroportului este acum un edificiu luminos, cu geamuri mari de sticlă, cu un aer condiționat foarte suav, mirosind a medicamente pentru copii, și cu acea muzică din cutie care se repetă fără îndurare în toate locurile publice din lume. Există magazine de articole de lux fără taxe, la fel de abundente și de bine aprovizionate ca în Japonia, și o cafenea aglomerată unde se întâlnesc, amestecate și în fierbere, cele șapte rase ale țării cu cele șase religii și cu limbile sale nenumărate. Schimbarea aceea nu părea să aibă douăzeci de ani, ci mai multe secole.

Profesorul meu Juan Bosch, autor, între multe alte opere, al unei istorii monumentale a regiunii Caraibilor, a spus odată în particular că lumea noastră magică este aidoma acelor plante de neînvins care renasc de sub ciment până când îl crapă și îl distrug, ajungând să înflorească din nou în același loc. Am înțeles aceasta mai bine ca niciodată când am ieșit, pe o poartă surprinzătoare a aeroportului din Paramaribo, și am dat de un șir de femei bătrâne stând jos nemișcate, toate negrese, toate cu turbane colorate și toate fumând cu jarul înăuntrul gurii, care vindeau fructe și artizanat din partea locului. Dar niciuna nu făcea nici cel mai mic efort spre a convinge pe cineva. Doar una dintre ele, care nu era cea mai bătrână, vindea rădăcini de ghimbir. Am recunoscut-o imediat. Fără să știu de unde să încep și nici ce să fac în realitate cu acea descoperire, i-am cumpărat un pumn de rădăcini. Pe când făceam asta, amintindu-mi de starea ei de prima oară, am întrebat-o fără introducere ce-i face fiul. Nici măcar nu m-a privit. „Nu e fiu, ci fiică, a spus, și tocmai mi-a oferit primul nepot, la douăzeci și doi de ani."

6 ianuarie 1981, *El País*, Madrid

POEZIA, LA ÎNDEMÂNA COPIILOR

Un profesor de literatură a avertizat-o anul trecut pe fata cea mică a unui bun prieten de-al meu că examenul final va fi despre *Un veac de singurătate*. Fata s-a speriat, pe bună dreptate, nu numai pentru că nu citise cartea, ci și fiindcă avea examene și la alte materii mai dificile. Din fericire, tatăl ei are o formație literară foarte serioasă și un instinct poetic ca puțini alții, și a pregătit-o atât de temeinic, încât s-a prezentat la examen mai bine înarmată ca profesorul ei. Totuși, acesta i-a pus o întrebare neprevăzută: Ce înseamnă litera inversată din titlul romanului *Un veac de singurătate*?

Se referea la ediția de la Buenos Aires, a cărei copertă a fost făcută de pictorul Vicente Rojo cu o literă inversată, pentru că așa i-a dictat absoluta și suverana lui inspirație. Fata, de bună seamă, n-a știut ce să răspundă. Când i-am povestit, Vicente Rojo mi-a spus că nici el n-ar fi știut.

În același an, fiul meu Gonzalo a trebuit să răspundă unui chestionar de literatură elaborat la Londra pentru un examen de admitere. Una dintre întrebări încerca să pătrundă simbolul cocoșului din *Colonelului n-are cine să-i scrie*. Gonzalo, care cunoaște foarte bine stilul de la el de acasă, n-a putut rezista tentației de a râde de savantul din țara aceea depărtată și a răspuns: „Este cocoșul cu ouăle de aur“. Mai târziu am aflat că elevul care a obținut nota cea mai bună a fost cel care a răspuns, cum îl învățase profesorul, că simbolul cocoșului colonelului este forța populară reprimată. Când am aflat, m-am bucurat încă o dată de norocoasa mea stea politică, pentru că finalul pe care eu îl gândisem pentru această carte, și pe care l-am schimbat în ultimul moment, era acela conform căruia colonelul îi sucea gâtul cocoșului și făcea din el o supă de protest.

De mulți ani de zile colecționez aceste perle cu care profesorii de literatură prost pregătiți îi pervertesc pe copii. Cunosc unul de foarte bună-credință pentru care bunica fără suflet, grasă și lacomă, care o exploatează pe candida Eréndira pentru a-și încasa o datorie, este simbolul capitalismului nesățios. Un profesor catolic arăta că urcarea la ceruri a lui Remedios cea Frumoasă era o transpunere poetică a ascensiunii cu trup și suflet a Fecioarei Maria. Altul a ținut un curs complet despre Herbert, un personaj dintr-o povestire de-a mea, care le rezolvă tuturor problemele și împarte banii cu amândouă mâinile. „Este o frumoasă metaforă a lui Dumnezeu“, a spus profesorul. Doi critici din Barcelona m-au surprins cu descoperirea că *Toamna patriarhului* avea aceeași structură precum Concertul nr. 3 pentru pian de Béla Bartók. Asta mi-a produs o mare bucurie, datorită admirației pe care o am pentru Béla Bartók, și în special pentru acest concert, dar încă n-am reușit să înțeleg analogiile celor doi critici. Un profesor de literatură de la Facultatea de Litere din Havana dedica multe ore analizei romanului *Un veac de singurătate* și ajungea la concluzia – măgulitoare și deprimantă în același timp – că nu putea oferi nicio soluție. Fapt care a sfârșit prin a mă convinge că mania interpretativă ajunge să fie, până la urmă, o nouă formă de ficțiune, care uneori frizează absurdul.

Trebuie să fiu un cititor foarte naiv, fiindcă niciodată nu m-am gândit că romancierii vor să spună mai mult decât ceea ce spun. Când Franz Kafka spune că Gregor Samsa s-a trezit într-o dimineață prefăcut într-o insectă uriașă, nu mi se pare că asta ar simboliza ceva, și singurul lucru care m-a intrigat întotdeauna este ce soi de animal a putut fi acela. Cred că, în realitate, a fost o vreme în care covoarele zburau și duhurile erau prizoniere în sticle. Cred că măgărița lui Balaam a grăit – așa cum spune Biblia –, și lucrul cel mai regretabil este că nu i s-a înregistrat vocea, și mai cred că Iosua a dărâmat zidurile Ierihonului cu puterea trompetelor sale, și că e păcat că nimeni n-a transcris muzica acelei năruiri. Cred, în sfârșit, că licențiatul licențiatul Vidriera[1] – al lui Cervantes – era în realitate din sticlă, așa cum el l-a creat în nebunia sa, și cred cu adevărat în adevărul încântător că Gargantua urina torente pe catedralele din Paris. Mai mult: cred că alte minuni similare continuă să se întâmple și că, dacă nu le vedem, e în mare parte pentru că ne împiedică raționalismul obscurantist pe care ni l-au inculcat profesorii de literatură prost pregătiți.

Am un mare respect și mai ales o profundă afecțiune pentru meseria de profesor, și de aceea mă doare că și ei pot fi victime ale unui sistem de învățământ care îi determină să spună prostii. Una dintre ființele mele de neuitat este învățătoarea care m-a învățat să citesc la

---

[1] *Vidriera*, „vitraliu“ („vitrină“), cuvânt derivat de la vidrio „sticlă“. (n.tr.)

cinci ani. Era o fată frumoasă și știa să nu pretindă că știe mai mult decât poate, și pe deasupra era atât de tânără încât, cu timpul, a ajuns să fie mai mică decât mine. Ea a fost cea care ne citea în clasă primele poezii, care mi s-au întipărit în minte pentru totdeauna. Îmi amintesc cu aceeași gratitudine de profesorul de literatură de la liceu, un om modest și prudent, care ne călăuzea prin labirintul cărților bune fără interpretări sofisticate. Această metodă ne permitea nouă, elevilor lui, o participare mai personală și mai liberă la miracolul poeziei. În concluzie, un curs de literatură n-ar trebui să fie mai mult decât o bună călăuză de lectură. Orice altă pretenție nu servește la nimic altceva decât ca să îi sperie pe copii. Așa cred eu, din spatele scenei.

27 ianuarie 1981, *El País*, Madrid

FLUVIUL VIEȚII

Singurul lucru pentru care aș vrea să fiu iar copil este ca să pot călători din nou cu un vapor pe fluviul Magdalena. Cei care n-au făcut-o pe vremea aceea nu pot nici măcar să-și închipuie cum era. Eu a trebuit s-o fac de două ori pe an – o dată la dus și o dată la întors – în timpul celor șase ani de liceu și în cei doi de universitate, și de fiecare dată am învățat mai multe despre viață decât la școală, și chiar mai bine decât la școală. În perioada în care debitul apelor era bun, călătoria în susul apei dura cinci zile, de la Barranquilla la Puerto Salgar, de unde se lua trenul până la Bogotá. În perioadele de secetă, care erau cele mai multe și cele mai distractive pentru călătorie, aceasta putea dura până la trei săptămâni.

Trenul de la Puerto Salgar urca parcă târându-se pe pantele abrupte ale stâncilor preț de o zi întreagă. Pe porțiunile mai anevoioase se dădea înapoi pentru a-și lua avânt și încerca din nou să urce, pufnind ca un balaur, iar uneori era nevoie ca pasagerii să coboare și să urce pe jos până la creasta următoare, pentru a-i ușura greutatea. Satele de pe drum erau înghețate și triste, iar vânzătoarele de totdeauna ofereau pe fereastra vagonului niște găini mari și galbene, gătite întregi, și niște cartofi ninși, cu miros de mâncare de spital. La Bogotá se ajungea la șase după-amiaza, care de atunci e pentru mine ora cea mai greu de suportat. Orașul era lugubru și glacial, cu tramvaie zgomotoase care scoteau scântei pe la colțuri, și cu o ploaie amestecată cu funingine ce nu înceta niciodată. Bărbații îmbrăcați în negru, cu pălării negre, umblau grăbiți și poticnindu-se, de parcă aveau de făcut comisioane urgente, și nu era nici măcar o singură femeie pe stradă. Dar acolo trebuia să rămânem tot anul, făcându-ne că studiem, deși, în realitate, nu așteptam decât să fie iar decembrie pentru a călători încă o dată pe fluviul Magdalena.

Erau timpurile vapoarelor cu trei niveluri și cu două coșuri, care treceau noaptea ca un sat iluminat și lăsau o dâră de melodii și de visuri himerice care ajungea în localitățile sedentare de pe mal. Spre deosebire de vapoarele de pe Mississippi, la ale noastre timona nu se afla la proră, ci la pupă, și niciunde în lume n-am mai văzut altele la fel. Aveau nume ușoare și imediate: *Atlántico*, *Medellín*, *Capitán de Caró*, *David Arango*. Căpitanii lor, ca aceia ai lui Conrad, erau autoritari și cu suflet bun, mâncau ca barbarii și nu dormeau niciodată singuri în cabinele lor izolate. Membrii echipajului se numeau *marinari* prin extindere, ca și când ar fi fost de pe mare, dar în cârciumile și bordelurile din Barranquilla, unde ajungeau amestecați cu marinarii de pe mare, erau deosebiți cu un nume inconfundabil: vaporeni.

Călătoriile erau lente și surprinzătoare în timpul zilei, noi, pasagerii, ne așezam pe terasă ca să vedem cum trece viața. Vedeam caimanii care păreau trunchiuri de copaci pe mal, cu fălcile căscate, așteptând să le cadă ceva de mâncare înăuntru. Se vedeau mulțimile de egrete care își luau zborul, speriate de siajul vaporului, cârdurile de rațe sălbatice din mlaștinile din interior, bancurile interminabile de pești, lamantinii care își alăptau puii și strigau de parcă ar fi cântat pe țărmurile întinse. Uneori, o pală de duhoare întrerupea siesta; era cadavrul imens al unei vaci înecate, coborând aproape imobil pe firul curentului, cu un vultur solitar pe pântec. Pe tot parcursul călătoriei, te trezeai în zori, năucit de vacarmul maimuțelor și de scandalul coțofenelor.

Acum se întâmplă rar să cunoști pe cineva în avion. Pe vapoarele de pe fluviul Magdalena, noi, pasagerii, ajungeam să părem o singură familie, căci ne puneam de acord în toți anii să facem călătoria împreună. Băieții Eljach se îmbarcau la Calamar, băieții Peña și Del Toro – consăteni cu bărbatul-caiman – se îmbarcau la Plato; băieții Estorninos și Viñas, la Magangué; băieții Villafañes, la Banco. Pe măsură ce călătoria înainta, petrecerea era și mai încinsă. Viața noastră se împletea, într-un chip efemer dar de neuitat, cu aceea a satelor în care făceam escală, și multora li se schimba acolo destinul pentru totdeauna. Vicente Escudero, care era student la Medicină, a intrat fără să fie poftit la o nuntă în Gamarra, a dansat fără să ceară voie cu femeia cea mai frumoasă din sat, și bărbatul ei l-a ucis împușcându-l. În schimb, Pedro Pablo Guillén, la o beție homerică, s-a căsătorit cu prima fată care i-a plăcut, și este și acum fericit cu ea și cu cei nouă copii ai lor. Irecuperabilul José Palencia, un muzicant înnăscut, s-a prezentat la un concurs de toboșari în Tenerife și a câștigat o vacă pe care a vândut-o pe loc, cu cincizeci de pesos: o avere pe vremea aceea. Uneori, vaporul se împotmolea chiar și cincisprezece zile pe un banc de nisip. Nimeni nu se îngrijora, fiincă petrecerea continua, și o scrisoare a căpitanului cu sigiliul său servea drept justificare pentru întârzierea la liceu.

Într-o noapte, în ultima mea călătorie din 1948, ne-a deșteptat un plânset sfâșietor venind dinspre mal. Căpitanul Clímaco Conde Abello, care era unul dintre marii căpitani, a dat ordin să se caute cu reflectoarele de unde provenea asemenea durere. Era o femelă de lamantin care se încurcase în crengile unui copac căzut. Vaporenii s-au aruncat în apă, au legat-o de un cabestan și au izbutit s-o elibereze. Era un animal fantastic și înduioșător, lung de aproape patru metri, și avea pielea palidă și netedă, și un tors de femeie, cu țâțe mari de mamă iubitoare, iar din ochii imenși și triști îi izvorau lacrimi omenești. Pentru prima oară l-am auzit chiar pe căpitanul Conde Abello spunând că lumea avea să se sfârșească dacă erau omorâte în continuare animalele din fluviu, și a interzis să se tragă de pe vaporul lui. „Cel care vrea să omoare pe cineva s-o facă la el acasă!“, a strigat. „Nu pe vaporul meu!“ Însă nimeni nu l-a ascultat. După treisprezece ani, la 19 ianuarie 1961, un prieten mi-a telefonat în Mexic pentru a-mi povesti că vaporul *David Arango* fusese incendiat și prefăcut în cenușă în portul Magangué. Am închis telefonul cu impresia îngrozitoare că în ziua aceea tinerețea mea se sfârșise și că tot ce mai rămânea din fluviul nostalgiilor noastre se dusese naibii.

Se dusese, într-adevăr. Fluviul Magdalena este mort, cu apele sale otrăvite și animalele sale exterminate. Lucrările de reabilitare de care a început să vorbească guvernul, de când mai mulți ziariști s-au pus de acord readucând în actualitate problema, este o farsă pentru a distrage atenția. Reabilitarea fluviului Magdalena va fi posibilă numai prin efortul continuu și intens al cel puțin patru generații conștiente: un secol întreg.

Se vorbește cu prea mare ușurință de reîmpădurire. Asta înseamnă, în realitate, plantarea pe malurile fluviului a 59 110 000 de copaci. Repet, apăsând pe fiecare literă: cincizeci și nouă de milioane o sută zece mii de copaci, dar problema cea mare nu este să îi plantezi, ci unde să îi plantezi, deoarece pământul fertil de pe țărmuri este, aproape în totalitate, proprietate privată, și reîmpădurirea completă ar trebui să ocupe nouăzeci la sută din suprafața lui. Ar merita osteneala să te întrebi cine ar fi proprietarii care ar avea amabilitatea să cedeze nouăzeci la sută din pământurile lor numai pentru a planta copaci, renunțând în consecință la nouăzeci la sută din veniturile lor anuale.

Pe de altă parte, poluarea afectează nu numai fluviul Magdalena, ci și toți afluenții săi. Sunt apoi canalele de scurgere ale orașelor și satelor riverane, care strâng și acumulează, în plus, deșeuri industriale și agricole, ale animalelor și ale ființelor omenești, și se varsă în imensa lume de porcării naționale de la Bocas de Ceniza. În noiembrie anul trecut, la Tocaima, doi luptători de gherilă s-au aruncat în râul Bogotá, fugind de forțele armate. Au reușit să scape, dar au fost pe punctul de a muri infectați de ape. Astfel că locuitorii din Departamentul Magdalena, mai ales din partea lui de jos, nu mai folosesc de multă vreme apa pentru băut și nici nu mănâncă pești sănătoși, căci primesc numai – cum spun doamnele – pur și simplu rahat.

Întreprinderea este colosală, dar aceasta este, poate, tot ce are mai bun. Proiectul complet a ceea ce trebuie făcut se află într-un studiu realizat acum câțiva ani de o comisie mixtă din Columbia și Olanda, ale cărui treizeci de volume dorm somnul celor nedrepți în arhivele Institutului de Hidrologie și Meteorologie (IMAT).

Directorul adjunct al acestui studiu monumental a fost un tânăr inginer din Antioquia, care i-a consacrat o jumătate din viață și, înainte de a-l termina, i-a dat-o și pe cea care îi mai rămăsese: a murit înecat în fluviul visurilor sale. În schimb, niciun candidat prezidențial din ultimii ani nu a riscat să se înece în apele lui. Locuitorii satelor riverane – care în zilele următoare se vor afla în primele linii ale intenției naționale privitoare la călătoria vasului *Caracola* – ar trebui să fie conștienți de aceasta. Și să-și aducă aminte că, de la Honda până la Bocas de Ceniza, există suficiente voturi pentru a alege un președinte al Republicii.

25 martie 1981, *El País*, Madrid

MARÍA SUFLETULUI MEU

Acum vreo doi ani, i-am povestit un episod din viața reală regizorului mexican de cinema Jaime Humberto Hermosillo, cu speranța că l-ar putea transpune într-un film, dar nu mi s-a părut că i-a atras atenția. Însă după două luni a venit să-mi spună, fără să mă anunțe mai întâi, că avea deja prima schiță a scenariului, așa că am lucrat împreună până la forma lui definitivă. Înainte de a structura caracterele principalilor protagoniști, ne-am pus de acord în privința celor doi actori care puteau să-i întruchipeze cel mai bine: María Rojo și Hector Bonilla. Pe deasupra, asta ne-a permis să ne bazăm pe colaborarea ambilor la scrierea anumitor dialoguri, și chiar am lăsat unele abia schițate pentru ca ei să le improvizeze cu propriul lor limbaj în timpul filmării.

Tot ce scrisesem din această poveste – de când mi-a fost istorisită, cu mulți ani în urmă, la Barcelona – erau niște note răzlețe într-un caiet de școală, și un proiect de titlu: „Nu: eu am venit doar ca să dau un telefon". Dar în momentul înregistrării proiectului de scenariu, ni s-a părut că nu era titlul cel mai potrivit, și i-am pus altul, provizoriu: *María, iubirea mea*. Mai târziu, Jaime Humberto

Hermosillo i-a dat titlul definitiv: *María sufletului meu*. Era cel care i se potrivea cel mai bine, nu numai prin natura sa, ci și ca stil.

Filmul s-a făcut cu aportul tuturor. Creatori, actori și tehnicieni ne-am adus contribuția la această producție, și singurii bani lichizi de care am dispus au fost două milioane de pesos de la Universidad Veracruzana; adică vreo optzeci de mii de dolari care, în termeni de film, nu ajung nici pe o măsea. S-a filmat cu peliculă de șaisprezece milimetri – color și în nouăzeci și trei de zile ca de muncă forțată, în ambianța febrilă de la colonia Portales, care mi se pare a fi una dintre cele mai reprezentative din Ciudad de México. Eu o cunoșteam foarte bine pentru că, în urmă cu douăzeci de ani, lucrasem la secția de asamblat a unei tipografii din această colonie, și cel puțin o zi pe săptămână, când terminam cu munca, mă duceam cu acei artizani buni și prieteni încă și mai buni să bem până și alcoolul din lămpile bodegilor din cartier. Ni s-a părut că aceea e atmosfera naturală pentru *María sufletului meu.* Am văzut chiar acum filmul terminat și m-am bucurat să constat că nu ne înșelasem. Este excelent, înduioșător și totodată brutal, și când am ieșit din sală m-am simțit înfiorat de o pală de nostalgie.

María – protagonista – era în viața reală o fată de vreo douăzeci și cinci de ani, proaspăt căsătorită cu un funcționar din administrația publică. Într-o seară cu ploaie torențială, pe când mergea singură pe o șosea solitară, mașina ei a făcut pană. După o oră de făcut în zadar semne vehiculelor care treceau, șoferul unui autobuz s-a îndurat de ea. Nu mergea foarte departe, dar María nu voia decât să găsească un loc unde să fie un telefon, ca să-l roage pe bărbatul ei să vină s-o ia. Nu i-ar fi trecut niciodată prin cap că în autobuzul acela închiriat, ocupat în întregime de un grup de femei amorțite, începuse pentru ea o dramă absurdă și nemeritată, care i-a schimbat viața pentru totdeauna.

Când s-a lăsat noaptea, pe ploaia încă persistentă, autobuzul a intrat în curtea pietruită a unei clădiri imense și sumbre, în mijlocul unui parc natural. Femeia care părea a fi responsabila le-a făcut semn să coboare, cu o serie de ordine oarecum copilărești, de parcă ar fi fost școlărițe. Dar toate erau în vârstă, trase la față și absente, și se mișcau cu un mers ce nu părea de pe lumea asta. María a fost ultima care a coborât, fără să-i pese de ploaie, căci oricum era udă până la piele. Responsabila grupului a predat-o atunci altora, care au ieșit în întâmpinare, și a plecat cu autobuzul. Până în momentul acela, María nu-și dăduse seama că femeile acelea erau treizeci și două de bolnave liniștite, transferate din vreun alt oraș, și că în realitate se afla într-un ospiciu.

În interiorul clădirii, María s-a despărțit de grup și a întrebat o angajată unde este un telefon. Una dintre infirmierele care conduceau bolnavele a pus-o să se întoarcă în rând, spunându-i cu un glas foarte blând:

– Pe aici, dragă, pe aici e un telefon.

María a mers mai departe cu celelalte femei, pe un culoar tenebros, și la capătul lui a intrat într-un dormitor comun, unde infirmierele au început să repartizeze paturile. I-au dat și Mariei un pat. Mai curând amuzată de greșeală, María i-a explicat atunci unei infirmiere că mașina ei făcuse o pană pe șosea și că n-avea nevoie decât de un telefon ca să-și anunțe bărbatul. Infirmiera s-a prefăcut că o ascultă cu atenție, dar a dus-o din nou la patul ei, încercând, cu blândețe, să o liniștească.

– Bine, dragă, îi spunea. Dacă te porți frumos, o să poți vorbi la telefon cu cine poftești. Dar nu acum, mâine.

Înțelegând brusc că era gata să cadă într-o cursă mortală, María a ieșit în fugă din dormitor. Dar înainte de a ajunge la poarta mare, un gardian corpolent i-a luat-o înainte, i-a tras o lovitură, și alți doi l-au ajutat să-i pună o cămașă de forță. Puțin mai târziu, cum nu înceta să strige, i-au injectat un somnifer. A doua zi, dat fiind că persista în atitudinea ei de revoltă, au mutat-o în pavilionul nebunelor furioase și au udat-o până la epuizare cu un furtun cu apă rece ca gheața la mare presiune.

Bărbatul Mariei i-a anunțat dispariția puțin după miezul nopții, când a fost sigur că nu se afla acasă la vreo cunoștință. Automobilul – abandonat și desfăcut în bucăți de hoți – a fost recuperat a doua zi. După două săptămâni, poliția a clasat cazul, luând drept bună explicația că María, dezamăgită de scurta experiență matrimonială, fugise cu alt bărbat.

Pe atunci, María nu se adaptase încă la viața din azil, dar firea ei fusese supusă. Refuza mai departe să participe la jocurile în aer liber ale bolnavelor, dar nimeni n-o forța. La urma urmelor, spuneau medicii, așa începeau toate, și, mai devreme sau mai târziu, ajungeau să se încadreze în viața comunității. Cam în a treia lună de detenție, María a reușit să câștige, în sfârșit, încrederea unei asistente sociale și aceasta a acceptat să-i ducă un mesaj bărbatului ei.

Bărbatul Mariei a venit s-o vadă sâmbăta următoare. În sala de primire, directorul azilului i-a explicat, în termeni foarte convingători, care era starea Mariei și cum putea el însuși s-o ajute să se însănătoșească. L-a prevenit cu privire la obsesia ei dominantă – telefonul – și l-a instruit în legătură cu modul în care trebuia să se comporte cu ea în timpul vizitei, pentru a evita să o facă să cadă din nou în desele ei crize de furie. Totul era, cum se spune, să-i țină isonul.

Cu toate că el a urmat întocmai instrucțiunile medicului, prima vizită a fost groaznică. María a încercat să plece cu el cu orice preț, și au fost nevoiți să recurgă din nou la cămașa de forță ca s-o potolească. Însă, încetul cu încetul, a devenit mai docilă la vizitele următoare. Așa că bărbatul ei a continuat să vină s-o vadă sâmbăta, aducându-i de fiecare dată bomboane de ciocolată, până când medicii i-au spus că nu era cadoul cel mai potrivit pentru María, fiindcă începuse să se îngrașe. De atunci i-a adus numai trandafiri.

5 mai 1981, *El País,* Madrid

PRECUM SUFLETELE FĂRĂ ODIHNĂ

Cu mulți ani în urmă, am auzit pentru prima oară povestea bătrânului grădinar care se sinucisese la Finca Vigía, frumoasa casă printre copaci înalți dintr-o suburbie a Havanei, unde își petrecea cea mai mare parte a timpului scriitorul Ernest Hemingway. De atunci am mai auzit-o de multe ori, în numeroase versiuni. Conform celei mai curente, grădinarul a luat decizia extremă după ce scriitorul a hotărât să-l dea afară, pentru că se încăpățâna să taie crengile copacilor împotriva voinței lui. Era de așteptat ca, în memoriile sale – dacă avea să le scrie – sau în oricare din operele lui postume, Hemingway să povestească versiunea reală. Se pare însă că n-a făcut-o. Toate variantele coincid relatând că omul, care fusese grădinar încă dinainte ca scriitorul să cumpere casa, a dispărut brusc, fără nicio explicație. Patru zile mai târziu, după semnele foarte clare ale păsărilor răpitoare, i-au descoperit cadavrul în fundul unei puț artificial care îi aproviziona cu apă potabilă pe Hemingway și pe soția lui de atunci, frumoasa Martha Gellhorm. Totuși, scriitorul cubanez Norberto Fuentes, care a realizat o cercetare minuțioasă a vieții lui Hemingway la Havana, a publicat de curând o versiune diferită, și poate mai bine documentată, cu privire la acea moarte atât de controversată. I-a povestit-o fostul majordom al casei și, conform acesteia, puțul mortului nu furniza apă pentru băut, ci pentru a înota în piscină. Iar în aceasta, așa cum a povestit majordomul, se aruncau frecvent pastile dezinfectante, deși poate că nu atâtea câte să o dezinfecteze de pe urma unui mort întreg. În orice caz, ultima versiune o dezminte pe cea mai veche, care era și cea mai literară, conform căreia soții Hemingway băuseră apa înecatului vreme de trei zile. Se zice că scriitorul spusese: „Singura diferență pe care am observat-o era că apa devenise mai dulce".

Aceasta este una dintre nenumăratele istorii fascinante – scrise sau vorbite – care îți rămân pentru totdeauna mai mult în inimă decât în minte și de care e plină viața tuturor. Poate că sunt sufletele fără odihnă ale literaturii. Unele sunt adevărate perle poetice, pe care le-am prins din zbor, fără să reținem foarte bine cine este autorul, pentru că ni se părea de neuitat; sau pe care le-am auzit fără a ne întreba cine le povestea, și după un timp nu mai știam cu siguranță dacă nu cumva erau povești pe care le-am visat. Dintre toate, cea mai frumoasă și mai cunoscută este, fără îndoială, cea a șoricelului nou-născut care, când a ieșit prima oară din vizuină, s-a întâlnit cu un liliac și s-a întors uluit, strigând: „Mamă, am văzut un înger!" Alta, tot din viața reală, dar care depășește cu mult ficțiunea, este cea a radioamatorului din Managua care, în zorii zilei de 22 decembrie 1972, a încercat să comunice cu orice parte a lumii pentru a informa că un cutremur ștersese orașul de pe fața pământului. După ce, timp de o oră, a explorat un cuadrant în care se auzeau numai șuiere siderale, un coleg mai realist decât el l-a convins să renunțe. „E inutil, i-a spus, s-a întâmplat același lucru în toată lumea." Altă poveste, la fel de veridică precum cele de dinainte, a fost cea trăită de orchestra simfonică din Paris care, acum vreo zece ani, a fost aproape gata să se desființeze din cauza unui inconvenient care nu i-a venit în minte lui Franz Kafka: clădirea care i se atribuise pentru repetiții avea numai un ascensor hidraulic pentru patru persoane, astfel încât cei optzeci de muzicieni începeau să urce la opt dimineața și, patru ore mai târziu, când toți terminaseră de urcat, trebuiau să coboare din nou pentru a mânca de prânz.

Dintre povestirile scrise care te uimesc de la cea dintâi lectură și pe care le recitești ori de câte ori poți, cea mai pe gustul meu este *Laba de maimuță*, de W.W. Jacobs. Îmi amintesc doar de două povestiri care mi se par perfecte: aceasta și *Cazul doctorului Valdemar*, de Edgar Allan Poe. Însă, pe când la acest scriitor poate fi identificată până și calitatea hainelor sale, despre primul se știe foarte puțin. Nu cunosc mulți erudiți care să poată spune ce înseamnă inițialele lui repetate, fără să mai consulte o dată enciclopedia, cum am făcut eu chiar acum: William Wymark. Se născuse la Londra, unde a murit în 1943, la modesta vârstă de optzeci de ani, și operele sale complete, în optsprezece volume – chiar dacă enciclopedia n-o spune –, ocupă șaizeci și patru de centimetri dintr-o bibliotecă. Dar faima sa se datorează în întregime unei capodopere de cinci pagini.

În sfârșit, mi-ar plăcea să-mi aduc aminte – și știu că vreun cititor milos o să-mi spună în zilele următoare – cine sunt autorii a două povestiri care au agitat în profunzime febra literară a tinereții mele. Prima este drama unui om dezamăgit care s-a aruncat de la etajul zece în stradă, și, pe măsură ce cădea, vedea prin ferestre intimitatea vecinilor, micile tragedii casnice, amorurile pe furiș, scurtele clipe de fericire, lucruri despre care nu se auzise niciodată pe scara comună, așa încât în clipa în care s-a strivit de caldarâmul străzii își schimbase complet concepția despre lume și ajunsese la concluzia că acea viață pe care o părăsea pentru totdeauna prin ușa falsă merita să fie trăită.

Cealaltă povestire este despre doi exploratori care au reușit să se refugieze într-o cabană părăsită, după ce au trăit trei zile îngrozitoare, rătăciți în zăpadă. După trei zile, unul a murit. Supraviețuitorul a săpat un șanț în zăpadă, cam la o sută de metri de cabană, și a îngropat cadavrul. Însă a doua zi, trezindu-se din primul său somn liniștit, l-a găsit iar în casă, mort și înghețat, dar așezat ca un vizitator cuminte în fața patului său. L-a îngropat din nou, poate într-un loc mai îndepărtat. Dar când s-a trezit a doua zi, l-a găsit iar așezat în fața patului. Atunci și-a pierdut mințile. Din jurnalul pe care îl ținuse până atunci s-a putut afla adevărul istoriei sale. Dintre multele explicații care i s-au dat enigmei, una pare cea mai verosimilă. Supraviețuitorul se simțise atât de afectat de singurătate, încât el însuși dezgropa adormit cadavrul pe care îl îngropa pe trezie.

Povestea care m-a impresionat cel mai mult în viață, cea mai violentă și în același timp cea mai umană, i-a fost spusă lui Ricardo Muñoz Suay în 1947, pe când era închis în temnița de la Ocaña, provincia Toledo, Spania. Este povestea reală a unui prizonier republican care a fost împușcat în primele zile ale Războiului Civil în închisoarea din Ávila. Plutonul l-a scos din celulă în zorii înghețați și au fost nevoiți cu toții să străbată pe jos un câmp nins pentru a ajunge la locul execuției. Polițiștii erau bine protejați de frig cu pelerină, mănuși și tricornuri, dar chiar și așa tremurau pe câmpul înghețat. Bietul prizonier, care nu avea decât o jachetă de lână ruptă, nu făcea altceva decât să-și frece corpul aproape împietrit, lamentându-se în gura mare de frigul mortal. La un moment dat, comandantul plutonului, exasperat de văicărelile lui, i-a strigat:

– La naiba, nu mai face pe martirul din cauza frigului ăsta nenorocit. Gândește-te la noi, care trebuie să ne mai și întoarcem!

12 mai 1981, *El País*, Madrid

ÎNCĂ CEVA DESPRE LITERATURĂ ȘI REALITATE

O problemă foarte serioasă pe care realitatea noastră ieșită din comun i-o pune literaturii este insuficiența cuvintelor. Când noi vorbim de un fluviu, cel mai mare pe care și-l poate imagina un cititor european este Dunărea, care are 2 790 de kilometri. E greu să-și imagineze, dacă nu i se descrie, realitatea Amazonului, care are 5 500 de kilometri. În dreptul localității Belén del Pará nu i se poate zări celălalt mal, și e mai lat decât Marea Baltică. Când noi scriem cuvântul *furtună,* europenii se gândesc la fulgere și tunete, dar nu e ușor să poată concepe același fenomen pe care noi vrem să-l reprezentăm. La fel se întâmplă, de exemplu, în cazul cuvântului *ploaie*. În cordiliera Anzilor, după descrierea făcută pentru francezi de un alt francez, pe nume Javier Marmier, există furtuni care pot dura chiar și cinci luni. „Cine n-a văzut aceste furtuni, spune el, nu-și va putea face o idee despre violența cu care se manifestă. Ore întregi, fugerele se succed rapid în chip de cascade de sânge și atmosfera tremură sub zguduirea neîncetată a tunetelor, ale căror bubuituri răsună în imensitatea muntelui.“ Descrierea e departe de a fi o capodoperă, dar ar fi de-ajuns pentru a-l face să se înfioare de groază chiar și pe europeanul mai puțin credul.

Așadar, pentru imensitatea realității noastre ar fi nevoie să se creeze un întreg sistem de cuvinte noi. Exemplele acestei necesități sunt interminabile. F.W. Up de Graff, un explorator olandez care a străbătut izvoarele Amazonului la începutul secolului, spune că a dat de un pârâu cu apă clocotită, unde se puteau fierbe ouă tari în cinci minute, și că trecuse printr-o regiune unde nu se putea vorbi cu voce tare fiindcă se dezlănțuiau ploi torențiale. Într-un loc de pe coasta caraibiană a Columbiei, eu am văzut un om îngânând o rugăciune secretă în fața unei vaci care avea viermi în urechi și am văzut cum, pe măsură ce se ruga, viermii cădeau morți. Omul acela susținea că putea vindeca și la distanță, cu condiția să i se descrie animalul și să i se indice locul unde se află. La 8 mai 1902, vulcanul Mont Pelée, din insula Martinica, a distrus în doar câteva minute portul Saint-Pierre și i-a omorât și îngropat în lavă pe toți cei treizeci de mii de locuitori. În afară de unul: Ludger Sylvaris, singurul deținut din localitate, care a fost protejat de structura invulnerabilă a celulei individuale pe care i-o construiseră ca să nu poată evada.

Doar în Mexic ar trebui să se scrie multe volume pentru a fi exprimată realitatea sa incredibilă. După aproape douăzeci de ani de ședere aici, încă aș mai putea petrece ceasuri întregi, cum am făcut de atâtea ori, uitându-mă la un vas cu fasole săltăreață. Naționaliști binevoitori mi-au explicat că mișcarea boabelor e provocată de o larvă vie pe care o au înăuntru, dar explicația pare simplistă: miraculos nu e că fasolea se mișcă pentru că are o larvă înăuntru, ci că are o larvă înăuntru pentru a se putea mișca. Altă experiență stranie a vieții mele a fost prima întâlnire cu peștele umblător mexican *(axolotl)*. Julio Cortázar relatează într-una din povestirile sale că a văzut *axolotl*-ul la *Jardin des Plantes* din Paris, într-o zi în care a vrut să vadă leii. Trecând prin fața acvariilor, povestește Cortázar, „am evitat peștii obișnuiți până am dat pe neașteptate de *axolotl*". Și conchide: „Am rămas cu ochii la el preț de o oră și am plecat nefiind în stare de altceva". Mie mi s-a întâmplat la fel, la Pátzcuaro, numai că nu l-am contemplat o oră, ci o după-amiază întreagă și m-am întors să-l văd de mai multe ori. Dar acolo era ceva care m-a impresionat mai mult decât animalul, și anume anunțul înfipt în poarta casei: „Se vinde sirop de *axolotl*".

Această realitate de necrezut atinge o consistență maximă în Caraibe, care, la drept vorbind, se extinde (prin nord) până în sudul Statelor Unite, și, prin sud, până în Brazilia. Să nu se creadă că e un delir expansionist. Nu: Caraibe nu este doar o zonă geografică, așa cum cred, bineînțeles, geografii, ci o zonă culturală foarte omogenă.

În Caraibe, elementelor originale din credințele primare și concepțiilor magice anterioare descoperirii li s-a adăugat bogata varietate de culturi care s-au întâlnit în același punct în anii următori, într-un sincretism magic al cărui interes artistic și a cărui fertilitate artistică sunt inepuizabile. Contribuția africană a fost puternică și inevitabilă, dar fericită. În această răspântie a lumii, s-a creat un simț al libertății fără limite, o realitate fără Dumnezeu și fără lege, unde fiecare a simțit că poate face orice dorește, fără opreliști de niciun fel: și bandiții se trezeau transformați în regi, evadații – în amirali, prostituatele – în neveste de guvernatori. Dar și invers.

Eu m-am născut și am crescut în Caraibe. Cunosc zona țară cu țară, insulă cu insulă, și poate de aici mi se trage frustrarea că niciodată nu mi s-a întâmplat nimic și nici n-am putut face nimic care să fie mai uluitor decât realitatea. Cel mai departe am putut ajunge transpunând-o cu mijloace poetice, dar nu există niciun singur rând în niciuna din cărțile mele care să nu-și aibă originea într-un fapt real. Una din aceste transpuneri este stigmatul cozii de purcel care neliniștea atât de mult neamul Buendía în *Un veac de singurătate.* Aș fi putut recurge la oricare altă imagine, dar m-am gândit că teama ca nu cumva să se nască un copil cu coadă de purcel avea cele mai puține posibilități să coincidă cu realitatea. Totuși, îndată ce romanul a început să fie cunoscut, s-au ivit în diferite locuri din Americi mărturii ale unor bărbați și femei care aveau ceva asemănător cu o coadă de purcel. În Barranquilla, un tânăr a apărut în ziare: se născuse și crescuse cu coada aceea, dar niciodată n-a dezvăluit acel fapt, până când a citit *Un veac de singurătate.* Explicația lui era și mai uimitoare decât coada. „Niciodată n-am vrut să spun că am așa ceva, fiindcă mi-a fost rușine, dar acum, citind romanul și auzindu-i pe oamenii care l-au citit, mi-am dat seama că e un lucru firesc." Puțin mai târziu, un cititor mi-a trimis o fotografie a unei fetițe din Seul, capitala Coreei de Sud, care s-a născut cu o coadă de purcel. Spre deosebire de ceea ce credeam eu când am scris romanul, fetiței din Seul i-au tăiat coada și a supraviețuit.

Însă cea mai dificilă experiență de scriitor a fost pregătirea romanului *Toamna patriarhului.* Vreme de aproape zece ani, am citit tot ce mi-a căzut în mână despre dictatorii din America Latină, și în special din Caraibe, cu scopul de a face în așa fel încât cartea pe care mă gândeam s-o scriu să semene cât mai puțin cu realitatea. Fiecare pas era o dezamăgire. Intuiția lui Juan Vicente Gómez era mult mai pătrunzătoare decât o capacitate reală de a ghici. Doctorul Duvalier, în Haiti, pusese să fie exterminați din țară câinii negri pentru că unul dintre dușmanii lui, încercând să scape de persecuția tiranului, se lepădase de condiția umană și se transformase în câine negru. Doctorul Francia, al cărui prestigiu de filosof era atât de răspândit încât a meritat un studiu al lui Carlyle, a închis Republica Paraguay ca și cum ar fi fost o casă și n-a lăsat deschisă decât o fereastră, ca să intre corespondența. Antonio López de Santa Anna și-a îngropat propriul picior, făcându-i funeralii fastuoaste. Mâna tăiată a lui Lope de Aguirre a navigat pe fluviu în jos vreme de mai multe zile, și cei care o vedeau trecând se înfiorau de groază, crezând că mâna criminală putea să țină un pumnal chiar și în stadiul acela. Anastasio Somoza García, în Nicaragua, avea în curtea casei o grădină zoologică plină de cuști cu două compartimente: într-unul erau fiarele, și în celălalt, separați doar de o plasă de sârmă, erau închiși dușmanii lui politici. Martínez, dictatorul teosof din Salvador, a ordonat ca toate felinarele din țară să fie căptușite cu hârtie roșie, pentru a combate o epidemie de pojar, și inventase un pendul pe care îl punea deasupra alimentelor înainte de a mânca, spre a verifica dacă nu erau otrăvite. Statuia lui Morazán, care mai există încă în Tegucigalpa, este, de fapt, a mareșalului Ney: comisia oficială care s-a dus la Londra ca s-o caute a hotărât că e mai ieftin să cumpere statuia aceea uitată într-un depozit decât să comande una autentică a lui Morazán.

Pe scurt, noi, scriitorii din America Latină și din Caraibe, trebuie să recunoaștem, cu mâna pe inimă, că realitatea e un scriitor mai bun decât noi. Destinul nostru, și poate gloria noastră, e să încercăm s-o imităm cu smerenie și cât putem de bine.

1 iulie 1981, *El País*, Madrid

HEMINGWAY AL MEU

L-am recunoscut pe neașteptate, plimbându-se cu soția sa, Mary Welsh, pe bulevardul Saint-Michel, la Paris, într-o zi de primăvară ploioasă a anului 1957. Mergea pe trotuarul celălalt spre grădina Luxemburg, și avea niște blugi foarte uzați, o cămașă în carouri scoțiene și o șapcă de jucător de pelotă. Singurul lucru ce nu părea să fie al lui erau ochelarii cu ramă metalică, rotunzi și minusculi, care-i dădeau un aer de bunic prematur. Împlinise cincizeci și nouă de ani și era enorm și prea vizibil, dar nu dădea impresia de forță brutală pe care neîndoios și-ar fi dorit-o, pentru că avea șoldurile înguste și picioarele cam subțiri. Părea atât de viu printre tarabele cu cărți vechi și torentul tineresc de la Sorbona, încât era cu neputință să-ți imaginezi că mai avea doar patru ani până să moară.

Timp de o fracțiune de secundă – cum mi s-a întâmplat mereu –, m-am pomenit împărțit între cele două profesii rivale. Nu știam dacă să-i iau un interviu pentru presă sau doar să traversez bulevardul pentru a-mi exprima admirația fără rezerve față de el. Pentru ambele intenții exista însă același mare inconvenient: eu vorbeam de pe atunci aceeași engleză rudimentară pe care am continuat s-o vorbesc întotdeauna, și nu eram foarte sigur de spaniola lui de toreador. Așa încât n-am făcut niciunul din cele două lucruri care ar fi putut strica acea clipă, ci mi-am pus mâinile pâlnie la gură, ca Tarzan în junglă, și am strigat de pe un trotuar pe celălalt: „Maeeeestre!“ Ernest Hemingway a înțeles că nu putea fi alt maestru printre mulțimea de studenți, și s-a întors cu mâna ridicată, strigându-mi în spaniolă cu o voce cam puerilă: „Adióóóóós, amigo!“ A fost singura dată când l-am văzut.

Eu eram pe vremea aceea un jurnalist de douăzeci și opt de ani, cu un roman publicat și un premiu literar în Columbia, dar mă oprisem fără țel la Paris. Cei doi mari maeștri ai mei erau cei doi romancieri nord-americani care păreau să aibă cele mai puține lucruri în comun. Citisem tot ce publicaseră până atunci, însă nu ca lecturi complementare, ci tocmai dimpotrivă: ca două feluri distincte și care aproape se exclud de a concepe literatura. Unul din ei era William Faulkner, pe care nu l-am văzut niciodată cu ochii mei și pe care mi-l pot imagina doar ca pe fermierul în cămașă care-și scărpina brațul lângă doi cățeluși albi, din portretul celebru pe care i l-a făcut Cartier-Bresson. Celălalt era acel bărbat efemer care tocmai îmi spusese la revedere de pe celălalt trotuar, și-mi lăsase impresia că în viața mea se întâmplase ceva, și că se întâmplase pentru totdeauna.

Nu știu cine a spus că noi, romancierii, citim romanele altora doar pentru a vedea cum sunt scrise. Cred că e adevărat. Nu ne mulțumim cu secretele expuse pe pagină, ci o întoarcem pe dos, pentru a-i descifra alcătuirea. Într-un fel imposibil de explicat, desfacem cartea în bucățile ei esențiale și apoi le asamblăm, când reușim să-i deslușim misterele ceasornicăriei personale.

În privința cărților lui Faulkner, această tentativă este descurajantă, fiindcă el nu părea să aibă un sistem organic pentru a scrie, ci umbla orbește prin universul său biblic, precum o turmă de capre slobode printr-un magazin de porțelanuri. Când reușești să desfaci o pagină de-a lui, ai impresia că prisosesc piese și șuruburi și că va fi imposibil s-o refaci iarăși în forma sa originală. Hemingway, în schimb, cu mai puțină inspirație, cu mai puțină pasiune și mai puțină nebunie, dar cu o rigoare lucidă, își lăsa șuruburile la vedere pe partea din afară, ca la vagoanele de tren. Poate de aceea Faulkner este un scriitor care a fost foarte aproape de sufletul meu, dar Hemingway este cel care a avut cel mai mult de-a face cu profesia mea.

Nu numai prin cărțile lui, ci și prin uimitoarea cunoaștere a aspectului artizanal al științei scriiturii. În interviul faimos pe care i l-a luat ziaristul George Plimpton pentru *Paris Review*, a arătat pentru totdeauna – contrar conceptului romantic al creației – că bunăstarea economică și sănătatea sunt propice scrisului, că una din dificultățile cele mai mari este aceea de a organiza bine cuvintele, că e bine să-ți recitești propriile cărți când îți e greu să scrii, pentru a-ți aminti că totdeauna a fost greu, că se poate scrie oriunde, numai să nu ai vizitatori și nici telefoane, și că nu e sigur că jurnalismul îl termină pe scriitor, cum s-a spus mereu, ba chiar dimpotrivă, cu condiția să renunți la momentul potrivit. „Odată ce scrisul a devenit viciul principal și cea mai mare plăcere, a spus el, numai moartea îi poate pune capăt." Însă lecția sa a fost descoperirea că trebuie să întrerupi munca de zi cu zi numai atunci când știi cum ai să începi în ziua următoare. Nu cred că s-a dat vreodată un sfat mai util pentru a scrie. Este, nici mai mult, nici mai puțin, remediul absolut împotriva celei mai temute fantome a scriitorilor: agonia matinală în fața paginii albe.

Toată opera lui Hemingway demonstrează că imboldul lui era genial, dar de scurtă durată. Și e de înțeles. O tensiune internă ca a lui, supusă unei dominări a tehnicii atât de severe, e de nesusținut în spațiul vast și nesigur al unui roman. Era o condiție personală, și greșeala lui a fost că încercase să-i depășească limitele splendide. De aceea, tot ce e de prisos se observă mai mult la el decât la alți scriitori. Romanele sale par povestiri ieșite din comun în care există lucruri de prisos. În schimb, tot ce au mai bun povestirile lui e impresia pe care o lasă că le lipsește ceva, și tocmai asta le conferă mister și frumusețe. Jorge Luis Borges, unul dintre marii scriitori ai timpului nostru, are aceleași limite, dar a avut inteligența de a nu le depăși.

O singură împușcătură a lui Francis Macomber ochind leul e la fel de instructivă ca o lecție de vânătoare, dar și ca un rezumat al științei de a scrie. În una din povestirile sale a scris că un taur de coridă, după ce a trecut atingând pieptul unui toreador, s-a învârtit „ca o pisică luând-o după colț". Cred, cu toată umilința, că această observație e una din năzbâtiile geniale care sunt posibile numai la scriitorii cei mai lucizi. Opera lui Hemingway este plină de asemenea invenții simple și uluitoare, care dovedesc până la ce punct a ascultat de propria sa definiție conform căreia scriitura literară – la fel ca aisbergul – este posibilă doar dacă este susținută sub apă de șapte optimi din volumul ei.

Această intuiție tehnică va fi, fără îndoială, cauza pentru care gloria lui Hemingway nu se datorează nici-unuia dintre romanele sale, ci povestirilor celor mai scurte. Vorbind de *Pentru cine bat clopotele*, el însuși a spus că nu avea un plan prestabilit pentru a compune romanul, ci îl inventa în fiecare zi, pe măsură ce îl scria. Nici nu trebuia s-o spună: se observă. În schimb, povestirile de inspirație instantanee sunt invulnerabile. Ca acelea trei pe care le-a scris în după-amiaza unei zile de 16 mai, într-o pensiune din Madrid, când o ninsoare l-a obligat să-și amâne plecarea la corida de la sărbătoarea de San Isidro. Aceste povestiri – după cum el însuși i-a istorisit lui George Plimpton – au fost *Asasinii*, *Zece indieni* și *Astăzi e vineri*, și toate trei sunt magistrale.

Pe această linie, după gustul meu, povestirea unde se condensează cel mai bine virtuțile sale este una dintre cele mai scurte: *O pisică în ploaie*. Însă, chiar dacă pare a fi o farsă a destinului, mi se pare că opera lui cea mai frumoasă și mai umană este cea mai puțin izbutită: *Dincolo de râu și între copaci*.

E greu de înțeles cum pot exista atâtea nepotriviri de structură și atâtea erori de tehnică literară la un maestru atât de versat și niște dialoguri atât de artificiale și chiar atât de nefirești la unul dintre cei mai străluciți plăsmuitori de dialoguri din istoria literelor. Când s-a publicat cartea, în 1950, critica a fost feroce. Pentru că nu a fost îndreptățită. Hemingway s-a simțit rănit unde îl durea cel mai tare, și s-a apărat de la Havana cu o telegramă pasională care nu a părut demnă de un autor de valoarea lui. Nu numai că era romanul său cel mai bun, ci și cel mai tipic pentru el, fiindcă fusese scris în zorii unei toamne incerte, cu nostalgiile ireparabile ale anilor trăiți și premoniția nostalgică a puținilor ani de viață care-i mai rămâneau. În niciuna dintre cărțile sale nu a pus atât de mult din el însuși și nici nu a reușit, cu atâta frumusețe și atâta duioșie, să plăsmuiască sentimentul esențial al operei și al vieții lui: zădărnicia victoriei. Moartea protagonistului, în aparență atât de liniștită și naturală, era prefigurarea cifrată a propriei sale sinucideri.

Când conviețuiești timp îndelungat cu opera unui scriitor îndrăgit, ajungi fără scăpare să amesteci ficțiunea lui cu realitatea lui. Am petrecut multe ceasuri din multe zile citind în acea cafenea din Place de Saint-Michel, pe care el o considera propice pentru scris, deoarece i se părea plăcută, primitoare, călduroasă și curată, și am așteptat mereu s-o găsesc iar pe fata pe care el o văzuse intrând într-o seară cu vânt înghețat, care era foarte frumoasă și diafană, cu părul tuns în diagonală, ca o aripă de corb. „Ești a mea și Parisul este al meu", a scris pentru ea, cu acea implacabilă putere de subjugare pe care a avut-o literatura lui. Tot ce a scris, orice clipă care a fost a lui, continuă să-i aparțină pentru totdeauna. Nu pot trece pe la numărul 112 de pe strada Odéon, la Paris, fără să-l văd stând de vorbă cu Sylvia Beach într-o librărie care acum nu mai e aceeași, petrecându-și timpul până se face șase după-amiaza în cazul că venea James Joyce. Pe câmpiile din Kenya, numai dintr-o privire a devenit stăpânul bivolilor și al leilor lor, și al celor mai nedeslușite secrete ale artei vânătorii. A devenit stăpânul toreadorilor și al boxerilor, al artiștilor și al pistolarilor care n-au existat decât o clipă, cât au fost ai săi. Italia, Spania, Cuba, jumătate de glob sunt pline de locurile pe care a pus stăpânire doar menționându-le. În Cojímar, un sătuc din apropiere de Havana, unde trăia pescarul solitar din *Bătrânul și marea*, există un monument comemorativ al isprăvii acestuia, cu un bust al lui Hemingway vopsit cu lac auriu. La Finca Vigía, refugiul său cubanez unde a trăit până cu puțină vreme înainte de a muri, casa este intactă printre copacii întunecați, cu cărțile sale felurite, trofeele de vânătoare, pupitrul de scris și enormii lui pantofi de mort, nenumăratele fleacuri ale vieții și ale lumii întregi care au fost ale lui până la moarte și care continuă să trăiască fără el, cu sufletul cu care el le-a înzestrat doar prin magia artei sale.

Acum câțiva ani, am intrat în automobilul lui Fidel Castro – care e un împătimit cititor de literatură – și am văzut pe banchetă o carte mică, legată în piele roșie. „Este maestrul Hemingway“, mi-a spus. În realitate, Hemingway continuă să se afle unde nici nu-ți trece prin minte – după douăzeci de ani de la moarte –, atât de statornic și totodată atât de efemer ca în acea dimineață, care a fost poate de mai, când mi-a spus la revedere, prietene, de pe celălalt trotuar al bulevardului Saint-Michel.

29 iulie 1981, *El País*, Madrid

FANTOME PE ȘOSELE

Doi băieți și două fete care mergeau cu un Renault 5 au luat pe drum o femeie în alb, care le-a făcut semne la o răscruce, puțin după miezul nopții. Vremea era senină, și cei patru tineri – cum s-a dovedit apoi până la sațietate – erau în toate mințile. Femeia a stat tăcută pe bancheta din spate, câțiva kilometri, până cu puțin înainte de podul Quatre Canaux. Atunci a făcut un semn înainte cu un arătător îngrozit, și a strigat: „Atenție, curba asta e periculoasă!“, și a dispărut pe loc.

Asta s-a întâmplat anul trecut, pe 20 mai, pe șoseaua de la Paris la Montpellier. Comisarul din acest oraș, pe care cei patru tineri l-au trezit pentru a-i relata evenimentul înspăimântător, a ajuns să admită că nu era vorba de o glumă și nici de o halucinație, dar a clasat cazul neștiind ce putea face cu el. Aproape toată presa din Franța l-a comentat în zilele următoare, și numeroși parapsihologi, ocultiști și reporteri specializați în metafizică au dat fuga la locul apariției pentru a-i studia circumstanțele și i-au extenuat cu interviuri raționaliste pe cei patru aleși de femeia în alb. Însă, după numai câteva zile, totul a căzut în uitare, și atât presa cât și oamenii de știință s-au refugiat în analiza unei realități mai ușor de înțeles. Cei mai înțelegători au admis că apariția a putut fi reală, dar chiar și ei au preferat s-o dea uitării, având în vedere neputința de a o înțelege.

Eu – care sunt un materialist convins – nu am nicio îndoială că acela a fost încă un episod, și dintre cele mai frumoase, din bogata istorie a materializării poeziei. Singurul cusur pe care i-l găsesc este că s-a întâmplat noaptea, și încă și mai rău, pe la miezul nopții, ca în cele mai cumplite filme de groază. În afară de asta, nu există niciun singur element care să nu corespundă acestei metafizici a șoselelor, pe care toți am simțit-o trecând atât de aproape de noi în cursul unei călătorii, dar de un adevăr cutremurător în fața căruia refuzăm să ne dăm bătuți. Am ajuns să acceptăm minunea vaselor-fantomă care rătăcesc pe toate mările, căutându-și identitatea pierdută, dar refuzăm acest drept atâtor biete suflete chinuite, împrăștiate pe marginea șoselelor, bântuind fără țel. Numai în Franța s-au înregistrat, în urmă cu doar câțiva ani, cam două sute de morți pe săptămână, în lunile cele mai frenetice ale verii, astfel încât nu avem motive să ne surprindă un episod atât de firesc precum acela al femeii în alb, care se va repeta, de bună seamă, în vecii vecilor, în împrejurări pe care numai raționaliștii fără inimă nu sunt în stare să le înțeleagă.

Întotdeauna am crezut, în lungile mele călătorii pe atâtea șosele din lume, că majoritatea ființelor omenești din vremurile noastre suntem supraviețuitorii unei curbe. Fiecare dintre ele este o provocare a hazardului. Ar fi de-ajuns ca vehiculul din față să sufere un incident după ce ia curba pentru ca să fim lipsiți pentru totdeauna de ocazia de a-l povesti. În primii ani ai automobilului, englezii au promulgat o lege – *The Locomotive Act* – care îi obliga pe toți șoferii să fie urmați de o altă persoană pe jos, purtând un steag roșu și sunând din clopot, pentru ca trecătorii să aibă timp să se ferească. De multe ori, în momentul în care acceleram pentru mă cufunda în misterul insondabil al unei curbe, am regretat din tot sufletul că acea dispoziție înțeleaptă a englezilor a fost abolită, mai cu seamă odată, acum cincisprezece ani, pe când călătoream de la Barcelona la Perpignan cu Mercedes și cu copiii, cu o sută de kilometri pe oră, și am avut brusc inspirația de neînțeles de a micșora viteza înainte de a lua curba. Mașinile care mă urmau, cum se întâmplă veșnic în astfel de cazuri, ne-au depășit. Nu vom uita niciodată: erau o camionetă albă, un Volkswagen roșu și un Fiat albastru. Îmi amintesc până și părul ondulat și luminos al olandezei arătoase care conducea camioneta. După ce ne-au depășit într-o ordine perfectă, cele trei mașini s-au pierdut în curbă, dar le-am întâlnit din nou după o secundă, unele peste altele, într-o grămadă de fiare fumegânde, și incrustate într-un camion fără control de care au dat pe sensul contrar. Singurul supraviețuitor a fost copilul de șase luni al perechii olandeze.

Am mai trecut de multe ori prin locul acela, și totdeauna m-am gândit la femeia aceea atrăgătoare redusă la o grămăjoară de carne trandafirie în mijlocul șoselei, goală cu desăvârșire din cauza impactului, și cu frumosul său cap de împărat roman înnobilat de moarte. N-ar fi de mirare s-o găsească cineva, într-una din zilele astea, la locul nenorocirii ei, vie și întreagă, făcând semnele convenționale ale femeii în alb de la Montpellier, pentru a fi scoasă preț de o secundă din stupoare și a i se da ocazia să ia seama la strigătul pe care nimeni nu l-a slobozit pentru ea: „Atenție, curbă periculoasă!“

Misterele șoselelor nu sunt mai populare decât cele de pe mare, fiindcă nu există oameni mai neatenți decât șoferii amatori. În schimb, profesioniștii – ca vechii cărăuși cu măgari – sunt surse infinite de povești fantastice. Prin cârciumile de pe șosea, ca în hanurile de odinioară de pe drumurile bătătorite, camionagiii căliți, care par să nu creadă în nimic, relatează fără răgaz episoadele supranaturale ale meseriei lor, mai cu seamă pe acelea care se desfășoară în plin soare și chiar pe porțiunile cele mai aglomerate. În vara anului 1974, călătorind cu poetul Álvaro Mutis și soția lui pe aceeași șosea unde a apărut acum femeia în alb, am văzut un automobil mic, care s-a desprins din lungul șir oprit pe sensul opus și a venit drept spre noi cu o viteză nechibzuită. Abia dacă am avut timp să mă dau la o parte, dar automobilul nostru a sărit în gol și a rămas înțepenit pe fundul unui șanț. Mai mulți martori au reușit să fixeze imaginea automobilului grăbit: era o Skoda albă, al cărei număr de înmatriculare fusese notat de trei persoane diferite. Am făcut plângerea corespunzătoare la inspectoratul de poliție din Aix-en-Provence, și, după câteva luni, poliția franceză constatase fără nicio îndoială că Skoda albă cu numărul indicat exista în realitate. Totuși, constatase și că, la ora accidentului nostru, se afla în celălalt capăt al Franței, într-un garaj, pe când proprietarul și unicul ei șofer agoniza în spitalul din apropiere.

Din această experiență, și din multe altele, am învățat să am un respect aproape reverențios pentru șosele. Însă episodul cel mai tulburător de care îmi amintesc mi s-a întâmplat în Ciudad de México, în plin centru, cu mulți ani în urmă. Așteptasem un taxi aproape o jumătate de oră, la două după-amiaza, și eram gata să renunț, când am văzut apropiindu-se unul care la prima vedere mi s-a părut gol, și care pe deasupra avea lumină verde, dar puțin mai de aproape am văzut fără nicio îndoială că lângă șofer mai era o persoană. Numai când s-a oprit, fără să i-o cer eu, mi-am dat seama de greșeala mea: lângă șofer nu era niciun pasager. Pe drum i-am povestit șoferului iluzia mea optică, și el m-a ascultat cu un aer cât se poate de firesc. „Veșnic se întâmplă așa, mi-a spus. Uneori îmi petrec toată ziua dând raite fără ca nimeni să mă oprească, pentru că mai toți văd pasagerul-fantomă pe scaunul de alături." Când i-am povestit această istorie lui Luis Buñuel, i s-a părut la fel de firească precum șoferului. „E un bun început pentru un film", mi-a zis.

19 august 1981, *El País,* Madrid

BOGOTÁ 1947

Pe vremea aceea, toată lumea era tânără. Dar era ceva și mai rău: în ciuda tinereții noastre neverosimile, întotdeauna ne pomeneam că ne întâlnim cu alții mai tineri ca noi, și asta ne provoca o senzație de pericol și o urgență de a termina lucrurile care nu ne lăsau să ne bucurăm în liniște de tinerețea noastră câștigată pe bună dreptate. Generațiile se împingeau unele pe alte, mai ales când era vorba de poeți și de criminali, și abia dacă terminai de făcut un lucru când și apărea altcineva, amenințând că o să-l facă și mai bine. Uneori, găsesc din întâmplare vreo fotografie din acele timpuri și nu mi pot stăpâni o tresărire de regret, fiindcă nu mi se pare că în realitate cei din fotografii am fi noi, ci copiii noștri.

Bogotá era pe atunci un oraș îndepărtat și lugubru, unde cădea o lapoviță neînduratoare încă de la începutul secolului al XVI-lea. Eu am simțit pentru prima oară această tristețe într-o funestă după-amiază de ianuarie, cea mai tristă din viața mea, în care am sosit de pe coastă cu treisprezece ani abia împliniți, într-un costum de postav negru pe care mi-l transformaseră dintr-unul al tatălui meu, cu vestă și pălărie, și cu un cufăr de metal care avea ceva din splendoarea sfântului mormânt. Steaua mea cea norocoasă, care de puține ori a dat greș, mi-a făcut imensa favoare de a nu exista nicio fotografie din după-amiaza aceea.

Primul lucru care mi-a atras atenția în acea capitală sumbră a fost că erau prea mulți bărbați grăbiți pe stradă, că toți erau îmbrăcați ca mine, cu costume negre și pălării, și că, în schimb, nu se vedea nicio femeie. Mi-au atras atenția uriașii cai de rasă ce trăgeau căruțele cu bere prin ploaie, scânteile de pirotehnie ale tramvaielor când dau colțul pe ploaie și gâtuirea circulației pentru a face loc înmormântărilor nesfârșite pe ploaie. Sunt înmormântările cele mai sinistre din lume, cu niște dricuri împodobite ca un altar și cai înzorzonați cu catifele și coifuri cu pene negre, și morți din familiile de vază care voiau să pară inventatorii morții. Sub ploaia ușoară din piața Nieves, ieșind de la o înmormântare, am văzut pentru prima oară o femeie pe străzile din Bogotá; era zveltă și tăcută, cu prestanța unei regine îndoliate, dar am rămas pentru totdeauna cu jumătatea iluziei, fiindcă avea fața acoperită de un voal de nepătruns.

Imaginea acelei femei, care mă tulbură încă, e una dintre puținele mele nostalgii din orașul acela al păcatului, în care aproape orice era posibil, în afară de a face dragoste. De asta am spus uneori că singurul eroism al vieții mele, și cel al colegilor de generație, este acela de a fi fost tineri în orașul Bogotá de pe atunci. Distracția mea cea mai lascivă era să mă urc duminica în tramvaiele cu geamuri albastre, care pentru cinci centavos se învârteau necontenit de la piața Bolívar până la Avenida de Chile, și să petrec în ele după-amiezile acelea dezolante, care păreau să târască o coadă nesfârșită de alte duminici pustii. Tot ce făceam în timpul acelei călătorii în cercuri vicioase era să citesc cărți de versuri, și versuri, și versuri, cam un sfert de poem pe fiecare porțiune între două străzi din oraș, până se aprindeau primele lumini în ploaia eternă, și atunci luam la rând cafenelele taciturne din orașul vechi, în căutarea cuiva care să se milostivească și să stea de vorbă cu mine despre versurile, și versurile, și versurile pe care tocmai le citisem. Uneori găseam pe cineva, întotdeauna un bărbat, și stăteam până după miezul nopții, bând cafea și fumând chiștocurile de la țigările pe care abia le stinsesem, vorbind despre versuri, și versuri, și versuri, pe când în restul lumii toată omenirea făcea dragoste.

Într-o seară, întorcându-mă de la solitarele mele festivaluri poetice de prin tramvaie, mi s-a întâmplat pentru prima oară ceva ce merita să fie povestit. S-a întâmplat că, în una din stațiile din partea de nord, în tramvai s-a urcat un faun. Am spus bine: un faun. După Dicționarul Academiei Regale Spaniole, un faun este „un semizeu al câmpiilor și pădurilor". De fiecare dată când recitesc această definiție nefericită regret că autorul ei nu s-a aflat acolo în seara aceea, când un faun în carne și oase s-a urcat în tramvai. Era îmbrăcat după moda vremii, ca un funcționar de ambasadă care se întoarce de la o înmormântare, dar îl trădau coarnele de vițel și barba de țap, precum și copitele foarte îngrijite ieșind din pantalonii fantezie. Aerul s-a impregnat de mireasma lui personală, dar nimeni n-a părut că-și dă seama că era „lavandă", poate pentru că dicționarul însuși repudiase cuvântul lavandă ca fiind un galicism pentru apă de levănțică.

Singurii prieteni cărora le povesteam astfel de întâmplări erau Álvaro Mutis, pentru că i se păreau fascinante, chiar dacă nu le credea, și Gonzalo Mallarino, fiindcă știa că erau adevărate, chiar dacă nu erau sigure. Odată, toți trei văzusem în curtea Bisericii San Francisco o femeie care vindea niște broaște-țestoase de jucărie care-și mișcau capetele cu o naturalețe uimitoare. Gonzalo Mallarino a întrebat-o dacă țestoasele erau din plastic sau dacă erau vii, și ea a răspuns:

– Sunt din plastic, dar sunt vii.

Însă în seara în care am văzut faunul în tramvai, niciunul din cei doi nu răspundea la telefon, și eu mă sufocam de dorința înfrigurată de a-i istorisi cuiva. Așa încât am scris o poveste – povestea cu faunul din tramvai –, și am trimis-o cu poșta la suplimentul duminical al ziarului *El Tiempo*, al cărui director, don Jaime Posada, nu a publicat-o niciodată. Singura copie pe care o păstrasem a ars în incendiul de la pensiunea unde locuiam, pe 9 aprilie 1948, ziua cu lovitura de stat de la Bogotá, și astfel istoria patriei a făcut un dublu serviciu: și mie, și literaturii.

N-am putut evita aceste amintiri personale citind o carte încântătoare, pe care Gonzalo Mallarino tocmai o publicase la Bogotá: *Povești cu locuitori din Cali și din Bogotá*. Gonzalo și cu mine eram colegi la Facultatea de Drept a Universității Naționale, dar nu asistam la cursuri cu asiduitatea cu care mergeam la cafeneaua universitară, unde ne feream de moleșeala provocată de coduri schimbând între noi versuri, și versuri, și versuri din vasta poezie universală, pe care amândoi le puteam recita din memorie.

Când se terminau cursurile, el se ducea la casa familiei lui, care era mare și liniștită, înconjurată de eucalipți. Eu mergeam la pensiunea mea lugubră de pe strada Florián, cu prietenii mei de pe coastă, cu cărțile mele împrumutate și cu balurile tumultuoase de sâmbăta seara.

În realitate, nu mi-a trecut prin cap să mă întreb ce făcea Gonzalo Mallarino în multele ceasuri când nu eram la universitate, pe unde naiba era pe când eu făceam ocolul complet al orașului, citind versuri, și versuri, și versuri prin tramvaie. Mi-au trebuit mai bine de treizeci de ani ca să aflu, citind această carte exemplară, unde dezvăluie cu atâta simplitate și cu atâta omenie cealaltă jumătate a vieții lui de pe atunci.

21 octombrie 1981, *El País*, Madrid

„POVEȘTI DE DRUM“

Cu mulți ani în urmă, așteptam un taxi pe un bulevard central din Ciudad de México, în plină zi, când am văzut apropiindu-se unul pe care nu l-am oprit, pentru că lângă șofer era așezată o persoană. Totuși, când a fost mai aproape, am înțeles că era o iluzie optică: taxiul era liber.

După câteva minute, i-am povestit șoferului ce văzusem, și el mi-a spus cât se poate de firesc că nu era nici pe departe o halucinație de-a mea.

– Veșnic se întâmplă așa, mai ales noaptea, mi-a zis. Uneori, îmi petrec ceasuri întregi dând raite prin oraș fără ca nimeni să mă oprească, fiindcă întotdeauna văd o persoană pe locul de alături. Pe locul acela confortabil și periculos, care în unele țări se numește „locul mortului“, pentru că e cel mai afectat în caz de accident, și care nicicând nu și-a meritat cu atâta îndreptățire numele ca atunci.

Când i-am povestit episodul lui Luis Buñuel, mi-a zis plin de entuziasm:

– Asta poate fi începutul a ceva foarte bun.

Întotdeauna m-am gândit că avea dreptate. Căci episodul nu este în sine o poveste completă, dar este, fără îndoială, un magnific punct de plecare pentru o povestire scrisă sau ecranizată. Cu un inconvenient grav, bineînțeles, și anume că tot ce se întâmpla apoi trebuia să fie mai bun. Poate că de asta nu l-am folosit niciodată.

Însă ceea ce mă interesează acum, după atâția ani, este că cineva mi l-a povestit ca și cum i s-ar fi întâmplat lui însuși la Londra. Este curios, pe deasupra, că se petrecuse acolo, pentru că taximetrele londoneze sunt diferite de cele din restul lumii. Par niște dricuri, cu perdeluțe de dantelă și covorașe vineții, cu scaune moi de piele și taburete suplimentare chiar și pentru șapte persoane, și o liniște interioară având ceva din uitarea funerară. Dar pe locul mortului, care nu se află la dreapta, ci la stânga șoferului, nu există un scaun pentru celălalt pasager, ci un spațiu destinat bagajului. Totuși, prietenul care mi l-a povestit la Londra m-a asigurat că acolo a văzut persoana inexistentă, dar că șoferul îi spusese – spre deosebire de cel din Mexic – că fusese poate o halucinație. Ei bine: ieri i-am povestit toate astea unui prieten din Paris, și a fost convins că râdeam de el, fiindcă mi-a spus că el a fost cel căruia i s-a întâmplat povestea asta. În plus, după cum mi-a relatat, ceea ce i s-a întâmplat a fost și mai grav, căci i-a descris șoferului cum arăta persoana pe care o văzuse lângă el, forma pălăriei și culoarea papionului, iar șoferul l-a recunoscut ca fiind spectrul unui frate care fusese omorât de naziști în timpul ocupației germane în Franța.

Nu cred că vreunul dintre acești prieteni minte, așa cum nu l-am mințit nici eu pe Luis Buñuel. Ceea ce mă interesează e să semnalez faptul că în toată lumea există povestiri care se repetă, mereu în același fel și fără ca nimeni să poată vreodată să stabilească, în mod sigur, dacă sunt adevăruri sau fantezii, și nici să le descifreze în veci misterul. Dintre toate, poate că pe una dintre cele mai vechi și mai recurente am auzit-o pentru prima oară în Mexic. Este eterna poveste a familiei căreia îi moare bunicuța în timpul vacanței, pe plajă. Puține demersuri sunt atât de anevoioase și de costisitoare și impun atâtea formalități și hârțoage legale cum sunt acelea pentru a duce un cadavru dintr-un stat în altul. Cineva îmi povestea în Columbia că a trebuit să-și așeze mortul între doi oameni vii, pe bancheta din spate a automobilului său, și chiar i-a pus în gură o țigară aprinsă în momentul controalelor de pe șosea, pentru a trece peste nenumăratele bariere ale transportului legal. Așa că familia din Mexic a înfășurat-o pe bunica moartă într-un covor, a legat-o cu sfori și a pus-o, fixată zdravăn, pe acoperișul automobilului. La o oprire pe drum, pe când familia mânca de prânz, automobilul a fost furat cu cadavrul bunicuței deasupra, și niciodată nu i s-a mai dat de urmă. Explicația care s-a oferit pentru dispariție a fost că hoții poate că înmormântaseră cadavrul într-un loc pustiu și desfăcuseră în bucăți mașina pentru a scăpa, literalmente, de cadavrul de deasupra.

Într-o vreme, această poveste se repeta pretutindeni în Mexic, și întotdeauna cu alte nume. Dar diferitele versiuni aveau ceva în comun: cel care o povestea spunea veșnic că este prieten cu protagoniștii. Pe deasupra, unii își dădeau și numele, și adresele. După mulți ani, am ascultat din nou povestea asta în locurile cele mai îndepărtate din lume, inclusiv în Vietnam, unde mi-a repetat-o un interpret ca și cum i s-ar fi întâmplat unui prieten de-al lui în anii războiului. În toate cazurile, împrejurările sunt aceleași, și dacă cineva insistă i se dau numele și adresa protagoniștilor.

Mai de curând, am auzit o a treia poveste repetată, și cei care au răbdarea să citească această coloană în fiecare săptămână poate că și-o amintesc. Este istoria înfiorătoare a patru tineri francezi care au luat vara trecută o femeie îmbrăcată în alb pe șoseaua spre Montpellier. Brusc, femeia a făcut un semn înainte cu un arătător îngrozit, și a strigat: „Atenție, curba asta e periculoasă!“ Și a dispărut pe loc. Am aflat de acest caz din diferitele ziare din Franța și m-a impresionat atât de tare încât am scris o notă despre el. Mi se părea uimitor că autoritățile din Franța n-au acordat atenție unei întâmplări de o asemenea frumusețe literară, și că au mai și clasat cazul pentru că nu i-au găsit nicio explicație rațională. Totuși, un prieten ziarist mi-a povestit acum câteva zile, la Paris, că motivul indiferenței oficiale era altul: în Franța, această istorie se repetă și se povestește de ani de zile, chiar și cu mult înainte de a se fi inventat automobilul, când fantasmele rătăcitoare de pe drumurile nocturne se rugau să fie luate în diligențe. Asta m-a făcut să-mi amintesc că, într-adevăr, și printre poveștile despre cucerirea vestului din Statele Unite se repeta legenda călătorului solitar care mergea toată noaptea în trăsura cu pasageri, împreună cu bătrânul bancher, cu judecătorul novice și cu frumoasa fată din nord, însoțită de guvernanta ei, iar a doua zi în zori locul lui era gol. Dar ceea ce m-a surprins cel mai mult este să descopăr că povestea femeii în alb, așa cum am luat-o din presa franceză și așa cum am povestit-o în această coloană, era deja povestită de cel mai prolific dintre noi toți, și anume de Manolo Vázquez Montalbán, în una din puținele sale cărți pe care nu le-am citit: *Singurătatea managerului.* Am aflat de coincidență din fotocopia trimisă de un prieten, care cunoștea povestea de multă vreme și din surse diferite.

Problema asupra drepturilor de autor cu Vázquez Montalbán nu mă îngrijorează: amândoi avem același agent literar al tuturor *els altres catalans*[1], și acesta se va ocupa de acordarea drepturilor poveștii celui care i se cuvin. Ceea ce mă preocupă e cealaltă coincidență, și anume că această poveste recurentă – a treia pe care o descopăr – e tot un episod petrecut pe drum. Știusem dintotdeauna o expresie pe care acum n-o pot găsi în puzderia de dicționare inutile din biblioteca mea; e o expresie care precis că are vreo legătură cu aceste istorii: „Sunt povești de drum“. Partea proastă e că expresia asta vrea să spună că sunt povești neadevărate și acestea trei care mă urmăresc sunt, de bună seamă, adevăruri ce se repetă fără încetare, în diferite locuri și cu diferiți protagoniști, pentru ca nimeni să nu uite că și literatura își are sufletele ei rătăcitoare.

27 ianuarie 1982, *El País*, Madrid

[1] *Els altres catalans*, celorlalți catalani (în limba catalană în original). Referire la cunoscuta Carmen Balcells, agent literar al multor mari scriitori de expresie spaniolă și catalană. (n.tr.)

CELĂLALT EU AL MEU

De curând, trezindu-mă în patul meu din Mexic, am citit într-un ziar că, în ziua precedentă, ținusem o conferință de literatură în Las Palmas de Gran Canaria, de partea cealaltă a oceanului, și amabilul meu corespondent nu numai că făcuse o prezentare amănunțită a evenimenului, ci și o sinteză foarte sugestivă a expunerii mele. Dar cel mai măgulitor pentru mine a fost că temele prezentării lui erau cu mult mai inteligente decât s-ar fi putut să-mi treacă mie prin cap, și forma în care erau expuse era cu mult mai strălucită decât aș fi fost eu în stare s-o fac. N-avea decât un cusur: eu nu fusesem în Las Palmas nici cu o zi în urmă, nici în cei douăzeci și doi de ani precedenți, și niciodată nu ținusem nicio conferință pe nicio temă în nicio parte din lume.

Se întâmplă adesea să mi se anunțe prezența în locuri unde eu nu mă aflu. Am spus, prin toate mijloacele de comunicare, că nu particip la acțiuni publice, nici nu-mi dau aere de la catedră, nici nu mă afișez la televiziune, nici nu asist la lansarea cărților mele și nici nu mă pretez la vreo inițiativă care mă poate transforma într-un spectacol. N-o fac din modestie, ci dintr-un motiv mai grav: din timiditate. Și nu-mi vine deloc greu, pentru că lucrul cel mai important pe care am învățat să-l fac după patruzeci de ani a fost să spun nu când e cazul să spun nu. Totuși, niciodată nu lipsește vreun organizator abuziv care anunță în presă, sau în invitații particulare, că mă voi afla marțea viitoare, la șase după-amiaza, la vreun eveniment despre care n-am habar. La momentul adevărului, organizatorul se scuză în fața publicului pentru absența scriitorului care a promis că vine și n-a venit, adaugă câteva picături de venin despre fiii telegrafiștilor cărora li se urcă faima la cap, și sfârșește prin a cuceri bunăvoința publicului, făcând cu el ce poftește. La începutul acestei nefericite vieți de artist, trucul acela răutăcios începuse să-mi provoace supărări la ficat. Dar m-am mai consolat citind memoriile lui Graham Greene, care se plânge de același lucru în amuzantul capitol final și care m-a făcut să înțeleg că nu există nicio soluție, că vina nu e a nimănui, pentru că există un alt eu, care umbă slobod prin lume, fără control de niciun fel, făcând tot ce eu trebuie să fac și nu mă încumet.

În acest sens, cel mai ciudat lucru care mi s-a întâmplat nu a fost conferința inventată din Canare, ci momentul neplăcut pe care l-am petrecut acum câțiva ani cu Air France, din cauza unei scrisori pe care nu am scris-o niciodată. În realitate, Air France primise un protest emfatic și coleric, semnat de mine, în care eu mă plângeam că fusesem prost tratat în zborul regulat al acestei companii de la Madrid la Paris, la o dată precisă. După o cercetare riguroasă, compania îi impusese stewardesei sancțiunile cuvenite, iar departamentul de relații publice mi-a trimis la Barcelona o scrisoare de scuze, foarte amabilă și plină de regrete, care m-a lăsat perplex, fiindcă în realitate eu nu mă aflasem niciodată în zborul acela. Mai mult: întotdeauna zbor atât de speriat, că nici măcar nu-mi dau seama cum sunt tratat, și-mi păstrez toate energiile pentru a-mi ține scaunul cu mâinile ca să ajut avionul să se susțină în aer, sau pentru a încerca să-i opresc pe copii să alerge pe coridoare, de teamă să nu găurească podeaua. Singurul incident de nedorit de care îmi amintesc a fost un zbor de la New York, într-un avion atât de supraîncărcat și sufocant că îți venea greu și să respiri. În plin zbor, stewardesa i-a dat fiecărui pasager un trandafir roșu. Eu eram atât de speriat că mi-am deschis inima în fața ei. „În loc să ne dați un trandafir, i-am zis, n-ar fi mai bine să ne dați cinci centimetri în plus de spațiu pentru genunchi?“ Frumoasa fată, care făcea parte din temerara stirpe a cuceritorilor, mi-a răspuns netulburată: „Dacă nu vă place, coborâți“. Nu mi s-a năzărit, desigur, să scriu o scrisoare de protest unei companii de al cărui nume nu vreau să-mi aduc aminte, și am mâncat, încet-încet, trandafirul, petală cu petală, mestecându-i fără grabă aromele medicinale împotriva anxietății, până când mi-a venit inima la loc. Astfel că, atunci când am primit scrisoarea de la compania franceză, m-am simțit atât de rușinat de ceva ce nu făcusem, încât m-am dus în persoană la agenție pentru a lămuri lucrurile, și acolo mi-au arătat scrisoarea de protest. N-aș fi putut s-o reneg, nu numai datorită stilului ei, ci și fiindcă până și mie însumi mi-ar fi venit greu să descopăr că semnătura era falsă.

Omul care a scris scrisoarea aceea este, fără îndoială, același care a ținut conferința în Canare, și cel care face atâtea lucruri despre care abia dacă aflu din întâmplare. De multe ori, când ajung acasă la prieteni, caut cărțile mele în bibliotecă cu un aer distrat, și le scriu o dedicație fără ca ei să-și dea seama. Însă mi s-a întâmplat adesea să văd că purtau deja o dedicație, cu scrisul meu, cu aceeași cerneală neagră pe care o folosesc mereu și în același stil fugar, și cu un autograf căruia, pentru a fi al meu, nu-i lipsește decât să-l fi scris eu însumi.

Am avut o surpriză asemănătoare citind în ziare incerte vreun interviu de-al meu pe care nu l-am acordat niciodată, dar pe care nu-l puteam renega cu onestitate, deoarece corespundea, rând cu rând, ideilor mele. Mai mult: cel mai bun interviu publicat până astăzi, cel care exprimă cel mai bine și în modul cel mai lucid cotloanele cele mai întortocheate ale vieții mele, nu numai în literatură, ci și în politică, în gusturile mele personale și în marile bucurii și incertitudini ale inimii mele, a fost publicat acum vreo doi ani într-o revistă marginală din Caracas, și era inventat până la ultima suflare. Mi-a produs o imensă bucurie, nu numai pentru că era atât de potrivit, ci și pentru că era semnat cu numele ei complet de o femeie pe care nu o cunoșteam, dar care trebuie că mă iubea mult ca să mă cunoască atât de bine, chiar dacă prin intermediul celuilalt eu al meu.

Ceva asemănător mi se întâmplă cu oameni entuziaști și afectuoși cu care mă întâlnesc în lumea întreagă. Totdeauna e cineva care s-a aflat cu mine într-un loc unde eu n-am fost niciodată și care păstrează o amintire plăcută acelei întâlniri. Sau care este foarte bun prieten cu vreun membru al familiei mele, pe care în realitate nu-l cunoaște, căci celălalt eu al meu pare să aibă tot atâtea rude ca mine, deși nici ele nu sunt cele adevărate, ci sunt o dublură a rudelor mele.

În Mexic mă întâlnesc adesea cu cineva care îmi povestește chefurile babilonice pe care le face de obicei cu fratele meu Humberto, la Acapulco. Ultima oară când l-am văzut mi-a mulțumit pentru serviciul pe care i l-am făcut prin intermediul fratelui, și n-am avut încotro și i-am spus pentru puțin, dragă, cu plăcere, fiindcă niciodată n-am avut inima să-i mărturisesc că n-am niciun frate pe care să-l cheme Humberto și care să locuiască la Acapulco.

Acum vreo trei ani, tocmai terminam de mâncat în casa mea din Mexic, când cineva a sunat la ușă, și unul dintre fiii mei, prăpădindu-se de râs, mi-a spus:

– Tată, vino că te cauți pe tine însuți.

Am sărit de pe scaun, gândindu-mă cu o emoție de neînfrânat:

– În sfârșit, iată-l!

Dar nu era celălalt eu, ci tânărul arhitect mexican Gabriel García Márquez, un bărbat calm și îngrijit, care supraviețuia cu mare stoicism nefericirii de a figura în cartea de telefon. Avusese amabilitatea să-mi afle adresa pentru a-mi aduce corespondența care se acumulase ani de zile la biroul lui.

De curând, cineva care era în trecere prin Ciudad de México ne-a căutat telefonul în carte, și i-au răspuns că eram la spital, fiindcă doamna tocmai născuse o fetiță. Ce n-aș fi dat să am și eu una! Cert e că soția arhitectului trebuie să fi primit un buchet de trandafiri splendizi, și pe deasupra foarte meritați, pentru a sărbători fericita venire pe lume a fetiței la care am visat toată viața și pe care n-am avut-o niciodată.

Nu. Nici tânărul arhitect nu era celălalt eu al meu, ci o persoană mult mai respectabilă: un omonim. Celălalt eu, în schimb, nu mă va întâlni niciodată, pentru că nu știe unde locuiesc, nici cum sunt și nici n-ar putea să conceapă că suntem atât de diferiți. Se va bucura în continuare de existența lui imaginară, strălucitoare și străină, cu iahtul propriu, cu avionul său particular și cu palatele sale imperiale unde își scaldă în șampanie amantele bronzate și-și învinge cu lovituri de pumn prinții rivali. Se va nutri mai departe din legenda mea, putred de bogat, tânăr și frumos pe veci și fericit până la ultima lacrimă, în timp ce eu îmbătrânesc fără remușcări în fața mașinii de scris, străin de delirurile și nebuniile lui și căutându-mi în fiecare seară prietenii de-o viață ca să bem câteva pahare ca întotdeauna, tânjind fără scăpare după parfumul de guayaba. Pentru că tot ce-i mai nedrept este că el, celălalt, se bucură de faimă, dar eu sunt cel care se chinuie trăind.

17 februarie 1982, *El País*, Madrid

BIEȚII TRADUCĂTORI BUNI

Cineva a spus că a traduce este cea mai bună modalitate de a citi. Cred că este și cea mai dificilă, cea mai ingrată și cea mai prost plătită. *Traduttore, traditore,* spune foarte cunoscutul dicton italian, dând drept sigur că acel care ne traduce ne trădează. Maurice-Edgar Coindreau, unul dintre traducătorii cei mai inteligenți și mai amabili din Franța, a făcut în memoriile sale vorbite câteva dezvăluiri de laborator care ne permit să credem contrariul. „Traducătorul e maimuța scriitorului", a zis, parafrazandu-l pe Mauriac și vrând să spună că traducătorul trebuie să facă aceleași gesturi și să își asume aceleași postúri ca scriitorul, fie că îi place, fie că nu. Traducerile sale în franceză ale romancierilor nord-americani, care erau tineri și necunoscuți pe vremea lui – William Faulkner, John Dos Passos, Ernest Hemingway, John Steinbeck –, nu numai că sunt recreări magistrale, ci au introdus în Franța o generație extraordinară, a cărei influență printre contemporanii europeni – incluzându-i pe Sartre și pe Camus – este mai mult decât evidentă. Așadar, Coindreau nu a fost un trădător, ci dimpotrivă: un complice genial. Așa cum au fost marii traducători din toate timpurile, ale căror contribuții personale la opera tradusă sunt de obicei trecute cu vederea, în timp ce îndeobște li se exagerează defectele.

Când citești un autor într-o limbă care nu e a ta, simți o dorință aproape naturală de a-l traduce. Este de înțeles, pentru că una dintre plăcerile lecturii – ca și ale muzicii – este posibilitatea de a o împărtăși cu prietenii. Poate că asta explică faptul că Marcel Proust a murit fără să-și îndeplinească una dintre dorințele statornice, aceea de a traduce din engleză un autor atât de străin de el însuși cum era John Ruskin. Dintre scriitorii pe care mi-aș fi dorit să-i traduc din pură plăcere sunt André Malraux și Antoine de Saint-Exupéry care, între noi fie vorba, nu se bucură de cea mai mare apreciere din partea compatrioților actuali. Dar n-am mers nicicodată mai departe de dorință. În schimb, de multă vreme traduc rând cu rând *Canti* de Giacomo Leopardi, dar o fac pe ascuns și în puținele mele ore libere, și pe deplin conștient că nu acesta va fi drumul care să ne aducă gloria, nici lui Leopardi și nici mie. O fac numai ca pe una dintre acele distracții din baie, pe care părinții iezuiți le numeau plăceri solitare. Dar singura tentativă mi-a fost de-ajuns pentru a-mi da seama cât de dificilă este, și câtă abnegație cere, încercarea de a le lua pâinea de la gură traducătorilor de profesie.

E puțin probabil ca un scriitor să fie satisfăcut de traducerea vreunei opere de-a lui. În fiecare cuvânt, în fiecare frază, în fiecare subliniere dintr-un roman, există mai întotdeauna o intenție secretă, cunoscută doar de autor. De aceea e de dorit, fără doar și poate, ca scriitorul însuși să participe la traducere până unde îi este posibil. O experiență remarcabilă în acest sens este excepționala traducere în franceză a romanului *Ulysses*, de James Joyce. Prima redactare de bază a făcut-o în întregime și singur August Morell, care a lucrat apoi până la versiunea finală cu Valéry Larbaud și cu însuși James Joyce. Rezultatul e o capodoperă, abia depășită – după mărturii avizate – de cea realizată de Antonio Houaiss în portugheza braziliană. Însă singura traducere care există în spaniolă e aproape inexistentă. Dar istoria ei îi servește drept scuză. A făcut-o pentru sine și doar ca să-și treacă timpul argentinianul J. Salas Subirat, care în viața de zi cu zi era expert în asigurări pe viață. Editorul Santiago Rueda, din Buenos Aires, a descoperit-o într-un ceas rău și a publicat-o la sfârșitul anilor patruzeci. Fiindcă a venit vorba, pe Salas Subirat l-am cunoscut câțiva ani mai târziu la Caracas, stând la biroul anonim al unei companii de asigurări, și am petrecut o seară grozavă vorbind despre romancierii englezi, pe care el îi cunoștea aproape pe dinafară. Ultima oară când l-am văzut mi se pare un vis: dansa, fiind destul de bătrâior și mai singur ca niciodată, în hora nebună a carnavalurilor din Barranquilla. A fost o apariție atât de ciudată, încât nu m-am decis să-l salut.

Alte traduceri excelente sunt cele ale romanelor lui Joseph Conrad pe care le-au făcut în franceză Gustav Jean-Aubry și Phillipe Neel. Acest mare scriitor din toate timpurile – care în realitate se numea Jozef Teodor Konrad Korzeniowsk – se născuse în Polonia, iar tatăl său era traducător de literatură engleză, printre alții și al lui Shakespeare. Limba maternă a lui Conrad era polona, însă de mic copil a învățat franceza și engleza, și a ajuns să fie scriitor în ambele limbi. Astăzi îl considerăm, pe drept sau pe nedrept, ca fiind unul dintre maeștrii limbii engleze. Se povestește că le-a făcut viața amară traducătorilor săi francezi, încercând să le impună propria-i perfecțiune, dar niciodată nu s-a decis să se traducă pe sine. Este curios, dar nu se cunosc mulți scriitori bilingvi care să o facă. Cazul cel mai apropiat de noi este cel al lui Jorge Semprún, care a scris și în spaniolă, și în franceză, însă mereu separat. Niciodată nu se traduce pe sine. Mai ciudat este irlandezul Samuel Beckett, Premiul Nobel pentru Literatură, care scrie de două ori aceeași operă în două limbi, dar insistă că una nu este traducerea celeilalte, ci sunt două opere diferite, în două limbi diferite.

Acum câțiva ani, în vara arzătoare din Pantelaria, am avut o enigmatică experiență de traducător. Contele Enrico Cicogna, care a fost traducătorul meu în italiană până la moarte, tocmai traducea în vacanța aceea romanul *Paradiso*, al cubanezului José Lezama Lima. Sunt un admirator plin de devoțiune al poeziei sale, am fost și al ciudatei sale personalități, deși am avut puține ocazii să-l văd, și pe vremea aceea doream să-i cunosc mai bine romanul ermetic. Așa încât l-am ajutat puțin pe Cicogna, dar nu atât la traducere, cât la anevoioasa descifrare a prozei sale. Am înțeles atunci că, într-adevăr, a traduce este modul cel mai profund de a citi. Între altele, am găsit o frază al cărei subiect își schimbă genul și numărul de mai multe ori în mai puțin de zece rânduri, până într-atât încât la sfârșit nu mai era posibil să știi cine era, nici când era, nici unde era. Cunoscându-l pe Lezama Lima, era posibil ca dezordinea aceea să fie deliberată, dar numai el ar fi putut să ne spună asta, și niciodată n-am putut să-l întrebăm. Cicogna își punea întrebarea dacă traducătorul trebuie să respecte în italiană acele năzdrăvănii în privința concordanței, sau dacă trebuie să le traducă făcând uz de rigoarea academică. Părerea mea era că trebuie să le păstreze, astfel încât opera să treacă în cealaltă limbă așa cum era, nu numai cu virtuțile, ci și cu defectele ei. Este o datorie de fidelitate față de cititorul în celălalt idiom.

Pentru mine nu există curiozitate mai plicticoasă decât aceea de a citi traducerile cărților mele în cele trei limbi în care mi-ar fi posibil s-o fac. Nu mă recunosc pe mine însumi decât în spaniolă. Dar am citit una din cărțile traduse în engleză de Gregory Rabassa și trebuie să recunosc că am găsit unele pasaje care îmi plăceau mai mult decât în spaniolă. Impresia pe care o lasă traducerile lui Rabassa este că învață cartea pe dinafară în spaniolă și apoi o rescrie în întregime în engleză: fidelitatea este și mai complexă decât literalitatea simplă. Niciodată nu dă o explicație în josul paginii, mijlocul cel mai puțin inspirat și din nefericire cel mai folosit de traducătorii slabi. În acest sens, exemplul cel mai notabil este cel al traducătorului brazilian al uneia dintre cărțile mele, care a făcut cuvântului *astromelia* o notă explicativă de subsol: „Floare imaginară inventată de García Márquez". Și mai regretabil e că mai târziu am citit nu știu unde că astromeliile nu numai că există în Caraibe, cum o știe toată lumea, ci și că numele lor este portughez.

21 iulie 1982, *El País*, Madrid

AVIONUL FRUMOASEI ADORMITE

Era frumoasă, suplă, cu o piele fragedă de culoarea pâinii și ochi de migdale verzi, avea părul drept, negru și lung, căzându-i pe spate, și o aură de antichitate orientală care putea proveni la fel de bine din Bolivia ori din Filipine. Era îmbrăcată cu un gust subtil: jachetă de piele de râs, bluză de mătase cu floricele delicate, pantaloni de in și pantofi fără toc de culoarea florilor de bougainvillea. „E femeia cea mai frumoasă pe care am văzut-o în viața mea“, mi-am zis când am văzut-o la coada pentru îmbarcare în avionul de New York, pe aeroportul Charles de Gaulle, din Paris. Am lăsat-o să treacă înainte, și când am ajuns la locul pe care mi-l repartizaseră pe cartela de îmbarcare, am găsit-o instalându-se pe scaunul de alături. Cu răsuflarea aproape tăiată, m-am întrebat căruia din noi doi îi va purta ghinion întâmplarea aceea înfricoșătoare.

S-a instalat de parcă ar fi făcut-o pentru mulți ani, punând fiecare lucru la locul lui, într-o ordine desăvârșită, până când spațiul a fost la fel de bine aranjat ca într-o casă ideală, unde totul se află la îndemână. În timp ce făcea toate astea, însoțitorul de bord ne-a adus șampania de bun venit. Ea a refuzat, și a încercat să explice ceva într-o franceză rudimentară. Atunci însoțitorul i-a vorbit în engleză, și ea i-a mulțumit cu un zâmbet stelar, i-a cerut un pahar cu apă și l-a rugat să nu fie trezită pentru nimic în lume pe tot timpul zborului. Apoi a deschis pe genunchi un *nécessaire* mare și pătrat, cu colțare de aramă ca la cuferele de pe vremea bunicii, și a scos două pastile aurii dintr-o cutiuță plină cu multe altele, de diferite culori. Făcea totul metodic și fără gesturi de prisos, de parcă n-ar fi existat nimic care să nu fi fost prevăzut pentru ea din clipa nașterii.

În cele din urmă, a pus pernița într-un colț lângă hublou și s-a acoperit cu pledul până la brâu fără să-și scoată pantofii, s-a așezat pe o parte, aproape în poziție fetală, și a dormit fără nicio întrerupere, fără niciun suspin, fără cea mai mică mișcare, de-a lungul celor șapte ore îngrozitoare și încă douăsprezece minute cât a durat zborul până la New York.

Dintotdeauna am fost încredințat că nu există nimic mai frumos în natură decât o femeie frumoasă. Așa încât mi-a fost cu neputință să mă sustrag măcar o clipă farmecului acestei făpturi neasemuite care dormea lângă mine. Somnul îi era atât de liniștit, ca la un moment dat m-a cuprins teama că pastilele pe care le luase nu erau de dormit, ci de murit. Am contemplat-o centimetru cu centimetru, și unicul semn de viață pe care l-am putut percepe au fost umbrele viselor ce-i lunecau peste frunte ca norii pe apă. Avea la gât un lănțișor atât de fin, încât era aproape invizibil pe pielea-i de aur, avea urechile perfecte, fără găuri pentru cercei, și mai avea un inel fără piatră la mâna stângă. Cum nu părea să aibă mai mult de douăzeci și doi de ani, m-am consolat cu ideea că nu era o verighetă, ci inelul unei logodne efemere și fericite. Nu se dăduse cu niciun parfum: pielea îi exala o boare suavă, ce nu putea fi altceva decât mirosul natural al frumuseții ei. „Tu prin al tău vis și navele pe mare", m-am gândit, la douăzeci de mii de picioare înălțime deasupra Atlanticului, încercând să-mi amintesc în ordine sonetul de neuitat al lui Gerardo Diego. „Să știu că dormi aievea, încrezătoare, căuș statornic de dăruire, linie pură, atât de aproape de brațele-mi ferecate." Realitatea mea semăna atât de mult cu aceea a sonetului, încât după o jumătate de ceas îl refăcusem din memorie până la final. „Cumplită sclavie de insular, eu fără somn, nebun, pe stânci, navele pe mare, tu prin al tău vis." Însă după cinci ore de zbor o contemplasem într-atât pe frumoasa adormită, și cu atâta înfrigurare fără țel, încât am înțeles brusc că starea mea de grație nu era aceea din sonetul lui Gerardo Diego, ci dintr-o altă capodoperă a literaturii contemporane, *Casa frumoaselor adormite*, de japonezul Yasunari Kawabata.

Am descoperit acest frumos roman pe un drum lung și diferit, dar care, oricum, se sfârșește cu frumoasa adormită din avion. Acum câțiva ani, scriitorul Alain Jouffroy mi-a telefonat ca să-mi spună că dorește să-mi prezinte niște scriitori japonezi care se aflau la el acasă. Pe atunci, tot ce cunoșteam eu din literatura japoneză, în afară de tristele *haikais* din liceu, erau niște povestiri de Junichiro Tanizaki ce fuseseră traduse în spaniolă. În realitate, singurul lucru pe care-l știam cu certitudine despre scriitorii japonezi era că toți, mai devreme sau mai târziu, sfârșesc prin a se sinucide. Auzisem vorbindu-se de Kawabata pentru prima oară când i s-a decernat Premiul Nobel, în 1968, și atunci am încercat să citesc ceva din opera lui, dar am adormit. După puțină vreme, și-a scos măruntaiele cu o sabie rituală, așa cum făcuse în 1944 alt romancier remarcabil, Osamu Dazai, după câteva tentative care au dat greș. Cu doi ani înainte de Kawabata, și tot după câteva tentative eșuate, romancierul Yukio Mishima, care este poate cel mai cunoscut în Occident, își făcuse harakiri până la capăt după ce rostise un discurs patriotic în fața soldaților din Garda Imperială. Astfel că, atunci când mi-a telefonat Alain Jouffroy, primul lucru care mi-a venit în minte a fost cultul morții al scriitorilor japonezi.

– Vin cu mare plăcere, i-am spus lui Alain, dar cu condiția să nu se sinucidă.

Nu s-au sinucis, într-adevăr, ci am petrecut o seară încântătoare, în care cel mai bun lucru pe care l-am învățat a fost că toți erau nebuni. Ei au fost de acord.

– De asta doream să te cunoaștem, mi-au zis.

La sfârșit, m-au convins că cititorii japonezi n-au nicio îndoială că eu sunt un scriitor japonez.

Încercând să înțeleg ce-au vrut să spună, m-am dus a doua zi la o librărie specializată din Paris și am cumpărat toate cărțile autorilor disponibili: Shösaku Endö, Kenzaburö Öe, Yasushi Inoue, Akutagea Ryunosuke, Masuji Ibuse, Osamu Dazai, pe lângă cele cunoscute de Kawabata și Mishima. Vreme de aproape un an n-am citit altceva, și acum sunt și eu convins: romanele japoneze au ceva în comun cu ale mele. Ceva ce n-aș putea să explic, ce n-am simțit în viața țării în timpul unicei mele vizite în Japonia, dar care mie mi se pare mai mult decât evident.

Totuși, singurul roman pe care mi-ar fi plăcut să-l scriu este *Casa frumoaselor adormite*, de Kawabata, care povestește istoria unei vile ciudate din suburbiile orașului Kyoto, unde burghezii în vârstă plăteau sume enorme pentru a se desfăta în forma cea mai rafinată a ultimei iubiri: să-și petreacă noaptea contemplând fetele cele mai frumoase din oraș, care zăceau, goale și narcotizate, în același pat. Nu le puteau trezi, nici măcar atinge, și nici nu încercau, fiindcă satisfacția cea mai pură a acelei plăceri senile era că puteau visa lângă ele.

Am trăit această experiență lângă frumoasa adormită din avionul de New York, dar nu mă bucur. Dimpotrivă: tot ce-mi doream în ultima oră de zbor era ca stewardul s-o trezească pentru ca eu să-mi pot recăpăta libertatea, și poate chiar și tinerețea. Dar n-a fost așa. S-a trezit singură când nava era pe pământ, s-a aranjat și s-a ridicat fără să mă privească, și a fost prima care a ieșit din avion și s-a pierdut pentru totdeauna în mulțime. Eu am mers mai departe cu același avion până în Mexic, păstorindu-mi primele nostalgii ale frumuseții ei, lângă scaunul cald încă după somnul ei, fără să-mi pot scoate din cap ceea ce îmi spuseseră despre cărțile mele scriitorii nebuni de la Paris. Înainte de aterizare, când mi-au dat fișa de imigrare, am completat-o cu un sentiment de amărăciune. Profesia: scriitor japonez. Vârsta: nouăzeci și doi de ani.

20 septembrie 1982, *Proceso*, Ciudad de México

ESTE NEVOIE DE UN SCRIITOR

Sunt întrebat adesea ce anume îmi lipsește mai mult în viață, și totdeauna spun adevărul: „Un scriitor". Gluma nu-i chiar atât de proastă pe cât pare. Dacă vreodată m-aș afla în fața unui angajament de neevitat de a scrie peste noapte o povestire de cincisprezece pagini, aș face apel la nenumăratele mele note amânate și sunt sigur că povestirea ar ajunge la tipar la timp. Poate că ar fi o povestire foarte slabă, dar angajamentul ar fi îndeplinit, ceea ce, la urma urmelor, este singurul lucru pe care am vrut să-l spun cu acest exemplu de coșmar. În schimb, nu aș fi capabil să scriu o telegramă de felicitare și nici vreo scrisoare de condoleanțe fără să mă doară ficatul preț de o săptămână. Pentru aceste sarcini de nedorit, ca pentru atâtea altele din viața socială, majoritatea scriitorilor pe care îi cunosc au vrut să apeleze la bunele oficii ale altor scriitori. O probă convingătoare a sensului aproape barbar al onoarei profesionale este, fără îndoială, această notă pe care o scriu săptămânal și care, în aceste zile de octombrie, va împlini primii săi doi ani de singurătate. Numai o dată a lipsit din acest colț, și n-a fost din vina mea, ci din cauza unei avarii de ultimă oră în sistemele de transmisie. O scriu în toate zilele de vineri, de la nouă dimineața până la trei după-amiaza, cu aceeași voință, aceeași conștiință, aceeași bucurie și de multe ori cu aceeași inspirație cu care ar trebui să scriu o capodoperă. Când nu am subiectul bine definit, dorm prost în noaptea de joi, însă experiența m-a învățat că drama se va rezolva de la sine în timpul somnului și că va începe să curgă dimineața, din clipa în care mă așez în fața mașinii de scris.

Însă aproape întotdeauna am mai multe teme gândite dinainte, și, încetul cu încetul, strâng și ordonez datele din diferite surse, verificându-le foarte riguros, pentru că am impresia că cititorii nu sunt chiar atât de indulgenți cu gafele mele cum ar fi, poate, cu celălalt scriitor de care am nevoie. Primul meu scop, cu aceste note, este ca în fiecare săptămână să-i învăț ceva pe cititorii obișnuiți, adică pe aceia care mă interesează, chiar dacă aceste învățăminte li se par evidente savanților doctori care le știu pe toate. Celălalt scop – cel mai dificil – este ca totdeauna să fie la fel de bine scrise pe cât sunt eu în stare s-o fac fără ajutorul celuilalt, căci veșnic am crezut că a scrie bine este singura fericire care-și ajunge sieși.

Mi-am impus această servitute fiindcă simțeam că, între un roman și altul, îmi rămânea mult timp fără să scriu, și puțin câte puțin – ca jucătorii de pelotă – îmi pierd forța brațului. Mai târziu, această decizie artizanală s-a transformat într-un angajament față de cititori, și astăzi este un labirint de oglinzi din care nu reușesc să ies. Poate doar dacă aș întâlni, de bună seamă, scriitorul providențial care ar ieși pentru mine. Dar mi-e teamă că este deja prea târziu, căci în cele trei singure dăți în care am luat hotărârea să nu mai scriu aceste note, mi-a interzis-o, cu autoritarismul lui implacabil, micul argentinian pe care îl am, de asemenea, înlăuntrul meu.

Prima oară când m-am decis a fost atunci când am încercat să scriu cea dintâi notă, după mai bine de douăzeci de ani în care n-am făcut-o, și am avut nevoie de o săptămână de ocnaș ca s-o termin. A doua oară a fost acum mai bine de un an, când petreceam câteva zile de odihnă cu generalul Omar Torrijos la baza militară de la Farrallón, și ziua era atât de diafană și atât de pacific oceanul, încât aveam mai curând chef de navigație decât de scris. „Îi trimit o telegramă directorului spunând că azi n-o să fie nicio notă și gata!“, m-am gândit, cu un suspin de ușurare. Dar n-am putut să mănânc de prânz din cauza conștiinței împovărate și, la șase după-amiaza, m-am închis în cameră, am scris o oră și jumătate primul lucru care mi s-a năzărit și am predat nota unui aghiotant al generalului Torrijos ca s-o trimită prin telex la Bogotá, cu rugămintea ca de acolo s-o expedieze la Madrid și în Mexic. Abia în ziua următoare am aflat că generalul Torrijos fusese nevoit să ordone trimiterea ei cu un avion militar până la aeroportul din Panamá și, de acolo, cu elicopterul, la palatul prezidențial, de unde mi-au făcut serviciul să distribuie textul pe vreun canal oficial.

Ultima oară, acum șase luni, a fost când am descoperit, trezindu-mă dimineața, că aveam deja înfiripat în inimă romanul de dragoste pe care mi-am dorit cu atâta ardoare să-l scriu de atâta amar de ani, și că n-aveam altă soluție decât să nu-l scriu niciodată sau să mă cufund în el imediat, și lucrând tot timpul. Totuși, în momentul adevărului, n-am avut suficientă tărie pentru a renunța la captivitatea mea săptămânală, și pentru prima oară fac ceva ce mi s-a părut totdeauna imposibil: scriu romanul în fiecare zi, literă cu literă, cu aceeași răbdare, și deie Domnul cu același noroc, cu care găinile ciugulesc în curte, și auzind tot mai aproape pașii de temut de animal mare din vinerea viitoare. Dar iată că acum suntem iarăși aici, ca totdeauna, și deie Domnul pentru totdeauna.

Bănuiam eu că nu voi scăpa în veci din această colivie, încă din după-amiaza în care am început să scriu această notă în casa mea din Bogotá, terminând-o a doua zi, sub protecția diplomatică a ambasadei Mexicului; am continuat să bănuiesc același lucru la oficiul telegrafic din insula Creta, într-o vineri din iulie trecut, când am reușit să mă înțeleg cu funcționarul de serviciu pentru a-mi transmite textul în spaniolă. Am continuat cu bănuiala la Montreal, când am fost nevoit să cumpăr de urgență o mașină de scris deoarece voltajul celei pe care o aveam nu se potrivea cu acela de la hotel. Am terminat cu bănuiala pentru totdeauna abia acum două luni, în Cuba, când a trebuit să schimb de două ori mașinile de scris fiindcă refuzau să se înțeleagă cu mine. În cele din urmă, mi-a fost adusă una electronică, cu obiceiuri atât de avansate, că am sfârșit prin a scrie cu mâna mea și într-un caiet cu pătrățele, ca pe timpurile îndepărtate și fericite ale școlii primare din Aracataca. De câte ori mi se întâmpla un astfel de incident, apelam cu și mai multă înfrigurare la dorința de a avea pe cineva care să se îngrijească de destinul meu bun: un scriitor.

Însă niciodată n-am simțit această nevoie într-un mod atât de intens ca într-o zi, cu mulți ani în urmă, când am sosit acasă la Luis Alcoriza, în Mexic, ca să lucrez cu el la scenariul unui film. L-am găsit consternat, la zece dimineața, fiindcă bucătăreasa lui îl rugase să-i scrie o scrisoare pentru directorul de la asigurările sociale. Alcoriza, un scriitor excelent, cu o practică zilnică de casier de bancă, care fusese scriitorul cel mai inteligent al primelor scenarii pentru Luis Buñuel și, mai târziu, pentru propriile sale filme, crezuse că scrisoarea va fi o treabă de o jumătate de oră. Dar l-am găsit, nebun de furie, înconjurat de o grămadă de hârtii rupte, pe care nu se afla nimic mai mult decât toate variațiile concepute pentru formula inițială: prin intermediul prezentei, am plăcerea să mă adresez dumneavoastră pentru... Am încercat să-l ajut, și trei ore mai târziu continuam să facem ciorne și să rupem hârtii, pe jumătate amețiți de ginul cu vermut și îmbuibați cu cârnați spanioli, dar fără să fi putut să ajungem mai departe de primele rânduri convenționale. Nu voi uita niciodată expresia plină de milă a acelei bucătărese de treabă, când s-a întors după scrisoare la trei după-amiaza, și când i-am spus fără pudoare că n-am putut s-o scriem.

– Dar e foarte ușor, ne-a spus, cu toată modestia. Uitați-vă!

Și a început să improvizeze scrisoarea cu atâta precizie și atâta siguranță încât Luis Alcoriza cu greu a reușit să o copieze la mașină cu aceeași fluiditate cu care ea o dicta. În ziua aceea – ca și astăzi încă –, m-am gândit că poate femeia aceea, care îmbătrânea fără glorie în limbul bucătăriei, era scriitorul secret de care aveam nevoie în viață ca să fiu un om fericit.

6 octombrie 1982, *El País*, Madrid

OBREGÓN SAU VOCAȚIA DEZLĂNȚUITĂ

Acum mulți ani, un prieten l-a rugat pe Alejandro Obregón să-l ajute să caute trupul proprietarului bărcii sale, care se înecase la asfințit, pe când pescuiau în lacul cel mare heringi de zece kilograme. Toată noaptea au străbătut amândoi acel imens paradis de apă stătută, explorând cu lanterne puternice până și locurile cele mai ascunse, urmărind deriva obiectelor plutitoare, care conduc de obicei la gropi unde ajung să doarmă înecații. Pe neașteptate, Obregón l-a văzut: era cufundat până la creștet, aproape așezat în apă, și tot ce plutea la suprafață erau șuvițele rătăcitoare ale pletelor. „Părea o meduză“, mi-a spus Obregón. L-a apucat de păr cu ambele mâini și, cu forța lui ieșită din comun de pictor de tauri și de furtuni, a scos înecatul întreg, cu ochii deschiși, enorm, șiroind noroi cu anemone și lipitori, și l-a aruncat pe fundul bărcii ca pe un hering mort.

Acest episod, pe care Obregón îl povestește mereu, pentru că eu îl rog s-o facă de fiecare dată când ne îmbătăm criță – și care, pe deasupra, mi-a dat ideea unei povestiri cu înecați –, este poate clipa din viața lui care seamănă cel mai mult cu arta sa. Așa pictează, într-adevăr, parcă ar pescui înecați în întuneric. Pictura lui cu orizonturi de tunete apare șiroind minotauri de coridă, condori patriotici, țapi excitați, baracude îndrăznețe. În mijlocul faunei furtunoase din mitologia sa personală se vede o femeie încununată cu ghirlande florentine, aceeași de totdeauna și de niciodată, care rătăcește prin tablourile sale cu simboluri schimbate, căci în realitate este creatura imposibilă pentru care acest romantic din beton armat ar vrea să moară. Fiindcă el este cum suntem toți romanticii, și cum trebuie să fim: lipsit de orice pudoare.

Prima oară când am văzut-o pe această femeie a fost în aceeași zi în care l-am cunoscut pe Obregón, acum treizeci și doi de ani, în atelierul său de pe strada San Blas, în Barranquilla. Erau două camere mari, simple, prin ale căror ferestre, larg deschise, urca zgomotul babilonic al orașului. Într-un colț, printre ultimele naturi moarte picassiene și primii vulturi atât de îndrăgiți de el, se afla ea, cu lotuși atârnați de gât, verde și tristă, ținându-și sufletul în mână. Obregón, care tocmai se întorsese de la Paris și umbla parcă amețit de parfumul de guayaba, era deja identic cu acest autoportret al sau care mă privește de pe perete în vreme ce scriu, și pe care el a încercat, într-o noapte de nebunii, să-l distrugă cu cinci gloanțe de mare calibru. Însă ceea ce m-a impresionat cel mai mult când l-am cunoscut nu au fost acești ochi diafani de corsar care îi făceau să suspine pe poponarii din târg, ci mâinile sale mari și grosolane, cu care l-am văzut trântind la pământ o jumătate de duzină de marinari suedezi într-o bătaie de bordel. Sunt mâini de spaniol din vechime, duios și barbar în același timp, precum don Rodrigo Díaz de Vivar, care își hrănea șoimii de pradă cu porumbițele femeii iubite.

Mâinile acestea sunt instrumentul perfect al unei vocații exorbitante care nu i-a dat pace nicio clipă. Obregón pictează încă dinainte de a avea uzul rațiunii, la orice oră, oriunde ar fi, cu ce are la îndemână. Într-o noapte, pe vremea înecatului, ne dusesem să bem rachiu la o cârciumă de vaporeni încă neterminată. Mesele erau îngrămădite prin colțuri, între saci de ciment, găleți cu var și o masă de tâmplărie pentru făcut ușile. Obregón a stat un lung răstimp parcă în aer, năucit de izul de terebentină, până când s-a cățărat pe o masă cu o cană cu vopsea, și, dintr-o singură trăsătură măiastră, a pictat cu bidineaua pe peretele curat un unicorn verde. N-a fost ușor să-l convingem pe patron că acea unică trăsătură de bidinea valora mult mai mult decât casa însăși. Dar am reușit. Cârciuma fără nume a continuat să se numească Unicornul începând din acea noapte, și a fost o atracție pentru turiștii yankei și pentru nătăfleții de *cachacos*[1] până când s-a dus la naiba pe aripile vânturilor inexorabile ale timpului.

Altădată, Obregón și-a fracturat amândouă picioarele într-un accident de circulație, și în cele două săptămâni de spital și-a sculptat animalele totemice pe ghipsul atelelor cu un bisturiu împrumutat de infirmieră. Însă capodopera n-a fost aceea făcută de el, ci aceea pe care a trebuit s-o facă chirurgul ca să-i scoată ghipsul de la cele două picioare sculptate, care acum se află într-o colecție particulară din Statele Unite. Un ziarist care l-a vizitat la el acasă l-a întrebat iritat ce a pățit cățelușa lui care nu stătea o clipă locului, și Obregón i-a răspuns: „Păi, e nervoasă fiindcă știe că o s-o pictez". A pictat-o, bineînțeles, așa cum pictează tot ce întâlnește în cale,

---

[1] *Cachaco*, filfizon, este porecla dată locuitorilor din interiorul Columbiei de către cei de pe coastă. (n.tr.)

pentru că se gândește că tot ce există pe lume a fost făcut spre a fi pictat. În casa lui de vicerege din Cartagena de Indias, în care toată Marea Caraibilor pătrunde printr-o singură fereastră, îi vezi viața de zi cu zi și, pe deasupra, altă viață, pictată prin toate părțile: pe lămpi, pe capacul closetului, pe oglinzi, în cutia de carton a frigiderului. Multe lucruri care la alți artiști sunt defecte sunt la el virtuți adevărate, cum e sentimentalismul, cum sunt simbolurile, cum sunt pornirile lirice, cum e fervoarea patriotică. Până și unele dintre eșecurile lui rămân vii, ca acel cap de femeie care a ars în cuptorul de topit, dar pe care Obregón îl păstrează încă în cel mai bun loc din casă, cu o jumătate de față calcinată și o diademă de regină pe frunte. Nu se poate să nu te gândești că acel eșec a fost dorit și calculat când descoperi pe chipul fără ochi tristețea fără speranță a femeii care n-a sosit niciodată.

Uneori, când vin prieteni la el, Obregón se duce la bucătărie. E o plăcere să-l vezi punând în ordine pe masa lungă bibanii-de-mare albăstrii, râtul de porc cu o garoafă în nas, coastele de vițel păstrând încă urma inimii, bananele verzi din Arjona, maniocul din San Jacinto, igname din Turbaco. E o plăcere să vezi cum pregătește totul, cum taie și distribuie după forme și culori și cum pune totul la fiert în multă apă, cu același geniu cu care pictează. „E ca și cum ai pune tot peisajul în oală“, spune. Pe măsură ce fierbe, gustă zeama cu un polonic de lemn și îi toarnă apoi în ea sticle, și sticle, și sticle de rom Tres Esquinas, astfel încât acesta sfârșește prin a înlocui în oală apa care se evaporă. La sfârșit, înțelegi de ce a trebuit să aștepți atâta cu un asemenea ceremonial de pontifex maximus, și asta pentru că acel ghiveci din epoca de piatră pe care Obregón îl servește pe frunze de *bija* nu e o treabă de bucătărie, ci pictură de mâncat. Face totul așa cum pictează, pentru că nu știe să facă nimic în altfel. Nu numai că trăiește doar pentru a picta. Nu: trăiește numai când pictează. Veșnic desculț, cu un maiou de bumbac pe care odinioară l-a folosit ca să curețe pensulele și niște pantaloni tăiați de el însuși cu un cuțit de măcelar, și cu o rigoare de zidar pe care Dumnezeu și-ar fi dorit-o pentru popii lui.

20 octombrie 1982, *El País*, Madrid

LITERATURĂ FĂRĂ DURERE

De curând am comis frivolitatea de a spune unui grup de studenți că literatura universală se învață într-o după-amiază. O fată din grup – fanatică a beletristicii și autoare de versuri clandestine – mi-a replicat imediat: „Când putem veni ca să ne învățați?" Așa că au venit vinerea următoare, la trei după-amiaza, și am vorbit despre literatură până la șase, dar nu am putut trece de romantismul german, pentru că și ei au comis frivolitatea de a se duce la o nuntă. Le-am spus, bineînțeles, că una dintre condițiile pentru a învăța toată literatura într-o după-amiază e să nu accepte în același timp o invitație la o nuntă, întrucât pentru a se căsători și a fi fericiți există mult mai mult timp disponibil decât pentru a cunoaște poezia. Totul începuse, continuase și se terminase în glumă, dar la sfârșit eu am rămas cu aceeași impresie ca ei: chiar dacă nu învățaserăm literatura în trei ore, cel puțin ne formasem o idee destul de acceptabilă fără necesitatea de a-l citi pe Jean-Paul Sartre.

Când asculți un disc sau citești o carte care te uluiește, impulsul natural este acela de a căuta pe cineva căruia să-i povestești. Asta mi s-a întâmplat când am descoperit din întâmplare *Cvintetul pentru cvartet de coarde și pian*, de Béla Bartók, care pe atunci nu era foarte cunoscut, și mi s-a întâmplat iarăși când am ascultat la radio, în mașină, foarte frumosul și ciudatul *Concert gregorian pentru vioară și orchestră*, de Ottorino Respighi. Ambele erau foarte greu de găsit, și prietenii mei mai apropiați, care erau melomani, nu știau nimic despre ele, astfel încât am bătut jumătate de glob încercând să le găsesc pentru a le asculta cu cineva. Ceva asemănător mi se întâmplă de mulți ani cu romanul *Pedro Páramo*, de Juan Rulfo, din care cred că am epuizat deja o ediție întreagă doar ca să am întotdeauna exemplare disponibile ca să le ia prietenii. Singura condiție este să ne reîntâlnim cât mai curând posibil pentru a vorbi despre cartea asta minunată.

De bună seamă, primul lucru pe care li l-am explicat bunilor mei studenți de literatură a fost ideea, poate prea personală și simplistă, pe care o am despre predarea ei. Într-adevăr, am crezut întotdeauna că un curs bun de literatură nu trebuie să fie mai mult decât o călăuză pentru cărțile bune care trebuie să fie citite. Fiecare epocă nu are atâtea cărți esențiale cum spun profesorii care se complac în a-și teroriza elevii, și despre toate acestea se poate vorbi într-o după-amiază, numai dacă nu intervine vreo obligație de neevitat de a merge la o nuntă. A citi aceste cărți esențiale cu plăcere și cu mintea limpede este deja alt subiect, pentru multe după-amiezi din viață, însă dacă elevii au norocul s-o poată face, vor ajunge să știe la fel de multe despre literatură precum cel mai învățat profesor al lor. Pasul următor este puțin mai de temut: specializarea. Și încă un pas înainte e tot ce poate fi mai detestabil în această lume: erudiția. Dar dacă ceea ce-și doresc elevii este să se împăuneze când sunt în vizită, nu trebuie să treacă prin niciunul dintre aceste trei purgatorii, ci să cumpere cele două tomuri ale unei opere providențiale care se numește *O mie de cărți*. Au scris-o Luis Nueda și don Antonio Espina, cam prin anii patruzeci, și acolo sunt rezumate, în ordine alfabetică, peste o mie de cărți fundamentale din literatura universală, cu subiectul și interpretarea lor, și cu date impresionante despre autori și epocă. Sunt mult mai multe cărți, bineînțeles, decât cele de care e nevoie pentru cursul de o după-amiază, dar au asupra acestora avantajul că nu trebuie să le citești. Și nici nu trebuie să te rușinezi. Eu am aceste două tomuri salvatoare pe masa la care scriu, le am de mulți ani de zile și m-au scos din necazuri teribile în paradisul intelectualilor, și dat fiind că le am și le cunosc, pot să dau asigurări că le au și le folosesc și mulți dintre pontifii petrecerilor sociale și ai coloanelor din ziare.

Din fericire, cărțile vieții nu sunt atât de multe. De curând, revista *Pluma*, din Bogotá, a întrebat un grup de scriitori care au fost cărțile semnificative pentru ei. Trebuiau să menționeze doar cinci, fără să includă cărțile de lectură obligatorie, ca *Biblia*, *Odiseea* sau *Don Quijote*. Lista mea finală a fost aceasta: *O mie și una de nopți*; *Oedip rege*, de Sofocle; *Moby Dick*, de Melville; *Florilegiul liricii spaniole*, o antologie de don José María Blecua, care se citește ca un roman polițist, și un *Dicționar al limbii spaniole*, care nu este, desigur, cel al Academiei Regale Spaniole. Lista e discutabilă, bineînțeles, ca toate listele, și oferă un subiect pentru a vorbi multe ceasuri, dar rațiunile mele sunt simple și sincere: dacă aș fi citit numai aceste cinci cărți – pe lângă cele obligatorii, de bună seamă –, cu ele mi-ar fi fost deajuns să scriu ceea ce am scris.

Așadar, este o listă cu caracter profesional. Însă la *Moby Dick* n-am ajuns pe un drum ușor. La început pusesem în locul lui *Contele de Monte Cristo*, de Alexandre Dumas, care, după părerea mea, este un roman perfect, dar numai din rațiuni structurale, și acest aspect era deja mai mult decât satisfăcut de *Oedip rege*. Mai târziu, m-am gândit la *Război și pace*, de Tolstoi, care, după părerea mea, este cel mai bun roman care s-a scris în istoria genului, și mi s-a părut drept să-l omit fiind una din cărțile obligatorii. *Moby Dick*, în schimb, a cărui structură anarhică este unul unul din cele mai frumoase dezastre ale literaturii, mi-a insuflat puterea mitică de care aș fi avut fără îndoială nevoie pentru a scrie.

În orice caz, atât cursul de literatură într-o după-amiază, cât și chestionarul cu cele cinci cărți mă fac să mă gândesc, o dată în plus, la atâtea opere de neuitat pe care noile generații le-au uitat. Trei dintre ele, acum mai bine de douăzeci de ani, erau în prima linie: *Muntele vrăjit*, de Thomas Mann; *Cartea de la San Michele*, de Axel Munthe, și *Marele Meaulnes*, de Alain Fournier. Câți studenți care se ocupă de literatura de astăzi – chiar și cei mai sârguincioși – și-au dat osteneala măcar să se întrebe ce poate fi în aceste trei cărți marginalizate? Ai impresia că au avut un destin frumos, dar pasager, cum sunt unele de Eça de Queiroz și de Anatole France, sau *Contrapunct*, de Aldous Huxley, care a fost ca un fel de pojar al anilor noștri albaștri; sau ca *Băiatul cu gâștele*, de Jacob Wassermann, care îi datora poate mai multe nostalgiei decât poeziei, sau ca *Falsificatorii de bani*, de André Gide, care erau poate mai falși decât a crezut însuși autorul lor. Există doar un caz surprinzător în acest azil al cărților pensionate: cel al lui Hermann Hesse, care a fost un fel de explozie orbitoare când i s-a decernat

Premiul Nobel în 1946, și apoi a căzut în uitare. Însă în anii din urmă, cărțile lui au fost recuperate cu tot atâta forță ca odinioară de o generație care, pesemne, găsește în ele o metafizică în consonanță cu propriile ei îndoieli.

Sigur că toate astea nu sunt îngrijorătoare decât ca enigmă de salon. Adevărul e că nu trebuie să existe cărți obligatorii, cărți de penitență, și că metoda sănătoasă este să renunți la lectură la pagina în care devine de nesuportat. Totuși, pentru masochiștii care preferă să citească mai departe, în ciuda a orice, există o formulă sigură: să pui cărțile ilizibile la closet. Poate că, după mai mulți ani de digestie bună, pot ajunge la sfârșitul fericit din *Paradisul pierdut*, de Milton.

8 decembrie 1982, *El País*, Madrid

DIN PARIS, CU DRAGOSTE

Am venit la Paris pentru prima oară într-o noapte înghețată de decembrie a anului 1955. Am sosit cu trenul de la Roma într-o gară împodobită cu lumini de Crăciun, și primul lucru care mi-a atras atenția au fost perechile de îndrăgostiți care se sărutau pretutindeni. În tren, în metrou, în cafenele, în ascensoare, prima generație de după război se lansa cu toate energiile sale spre a consuma public amorul, ceea ce rămăsese singura plăcere ieftină după dezastru. Se sărutau în plină stradă, fără să le pese dacă îi deranjează pe trecători, care se îndepărtau fără să-i privească și fără să le dea atenție, cum se întâmplă cu câinii vagabonzi din satele noastre care rămân împreunați unii cu unele, făcând pui în mijlocul pieței. Acele sărutări în aer liber nu erau frecvente la Roma, care era primul oraș european unde trăisem, și nici, bineînțeles, în cețoasa și pudibonda Bogotá din acele timpuri, unde era dificil să te săruți chiar și în dormitoare.

Erau timpurile întunecate ale războiului din Algeria. Pe fundalul melodiilor cântate la acordeon pe la colțuri de stradă, dincolo de mirosul castanelor coapte pe jar, represiunea era o fantasmă nesățioasă. Pe neașteptate, poliția bloca ieșirea dintr-o cafenea sau din vreunul din barurile cu arabi de pe Boulevard Saint-Michel și îi ridica, lovindu-i, pe toți cei care nu aveau fețe de creștini. Unul dintre ei, fără scăpare, eram eu. Nu contau explicațiile: nu numai fața, ci și accentul cu care vorbeam franceza erau motive de pierzanie. Prima oară când m-au băgat în cușca algerienilor, la comisariatul din Saint-Germain-des-Prés, m-am simțit umilit. Era o prejudecată latinoamericană: închisoarea era pe atunci o rușine, pentru că, fiind copii, nu făceam o deosebire foarte clară între motivele politice și cele de drept comun, iar adulții noștri conservatori se întreceau să ne sădească în suflet confuzia și să ne mențină în această stare. Situația mea era și mai periculoasă, întrucât, chiar dacă polițiștii mă prindeau, crezând că sunt algerian, în cușca algerienilor aceștia n-aveau încredere în mine, dându-și seama că, în ciuda feței mele de vânzător de textile la domiciliu, nu înțelegeam nicio iotă din păsăreasca lor. Totuși și ei și eu am continuat să fim vizitatori atât de asidui ai comisariatelor nocturne, încât am sfârșit prin a ne înțelege. Într-o noapte, unul dintre ei mi-a spus că decât să fii deținut nevinovat, e mai bine să fii culpabil, și m-a convins să lucrez pentru Frontul de Eliberare Națională a Algeriei. Era medicul Amed Tebbal, care pe vremea aceea a fost unul dintre bunii mei prieteni din Paris, și care a murit de o altă moarte decât războiul, după cucerirea independenței țării sale. După douăzeci și cinci de ani, când am fost invitat la omagierea acelei aniversări în Algeria, i-am declarat unui ziarist ceva care a părut greu de crezut: revoluția algeriană este singura pentru care am stat la închisoare.

Însă Parisul de atunci nu era numai cel al războiului din Algeria. Era și acela al celui mai generalizat exil pe care l-a avut America Latină timp de mulți ani. Într-adevăr, Juan Domingo Perón – care pe atunci nu era același din anii care au urmat – era la putere în Argentina, generalul Odría era în Peru, generalul Rojas Pinilla era în Columbia, generalul Pérez Jiménez era în Venezuela, generalul Anastasio Somoza era în Nicaragua, generalul Rafael Leónidas Trujillo era în Santo Domingo, generalul Fulgencio Batista era în Cuba. Eram atât de mulți cei care fugisem de atâția patriarhi simultani, încât poetul Nicolás Guillén apărea în fiecare zi, în zori, în balconul lui de la Hotel Grand Saint-Michel, pe strada Cujas, și striga în spaniolă știrile din America Latină pe care tocmai le citise în ziare. Într-o dimineață a strigat:

– A căzut dictatorul!

Cel care căzuse era unul singur, de bună seamă, dar noi toți ne-am trezit cu iluzia că acela care căzuse era cel din țara noastră.

Când am ajuns la Paris, eu nu eram altceva decât un caraibian necopt. Îi port cea mai mare recunoștință acestui oraș – cu care am atâtea neînțelegeri vechi, și atâtea iubiri încă și mai vechi – pentru că mi-a dat o perspectivă nouă și decisivă asupra Americii Latine. Viziunea de ansamblu, pe care nu o aveam în niciuna din țările noastre, a devenit foarte clară aici, în jurul unei mese de cafenea, și până la urmă îți dădeai seama că, deși suntem din țări diferite, toți facem parte din echipajul aceluiași vapor. Era posibil să faci o călătorie pe tot continentul și să te întâlnești cu scriitorii lui, cu artiștii, cu politicienii în dizgrație sau în devenire, doar dând o raită prin cafenelele aglomerate din Saint-Germain-des-Prés. Unii nu veneau, cum mi s-a întâmplat cu Julio

Cortázar, pe care îl admiram încă de pe atunci pentru frumoasele sale povestiri din *Bestiar* și pe care l-am așteptat aproape un an la Old Navy, unde îmi spusese cineva că obișnuia să vină. După vreo cincisprezece ani, l-am întâlnit, în sfârșit, tot la Paris, și era încă așa cum mi-l imaginasem cu mult înainte: bărbatul cel mai înalt din lume, care nu s-a hotărât niciodată să îmbătrânească. Era copia fidelă a acelui latinoamerican de neuitat care, într-una dintre povestirile lui, se ducea cu plăcere în zorii cețoși să asiste la execuțiile cu ghilotina.

Cântecele lui Brassens se respirau odată cu aerul. Frumoasa Tachia Quintana, o bască temerară pe care latinoamericanii de pretutindeni o transformaseră într-o exilată de-a noastră, înfăptuia miracolul de a găti pe o spirtieră o paella suculentă pentru zece inși. Paul Coulaud, altul dintre francezii noștri convertiți, găsise un nume pentru viața aceea: *la misère dorée*, mizeria aurită. Eu nu avusesem conștiința foarte clară a situației mele până într-o noapte în care m-am pomenit, pe neașteptate, de-a lungul grădinii Luxemburg fără să fi mâncat nicio castană toată ziua și fără un loc unde să dorm. Am hoinărit ceasuri întregi pe bulevarde, cu speranța că va trece patrula care îi ridica pe [illegible] și mă va lua și pe mine să dorm într-o celulă încălzită, dar oricât de mult am căutat-o, n-am putut da de ea. În zori, când palatele de pe Sena au început să se deslușească din ceața deasă, m-am îndreptat spre Cité cu pași mari și hotărâți, cu o față de muncitor onest care tocmai se sculase ca să meargă la fabrică. Pe când treceam pe podul Saint-Michel, am simțit că nu eram singur în ceață, pentru că am reușit să disting pașii cuiva care se apropia din sens contrar. L-am văzut profilându-se în ceață, pe același trotuar și în același ritm ca mine, și i-am văzut foarte de aproape cămașa ecosez cu carouri roșii și negre, și în clipa în care ne-am încrucișat la mijlocul podului i-am văzut părul răvășit, mustața de turc, chipul trist de atâta foame nepotolită și de nesomn, și i-am văzut ochii înecați în lacrimi. Mi-a înghețat inima, pentru că bărbatul acela părea că sunt eu însumi și că veneam înapoi.

Aceasta e amintirea mea cea mai intensă din acele vremuri, și eu am evocat-o mai limpede ca oricând, acum când m-am întors la Paris venind de la Stockholm. Orașul nu s-a schimbat de atunci. În 1968, când m-a mânat curiozitatea să văd ce se întâmplase după minunata explozie din mai, am constatat că îndrăgostiții nu se mai sărutau în public, și că puseseră la loc pietrele din caldarâmul de pe străzi, și șterseseră sloganurile cele mai frumoase care s-au scris vreodată pe ziduri: „Imaginația la putere"; „Sub pavaj se află plaja"; „Iubiți-vă unii peste alții". Ieri, după ce am colindat prin locurile care odată au fost ale mele, n-am putut distinge decât o noutate: niște oameni de la primărie îmbrăcați în verde, care străbat străzile în motociclete verzi și au niște mâini mecanice de exploratori siderali pentru a strânge de pe stradă rahatul pe care un milion de câini captivi îl expulzează tot la douăzeci și patru de ore în orașul cel mai frumos din lume.

29 decembrie 1982, *El País,* Madrid

ÎNTOARCEREA ÎN MEXIC

Am spus odată, într-un interviu: „Din Ciudad de México, unde sunt atâția prieteni pe care îi îndrăgesc, nu îmi rămâne altceva decât amintirea unei după-amiezi incredibile, în care ploua cu soare printre copacii din pădurea Chapultepec, și am rămas atât de fascinat de acel miracol încât mi s-a tulburat simțul de orientare și m-am apucat să dau raite prin ploaie, fără să găsesc pe unde să ies“.

După zece ani de la această declarație, am căutat din nou acea pădure vrăjită și am găsit-o distrusă de poluare, dând impresia că niciodată n-o să mai plouă printre copacii săi uscați. Această experiență mi-a dezvăluit brusc cât de mult din viața mea și a familiei mele a rămas în acest oraș al lui Lucifer, care astăzi este unul dintre cele mai extinse și mai populate din lume, și cât de tare ne-am schimbat împreună, orașul și noi, din momentul în care am ajuns, fără nume și fără un ban în buzunar, pe 2 iulie 1961, în prăfuita gară centrală.

N-o să uit niciodată această dată, chiar dacă n-ar fi ștampilată pe un pașaport nefolositor, fiindcă a doua zi, foarte devreme, un prieten m-a trezit cu telefonul și mi-a spus că Hemingway murise. Într-adevăr, se desfigurase trăgându-și un glonț în cerul gurii, și această barbarie mi-a rămas întipărită pe veci în minte ca începutul unei noi epoci. Mercedes și cu mine, care împlineam doi ani de la căsătorie, și Rodrigo, care nu împlinise încă un an de la naștere, trăiserăm în lunile anterioare într-o cameră de hotel din Manhattan. Eu lucram în calitate de corespondent al agenției cubaneze de știri din New York, și nu cunoscusem în până atunci un loc mai potrivit pentru a muri asasinat. Era un birou sordid și singuratic, într-o clădire veche din Rockefeller Center, cu o cameră pentru teletipuri și o sală de redacție cu o singură fereastră ce dădea într-o curte ca un abis, veșnic tristă și mirosind a funingine înghețată, din care urca în orice moment zgomotul șobolanilor ce-și disputau resturile din tomberoane. Când locul acela a devenit de nesuportat, l-am pus pe Rodrigo într-un coș și am urcat în primul autobuz ce se îndrepta spre sud. Tot capitalul nostru pe lume erau trei sute de dolari, plus alți o sută pe care Plinio Apuleyo Mendoza ni i-a trimis din Bogotá la consulatul columbian din New Orleans. Nu înceta să fie o nebunie frumoasă: încercam să ajungem în Columbia străbătând câmpiile de bumbac și satele de negri din Statele Unite, având drept singură călăuză amintirea mea recentă a romanelor lui William Faulkner.

Ca experiență literară, toată povestea era fascinantă, dar în viața reală – chiar fiind atât de tineri – era o nebunie. Au fost paisprezece zile de autobuz pe șosele marginale, toride și triste, mâncând în birturi nenorocite și dormind în hoteluri într-o companie dubioasă. În marile magazine din orașele din sud am cunoscut pentru prima oară josnicia discriminării. Erau două țâșnitoare publice, una pentru albi și alta pentru negri, cu un afiș scris pe fiecare. În Alabama am petrecut o noapte întreagă căutând o cameră de hotel, și în toate ni s-a spus că nu este loc, până când un portar de noapte a descoperit din întâmplare că nu suntem mexicani. Însă, ca întotdeauna, ceea ce ne supăra cel mai tare nu erau zilele interminabile de mers pe căldura arzătoare de iunie, și nici nopțile dificile în hoteluri cu camere închiriate cu ora, ci mâncarea proastă. Sătui de hamburgeri din carton presat și de lapte praf cu gust de orz, am ajuns să împărțim cu copilul conservele de compot. La sfârșitul acelei traversări eroice reușisem să confruntăm o dată în plus realitatea cu ficțiunea. Acele partenonuri imaculate din mijlocul plantațiilor de bumbac, fermierii făcându-și siesta la umbra răcoroasă a acoperișului bodegilor din drum, barăcile negrilor supraviețuind în mizerie, moștenitorii albi ai unchiului Gavin Stevens, care mergeau la slujba de duminică cu nevestele lor îmbrăcate în muselină: viața teribilă din comitatul Yocknapatawpha ni se perindase prin fața ochilor de la fereastra unui autobuz, și era tot atât de adevărată și de umană ca în romanele bătrânului maestru.

Însă întreaga emoție a acelei trăiri s-a dus naibii când am ajuns la frontiera cu Mexicul, în murdarul și prăfuitul Laredo, care ne era familiar din multe filme cu contrabandiști. Primul lucru pe care l-am făcut a fost să intrăm într-o bodegă să mâncăm ceva cald. Ne-au servit la început, în chip de supă, un orez galben și moale, pregătit într-un mod diferit de cel din Caraibe.

– Slavă Domnului! a exclamat Mercedes gustându-l. Aș rămâne aici pentru totdeauna, fie și numai pentru a mânca mereu orezul ăsta.

Niciodată nu și-ar fi putut imagina în ce măsură dorința ei de a rămâne avea să se îndeplinească. Și nu pentru mâncarea aceea de orez fiert, căci destinul avea să ne joace o festă foarte amuzantă: orezul pe care îl mâncăm acasă îl aducem din Columbia, aproape prin contrabandă, în valizele prietenilor care vin în Mexic, pentru că am învățat să supraviețuim fără felurile de mâncare ale copilăriei, în afară de acest orez patriotic, ale cărui boabe ninse se pot număra unul câte unul în farfurie.

Am ajuns la Ciudad de México într-un amurg violet, cu ultimii douăzeci de dolari și fără nimic în viitor. N-aveam aici decât patru prieteni. Unul era poetul Álvaro Mutis, care o dusese prost în Mexic și încă nu o ducea mai bine. Celălalt era Luis Vicens, un catalan dintre cei de vază, care venise de puțină vreme din Columbia, fascinat de viața culturală a Mexicului. Al treilea era sculptorul Rodrigo Arenas Betancourt, care semăna capete monumentale de-a lungul și de-a latul acestei țări interminabile. Al patrulea era scriitorul Juan García Ponce, pe care îl cunoscusem în Columbia ca membru în juriul unui concurs de pictură, dar abia dacă ne aminteam unul de altul, din cauza stării de concentrație etilică în care ne aflam amândoi în noaptea când ne-am văzut pentru prima oară. El a fost cel care mi-a telefonat îndată ce a aflat de sosirea mea, și mi-a strigat cu verbul său înflorit:

– Nemernicul de Hemingway și-a nenorocit căpățâna cu un glonț!

Acesta a fost momentul exact – și nu cel de la șase după-amiaza din ziua anterioară – în care am ajuns, într-adevăr, în Ciudad de México, fără să știu foarte bine de ce, nici cum și nici până când. De atunci au trecut douăzeci și unu de ani și tot nu știu, dar, ce mai, iată-ne aici. Așa cum am spus într-o memorabilă ocazie recentă, aici mi-am scris cărțile, aici mi-am crescut copiii, aici mi-am plantat copacii.

Am retrăit acest trecut – rarefiat de nostalgie, desigur – acum că m-am întors în Mexic ca de atâtea și atâtea ori, și pentru prima oară m-am pomenit într-un oraș diferit. În pădurea Chapultepec n-au mai rămas nici măcar îndrăgostiții de odinioară, și nimeni nu pare să mai creadă în soarele strălucitor de ianuarie, fiindcă într-adevăr se vede rar pe vremea asta. Niciodată, dar niciodată nu am întâlnit atâta incertitudine în inima prietenilor. Să fie oare posibil?

26 ianuarie 1983, *El País*, Madrid

EI BINE, SĂ VORBIM DESPRE LITERATURĂ

Jorge Luis Borges a spus într-un interviu de demult că problema tinerilor scriitori de pe vremea aceea era că, atunci când se apucau să scrie, se gândeau la succes sau la eșec. În schimb, când el se afla la începuturile sale literare, se gândea să scrie doar pentru el însuși.

– Când am publicat prima mea carte, în 1923 – povestea el –, am pus să se tipărească trei sute de exemplare și le-am împărțit prietenilor, în afară de o sută de exemplare, pe care le-am dus la revista *Nosotros*.

Unul dintre directorii publicației, Alfredo Bianchi, s-a uitat îngrozit la Borges și i-a spus:

– Și dumneavoastră doriți ca eu să vând toate aceste cărți?

– Bineînțeles că nu, i-a răspuns Borges. Cu toate că le-am scris, nu sunt nebun de-a binelea.

Autorul acestui interviu, Alex J. Zisman, care pe atunci era un student peruan la Londra, a povestit în particular că Borges îi sugerase lui Bianchi să pună exemplare ale cărții în buzunarele pardesielor atârnate în cuierele din birourile lor, și astfel au reușit să facă se publice câteva note critice.

Gândindu-mă la acest episod, mi-am amintit un altul, poate foarte cunoscut, din vremea când soția deja faimosului scriitor nord-american Sherwood Anderson l-a întâlnit pe tânărul William Faulkner, care scria cu creionul pe o hârtie pusă pe o roabă veche.

– Ce scrieți? l-a întrebat ea.

Faulkner, fără să-și ridice capul, i-a răspuns:

– Un roman.

Doamna Anderson n-a putut face altceva decât să exclame:

– Doamne Dumnezeule!

Însă, după câteva zile, Sherwood Anderson i-a trimis vorbă tânărului Faulkner că era dispus să îi ducă romanul la un editor, cu singura condiție să nu fie nevoit să-l citească. Romanul a fost probabil *Soldier's Pay*, care s-a publicat în 1926 – adică la trei ani după prima carte a lui Borges –, iar Faulkner publicase încă patru înainte de a fi considerat un autor cunoscut, ale cărui cărți să fie acceptate de editori fără prea multe amânări. Faulkner însuși a declarat odată că, după aceste prime cinci cărți, s-a văzut obligat sa scrie un roman de senzație, deoarece toate cele dinainte nu-i aduseseră destui bani pentru a-și întreține familia. Această carte scrisă din obligație a fost *Santuario*, și merită să o semnalăm, pentru că reflectă foarte bine ideea lui Faulkner despre un roman de senzație.

Mi-am amintit de aceste episoade de la începuturile marilor scriitori în cursul unei conversații de aproape patru ore pe care am avut-o aici cu Ron Sheppard, unul dintre redactorii literari de la revista *Time*, care pregătește un studiu despre literatura din America

Latină. Două lucruri m-au făcut să fiu foarte mulțumit de acest interviu. Primul este că Sheppard mi-a vorbit și m-a făcut să vorbesc numai despre literatură, și a demonstrat, fără cel mai mic aer de pedanterie, că știe foarte bine despre ce vorbește. Al doilea e că îmi citise cu mare atenție toate cărțile și le studiase foarte temeinic nu doar pe fiecare în parte, ci și în ordinea și în ansamblul lor și, în plus, își dăduse din plin osteneala să citească numeroasele mele interviuri, pentru a nu cădea în plasa acelorași întrebări de totdeauna. Acest ultim aspect m-a interesat nu atât pentru că îmi măgulea vanitatea – ceea ce, în orice caz, nu se poate și nici nu trebuie să fie exclus când se vorbește cu orice scriitor, chiar și cu aceia care par mai modești –, ci pentru că mi-a permis să explic mai bine, cu propria-mi experiență, concepțiile personale despre profesia scriitorului. Orice scriitor intervievat descoperă imediat – din cauza unei neglijențe oricât de mici – dacă acela care îi ia interviul nu a citit cartea despre care îi vorbește, și, din secunda aceea, și poate fără să-și dea seama celălalt, îl plasează pe o poziție dezavantajoasă. Însă păstrez o amintire foarte plăcută unui ziarist spaniol, foarte tânăr, care mi-a luat un interviu amănunțit despre viața mea, crezând că eu eram autorul cântecului cu fluturii galbeni, care pe atunci se auzea pretutindeni, dar nu avea nici cea mai mică idee că melodia aceea își afla originea într-o carte și că, pe deasupra, eu fusesem cel care a scris-o.

Sheppard nu mi-a pus nicio întrebare concretă, nici n-a folosit un magnetofon, ci la un anumit interval își lua note foarte pe scurt într-un caiet de școală, și nici nu l-a interesat ce premii mi se dăduseră înainte sau acum, nici n-a încercat să știe care era angajamentul meu de scriitor, nici câte cărți vândusem, și nici câți bani câștigasem.

Nu o să fac o sinteză a discuției noastre, fiindcă tot ce s-a vorbit în ea îi aparține acum lui, și nu mie. Dar nu am putut rezista tentației de a semnala faptul ca pe un eveniment încurajator în râul învolburat al vieții mele particulare de astăzi, unde nu fac aproape nimic altceva decât să răspund de mai multe ori pe zi la aceleași întrebări, cu aceleași răspunsuri de totdeauna. Și mai rău încă: la aceleași întrebări, care în fiecare zi au tot mai puțin de-a face cu profesia mea de scriitor. Sheppard, în schimb, și cu aceeași naturalețe cu care respira, se mișca fără poticneli în misterele cele mai profunde ale creației literare, și, la despărțire, m-a lăsat scăldat în nostalgia vremurilor în care viața era mai simplă și te bucurai de plăcerea de a pierde ceasuri întregi vorbind despre nimic altceva decât de literatură.

Totuși, nimic din ce am vorbit nu mi s-a întipărit în minte mai profund decât fraza lui Borges: „Acum, scriitorii se gândesc la eșec și la succes". Într-un fel sau altul, le-am spus același lucru multor scriitori tineri pe care îi întâlnesc prin lume. Nu pe toți, din fericire, i-am văzut încercând să termine un roman în mare grabă, pentru a ajunge la timp la un concurs. I-am văzut precipitându-se în abisuri de demoralizare din cauza unei critici potrivnice, sau pentru că o editură le-a respins originalul. L-am auzit odată pe Mario Vargas Llosa spunând o frază care m-a descumpănit de la bun început: în momentul în care se apucă să scrie, orice scriitor decide dacă va fi un scriitor bun sau un scriitor slab. Însă, după câtiva ani, a venit la mine acasă, în Mexic, un băiat de douăzeci și trei de ani care își publicase primul roman cu șase luni în urmă și care, în seara aceea, se simțea triumfător deoarece tocmai îl predase editorului pe cel de al doilea. Mi-am exprimat perplexitatea pentru graba pe care o dovedise în cariera lui prematură, și el mi-a răspuns, cu un cinism pe care încă vreau să mi-l amintesc ca fiind involuntar:

– Treaba e că tu trebuie să te gândești mult înainte de a scrie, pentru că toată lumea așteaptă cu sufletul la gură ceea ce scrii. Dar eu pot să scriu foarte repede, pentru că foarte puțină lume mă citește.

Atunci am înțeles, ca pe o revelație uluitoare, fraza lui Vargas Llosa: băiatul acela a hotărât să fie un scriitor slab, cum, într-adevăr, a și fost, până când a făcut rost de o slujbă bună la o firmă de mașini de ocazie și n-a mai pierdut timpul scriind. Însă – mă gândesc acum – poate că destinul lui ar fi fost altul dacă, înainte de a învăța să scrie, ar fi învățat să vorbească despre literatură. În zilele astea circulă o frază la modă: „Vrem mai puține fapte și mai multe cuvinte". Desigur, este o frază plină de o foarte mare perfidie politică. Dar poate fi bună și pentru scriitori.

Acum câteva luni i-am spus lui Jomi García Ascot că singurul lucru mai bun decât muzica e să vorbești despre muzică, iar aseară am fost gata să-i spun același lucru despre literatură. Dar apoi m-am gândit mai bine. În realitate, singurul lucru mai bun decât să vorbești despre literatură este să o faci bine.

9 februarie 1983, *El País*, Madrid

TABLA ACEEA CU ȘTIRI

Din cea de a treia decadă a acestui secol, și timp de vreo zece ani, a existat în Bogotá un ziar care nu avea poate multe precedente în lume. Era o tablă ca aceea de la școlile din acea vreme, pe care știrile de ultimă oră erau scrise cu creta, și care era pusă de două ori pe zi în balconul ziarului *El Espectador.* Intersecția aceea a bulevardului Jiménez de Quesada cu Strada a Șaptea – cunoscută ani de zile drept cel mai bun colț de stradă din Columbia – era locul cel mai aglomerat al orașului, mai ales la orele în care apărea tabla cu știrile: la douăsprezece ziua și la cinci după-amiaza. Trecerea tramvaielor devenea anevoioasă, dacă nu chiar imposibilă, din cauza mulțimii care aștepta nerăbdătoare.

Pe deasupra, cititorii de pe stradă aveau o posibilitate pe care nu o avem cei de acum: aceea de a aplauda cu ovații prelungite știrile care li se păreau bune, de a le fluiera pe cele care nu îi satisfăceau cu totul și de a arunca în tablă cu pietre când le considerau potrivnice intereselor lor. Era o formă de participare activă și imediată, prin intermediul căreia *El Espectador* – ziarul de seară care patrona tabla – avea un termometru mai eficace decât oricare altul pentru a măsura febra opiniei publice. Încă nu exista televiziune, și la radio erau buletine de știri foarte complete, dar la ore fixe, astfel încât înainte de a ieși să iei prânzul sau să cinezi, rămâneai în așteptarea apariției tablei pentru a ajunge acasă cu o viziune mai completă asupra lumii. Într-o după-amiază s-a aflat – cu un murmur de stupoare – că la Medellín murise Carlos Gardel, într-un accident produs de ciocnirea a două avioane. Când erau știri importante, ca aceasta, tabla se schimba de mai multe ori în afara orelor prevăzute, pentru a alimenta cu buletine suplimentare nerăbdarea înfrigurată a publicului. Aceasta se făcea mai întotdeauna în timpul alegerilor, și s-a făcut în mod exemplar și de neuitat când cu zborul răsunător al lui Concha Venegas de la Lima la Bogotá, ale cărui peripeții s-au văzut reflectate, oră de oră, în balconul cu știri. Pe 9 aprilie 1948 – la ora unu ziua –, liderul popular Jorge Eliécer Gaitán a căzut la pământ, răpus fulgerător de trei gloanțe. Niciodată în furtunoasa istorie a tablei, o știre atât de importantă nu s-a produs atât de aproape de ea. Dar n-a putut să o înregistreze, pentru că deja *El Espectador* își schimbase locul și se modernizaseră sistemele și obiceiurile informaționale, și numai câțiva nostalgici întârziați ne aminteam de timpurile în care știai când era douăsprezece ziua sau cinci după-amiaza pentru că vedeai apărând la balcon tabla cu știrile.

Nimeni nu-și mai amintește acum la *El Espectador* cine a avut ideea originală a acelei forme directe și tulburătoare de jurnalism modern într-un oraș îndepărtat și lugubru cum era Bogotá în acele timpuri. Dar se știe, în linii mari, că redactorul responsabil era un băiat care abia dacă împlnise douăzeci de ani și care avea să fie, fără îndoială, unul dintre cei mai buni ziariști din

Columbia fără să fi mers mai departe de școala primară. Astăzi – la împlinirea a cincizeci de ani de activitate profesională –, toți compatrioții săi știm că se numea, și continuă să se numească, José Salgar.

Aseară, la o sărbătoare omagială internă a ziarului, José Salgar a spus, mai în glumă, mai în serios, că la această aniversare a primit în viață toate elogiile care se aduc de obicei morților. Poate nu a auzit spunându-se că tot ce e mai surprinzător din viața lui de ziarist nu e faptul că împlinise jumătate de secol – lucru care li s-a mai întâmplat multor jurnaliști bătrâni –, ci dimpotrivă: faptul că a început la doisprezece ani la același ziar, când de aproape doi căuta să lucreze ca ziarist. Într-adevăr, întotdeauna când se întorcea de la școală, prin 1939, José Salgar zăbovea contemplând prin ferestre presa cu pedală la care se tipărea *Mundo al Día*, un ziar cu știri variate, foarte solicitat pe vremea lui; secțiunea lui cea mai citită era deja jurnalism pur. Se numea „Am văzut cu ochii mei" și conținea experiențele cititorilor povestite de ei înșiși. Pentru fiecare notă trimisă și publicată, *Mundo al Día* plătea cinci centavos, într-o epocă în care aproape totul costa cinci centavos: ziarul, o ceașcă de cafea, lustruitul pantofilor, mersul cu tramvaiul, o apă minerală, un pachet de țigări, biletul la un film pentru copii și multe alte lucruri de primă și secundă necesitate. Ei bine, de când a împlinit zece ani, José Salgar a început să trimită experiențele lui scrise, nu atât pentru cei cinci centavos, cât pentru a le vedea publicate, și niciodată n-a reușit. Din fericire, căci dacă ar fi reușit ar fi împlinit jumătate de secol ca ziarist încă de acum doi ani, ceea ce ar fi fost aproape un abuz.

A început în ordine: de pe treapta cea mai de jos. Un prieten de familie care lucra la atelierele ziarului

El Espectador – unde se tipărea pe atunci *El Espectador* – l-a luat să lucreze cu el în tura care începea la patru în zori. Lui José Salgar i-au încredințat sarcina grea de a topi barele de plumb pentru linotipuri, și seriozitatea lui i-a atras atenția unui linotipist, mare maestru – din aceia care nu mai există astăzi – care, la rândul său, atrăgea atenția colegilor prin două calități diferite: pentru că semăna ca un frate geamăn cu președintele Republicii, don Marco Fidel Suárez, și fiindcă era la fel de savant ca el în privința secretelor limbii spaniole, până într-atât încât a ajuns să fie candidat la Academia de Limbă. După șase luni de topit plumb pentru linotipuri, José Salgar a fost trimis la o școală de ucenicie rapidă de către șeful de redacție – Alberto Galindo – chiar dacă numai ca să învețe regulile elementare de ortografie, și l-a avansat curier de redacție. Pornind de aici, a făcut toată cariera pe plan intern, până a ajuns ceea ce este astăzi: director-adjunct al ziarului și angajatul său cel mai vechi. Pe vremea când a început să scrie pe tabla cu știrile i-au făcut o fotografie pe stradă, cu o haină neagră cu revere la două rânduri și cu o pălărie cu borul înclinat, după moda timpului impusă de Carlos Gardel. În fotografiile sale de azi nu mai seamănă cu nimeni altcineva decât cu el însuși.

Când eu am intrat în redacție la *El Espectador* – în 1953 –, José Salgar a fost șeful de redacție neîndurător care mi-a impus ca regulă de aur a jurnalismului: „Sucește-i gâtul lebedei“[1]. Pentru un novice din provincie, care era dispus să-și dea viața pentru literatură, acel ordin era aproape o insultă. Dar poate că meritul cel

[1] Vers dintr-un poem al poetului mexican modernist Enrique González Martínez, aluzie la celebrul vers al lui Verlaine „Prends l'éloquence et tords-lui son cou“ (Ia elocința și sucește-i gâtul). Lebăda este aici simbolul poeziei retorice. (n.tr.)

mai mare al lui José Salgar a fost acela de a ști să dea ordine fără să rănească, pentru că nu le dădea cu aere de șef, ci de subaltern. Nu știu dacă l-am ascultat sau nu, însă, în loc să mă simt ofensat, i-am mulțumit pentru sfat și de atunci – până în ziua de azi – am devenit complici.

Poate că tot ce ne face să simțim cea mai profundă recunoștință unul față de celălalt este faptul că, atâta vreme cât lucram împreună, nu renunțam la lucru nici măcar în orele de odihnă. Îmi amintesc că nu ne despărțeam niciun minut în acele trei săptămâni istorice în care pe Papa Pius al XII-lea l-a apucat un sughiț ce nu-i trecea cu nimic, și José Salgar și cu mine ne-am declarat în tură permanentă, așteptând să se întâmple oricare din cele două extreme ale știrii: că Papa a scăpat de sughiț sau că a murit. Duminicile ne duceam în mașină pe drumurile savanei, cu radioul aprins, pentru a urmări fără încetare ritmul sughițului Papei, însă fără să ne îndepărtăm prea tare, ca să ne putem întoarce la redacție îndată ce se află deznodământul. Îmi aminteam de aceste timpuri în seara de săptămâna trecută în care am asistat la dineul în onoarea lui, și cred că până atunci nu descoperisem că acel simț insomniac al meseriei îi venea lui José Salgar de la obiceiul lui incurabil cu tabla cu știri.

21 septembrie 1983, *El País*, Madrid

ÎNTOARCEREA LA OBÂRȘIE

Spre deosebire de ceea ce au făcut atâți scriitori, buni și slabi, în toate timpurile, niciodată nu mi-am idealizat locul unde m-am născut și unde am crescut până la opt ani. Amintirile din această perioadă – cum am spus-o de atâtea ori – sunt cele mai clare și mai reale pe care le păstrez, până într-atât încât pot să evoc, de parcă ar fi fost ieri, nu numai înfățișarea fiecăreia din casele care se mai păstrează încă, ci chiar să descopăr pe un zid o crăpătură care nu exista pe vremea copilăriei mele. Copacii din sate dăinuie de obicei mai mult decât ființele omenești, și totdeauna am avut impresia că și ei își amintesc de noi, poate mai bine decât ne amintim noi de ei.

Mă gândeam la toate astea, și la multe altele, pe când străbăteam străzile pline de praf, arzătoare, din Aracataca, satul unde m-am născut și unde m-am întors acum câteva zile, după șaisprezece ani de la ultima mea venire. Puțin tulburat de reîntâlnirea cu atâția prieteni din copilărie, zăpăcit de o grămadă de copii printre care mi se părea că mă recunosc pe mine însumi atunci când venea circul, eram totuși destul de senin pentru a fi surprins că nimic nu se schimbase în casa generalului José Rosario Durán – unde acum, bineînțeles, nu mai e nimeni din familia lui ilustră; că spațiile verzi care împodobesc piețele continuă să fie ca înainte, cu pulberea lor însetată și cu migdalii triști cum au fost întotdeauna, și că biserica a fost vopsită și revopsită de mai multe ori în jumătate de veac, dar cadranul ceasului din turn e același. „Și asta nu-i nimic, mi-a spus cineva: Omul care îl potrivește e și el același."

E mult – eu aș spune prea mult – tot ce s-a scris despre afinitățile între Macondo și Aracataca. Adevărul e că de fiecare dată când mă întorc în satul din realitate găsesc că seamănă tot mai puțin cu cel din ficțiune, în afară de unele elemente exterioare, cum sunt căldura irezistibilă de la două după-amiaza, praful său alb, arzător, și migdalii care încă se mai păstrează la câteva colțuri de stradă. Există o similitudine geografică evidentă, dar care nu merge mai departe de asta. Pentru mine e mai multă poezie în istoria acelor *animes* decât în toată aceea pe care am încercat s-o plăsmuiesc în cărțile mele. Cuvântul în sine – *anime* – e un mister care mă urmărește din timpurile acelea. Dicționarul Academiei Regale spune că *anime* este o plantă și rășina ei. Tot așa definește cuvântul, chiar cu mult mai multe precizări, excelentul lexicon de columbianisme al lui Mario Alario di Filippo. Părintele Pedro María Revollo, în lucrarea sa *Cuvinte de pe coasta columbiană*, nici măcar nu-l menționează. În schimb, Sundenheim, în *Vocabular de pe coastă*, publicat în 1922, și după cât se pare uitat pentru totdeauna, îi consacră o notă foarte amplă, din care transcriu partea care ne interesează cel mai mult: „Un *anime* este, la noi, o specie de spiriduș binevoitor, care își ajută protejații în momente dificile, și așa se explică faptul că, atunci când se zice despre cineva că are *animes*, se dă de înțeles că se bizuie pe o vreo persoană sau pe o forță misterioasă care i-au oferit sprijinul". Cu alte cuvinte, Sundenheim le identifică pe acestea cu spiridușii și, mai precis, cu cei descriși de Michelet.

Acele *animes* din Aracataca erau altceva: niște ființe minuscule, nu mai mari de un deget, care trăiau pe fundul oalelor. Uneori erau confundate cu gângăniile, care în realitate erau larvele țânțarilor ce se jucau pe fundul oalelor cu apă de băut. Dar bunii cunoscători nu le confundau: acele *animes* aveau facultatea să fugă din refugiul lor natural, chiar dacă oala era acoperită cu un capac solid, și se amuzau făcând tot felul de năzbâtii în casă. Nu erau altceva decât niște spiriduși năzdrăvani, dar binevoitori, care făceau să se strice laptele și să ruginească zăvoarele, schimbau culoarea ochilor la copii, sau provocau vise întortocheate. Erau însă perioade când dispoziția li se schimba, din motive care nu au fost înțelese niciodată, și li se năzărea să dea cu pietre în casa unde trăiau. Eu le-am văzut acasă la don Antonio Daconte, un emigrant italian care a adus mari noutăți în Aracataca: cinematograful mut, salonul de biliard, bicicletele închiriate, gramofoanele, primele aparate de radio. Într-o seară s-a răspândit prin tot satul zvonul că dădeau cu pietre în casa lui don Antonio Daconte și s-au dus cu toții să vadă. Nu era un spectacol de groază cum s-ar fi putut crede, ci o distracție veselă care, în orice caz, nu a lăsat niciun geam întreg. Nu se vedea cine le arunca, dar pietrele țâșneau din toate părțile și aveau virtutea magică de a nu lovi pe nimeni, îndreptându-se spre țintele lor exacte: obiectele de sticlă. Multă vreme după seara aceea fermecată, noi, copiii, am continuat să păstrăm obiceiul de a ne strecura în casa lui don Antonio Daconte pentru a da la o parte capacul de pe oala din sufragerie ca să vedem acele *animes* – liniștite și aproape transparente – plictisindu-se pe fundul apei.

Cea mai cunoscută casă din sat era, poate, una la colț de stradă, ca atâtea altele, alături de aceea a bunicilor mei, pe care toată lumea o cunoștea drept *casa mortului*. În ea a trăit mai mulți ani parohul care a botezat toată generația noastră. Francisco C. Angarita, faimos pentru teribilele sale predici moralizatoare. Despre părintele Angarita se șușoteau multe, și bune, și rele, și accesele sale de furie erau de temut; dar acum câțiva ani am aflat că își asumase o poziție foarte clară și consecventă în timpul grevei și al masacrului muncitorilor de pe plantațiile bananiere.

Am auzit adesea spunându-se că se numea așa, *casa mortului*, fiindcă noaptea se vedea umblând pe acolo fantoma cuiva care, într-o ședință de spiritism, a spus că se numește Alfonso Mora. Părintele Angarita povestea istoria cu atâta realism că ți se făcea pielea de găină. Descria fantoma ca fiind un bărbat corpolent, cu mânecile de la cămașă suflecate până la coate, cu părul scurt și lins, dinții perfecți și luminoși ca ai negrilor. În toate nopțile, când bătea de douăsprezece, după ce străbătea casa, dispărea sub un arbore de *totumo* care creștea în mijlocul curții. În jurul lui, oamenii săpaseră de multe ori în căutarea unei comori îngropate. Într-o zi, în plin soare, am ajuns în casa vecină cu a noastră urmărind un iepure, și-am încercat să îl prind în closet, unde se ascunsese. Am împins ușa, dar în loc de iepure l-am văzut pe bărbatul acela stând pe vine, cu acel aer de tristețe gânditoare pe care îl avem cu toții în asemenea împrejurări. L-am recunoscut imediat, nu numai după mânecile suflecate până la coate, ci și după frumoșii lui dinți de negru care străluceau în penumbră.

Aceste lucruri și multe altele mi le aminteam acum câteva zile în satul torid, pe când prietenii mei vechi și noi, și cei pe care abia începeam să mi-i fac, păreau într-adevăr bucuroși că eram din nou împreună, după atâta vreme. Era același izvor de poezie al cărui nume răsunător l-am auzit în jumătate de lume, în aproape toate limbile, și care totuși pare să existe mai mult în memorie decât în realitate. E greu să-ți imaginezi alt loc mai uitat, mai părăsit, mai îndepărtat de căile Domnului. Cum să nu te simți cu sufletul chinuit de un sentiment de revoltă?

21 decembrie 1983, *El País*, Madrid

CUM SE SCRIE UN ROMAN?

Este, fără îndoială, una din întrebările care i se pun cel mai frecvent unui romancier. Oricine ar fi cel care o pune, trebuie să ai întotdeauna un răspuns de complezență. Mai mult încă: e bine să încerci să răspunzi, nu numai pentru că plăcerea stă în varietate, cum se spune, ci și pentru că în ea există posibilitățile de a găsi adevărul. Fiindcă un lucru e sigur: cred că romancierii înșiși sunt cei care își pun cel mai mult întrebarea: cum se scrie un roman? Și tot nouă înșine ne dăm de fiecare dată un răspuns diferit.

Mă refer, bineînțeles, la scriitorii care cred că literatura este o artă destinată să facă lumea mai bună. Ceilalți, cei care cred că este o artă destinată creșterii conturilor bancare, au formule pentru a scrie care nu numai că sunt sigure, ci se pot rezolva cu atâta precizie ca și cum ar fi formule matematice. Editorii știu asta. Unul dintre ei se distra de curând explicându-mi cât de ușor este ca editura lui să câștige Premiul Național pentru Literatură. În primul rând, trebuie să facă o analiză a membrilor juriului, a istoriei lor personale, a operei lor, a gusturilor lor literare. Editorul credea că suma tuturor acestor elemente ar da până la urmă o medie a gustului general al juriului. „Pentru asta sunt ordinatoarele“, spunea. Odată stabilit care e tipul de carte cu posibilități mai mari să fie premiat, trebuia să procedeze cu o metodă opusă celei folosite de obicei în viață: în loc să caute unde se află această carte, trebuia să cerceteze cine e scriitorul, bun sau prost, care să fie mai bine dotat pentru a o compune. Tot restul nu mai era decât semnarea unui contract pentru ca să se apuce de scris, la comandă, cartea care avea să primească la anul Premiul Național pentru Literatură. Alarmant este că editorul pusese acest joc în morișca ordinatoarelor, și acestea i-au dat o posibilitate de reușită de optzeci și șase la sută.

Așadar, problema nu este să scrii un roman – sau o povestie scurtă –, ci să scrii în mod serios, chiar dacă apoi nu se vinde și nici nu câștigă vreun premiu. Acesta este răspunsul care nu există, și dacă cineva are motive s-o știe în aceste zile, este tocmai cel care scrie această coloană, cu scopul ascuns de a găsi propria rezolvare a enigmei. Căci m-am întors în garsoniera mea din Mexic, unde exact acum un an am lăsat mai multe povestiri neterminate și un roman început, și mă simt ca și cum n-aș găsi firul pentru a desface ghemul. Cu povestirile n-au fost probleme: sunt în coșul de gunoi. După ce le-am citit cu bine-venita distanțare de un an, mă încumet să jur – și s-ar putea să fie adevărat – că n-am fost eu cel care le-a scris. Făceau parte dintr-un vechi proiect de șaizeci sau mai multe povestiri despre viața latinoamericanilor în Europa, și principalul lor defect era unul fundamental ca să le rup: nici eu însumi nu le credeam.

Nu voi avea trufia să spun că nu mi-a tremurat mâna făcându-le bucățele și apoi împrăștiind serpentinele pentru a împiedica să fie refăcute. Mi-a tremurat nu numai mâna, căci legat de treaba asta cu ruptul hârtiilor am o amintire care ar putea părea încurajatoare, dar care mie mi se pare deprimantă. Este o amintire dintr-o seară de iulie din anul 1955, din ajunul călătoriei în Europa ca trimis special al ziarului *El Espectador*, când poetul Jorge Gaitán Durán a venit la mine la Bogotá să mă roage să-i dau un text pentru a-l publica în revista *Mito*. Eu tocmai îmi revăzusem hârtiile, le pusesem la loc sigur pe cele pe care le credeam demne de a fi păstrate și le rupsesem pe cele fără speranță. Gaitán Durán, cu acea lăcomie nesățioasă pe care o simțea în fața literaturii, și mai ales în fața posibilității de a descoperi valori ascunse, a început să scotocească prin coșul cu hârtii rupte, și brusc a dat peste ceva care i-a atras atenția.

– Dar asta e ceva foarte publicabil, mi-a spus.

Eu i-am explicat de ce îl aruncasem: era un capitol întreg pe care îl scosesem din primul meu roman, *Vijelia* – deja apărut pe atunci –, și nu putea avea altă destinație cinstită decât coșul de gunoi. Gaitan Durán n-a fost de acord. I se părea că, de fapt, textul ar fi fost excesiv într-un roman, dar că avea o valoare diferită în sine. Mai curând pentru a încerca să-l fac pe plac decât pentru că aș fi fost convins, l-am autorizat să lipească foile rupte cu scotch și să publice capitolul ca și cum ar fi o povestire.

– Ce titlu îi punem?, m-a întrebat, folosind un plural care de puține ori fusese atât de îndreptățit ca în cazul acela.

– Nu știu, i-am răspuns. Pentru că textul ăsta nu e mai mult decât un monolog al lui Isabel văzând cum plouă în Macondo.

Gaitán Durán a scris în partea de sus a primei foi, aproape în același timp în care eu îi spuneam: „Monologul lui Isabel văzând cum plouă în Macondo“. Astfel s-a recuperat de la coșul de gunoi una din povestirile mele care a primit cele mai multe elogii din partea criticii și mai ales a cititorilor. Totuși, această experiență nu mi-a servit ca să nu rup mai departe originalele care nu mi se păreau publicabile și mi-a arătat că e necesar să le rup în așa fel încât să nu mai poată fi refăcute niciodată.

Să rupi povestiri e ceva iremediabil, pentru că să le scrii e ca și cum ai turna beton. În schimb, să scrii un roman e ca și cum ai pune cărămizi. Cu alte cuvinte, dacă o poveste nu se leagă de la prima încercare, e mai bine să nu insiști. Cu romanul este mai ușor: poți să începi din nou. Asta s-a întâmplat atunci. Nici tonul, nici stilul și nici caracterul personajelor nu erau adecvate pentru romanul pe care îl lăsasem pe jumătate. Dar și aici explicația e una singură: nici mie însumi nu mi se părea credibil. Încercând să găsesc o soluție, am citit iarăși cele două cărți pe care le presupuneam utile. Prima a fost *Educația sentimentală*, de Flaubert, pe care n-o mai citisem din îndepărtatele nopți fără somn de la universitate, și mi-a folosit acum numai pentru a evita unele analogii care ar fi părut suspecte. Dar asta nu mi-a rezolvat problema. Cealaltă carte pe care am recitit-o a fost *Casa frumoaselor adormite*, de Yasunari Kawabata, care îmi înfiorase sufletul acum vreo trei ani și care continuă să fie o carte frumoasă. Dar de data asta nu mi-a fost de niciun folos, pentru că eu căutam indicii în legătură cu comportamentul sexual al bărbaților în vârstă, dar cel găsit în carte este al japonezilor în vârstă, care se pare că e la fel de ciudat ca tot ceea ce e japonez, și, bineînțeles, nu are nicio legătură cu comportamentul sexual al caraibienilor în vârstă. Când mi-am povestit preocupările la masă, unul din băieții mei – cel cu mai mult simț practic – mi-a spus:

– Mai așteaptă câțiva ani și o să vezi din propria-ți experiență.

Dar celălalt, care este artist, a fost mai concret:

– Citește din nou *Suferințele tânărului Werther*, mi-a zis, fără cea mai mică urmă de batjocură în voce.

Am încercat, într-adevăr, nu doar pentru că sunt un părinte foarte ascultător, ci și fiindcă am crezut cu adevărat că faimosul roman al lui Goethe mi-ar putea fi util. Dar adevărul e că de data asta n-am mai ajuns să plâng la înmormântarea lui mizeră, cum mi s-a întâmplat prima oară, ci nici n-am putut trece de scrisoarea a opta, aceea în care tânărul de neconsolat îi povestește prietenului său Wilhelm cum începe să se simtă fericit în cabana lui solitară. În această situație mă aflu acum, astfel încât nu e ciudat că trebuie să-mi mușc limba pentru a nu-i întreba pe toți cei care îmi ies în cale:

– Ia spune-mi, frate: cum naiba se scrie un roman?

Ajutor

Am citit odată o carte, ori am văzut un film, sau cineva mi-a povestit un fapt real, cu următorul subiect: un ofițer de marină și-a băgat pe ascuns iubita în cabina unui vas de război, și au trăit o iubire nebună în acel spațiu opresiv, fără ca nimeni să-i descopere, vreme de câțiva ani. Îl rog pe cel care știe cine este autorul acestei foarte frumoase povești să mi-o spună de urgență, căci am întrebat atât de mulți oameni care nu știu, încât încep să cred că poate mi s-a întâmplat mie odată și nu-mi mai aduc aminte. Mulțumesc.

25 ianuarie 1984, *El País*, Madrid

COLECȚIA RAO CLASIC

rao clasic

DANTE ALIGHIERI
Infernul

JANE AUSTEN
Mândrie și prejudecată

HONORÉ DE BALZAC
Verișoara Bette

L. FRANK BAUM
Vrăjitorul din Oz

ALBERT CAMUS
Carnete
Fața și reversul. Nunta. Mitul lui Sisif. Omul revoltat. Vara
Primul om
Străinul. Ciuma. Căderea. Exilul și împărăția

LEWIS CARROLL
Aventurile lui Alice în Țara Minunilor.
Alice în Țara Oglinzii și ce a găsit acolo

AGATHA CHRISTIE
Zece negri mititei

KATE CHOPIN
Trezirea

SIR ARTHUR CONAN DOYLE
Studiu în roșu-aprins. Semnul celor patru
Câinele din Baskerville. Valea Terorii

ANTOINE DE SAINT-EXUPERY
Micul prinț
Curierul de Sud. Zbor de noapte. Pământ al oamenilor. Pilot de război
Citadela

F. SCOTT FITZGERALD
Marele Gatsby

ANDRÉ GIDE

Amintiri de la curtea cu juri. Sechestrata din Poitiers
Falsificatorii de bani. Porumbelul
Pivnițele Vaticanului
Fructele pământului. Noile fructe

HERMANN HESSE

Basme
Cele mai frumoase povestiri
Francisc de Assisi
Gertrud
Jocul cu mărgele de sticlă
Knulp. Demian
Lupul de stepă
Narcis și Gură de Aur
Siddhartha. Călătorie spre Soare-Răsare
Peter Camenzind

JAMES JOYCE

Hanul lui Finn

FRANZ KAFKA

Procesul

THOMAS MANN

Doctor Faustus
Muntele vrăjit (2 vol.)
Casa Buddenbrook (2 vol.)

GABRIEL GARCIÁ MÁRQUEZ

A trăi pentru a-ți povesti viața
Colonelului n-are cine să-i scrie
Despre dragoste și alți demoni
Douăsprezece povestiri călătoare
Dragostea în vremea holerei
Cronica unei morți anunțate
Funeraliile Mamei Mari
Generalul în labirintul său
Incredibila și trista poveste a candidei Erendira
și a bunicii sale fără suflet
Ochi de câine albastru
Povestea târfelor mele triste
Toamna patriarhului
Un veac de singurătate
Relatarea unui naufragiat
Călătorind prin Europa de Est

HENRY DE MONTHERLANT
Băieții
Celibatarii

JEAN-PAUL SARTRE
Zidul

ANNA SEWELL
Black Beauty

HARRIET BEECHER-STOWE
Coliba unchiului Tom

MICHEL TOURNIER
Vineri sau limburile Pacificului